그해 여름,

박꽃이 피는 날에

그해 여름, 박꽃이 피는 날에

초판 1쇄 발행 2024년 7월 15일

지은이 김봉희
펴낸이 장길수
펴낸곳 지식과감성#
출판등록 제2012-000081호

교정 이주희
디자인 오정은, 강샛별
편집 오정은
검수 정은솔, 정윤솔
마케팅 김윤길, 정은혜

주소 서울시 금천구 벚꽃로298 대륭포스트타워6차 1212호
전화 070-4651-3730~4
팩스 070-4325-7006
이메일 ksbookup@naver.com
홈페이지 www.knsbookup.com

ISBN 979-11-392-1978-4(03810)
값 17,000원

• 이 책의 판권은 지은이에게 있습니다.
• 이 책 내용의 전부 또는 일부를 재사용하려면 반드시 지은이의 서면 동의를 받아야 합니다.
• 잘못된 책은 구입하신 곳에서 바꾸어 드립니다.

지식과감성#
홈페이지 바로가기

그해 여름, 박꽃이 피는 날에

김봉희 소설

작가의 말

인생이란 삶과 죽음 사이에서의 여정이다.
인간은 희로애락을 누리고 겪으면서 살아간다.
살아가는 동안 존재감을 느끼며
그 존재가 바로 소중한 나임을 알게 된다.
서운한 말을 들을지라도, 때로 욕을 먹어도, 누가 대들어도,
조금 지나면 절로 풀어지고 아무 일 없었다는 듯
마주 바라보고 눈을 흘기며 웃는다.
이는 인간적인 서로의 공감적 진심이리라.
다시 말해서 무의식 속에 잠재되어 있는 상처가 표출되어
자연 치유 되는 승화라 할 수 있다.

『그해 여름, 박꽃이 피는 날에』의 내용은 특별한 것이 없다.
다만, 인간적인, 거르지도 않고 그대로 표출되는,
숨기지도 않고 그대로 드러내는, 그럼에도 불구하고
밉지도 곱지도 않은 인간의 순수 본능, 인간의 진심을
다루어 보았다. 삶의 현장에서 등장하는 누구나 주인공이다.
이 소설을 통해 인간의 다양성을 인정해 주면서
그 관계 안에서 우러나는 정을 주고받으며
자신이 가지고 있는 순진무구한 본능을 발견하는
희열을 느끼길 바라 본다.

목차

작가의 말 / 5

1. 농부 / 10
2. 순천댁과 대천댁 / 14
3. 만복댁 / 15
4. 작은별교댁 / 19
5. 큰별교댁 / 20
6. 큰별교댁의 푸념 / 26
7. 젊은 과부 / 30
8. 큰별교댁의 분노 폭발 / 34

---

9. 동네북, 작은별교댁 / 38
10. 판석이 / 45
11. 판석의 애간장 / 50
12. 거간꾼 달구 / 53
13. 거간세 뜯어내는 달구 / 66
14. 제사장을 보러 나온 자매 / 71
15. 장 씨에게 당하는 달구 / 73
16. 교식이 / 80
17. 대원의 제사 / 86

18. 달구와 만복댁 / 94

19. 달구의 꾀 / 96

20. 큰벌교댁의 트집 / 101

21. 얄미운 조카며느리 / 103

22. 판석의 반항 / 106

23. 큰벌교댁의 시어머니 / 109

24. 이사 오는 교식이 / 112

25. 비위 맞추는 작은벌교댁 / 115

26. 이사 온 첫날 / 119

27. 시집살이시키는 시어머니 / 126

28. 동네 아낙들 / 127

29. 작은벌교댁과 조카며느리 / 130

30. 아! 옛날에 / 135

31. 샘쟁이 장 씨 / 142

32. 샘 파는 날 / 153

33. 술 취한 교식 / 170

34. 오줌 싼 큰벌교댁 / 177

35. 달구를 부른 장 씨 / 181

36. 달구의 술주정에 드러난 진실 / 197

37. 장 씨의 색시 생각 / 205

38. 큰벌교댁의 남편 생각 / 207

39. 며느리의 힘든 하루 / 211

40. 작은벌교댁의 당당한 말 / 219

41. 장 씨! 연민을 느끼다 / 223

---

42. 장 씨와 큰벌교댁 / 226

43. 큰벌교댁의 고심 / 229

44. 동네 아낙들의 수다 / 235

45. 세상은 살아 있는 자의 것 / 241

46. 작은벌교댁의 호들갑 / 244

47. 만복의 달구지 / 250

48. 서커스 구경 / 255

49. 들통 난 만복댁 / 257

50. 시장에서 / 260

51. 그래도 자매지간 / 267

52. 우물 턱을 내는 교식 / 270

53. 마당 정리하는 장 씨 / 282

54. 큰벌교댁의 처절한 몸부림 / 283

55. 떠나는 뒷모습 / 291

56. 판석과 순영이 / 293

57. 달구의 눈물 / 294

58. 달구와 판석 / 298

59. 교식의 집 / 301

60. 분노하는 만복 / 319

61. 역시, 달구 / 321

62. 아! 교순! / 327

1. 농부

 마을을 둘러싼 산허리를 끼고 그 가운데쯤에 고래 등 같은 기와집이 버젓하게 자리하고, 다정하게 크고 작은 집들이 서로를 감싸안고 있다. 박 덩굴도 지붕마다 새파랗게 뒤덮고 있다. 논에는 벼들이 제법 자라 파란빛으로 너울거리고 있다. 모내기한 지 엊그제 같은데 들판을 바라보는 이장의 구릿빛 얼굴이 흐뭇하다. 새참을 먹고 있는 연길은 이장의 옆에서 막걸리를 들이켜고 마누라가 건네주는 겉절이를 받아먹으며 헛웃음을 짓는다.

 "마눌이 맥여 주는 안주가 치고로 맛나당께!"
 "고른가? 고람 나두 한븐 맥여 줘 보랑께!"
 이장은 연길의 말에 자신도 마누라에게 입을 삐죽이 내민다.
 "고러라? 겉쫄이 맛난 그이 아니라 나 손맛이 맛난 그이라."
 "암만! 진즉에 알고 있쓰지라. 맥여 증께 징허게 맛나구만!"
 이장은 턱에 고춧물이 흘러내리려는 것을 허리를 옆으로 돌려 검지를 구부려 쓱 훑어 내어 빨아 먹는 아내가 그저 좋기만 하다.
 "퍼런 벼만 봐두 느긋허니 블써부텀 배가 불러 온당께."
 "배가 부른 그 앞에슨 쌈이 일어날 리가 없즈라."
 "웃음기가 가득하면 배부른 고이 단븐에 알으볼 수 있당게."
 "그렁께 몸은 쪼까 고달퍼도 울덜이 젤로 부자 아니그스라."
 바람이 한들거리는 벼들을 바라보는 눈빛은 세상에 부러운 것이 없다는 듯 막걸리를 주거니 받거니 말이 많아진다.
 "두 분섬 말이 길어진 그 봉께 오후 참 일은 트러 부렸소."
 이장댁이 소쿠리에 빈 그릇을 챙겨 넣으며 한마디 거든다.

"아구! 성님! 염느 붙들엄 매소. 울 은자 아비는 거나해두 일감은 다 마치고야 곯아떨으진다 아니굿소."

"누가 모르남? 울 이장님두 마찬가지여라. 근디 다들 으디 간능가? 품앗이하는 그 잊어브렸나 비!"

"꼬색네 품 팔러 갔지라! 오날은 울끼리 언간 해낼 그요라!"

불그스름하니 활짝 웃는 연길의 이빨에 고춧가루가 끼어 햇살에 반짝인다. 연길댁은 가지고 온 물 주전자를 은근슬쩍 대접에 따라 준다. 연길은 눈치를 채고 후루루 소리를 내며 입을 가시어 논두렁을 향해 내뱉는다.

"아구! 울두 한나즐 꿈지륵그리곰 품삯이나 받으야겠스라."

마누라의 말에 이장은 술 주전자를 흔들어 본다.

"그람 이 새참 여그다 놓구 후딱 가 보더랍시."

이장의 말이 끝나기가 무섭게 연길댁과 이장댁은 좁은 논두렁길을 뒤도 돌아보지 않으며 잰걸음으로 후다닥 걸어간다.

"저글 보믄 못난 스방 같으 환장해 죽그스요."

"다 그렇게 살다가 죽는 그이 아니굿남? 뉘 탓을 할랑가?"

"꼬씩네는 대를 이어 손가락 까닥 안 하고 살지 않소잉."

연길은 퉁명스레 한마디 한다.

"비교함 속만 트즈! 고 집안은 하늘이 나렸고 울덜은 그 그늘서 바지런 움즉그려 곯지 않으믄 된당께라. 내랑 다르다고 맴을 바꾸야 속이 편하당게! 고른 잡생각은 골치 아프당게. 고냥 단순하게 살자구-"

연길은 이장의 말에 대꾸도 하지 않고 멀어져 가는 아내의 뒷모습을 바라보며 한 번 더 요란스럽게 입을 가셔 더 멀리 내뱉는다. 이장도 씁쓸한 미소를 지으며 말없이 막걸리를 따른다.

"우덜은 개미츠름 차곡차곡 모아야 부자가 된다 하잖여."

이장은 한 말을 강조하며 들판을 바라본다.

"시상 뭐니 혀도 맘 편케 사는 굿이 최고재… 가즌 그 억울히 뺏겨 속 문드러지지 않겜 잘 챙기므 살으야 된당께."

이장은 옆에 놓인 삽을 일으켜 힘주어 잡고 벌떡 일어난다.

"야! 고 말쌈이 바로 명은여라. 성님이 보증스 달라곰 혀도 어림 반 품두 읍는 그 알즈라?"

"지니 둘째 성이 아무리 사증혀도 냉증히 그절해야 된당게."

이장은 껄껄 웃는다.

"내는 성님 뒤꽁무니만 따라갈라요."

연길은 웃음을 흘리면서 이장의 뒤를 따라나선다.

"뭐셧? 내 똥구역에서 뻥뻥 꿔 대는 꾼내만 맡구 살라미?"

"생즌에 엄니가 성님 똥은 버릴래야 버릴 게 읍다 했지라."

이장은 머릿짓으로 연길의 어머니 산소를 가리키며 자신의 엉덩이를 연길에게 맞대더니 툭툭 건드린다.

"엄니가 조서 이자는 느 똥이 단내가 풀풀 난다 헐 거시여."

연길은 이장의 말에 활짝 웃으며 대변을 보는 시늉을 하다가 손바닥으로 엉덩이를 훑더니 이장의 코에 갖다 댄다.

"아구구! 달다! 달으! 단내가 아주 펑펑 나구마니."

"성님 덕분이지라. 사흘 요래 놀지 않고 살지 않꼬스라."

"뭐근 자신이 헐 탓이여. 듣지 않으믄 뭔 소용 있간디."

"근디요, 저 꼬씩네 논! 감당두 못 함서 한 떼가리 쏙 쪼개 팔믄 시상 좋겠는디 말이여라."

"아구! 입두 뻥끗 말으! 달구 눔 세모눈깔 뻔뜩이는 글 볼 일 있쓰? 며츨 즌 읍니 복득방 한 씨가 껄뚝대담… 아구!"

이장은 눈을 질끈 감다 못해 손을 휘휘 내두른다.

"근디 꼬씩네 일이라문 쌍불을 크그 펄측 나댄다요…."

연길은 이장에게 투정을 부린다.

"그렁께. 고 시크믄 속을 어짜기 안당가. 우아튼 타고난 복에 욕심 부리믄 고게 화근이 된당게. 가진 그 잘 챙기믄 씨앗이 되으 내 모를 새 차츰 불으나게 됑께롱 어여 일이나 하쉐."

연길은 이장의 말에 뻘쭘해서 뒷머리를 긁적인다. 곧 논바닥으로 첨벙 뛰어 들어가자마자 이장에게 손을 내밀어 준다. 이장댁과 연길댁이 저만치 논두렁을 벗어나는 뒷모습이 연길의 눈에 들어온다.

"울 동리 여핀들! 백골이 돼야스도 환장! 개환장한당게라."

혼잣말로 중얼거리는 연길은 못마땅해 눈살을 찌푸린다.

"모다 감증 있는 잉간잉께, 고론 감증두 메말믄 쪼들른 인상살 어찌 견뎌 내므 산당가? 모르는 척 내버려두더라공."

"하기사 뭐 구신이 백이면 뭐 하긋소! 헛물켰다는 글 깨치는 그 한 잠 자고 아침이믄 알아차리문 되얐지…."

"이 사람아! 곧장 잊어버리구쓸 또 헛물키구 있으니 으쩌긋남. 어여 남은 일이나 후다닥 해치우자구!"

이장은 껄껄 웃으며 삽을 번쩍 들어 논물을 연길에게 뿌리며 장난을 건다. 연길은 피하려다 논두렁 언덕에 자빠지며 잡초를 뽑아 이장의 얼굴을 간지럽힌다.

2. 순천댁과 대천댁

　순천댁과 대천댁은 참외를 담은 광주리를 이고 큰벌교댁의 담벼락을 끼고 돌아간다. 익숙하게 담 안을 빠끔대며 기웃거린다. 서로의 마주 보는 눈에는 그리움이 가득 고인다. 자연스럽게 얼굴 한가득 새색시인 양 발그레해진다. 그러다가 누가 먼저랄 것도 없이 수줍음에 옆구리를 꾹 찌른다. 아무 말 없이 돌아서 우물가에서 걸음을 멈추고 물을 마시며 땀을 식힌다. 그래도 대천댁은 더운지 치마를 걷어붙여 올렸다 내렸다 홀홀 부채질을 한다.

　"아구! 고시기롱 쇠파리 들어가 간지름핌 어찌 감당할랑?"
　"멋두 몰구 껄떡대다 찐내에 까무러칠까 냅다 내뺄 거구먼."
　순천댁의 말에 대천댁은 아무렇지도 않게 대꾸를 한다.
　"블써 그라믄 뭔 재미루 사나미?"
　좀 전 표정과는 다르게 말투에 산전수전 다 겪은 티가 드러난다. 대천댁은 대꾸도 없이 퍼질러 앉아 연신 부채질을 하면서 고개를 내밀어 기와집을 바라다본다.
　"이자는 백꼴이 되고도 남았을 틴디 지금두 살아 있는 그마냥 맴이 거시기하는 근 뭐신지 몰겠구먼…."
　"뉘나 내나 맴은 헛물킨다 하믄서 맥이 질루 돌아간다닝께."
　순천댁과 대천댁은 연민 어린 눈빛이 반짝인다.
　"에고! 인간의 증이 참말루 무선 그이랑께."
　순천댁은 허리를 돌려 코를 풀어 젖힌다.
　"뭔 감기랴! 오니월 감기는 갸두 안 걸린다는디 말여."
　"엊즈녁 하! 찌길래 웃똘 벗어 뻔쯔 찬물 뒤집어썼뜸…."

"감기엔 서방 품섬 땀을 흠뻑 내는 그 젤루 직방이라잖여."

순천댁은 발그레해지며 대천댁의 옆구리를 쿡쿡 찔러 댄다.

"내 옆구리 찔러 봤자 소용읍구먼. 명약이 따로 있는감?"

"내가 대천댁이 있어 맘 풀어놓구스니 산당께."

"나두 그려! 먼 디서 시집와서 이날까지 으찌 살아겠남."

대천댁은 치마를 거침없이 걷어 올려 무릎에 참외 하나를 '탁' 치고는 거의 반으로 쪼개어 순천댁에게 건넨다.

"심 보라공! 고 심엠 언네들이 쑥쑥 빠져나왔는가 비라!"

순천댁은 무슨 상상을 했는지 손뼉을 치며 까르르 웃는다.

"머리부터 뜨끈한 고이 미끈뜩 빠즈나온, 햐아! 그 기분!"

대천댁도 말하다 말고 무슨 생각을 했는지 참외를 한입 베어 씹다가 푹 내뿜는다. 순천댁은 치마에 튀긴 참외를 털며 또 한 번 대천댁의 옆구리를 찌르며 웃음보를 터트린다. 아무런 이유 없이 터져 나오는 이 웃음보는 아무도 말리지 못하는가 보다. 바람이 살짝 스치고 지나간다. 더운 여름의 이 바람은 너무나 시원하다.

3. 만복댁

만복은 누런 내의가 땀으로 등에 붙는 것도 아랑곳하지 않고 소들을 살피느라 여념이 없다. 소 등을 어루만지기도 하고, 질퍽대는 외양간으로 들어가 서슴없이 소똥을 만져 보며 냄새도 맡는다. 여물을 먹고 있는 소들이 그저 대견하다.

"으구! 전쌩에 일만 허다 뒈진 소 죽은 늦씨 환쌩혔당께."

못마땅해서 마루 끄트머리에서 엉덩이만 걸치고 들썩거린다. 분을 바른 얼굴은 땀이 흘러 얼룩진다. 만복은 소똥을 치우다 말고 소뿔을 잡고 소싸움 흉내를 내어 본다.

"엥? 꼴! 꼴라밈? 소싸움판잉? 허더 허더 뭔 짓끌?"

만복댁은 손부채를 방정맞게 내두른다. 만복은 소 등을 어루만져 주면서 흐르는 땀을 고개를 저어 털어 낸다.

"지 얼굴 흐르는 땀으롱 목간을 혀두 남아 버리겠스라."

만복이 외양간으로 오락가락하는 것을 보며 만복댁은 이맛살을 찌푸린다. 그러다가 만복이 등을 돌리자 투덜대다 말고 살금살금 엉거주춤 걸어가다가 마당을 잽싸게 빠져나간다.

"으메! 배지두 않은 언네 떨어질 뻔했당께라."

대문간에 멈추었나 싶더니 마을 어귀에 다다른다. 그때, 염주할매는 만복댁과 마주치자 다짜고짜 손가락질을 해 댄다.

"염츤에 주중알 시뿔게 칠흐 씰룩씰룩 으딜 기가는지 몰것당께."

"눈 삐쓰요? 멀쩡멀쩡 걸어가는디 기가는 걸루 뵌다요?"

발길을 돌리려다 다시 고개를 획 돌리고 만복댁은 빈정댄다.

"것두 몰시롱 비리비리 풀칠을 혀는지 용하당께라."

그 말에 눈을 부릅뜨고 머리채라도 쥐어뜯을 듯이 다가온다.

"그럿! 똥개가 기가지… 두 다리롱 버즛이 걸으?"

그래도 화가 풀리지 않았는지 버럭 소리를 지른다.

"풍심 츠먹구 다니믄 고러다 멍석말 당하곰 말 끄랑께."

"할매 때끌 극쫑이나 하셩. 딸랑이 욜씸 흔들문섬."

"조! 코맹맹… 쓰방한티 하그라! 펄펄 일할 맛이 나 끄니께."

"소똥이나 칠라 태났승께 소 뒤치닥끄리나 실큰 하라 하소."

"터진 주둥알 씨부렁끄림 요 담뱃불로 확 지져 뿌릴랑께."

턱굴댁이 마주 보고 걸어오다가 대꾸하는 만복댁과 마주친다. 대뜸 담배를 낀 손으로 삿대질까지 하며 핏대를 올린다.

"으마? 날두 던디 아궁이엠 불 좀 작작 쫌 때소."

"풍월년이 따루 읍쓰. 낯짝에 덕지덕지 쳐발랑 허연 줄잉?"

그 담뱃불로 입술을 지질 듯이 달려든다. 침이 튀기자 만복댁은 얼굴을 뒤로 젖힌다.

"망구들이 시미요? 내만 보믄 못 잡으묵으 환장을 혀요. 할매들 억씬 팔자나 고이 챙기소."

"부안떡이 벌떡 깨나 뻘근 주둥을 지져 뿌릇씀 좋긋당게라."

"뭐시라고라? 머리 찌뿟끄리게 악담을 심하게 헌다욤…."

만복댁은 징그럽다면서 진저리를 친다.

"덕산떡둠 삼발혀 갈 그랑게! 등꼴임 오쓱 찌르르 헐 껴."

"껀뜩하믄 두 구신들로 옭아매는 통에 기분 잡츠게 혀욤…."

염주할매가 소리를 버럭 지르자 만복댁은 양손으로 머리를 부여잡고 몸서리를 친다. 두 노인은 어이가 없어 피식 웃는다.

"뜨건 맛을 뵈야 정신 차릴 겜! 저 넙더덕 방딩 줌 보소!"

만복댁은 펑퍼짐한 엉덩이를 씰룩거리며 달아난다. 못내 못마땅한 턱굴댁은 담배 한 모금을 푹 하고 내뿜는다.

"비지굴덩덩 벌거질 대루 벌진 방댕봉께 달든 담배가 쓰읏."

"그랴둠 물크덩 물기가 있어 따는 좋아 보이구마니."

"내 며늘도 아닌디 눈에 띄끔 울화가 치미는 근 뭐시람."

"욕할 그 읍쓰라. 이자 갈 때는 한 군디뿐이여라."

"젊다는 고시 우세랑께. 울덜은 축축 츠즌 가죽만 남았스라."

턱굴댁은 이미 보이지 않는 만복댁을 향해 푸념을 한다.

"만복눔은 눈꺼풀이 단단히 부트 뿌렸나비! 덕산떡은 서방복은 있으도 명복은 태나지 못혔나 비라."

"긍께. 조논! 것두 복이라곰 탈탈 툴으 뿌릴꾸머니."

"나가 살곰 있는 꼬락스 보믄 전승엔 어쯔 살웃나… 지금사 하는 짓글이… 다 지 헐 탓이랑게… 울덜이나 저긋이나 박복 면허는 근 다음 생도 아예 글롯스라…."

염주할매는 한숨을 쉬면서 말꼬리를 흐린다.

"어쯔! 다 복만츰 타고난 운맹은 아무두 말릴 수 읍지라."

"납두구 목이 타서 물이라두 한 바가지 들이켜야 살끗당께."

염주할매는 우물 쪽을 가리키며 그리 가자고 손을 내두른다.

"지나는 걸뱅두 요 상판때기만 봐붐 손사래 치며 달아나는 시즐을 사는 그 아니꼽소."

"말햐 뭐혀! 뿐이긋어? 찐내, 꾼내으 꼰내까즈… 뒤붐북이… 언 눔이 따라붙겠는가미. 코 막구 냅다 내뺄꾸머니."

"인자 울덜은 꼬리따분인 한물간 시즐이 됐으라…."

"시즐은 사방 츤지 녹음방춘디 울 녹음방춘은 어드로 가 뿌렸는지 몰겠당게. 딸랑이 흔들다 가 버리는 줄 몰고 살으왔네! 으쩌랴!"

염주할매의 푸념에 턱골댁은 그저 웃고 만다. 얼굴의 주름이 그간의 세월을 대신 말해 주는 듯 웃어도 찌들어 보인다.

"냉수나 벌큭벌큭! 염라대왕 앞이 갈 날만 고대흐야겠당께."

예나 지금이나 여전히 기가 막힌 삶에 또다시 크게 웃는다.

"자니가 나랑 다니믄서 내 말투 흉내를 제붑 잘 낸다께로!"
"저승이 코앞에 있는디 우찌 구신이 지질루 뵈지 안긋소?"
염주할매는 맞는 말이라며 턱굴댁의 등을 때리는 흉내를 낸다.
"우야튼둥 목이 타서 싸게 한 바가지 들이켜야 살겠당께."
"조 옆 동리는 블써 수도가 들어왔다 합됴! 꼭지만 비틀믄 물이 콸콸 쏟아진다 혀두 으디 울동리 우물 맛만 하긋소."

4. 작은벌교댁

밖은 시끌시끌한데, 한창 일할 낮인데도 달구는 한나절이 다 넘어가도록 이불을 둘둘 말고 자고 있다. 판석은 방문을 열어 보고 한심스럽게 바라본다. 문을 열어 놓은 채 물동이를 지려는 판석의 고막을 여지없이 때린다.

"이- 존긍스런 아부지- 모츠름 편케 줌시는 방문을 열어제쫌 기냥 가는 버르장무리 읍는 놈이 뉘기람씨?"

작은벌교댁은 달구의 목소리를 듣자, 부엌에서 후다닥 나와 판석을 향해 주먹질을 해 대며 마루로 올라와 마음이 먼저 급한 나머지 기다시피 허리를 펴 문고리부터 잡는다.

"땀 뻘뻘 흘리곰 줌시롱 션하라 했으라. 바람 땀시 깨쓰라?"

작은벌교댁은 능청스레 둘러대며 뒤돌아 눈을 부라린다.

"쁜-한 거짓뿌렁. 나발은 고만 됐꼼 멱국 끓으 놨스?"

어머니의 쩔쩔매는 모습에 성질도 내지 못하고 판석은 물지게를 지려다가 몸부림을 쳐 가며 그 자리에 내팽개친다.

"엥? 꼴엥 승즐무리는 있씀? 지 끄 하나 못 챙기는 눔이 무대보로 일이나 치곰 다님씨롱! 닌 내겜 딱 걸료쓰! 빼두 박두 못허게 평승 고개 쪼아르 살겜 되쓰야."

"뭔 말쌈인지 몰겠스라? 뜬금읍씨 몍국 끓이리곰 하곰시….."

작은별교댁이 달구에게로 바짝 다가가 얼굴을 바짝 내밀자 매몰차게 밀어 버린다. 벌렁 뒤로 자빠지며 엉덩방아를 찧는 바람에 다 해진 누런 속곳이 보여도 오히려 화를 있는 대로 낸다.

"몰것스믄 주둥알 꽉 다물랑께롱. 산통 깨지 말구스리."

밖으로 새어 나오는 달구의 소름 돋는 목소리에 귀를 막으며 판석은 냅다 달려 나간다. 만복의 집으로 가는 언덕배기에 늘 그랬던 것처럼 익숙하게 덜커덕 주저앉아 웅크리고 여전히 박 덩굴이 온 지붕을 뒤덮고 있는 쌍과부집을 바라보며 고개를 힘없이 떨구고 양손으로 머리를 감싸 흔들어 댄다.

5. 큰별교댁

큰별교댁은 저고리 동전을 달다가 실이 끊긴다. 다시 바늘에 실을 꿰려 해도 자꾸만 헛손질에 구석으로 내팽개친다. 마루에 걸터앉아 있는 교순이 눈에 들어 띈다. 해가 중천에 오를 때까지 자다가 겨우 부엌 바닥에 퍼질러 앉아 양푼 한가득 비벼 입안이 터지라고 밥을 비우고 나서 그늘이 마당을 반쯤 가릴 동안 할 일 없이 입을 죽 내밀고 다리를 건들거린다.

"뭘 해 묵구 살른지 몰긋당게."

어디서 주워 왔는지 나뭇가지를 만지작거리는 딸에게 성질을 죽이며 문지방을 기어 넘어 모처럼 살갑게 말을 건넨다.

"아무 기술이라도 배우든가? 시집을 가든가?"

교순은 어머니가 옆에 와서 얼굴을 바짝 내밀며 바라보아도 아무 반응도 없이 손장난만 하고 있다.

"니 나이가 맷살리라고 요론 골롬 꼬작대는 고여라."

소리를 질러도 들은 척도 하지 않아 열이 치밀어 오른다. 딸의 입술에 주먹을 들이댄다. 하는 짓거리가 답답하기만 하다. 서서히 눈가에 주름이 깊게 잡히더니 팔을 앞으로 끌어당겨 나뭇가지를 '휙' 낚아채어 던져 버리고 만다. 그제야 고개를 푹 숙여 입술을 있는 대로 내밀어 옆으로 비스듬히 고개를 돌려 눈을 흘긴다.

"뭐라 하문 알아듣는 시늉이라도 허야 될 끄 아느?"

그는 모처럼 다정하게 말이라도 건네 보려다가 속이 터져 소리를 지른다. 한 치의 양보도 없이 서로 노려본다.

"미련 곰투가리마냥 뚜하곰 있지 말구 물이라두 질러 오랑께! 밥만 처먹어 대는 니 꼴를 보믄 속서 천불이 난당게라."

소 죽은 넋이 들린 것처럼 꼼짝 하지 않고 앉아 있는 딸의 커다란 엉덩이를 참다못해 찰싹 때리며 마당으로 밀쳐 낸다. 교순은 대꾸 한 마디 없이 엉덩이를 문지르며 속이 터지도록 느릿하게 걸어가 부엌문 앞에 놓인 물동이를 질질 끌며 나간다.

"고리담 구역나굿다잉! 조렇게 느려 트져 으다 써 처먹을까이 깜깜하당께. 언 늠이 요자랍시고 찝쩍될 그란 말임시."

들은 척도 하지 않고 어기적어기적 나가는 딸의 뒤통수를 바라보고 있자니 더욱 부아가 치밀어 오른다.

"뭘 먹구 끄적댔는지 뭘 씹어 먹구 내질렀는지 몰긋당게잉."

"아구! 뭔 맴으롱 야리꾸리헌 말이 술술 나온다요? 여핀들 귀구역에 드가믄 빼두 박도 못하는디라. 고런 야시런 말은 나 같은 주책뱅이감 지끌요얌 탈이 읍는 그 아니다요?"

버럭 다시 한번 소리를 지르고 돌아앉으려는데 동생이 막 대문에 들어서자마자 빈정거리기부터 한다. 쪼르르 질러오는 발걸음 소리마저 벌써 심사가 뒤틀린다. 심상치 않은 얼굴에, 입을 꽉 다문 채 신경을 곤두세운다. 웃음 가득한 얼굴이 창백해지며 눈치를 본다. 그러나 잠시뿐, 숨도 쉴 새 없이 말이 술술 이어진다.

"혼구역 백날 주믄 무 하긋소? 다 살 긋자구 태났는디 어쯘들 못 살 긋소. 잘나나 못나나 죽은 사램만 원통하지라."

그는 옆에 말라 버린 걸레를 구석으로 내던지려다가 꽉 움켜쥔다. 교순이 여태껏 앉아 온기가 가시지 않은 그 자리에 펄쩍 올라앉은 동생도 못마땅하다.

"조긋이 야들 올 시간은 구신같이 안당게라. 뭐라든 말든 늘어붙어 있을 긴디 늘측늘측 나가는 그 봉께."

큰벌교댁은 쉼 없이 주절대는 동생의 말에 더 짜증이 난다.

"물동이 내뻔지곰 펄럭이담 느그막이 겨 오긋지라."

웃음이 뚝뚝 떨어지는 말소리가 오늘따라 더 듣기 싫다. 밉살스레 뾰족 내미는 입술을 비틀고 싶은 심정이다.

"교순이 조긋! 주둥엠 쉴 새 읍씨 나불대는 고 쌔빠닥 째깐 떼다 뭉텅그려 낭그믄 좋을 긋이랑게잉."

속이 터져 한마디 겨우 하고 더운 숨을 내뿜는다.

"그람 을마나 좋긋소! 과부 팔자만 제끼구 떵떵대구 사는 고 반만,

고 반에 반, 아니 눔꼽짜가리만큼이라두 낭그믄 을마나 신바람 날랑가잉? 시상 찡그럴 새 읍씨 살을 그인디….”

덩달아 잔뜩 인상을 찌푸리며 마루에 엉덩이를 들이민다. 눈치를 모를 리 없으면서 모르는 척 사방을 두리번거린다.

“성! 뭐 시킬 끄 없으라?”

과부란 말에 부아가 치미는 것을 뻔히 알면서 너스레를 떤다.

“읍땅께! 코빽서 주둥알 츠닫꼼 느 집구속으로 기 드가라.”

구석에 있던 걸레를 동생의 무릎 앞에 휘딱 던진다.

“아따! 시마리 읍는 걸레롱 뭐하라는 거다뮴?”

그는 기가 막혀 벌떡 일어나 방문을 닫아 버린다.

“그람! 쓰묵지도 못허게 후들거리믄 좋굿소?”

아무 대꾸도 없이 한번 문을 열다가 ‘꽝’ 여지없이 닫아 버린다.

“심통 사나운 그 늙기는크녕 되려 갈수록 새파래진당게라.”

“나 심통이 니한티 밥 맥여 달랬드냐?”

다시 문을 열어젖히자 잽싸게 빈 세숫대야에 걸레를 빠는 시늉을 하는 동생을 향해 독 오른 뱀처럼 고개를 쳐들어 노려본다.

“옆꿀섬 쭉 삐나온 과부 심통 표를 내얌 직씅이 풀린당께.”

그는 엉겁결에 제일 듣기 싫어하는 또 '과부'라는 말을 내뱉고 방을 향해 걸레로 자신의 입을 톡 치며 비시시 웃는다.

“고 주둥! 걸레롱 틀으막기 전으 알짱대 말곰 후딱 가 뿌렁게.”

문고리가 문틀에 부딪혀 쇳소리가 나도록 닫아 버린다.

“날두 던디 벽장다 부리나케 숨킨 쌔서방이라두 있다요?”

심통 맞게 도로 문을 활짝 열어젖뜨리며 안방 안을 두리번거린다.

벽에 걸린 영정 사진에 눈이 마주치자 빙그레 웃으며 언니의 새파랗게 변하는 얼굴을 쳐다본다.

"으째스까이! 성부는 늙지도 않는다요? 울 성 죽으 영증 사즌 박으 옆이다 놓믄 영락읍씨 엄니라 하굿소잉!"

어찌 될지 알면서 끝내 주절주절 무심코 내뱉는다. 성질이 나서 움켜쥐고 있는 주먹을 안 본 척 시치미를 떼고 걸레에 침을 발라 가며 문살을 일일이 닦아 내는 시늉을 한다.

"뭔 문쌀? 고 주둥 닥치지 않음 단단히 꼬맬 끄랑께."

끓어오르는 성질을 참는 대신 반짇고리를 번쩍 쳐든다.

"이라도 닦으야 싸라기밥이라두 으더먹을 그 아니다요."

"긍께 한술 떠 쳐 늫꾸 가 뿌렷! 말 시피는 그 귀찮땅께."

"참말루 숨겨 놓았숑? 살그메 말해 보성. 암 말 안을 긍께."

그는 문지방에 손을 얹고 입술을 떨고 있는 언니를 빤히 보다가 기어이 조잘거리며 마루를 펄쩍 뛰어 내려온다.

"홀짝홀짝 가븐 방딩! 조 속알읍는 입방증무리! 눈 깜짝 안꼼 읍는 말두 지어내는디 니를 앞이 앉혀 놓곰 뭔 말을 지껄이긋냐?"

부엌을 향해 숨을 꿀꺽 삼키지만, 동생은 듣는 체 만 체 입가에 웃음을 뚝뚝 떨어트리며 찬장이며 솥이며 여기저기 열어 본다.

"아구메! 남자두 읍는 집서 누굴 맥일려구 건경이가 뭐시기 푸지다냐? 뵈 줄 사램두 읍슨시롱 솥두껑두 빤질거리굼-"

그는 날이면 날마다 시시때때로 실컷 먹고 그것도 모자라서 주섬주섬 잔뜩 가지고 가면서 같은 말로 중얼거린다.

"참말루 안 되긋어! 이자끗 꼼탱이 거슬려 죽겠드만 또 복장을 뒤틀리게 하는 근… 날이믄 날마당 뭔 꼴인지 몰끗땅꿰!"
 지르는 목소리가 예사롭지 않다는 것을 눈치챈 그는 정신을 차리며 눈을 동그랗게 뜬다. 손으로 입을 막으며 겁에 질려 가면서도 밥 한술을 입에 넣으려는데 단번에 멱살을 움켜잡힌다. 신발도 신지 않은 채 한걸음에 부엌으로 들어왔다는 것은 심상치 않다는 것이다. 눈빛만 봐도 알고 있는 터라 이미 새하얗게 질리고야 만다. 아니나 다를까 큰벌교댁은 입을 꾹 다문 채 주저할 것도 없이 움켜잡은 멱살을 마구 흔들어 댄다.
 "가까이 사는 친증 동기라 요로 쪼로 봐중께 안 되긋단 말임씨! 험한 꼴 나기 전으 읍써지는 꼬이 서로가 편할 끄랑꿰!"
 "아구메! 성! 갸두 처먹을 땐 안 건드린다요."
 그는 어깨를 움츠리고 두 손을 비벼 가며 거의 울상으로 측은하기 그지없는 눈빛으로 화를 내는 언니를 바라본다.
 "빈손으로 가믄 툴툴이 물동 기운 읍써 못 날아 온다요."
 죽어 가는 목소리가 기어들어 간다.
 "그랴두 울 툴툴 덕분니 맨날 툴툴대두 물 흔케 쓰잖소잉."
 금방 얼굴색을 바꿔 발그레해지며 천연덕스레 바라본다.
 "말은 술술! 껀뜩하믄 갱치사여어? 얌통무리 읍는 논!"
 멱살을 놓자 그제야 턱 밑에 흘려 붙은 밥풀을 다시 입으로 넣으며 피식 웃는 동생을 보고 있자니 말문이 막힌다.
 "물이나 처먹으!"
 "극증해 주는 그다요? 하두 지청구를 묵으 싸서 얹치지 않여라."
 눈물을 질끈 한 방울을 머금은 채 연신 피식피식 웃는다. 그 모습에 안쓰러운 마음을 내색도 못 하고 입만 꾹 다물어 버린다.

"성은 밤에 쓸 심이 모다 손목댕이로 몰으츠쁜즈 당께라."

그 말에 휙 돌아서며 다시 멱살을 덥석 부여잡는다. 혼이 나면서도 끝내 복장 터지는 말만 골라 기어이 하고야 마는 잡은 멱살을 팽개친다. 그래도 흔들거리는 몸을 부뚜막에 기댄 채 늘 그러려니 한 손으로 먹어 가며 또 한 손으로는 함지박에 이것저것 담기에 바쁘다.

"이따가 이불 빳빳이 풀 맥여 줄 긍께 넘 시키지 마셔라."

그는 또 어떤 이상야릇한 생각이 떠올랐는지 이미 닫힌 안방을 향해 뒷걸음을 치면서 비시시 웃는다. 튀겨 나오는 밥풀을 입으로 밀어 넣으며 재빠르게 나가 버린다.

6. 큰별교댁의 푸념

동생이 한바탕 속을 있는 대로 뒤집어 놓고 밖으로 빠져나가자, 집안은 금세 절간처럼 조용하다. 그 옛날 친정에서 손바닥만한 방 안에서 동생들과 엎어지다시피 포개어 살았을 적에는 언제 조용하게 살아 볼까 싶었다. 부잣집으로 시집만 가면 마냥 좋을 줄만 알았다. 착각이었음을 깨닫는 데는 하루도 걸리지 않았다.

시집을 온 첫날, 꼭두새벽부터 혹독한 시집살이가 시작되었다. 물 길어 오라고 물동이를 방문 앞에 떨그럭거리며 갖다 놓았다. 시어머니는 누구에게나 후덕하였다. 잘 어울리고 대소사를 도맡아 해결해 주었다. 그런데 유독 집에만 오면 웃음 가득한 얼굴이 고약하게 급변하였다. 사람들하고도 어울리지도 못하게 했다. 인사하는 것만 눈에 띄어도 화를 내며 억지까지 부렸다. 주눅이 들어 고개도 들지 못하고 그저 일만 했다. 그러다가 동네잔치에서 돌아오다가 길가에 쓰러지는 바람에 몇 년 동안 밤낮으로 수발을 들었다. 게다가 다정할 줄만 알았던 남편은 집에 마음을 붙이지 못했다. 그러니 하소연할 데 없이 심신이 편할 날이 없었다.

 이렇게 막상 조용하다 못해 적막하니 오히려 심란하여 몸 둘 바를 모르겠다. 할 일 없이 앉아 있자니 정신이 멍해지고 누워 있자니 잠은커녕 눈만 더 초롱초롱하다. 몸을 이리저리 뒤척이다 보니 남편의 영정 사진이 눈에 들어온다. 훤한 얼굴로 내려다보고 있다. 살아 있을 적 그 웃음은 여전하다. 절로 가슴에 손이 간다. 허전하던 가슴이 뭉클해진다. 눈앞에서 살아생전 남편의 모습이 생생하게 아른거린다. 슬며시 눈물이 귓불을 타고 내려온다. 새삼 그리워진다.

 "으쩌믄 그리두 무심했을까잉. 시엄니는 고렇다 치고 밖이다 갖다가 줄 증- 내한티 째깐이라두 떼 줬으믄 으디 덧났을까잉."

 이맘때쯤이면 슬그머니 날밤을 새우고 들어와 눈치 아닌 눈치를 봤다. 여유 있고 그윽한 웃음을 보면 스르르 마음이 풀어졌다. 이 얼어붙었던 마음도 저절로 풀어지는데, 서글서글한 얼굴로 웃음을 흘리면 어느 여자건 한눈에 반한 건 당연했을 것이다.

 "역스나 눈은 한가진가 비."

 무슨 생각이 났는지 자신도 모르게 입가에 웃음이 흐른다. 그건 또 잠시뿐이다.

 "쌍불이 나믄 없든 힘이 어섬 솟구쳤는지… 내도 어즈간혔스라!"

 그 까슬까슬한 모시옷을 입고 부채를 들고 나가면 서방이 있든 없든 쳐다보기만 해도 그저 좋아서 환장하는 여자들에게 일일이 대꾸해 주었다. 부채를 살살 부쳐 주며 돌아서 가면 그 모습을 넋 놓고 바라만 보는데 미워서 죽을 지경이었다.

"그때는 나 속이 문드러짐시… 그 속이- 속이 아니었스. 으찌 살으냈낭 까마득하당게. 시엄니가 시퍼럴 직엔 어쩌든 눌러 냈는디… 돌아가시고 나니 눈이 뒤집혔지라. 그땐 내도 어렸씅게라…."

시어머니가 정정할 때는 어떻게든 심정을 억누르고 견뎠다. 몸져 누웠을 때도 그나마 덜했는데 돌아가시고 난 뒤에는 조금이라도 아니다 싶으면 체면 차릴 겨를도 없었다. 그동안 억눌려 있던 감정을 거침없이 쏟아 내었다.

"약이 오를 만두 혔당께. 지 어미 똥오줌 싼 이불이며 속곳들을 허리도 펼 새두 읎시 빨고 있는디… 우물가생 눈앞스 여핀들에겜 일일임 인사나 받아 주곰… 어찌 참아 냈는지 지금도 몰라라."

그는 혼자 중얼거리며 사진을 쳐다보더니 휙 하니 외면을 하며 밖을 내다본다. 동네 여자들이 수다를 떨며 지나가는 소리가 귀에 거슬릴 정도로 시끄럽게 들린다. 동네 여자들하고 노닥거리는 모습이 눈에 띄기라도 하면 화가 머리끝까지 차올라 생각할 겨를도 없이 냅다 달려가 '악-' 비명을 질렀다. 남편은 그럴 때마다 민망한 웃음을 보이며 누가 보거나 말거나 와락 끌어안고 무조건 집으로 왔다. 더구나, 여편네들은 뒤를 따라와 담 안을 기웃대었다. 엉덩이를 들썩이며 앙칼지게 긁어 대는 바가지를 일일이 받아 주는 남편이 안타까워 서로 바라보며 어쩔 줄 몰라 하는 모습도 얼마나 미웠는지 모른다.

"아구메! 잉간들이 그렇게 좋았을까잉!"

그는 가슴이 점점 답답해져 오는 걸 참으며 다시 고개를 돌려 영정 사진을 향해 울먹울먹 물어본다. 온갖 투정에도 달래 주며 그저 웃기만 하였다. 그 남편이 저 벽에 꼼짝도 하지 않고 홀로 늙어 가는 자신을 변함없이 환하게 바라보고 있다.

"그랬을 고염! 시집살 시크는 엄닐 피해 나갔을 그여라…."

누구의 편을 들 수가 없어 돌아다녔을 것이란 생각이 든다.

"그리구 엄니가 돌아가시니 내를 피해 다녔을 그여라."

지겨웠을 것이라는 생각이 드니 후회가 밀려온다. 긴장이 풀어져 시름시름 앓아누웠다면 밖으로 나가지 않았을까….

"빨리 갈 줄 알았으믄 못 본 치 내버려둘 글… 지그 어미 어만 소리에 질르 밖으로 나돌았는 긋도 몰고 어찌남 열불이 났는지… 나 땀시 랑게. 웃는 긋도- 먹는 긋까즈도- 꼴 비기 싫읏승께."

남들에게 살가운 남편이 자신에게 둘도 없이 더 살가운지도 모르고, 밖으로 나돌던 이유가 뭐든지 간에 '나 때문'이라고 연신 중얼거린다. 찔러도 피도 나오지 않을 것 같은 눈에, 다시 그리운 눈물방울이 그렁그렁 맺힌다. 그 시절이 꿈결만 같다.

"아구! 이자는 망령이 들랑가. 왜 이런지 몰것스라."

그는 일어나 옷소매로 눈가를 누르며 길 건너 쌍과부집 초가지붕에 이제, 막 박꽃이 오물오물 피어나려고 하는 것을 바라다본다.

"곱구마이! 이자 저녁띠가 다 되어 가는가 비라."

이맘때쯤 순영이 호박 부침개를 지져 채반을 들고 생글생글 들어오던 얼굴을 떠올리니 금세 마음이 밝아진다.

"고긋이 으디서근 잘 살아 내그 있으믄 좋을 틴디라."

옆으로 도로 누워 푸르디푸른 하늘에 뭉게구름을 바라본다.

"나게 왔으믄 을마나 좋았을까… 겁이 나 혼쭐이 나가믄 아무 생각도 않난께… 내도 그랬승께… 박복두 고론 박복이 있을까잉!"

그는 다시 일어나 시어머니의 오싹한 말들을 떠올리며 바람에 가만가만 흔들리는 문을 걸레로 고정하며 더 활짝 열어 놓는다.

"모다 나 눈치만 보는디 고긋이 나가 맘이 땡겼는지 눈앞서 알짱알짱 동리 온갖 소문은 다 물어다 여시를 떨어 댔는디… 교순이 머리두 잘 빗겨 주곰…."

몸을 반쯤 일으켜 고개를 내밀어 본다. 박꽃들이 가득히 누가 먼저 필세라 소갈머리 없이 피어나는 것만 같다.

"기냥 하두 덥기에 평상에 누워 박꽃을 바라보믄섬 깜빡 졸았는감혔는디 뭐신가 느닷없이 물크덩 덥치기에 으쩐지 무급지 않으… 되려 날아갈 그 같으 살고메 눈만 감았는… 그뿐여라. 갑자기 오싹혀 눈을 떠 봉께 아랫도리가 젖즈… 오줌을 지린 것두 아닌… 뭐시… 근디요. 요 가심이 아즉돔 두근두근… 뭔지 가쁜하기두… 뭔지 몰겠스라잉."

언제인지 방에도 들어오지 않고 마루에 걸터앉아 갸우뚱거리면서 뭔지 모르겠다며 비 맞은 중처럼 중얼거리는데 무슨 말을 하는지 뜻을 몰라 가만히 듣고만 있었다.

"쭈볏쭈볏… 즘즘 코빼기두 비치지 않으… 나 눈치가 코치랑게. 모진 시엄씨만 탓했스… 모다 고 탓이 고 탓이 요스라."

못내 아쉬워 다시 고개를 내밀어 쌍과부댁의 집을 바라본다.

7. 젊은 과부

"성! 성! 아구메라! 시상에- 시상에람- 요롤 수가 또 있당게라."

동생이 작년 이맘때쯤인가. 신발이 벗겨질 정도로 헐레벌떡 급하게 마당을 가로질러 오자마자 마루에 올라오지도 못하고 댓돌에 주저앉아 한참 동안 숨만 헐떡대었다.

"아구 성! 조! 조! 오밤중이 맨발룽 모락스리 내쫒끄 났당게라."

청산유수인 동생이 말까지 더듬거렸다.

"뜬금읎시롱 뭔 소릴 지껼여 대는지 몰긋당께."

마루에 올라오지도 못하고 댓돌에 주저앉아 무슨 얼토당토않은 말을 하는지 몰라 소리만 버럭 질러 댔다.

"아따! 성! 벼락 치는 말투 줌 고치랑께라."

그제야 마루 위로 가볍게 올라앉아 엉덩이를 출싹거린다. 좀 전과는 달리 언니를 빤히 쳐다보며 엉큼스럽게 살짝 웃는다.

"뭔 뜬금읎는 소리냐구 묻잖여?"

동생이 웃는 얼굴이 그때는 웬일인지 때려 주고 싶을 만큼 얄미웠다. 아니 이유도 없이 부아가 치밀어 올라 머리를 잡고 내팽개쳐 버리고 싶었다. 그런 속마음을 알 리 없는 동생은 웃음을 뚝뚝 떨어트리며 바짝 다가와서 입을 달싹거렸다.

"입뚯을 하는 긋을 과브 시미한티 옴착달착 걸르 고 자리스 패대 츠쫒아냈다고 뜨르르하당께. 젊은 과부가 말이요라."

"뭐셧?"

절로 이빨을 부딪치며 소리를 버럭 지르면서도 짐짓 속으로 순영이 아랫도리가 축축하다던 말이 번개같이 떠올랐다.

"언 눔하구 붙어냐구 다그친께… 바람인지 물크뎡 뭐신지 횡설수설 정신 나간 논마냥 쭈물대는 통엠 화를 더 돋궜나 비라. 알고봉께 고굿이 얌즌한 부뚜막 꽹이요당게라."

동생은 재미있는 일이 생겼다고 손뼉을 치며 까르르 웃는다.

"하기삼 고굿이 뭘 알근남? 골골대다 죽은 스방이 춧날밤이나 지대루 치러 봤근냐… 이 말여라."

"니년은 고런 거 빼믄 헐 말이 없드냐?"

큰소리를 쳤지만, 왠지 울컥 목이 메었다. 사레까지 들렸다.

"미물든 잉간이든 모다 늄자 논자뿐인디 고것 빼믄 헐 야그가 있간디? 뭔 사는 재미가 있구 쌈이 뭣땀시 나긋소. 성두 뭐시 꼬시 말에 찔그득 지릴 긋 같으 쿨룩대… 대번이 알 수 있지라."

동생은 지나가는 말투로 아무렇지 않게 대꾸를 하며 흘러내리는 머리를 득득 손가락으로 빗어 올렸다. 그리고 반쯤 일어나 쌍과부댁을 고개를 내밀어 쳐다봤다. 그는 어이가 없어 남의 일이라고 웃음을 흘리는 동생의 아래턱을 때려 주고 싶을 만큼 노려만 봤다. 잠시 숨을 고른 후 지청구를 해 주었다.

"터진 주둥! 술술 내뱉으 직쏭이 기어콤 풀린당게. 말 못 하구 뒈진 구신이 따로 읍스… 나가 니겜 뭔 말을 하긋나."

말문이 막혀 노려만 보면서 인상을 있는 대로 찌푸렸다.

"근디 머리는 뭔 일루 산발이다냐? 풍월논이 따로 읍당게."

흙이 묻은 옷 꼴이며 머리카락이 엉켜 있는 것을 보고 이유를 몰라 고개만 갸웃거렸다. 그의 말에 동생은 순식간에 표정을 바꾸어 분한 마음에 주체하지 못해 엉덩이를 들썩거렸다.

"동리 논들이 그 언 늄이 바루 툴툴… 아니믄 무지렁이라구 나불대기에 엎치락뒤치락했당께라. 무지렁이믄 몰라두 어맨 툴툴을 한통으롱 몰아세우냔 말요라! 다시 들먹거리믄 가만 안 둘 끄."

주먹을 불끈 쥐어 허공을 향해 주먹질까지 해 대었다.

"그러믄… 그랬으믄… 집구슥으루 가 뻔지지 여 와서 증신 사납게 썰레벌 지랄 난리를 치는 그람!"

"그람 나가 으디 가스리 근질대는 입을 나불나블그리믄서 속풀을 한다요? 그래두 젊은 과부가 성을 좋아했지라?"

금세 발그레해지는 꼴에 머리카락을 한 움큼 잡아 뜯고 싶었다.

"비두 안 오는디 날궂이를 한다야? 날궂이로올?"

젊은 과부라는 말에 울컥 올라오는 감정을 숨기려고 소리를 질렀다. 과부라는 말에 더 크게 소리를 질렀던 것 같다.

"그람! 나가 썰렁쌀렁한다는 말이라요?"

금세 토라졌는가 싶더니 잔뜩 화가 난 목소리로 말을 시작했다.

"쫓겨나스 혼쫄이 나간 순응일 박 스방이 신발을 사 신끄 델구 가는 글 봤다구 어맨 소릴 해 쌌는디. 속이 안 터지구 배기긋쓰요? 눈깔이 삐 한참 삐당게롱."

"지 여핀 목에 쌀 한 톨 쳐넣으 주지 않은스 그럴 리 있간디."

"내 말잉! 헛굿을 보구 말두 잘 맹그러 지꼬료 된당게."

벌떡 일어나 머리를 문지르는 동생의 등을 후려쳤다.

"고롷께 기냥 좀 넘으가란께! 잉? 너그들 땀시 얼굴을 들 수가 읍써! 뭔 일만 생기믄 꼭 니그들이 입살에 오른당게롱잉."

버럭 소리를 지르니, 부엌으로 몸을 숨기는 동생을 못 본 체했다. 이런 와중에도 이것저것 싸서 들고 갈 것은 안 봐도 뻔했다. 동생이 쩝쩝대며 먹는 소리가 여느 때보다 더 듣기 싫었다. 사람이 참으로 꼴도 보기 싫을 때는 먹는 모습이며 먹는 소리가 듣기 싫은 게 아닌가. 웃는 소리마저 듣기 싫은 것이다. 생각할 필요 없이 입에 들어가는 밥풀을 동네 개에게 던져 주고 싶을 뿐이었다. 다만 순영이 눈에 밟혀 밤늦도록 쉽사리 가라앉지 않은 언짢은 기분을 풀지 못해 활짝 피어나는 박꽃만 바라보았다.

큰벌교댁은 그날의 일이 생각나며 오늘따라 꼬물꼬물 피어나려는 박꽃을 넋 놓고 바라보다가 뭔지도 모르지만, 기분이 좋았다는 순영의 혼잣말이 한없이 애처롭게 들려오는 것만 같다. 그리고 순진한 며느리를 내쫓고 박이 둥그러니 여물었다며 물바가지 하라고 가져온 늙은 과부의 머리카락을 쥐어뜯어 주고 싶었던 것을 억지로 참았던 일도 떠오른다.

"고것이 지금 으디서 뭘 먹구나 살고는 있는지…."

안방에 앉아 있는 자신을 마당 평상에 불러내어 생글거리며 사람들 흉보는 얘기에 시간 가는 줄 몰랐는데… 박꽃처럼 활짝 피어나는 해맑은 얼굴이 삼삼하다.

"언 눔인지… 델구 살 긋두 아님서 건들리곰 지랄혀!"

은근히 화가 났는지 돌아앉아 이내 슬그머니 누워 버린다.

8. 큰벌교댁의 분노 폭발

"아무리 쭈그렁 과부떡이라두 눈먼 놈이 업어 감 으쩔려곰? 문을 활쫙하니 제쳐 놨다요?"

어느새 빈 함지박을 부엌 앞에 슬며시 내려놓고 마루로 올라와 안방을 두리번두리번 둘러본다. 그의 속을 알 리 없는 동생은 눈치가 없게도 방긋거리며 울적한 심사에 불을 지핀다.

"조논은 말끝마다 과부과부…."

벌떡 일어나 뭉쳐 놓은 삼베 이불을 두말할 것도 없이 휙 던지며 소리를 버럭 지른다.

"나가 속알몰 읍다지만 읍는 말 맹그러 지꼘여 대긋소잉."

누런 치아가 훤히 보이는 입가에 얄미운 웃음을 뚝뚝 떨어트린다. 아무 생각 없이 이불을 옆으로 제쳐 놓으며 안방으로 고개를 쓱 내밀고는 영정 사진을 올려다본다. 입을 달싹이며 빙그레 웃는 찰나에 끓어오르는 부아를 참지 못해 순식간에 동생의 머리카락을 꼼짝없이 썰레썰레 그의 손안에서 흔들리고 있다.

"어매어매! 나 죽소! 나 죽소!"

땀을 뻘뻘 흘리며 언니의 손을 붙들고 비명을 질러 댄다.

"그럿! 내는 과부랑께! 니 서방 돼지기 즌 니논부텀 돼져 뻔쯧!"

그는 힘껏 머리채를 여러 번 휘두르더니 인정사정 볼 것도 없이 밀어젖힌다. 작은벌교댁의 턱이 소리가 날 만큼 문지방에 부딪힌다. 너무 아픈 나머지 눈물이 주르르 흘러내린다.

"어매! 요 주둥 우짤랑가! 박 쓰방 두 번째 낙인디라…."

헐떡이면서까지 말을 가리지 않고 기어코 하고야 만다.

"조년 주둥은 끝내 다물지 못혀. 나불나불 지랄이랑께."

다시 머리채를 잡으려 하자 그제야 정신이 드는지 그는 잽싸게 이불을 끌어안으며 댓돌을 향해 용수철처럼 튀어나와 그 자리에 주저앉는다. 당황해서인지 숨을 제대로 쉴 수 없어 푹푹거린다.

"고 주둥! 아예 꼬매 뻔즈 뿌릴끙껭!"

큰벌교댁은 얼굴에 열이 올라 땀이 줄줄 흘러내린다.

"나가 니논 땀시 열불이 남서 염츈에 절루 쪄 죽끄당께."

화를 참지 못해 베개를 높이 쳐들며 던질 기세를 한다. 붙잡히면 말려 줄 사람도 없다. 오늘은 재수가 좋은 것이다. 이럴 때 머리 한번 잡혔을 때는 누가 아무리 말려도 분이 풀려야 놓아주기 때문이다. 이런 성미를 알기에 도망가는 수밖에 없다. 그 와중에도 흘러내리는 이불에 걸려 넘어지려는 것을 허겁지겁 끌어 올려 가며 거친 숨을 내쉰다. 급한 마음에 신발을 아예 주워 들고 대문 앞에서 신발을 신으며 뒤를 돌아본다. 어느새 닫힌 방문에 소한 바람보다 더 차가운 냉기가 감돈다. 등에 식은땀이 흘러내린다. 삼베 이불을 움켜잡아 휘어 감으며 꼭 끌어안는다.

"아고메! 같은 씨에 다 같은 배 속으로 나왔는디 이논의 팔자는 이리돔 모락스럽다요. 요그스나 조그스나 맨날 괄시나 받구… 엄니는 나 밸을 쪽 뭘 주쉬 먹구 낳는지 몰긋다요-!"

기운이 있는 대로 다 빠져 한 발짝도 옮기기가 힘겹지만, 그는 서글픈 푸념이 절로 나온다.

"이글 휘릭 내뻔지지… 스방 끌어안은 굿츠름 나오는 근 뭐렁께… 어매어매! 이논의 팔자! 으째쓰까이."

끌어안은 삼베 이불속으로 더운 입김이 스며든다.

"고것두 터진 주둥이라구 씨불씨불잉?"

한 점 인정머리 없는 가시 박힌 말이 문살을 흔들릴 정도로 마당을 뚫고 대문 앞까지 다가온다. 귀와 가슴에 다시 한기가 돌아나도록 쏜살같이 그대로 와 꽂힌다.

"귀구멍이 밝으벽다 똥칠함서 살 끄랑께! 얼음장 같은 목소리으 얼어붙으 발이 떨어지지 않으 요로콤 어정대곰 있다요-"

"뭐셧?"

벌떡 일어나 방문을 활짝 열어젖히고 소리를 버럭 지른다.

"목청은 화통을 삶아 묵은나 비라! 그라요! 심 빠진 발목댕은 천 근 덩이지만 주둥은 멀쩡 살아 있당께. 배웠으며니 아나운스가 혀를 내둘림서 고 자림 내게 펄뜩 넘겨씀꾀라."

다소 떨리기는 하지만 화가 났던지 목소리가 기어들어 가는 듯하더니 냅다 소리를 지른다.

"아무나 허나미? 구변무리두 읍씨 씨불그리믄 아나운스? 무라?"

다시 문살이 흔들릴 정도로 문이 닫히면서 서릿발이 서린 목소리에 목을 움츠린다. 눈가도 절로 짓무른다.

"문쌀 다 떨어즈긋소! 남자 그림자드 읍는 집써 부실해진 문을 박차 언 잡놈이 보쌈해 뻔지믄 으짤라 몰긋냄!"

젖은 눈빛으로 안채를 슬쩍 뒤돌아보더니 기운이 다시 솟구쳤는지 질세라 소리를 지른다. 획 돌아서려는데 문을 열고 번쩍대는 눈빛이 뺨을 후려친다. 그 눈빛에 질려 입술을 깨물 정도로 굳게 다문 채 빨랫감을 세차게 끌어안는다.

"성부 몫까징 꼬부라질 때까징 천논만논 원 읍시 사시라잉."

이죽이죽하면서 무겁던 발에 바퀴가 굴러간다.

"고 주둥에 손발 다 들었스! 그렁께 엄니한티 매를 더 벌으찌."

큰벌교댁은 그래도 안타까운지 문을 살며시 열고 돌아서 가는 동생을 지긋이 바라본다.

9. 동네북, 작은벌교댁

"임아- 임아- 날 보러 오소오- 은제 올끄나- 새벽이믄 오긋소? 밤이믄 오긋소? 새복참에 올그들랑 나팔꽃 피나그 즌에 새소리 나그 즌에 오소오- 밤이 올그딜랑 오밤중이 울 어미가 잠이 들면 살그메 눈치끗 오셔라…."

청승맞게 부르는 서글픈 노랫소리가 온종일 땡볕에 늘어진 나뭇가지도 따라서 힘겹게 흔들린다.

"아구메! 뭣 땀시랴? 성한티 모질기 지청귀 처먹었구머니?"

우물가를 지나치는데 단번에 알아채고 망골댁이 한마디 던진다.

"뭔 소릴 지껄여 대는지 몰긋당께?"

작은벌교댁은 가던 길을 멈추고 사람들을 향해 눈을 동그랗게 굴린다. 아무 일도 없는 것처럼 하려니 목소리에 힘부터 들어간다. 아직도 문지방에 부딪힌 턱이 얼얼하다.

"뭔 소리긴는? 같은 노래라두 기분 좋아 불러 대는 근지… 신세 타령으로 불러 대는 근지 모다 안당께롱."

옆에 할 일 없이 퍼질러 앉아 있는 정백 엄니도 한마디 거든다. 저쪽 구석에 교순이 던져 놓은 물통이 그의 눈에 띈다.

"팔푼이 핵교서 오는 야들을 보구 던져 놓구 후륵 가 버리던딩."

눈길을 따라 고개가 돌아가며 순천댁이 묻지도 않은 말을 한다.

"뭐시? 갸가 팔푼? 열 달리 웅크려 있다감 쑥 빠져나왔는디."

작은 눈에 불똥이 튀도록 부라리며 화를 낸다.

"야그가 고렇다는 고짐… 허구헌 날 지청구 먹음시롱 그래두 피부치라구 듣기 싫은 꼬여라?"

"하기삼 함끼 부텅 싸움섬 은제 그램냐 시시락하는 그… 고게 바루 피부치이라. 허는 꼴을 보문 팔푼이가 틀린 말은 아니지이-"

정백 엄니는 편을 들어 은근히 더 부아를 돋운다.

"사둔 남 말 하그 자빠즈 있넴. 지 똥 구린 줄 진즉엠 모르라?"

작은벌교댁은 몸을 완전히 정백 엄니 앞으로 획 돌린다.

"뭐시라고라?"

정백 엄니는 용수철 튀어 오르듯 벌떡 일어선다.

"한참 모자란 머즈릉 정배게 빌깜. 갸가 탓할게 뭐랑가?"

"이 여핀이 지 성한티 당한 그 어만데 와서 풀어 대는 겨?"

"당한 그 봤스라? 지나가는디 발목땡 잡은 끄 뉘긴디라?"

한층 목청을 높이며 고개를 들이민다.

"고러다가 사램 치긋네에! 꼴에 가재라구 가재 편 드나미?"

"그렷! 편들구돔 남줴! 돈 많으… 묵을 그 지츤엠 널려스… 오라비 든든햐… 사램 앞날 으딸지 뉘 아? 아? 아쉴껨 무 있다꼼-!"

"고만들 하셔! 나가 잘못했슨께."

망골댁이 일어서서 두 사람 사이에 잽싸게 끼어든다.

"와들 고런디야? 더운디 더 덥게스리… 고러지 말으."

턱굴댁은 언제 왔는지 얼굴이 벌겋게 달아서 치마에 담은 푸성귀를 우물 바닥에 쏟아 놓고 물부터 찾는다.

"아구 아줌니! 이글 안곰 요까지 왔다요?"

망골댁은 허리를 굽힌 채 중심을 잃고 기우뚱거리는 것을 보고 허리를 감싸안아 살그머니 앉혀 준다.

"오는디 가생이에 시푸룿게 눈에 뜨길램 뜯으 왔지라. 근디 와들 싸우고 그랴. 살믄 을마나 살굿다곰.”
 턱굴댁은 망골댁이 길어 놓은 물동이의 물을 한 바가지 떠서 벌컥벌컥 마시면서 씩씩거리고 있는 작은벌교댁을 쳐다본다.
 “텃꼴떡은 모르믄 가만 있으랑께요.”
 “나가 뭐시라 했당께? 나이루 치자믄 느그 시엄씨벌 되근마는… 말끝마다 텃꼴! 텃꼴떡! 고로니 아무한티나 눈충을 봤쯔 안끗어!”
 그는 화를 버럭 내며 남은 물을 작은벌교댁 앞에 획 뿌린다.
 “새삼스리 시엄씨를 들먹거린다요? 머리 찌뿟그리게끔….”
 “못 들은 측 고냥 가즈… 일일이 대꾸하믄 쌈만 되지 않으…?”
 턱골댁까지 가세하자 망골댁은 자신의 입술을 두드려 댄다.
 “내도 속이 있쓰 고러지라.”
 뒤로 물러서 물을 피하며 말투가 부드러워진다.
 “속읍씨 나불대는 주둥에 큰별규떡 진짜증 심사만 하나 비!”
 “과부 속을 과부가 안다 이 말여라?”
 정백 엄니는 마음이 풀어졌는지 넉살스레 농담을 던진다.
 “고려! 꼬렇당게라.”
 그는 숨을 거칠게 몰아쉬며 치마를 걷어 올려 속주머니에서 담배를 꺼내 문다.
 “그 담비 고만 무소. 아무 스나 치마 홀러덩 걷어부치곰.”
 정백 엄니는 치마를 내려 주며 이맛살을 찌푸린다.
 “치마 걷어부쳐 봤자 찐내라두 맡끗자구 덤비들 눔두 읍구… 이자는 요거이 내 쓰방이랑께.”
 그는 담배 한 모금 빨아 한숨 내뱉듯 허공에 내뿜는다.

"조그부텀 뽑든디 이왕 뽑은 그 간드르지게 뱉어 보드라곰."

담배 연기를 작은벌교댁을 향해 또 한 번 푹 내뿜는다.

"방정맞은 주둥섬 흘러나오는 가락이 신기하당께."

"염주할매 가슴 녹는 갱문 소리만 하굿소!"

그 말에 정백 엄니는 언제 싸웠냐… 낯빛이 환해지며 거든다.

"그러잖아두 조그섬 염주랑 만복떡하구 한바탕 오지겜 하곰 물 한 모곰 마실려 오다 허리가 자끄 꼬부라진다구 갔으."

작은벌교댁은 삼베 이불을 둘둘 뭉치더니 끌어안고 뒤돌아서는가 싶더니 어느새 저만치 언덕배기를 오르려 하고 있다.

"발바닥이 바퀴가 달렸스. 뽑은 김엠 한 븐 더 뽑그 가잖구."

"저 주둥은 노래하담 죽은 구신이 붙어 뻐렸나 비. 아님 담박질하다 죽은 구신이 발바닥이 붙으 브렸는지…."

턱굴댁은 가슴에 꺼내 놓지 못한 얘깃거리를 핏덩어리를 토해 내듯 한 모금 빨아 길게 내뿜는다.

"아구! 아줌니 보믄 시엄씨가 앞이 떡 버티그 있는 긋 같으 지질루 숨이 턱턱 맥혀 나가 되려 죽을 꼬 갔소잉."

작은벌교댁은 가다가 도로 와서 턱굴댁을 노려본다.

"느 성! 꼬라지에 불붙이지 말으. 한 스방 밑서 엎드려 사는 그시 질루 복인 줄두 몰구 나불나불…."

휭 돌아서 가려는 작은벌교댁의 등에다 버럭 소리를 지른다.

"과부라 가재 픈 드오?"

작은벌교댁은 번뜩 시어머니 얼굴이 떠올라 발길을 멈춘다.

"고 속을 어찌 알곰 시파래 한 마디둠 지지 않굼 달겨드? 느 시미나 내는 눈칫밥이라두 야들 맥여 살릴려 갔스리."

동시에 턱굴댁이 벌떡 일어나 고개를 꼿꼿하게 세우고 잽싸게 단걸음에 달려들기라도 하듯이 머리를 썰레썰레 흔든다.

"고긋도 벼슬이라꼼 또 꼬쏘림! 덕깽이 딱 부트 뿌렸쏘오!"

고개를 냅다 디밀어 그 역시 썰레썰레 흔들며 어쩔 줄을 모른다.

"울덜은 고나마 남증네 살남새 맡으믄스 츤한 목숨 살웃지만 짧은 여름밤이 동지슫달보담 더 긴 밤을 어찌 알긋씸!"

그는 손에 든 담배를 훅하니 작은벌교댁을 향해 던진다.

"곳두 자랑이욤? 갱치사라곰 한다욤? 부끄릅지두 안으욤?"

성질을 부리면서도 작은벌교댁은 담뱃불이 혹시 붙었는가 치마를 훌러덩훌러덩 이리저리 털털 털며 휘리릭 고개를 돌린다.

"조 주덩! 날 잡아 기어콤 닫겜 헐팅께."

"으딜 가나 과부 심통은 염츤에두 등짝이 서늘하당께랑."

기어이 말대꾸를 더 하며 슬슬 뒷걸음질을 치더니 욕을 하든 말든 뒤도 돌아보지 않고 가 버린다.

"날 잡을 사램 또 있으라. 좋날 한 븐에 푸닥그리하잖게요."

순천댁은 엉덩이를 씰룩거리며 까르르 웃어 젖힌다.

"뭐셧? 그럿? 날 잡소. 떡뿐이 떡 한 쪼갈 으더먹게 꼬롬."

작은벌교댁은 다시 뒤돌아서서 있는 대로 소리를 지른다.

"서방티 지층구 묵기 전으 미리삼 밥이나 차르 놓더라곰."

"염장 지르는 가미?"

"가든 길 어여 가랑께. 뭔 존 소리 들껏짜구 멈춰 버린다냐?"

"아즉 잡혀 끄들릴 머리카락이 남아 있나 보구면?"

"내친김엠 푸닥그리 전이 여그섬 엎츠락뒤츠락할까 비-"
 순천댁과 대천댁이 뒷말을 낚아채며 까르르 웃어 댄다.
 "뭐시가 좋아 찰떡마냥 붙어 다님시롱 넘 흉이나 보곰스리."
 "전승에 죽고 못 사는 앤? 아니믄 금실 존 부부?"
 대천댁의 말에 순천댁이 더 찰싹 붙어 앉으며 서로 어깨에 기대어 마주 보며 더 크게 웃는다. 약이 오른 작은벌교댁이 다가오려다가 턱굴댁의 흔드는 머리를 보고 뒷걸음을 치다 이내 뒤돌아 가 버린다. 턱굴댁은 그제야 픽 웃는다.
 "걸음글조차두 복쪼갈 눈 씻구 뵈두 읍스! 복을 탈탈 틀으."
 "그라지 맙소. 알고 보믄 안됐스라. 맵디맨 시집살에 살쾡이같은 쓰방에… 성한티 맨날 지청구 묵구… 울덜이 다 알잖소."
 망골댁은 채소들을 씻어 놓고, 턱굴댁의 푸성귀마저 씻어 한옆에 갈라놓고 나서 소쿠리를 들고 일어선다.
 "알지만 쓰두 주뎅이 사램 속을 긁잖여… 근디 뭐시당가?"
 턱굴댁은 금방 말씨가 부드러워지며 소쿠리를 들여다본다.
 "이따가 지 집으로 부친개 드시러 오셔라. 비는 안 오지만 요굿조굿 채 쳐서 푸지게 부쳐 즈녁으롱 대신 묵을라요."
 망골댁은 활짝 웃으며 소쿠리를 옆구리에 끼고 앞장서 걸어간다.
 "에구… 언지나 고맙당게. 재득이는 복두 많으. 그람 믄저 가소. 난 시 큰벌규떡한티 들렀다가 갈긍게."
 "가믄? 뭐… 퍽이나 반겨 주곳소. 앙콤스리 입 딱 붙이곰… 댓꾸라두 해 준다요? 따라가스 망골떡 칼질이나 거들어 주잖께라."
 정백 엄니가 팔짱을 끼며 팔을 잡아당기며 흔들자 그는 못 이기는 척 가자는 눈짓을 한다.

"에구구… 자니두 자글자글 잔주름이 설찮이 많아졌당게."

"시커먼 시월이 으디 간다요? 고랑 파 냉큼 주저앉아 부렸스라."

"고랑이 깊숙한 그 봉께 속두 슟검덩 다 되지라?"

"말이라고라. 뭐시 명당자리라구 단단허게 목구역까징 치밀구 아예 주저앉즈스라. 사촌왕이 따루 읍당게라."

그는 인상을 찌푸리다가 팔짱을 풀고 앞장서 가는 망골댁의 힘찬 걸음걸이를 바라보는 눈빛이 이내 촉촉해진다.

"정배기는 은제 사근사근한 샥시가 드와 알콩그릴지 몰러라."

"껀뜩하믄 그 말 나오는 거 봉께 별수 읍씨 늙는 게비라."

"그라지라! 블써 환갑이 깔딱거리곰 있재라."

그는 턱굴댁의 올라간 치마를 내려 주며 슬슬 발걸음을 뗀다. 순천댁과 대천댁은 어디로 갔는지 보이지 않는다.

"조긋들이 아예 단짝이 되으 죽이 쩍쩍 온갖 참근 다 하문스 온 동리를 쓸구 다닌당께로."

"멀리스 시집왔는디 서로 맘 부칠 말동무가 있으믄 좋재…."

그들은 고개를 넘어가는 정수리만 보일까 말까 하는 순천댁과 대천댁을 까치발로 바라본다.

"근데 저근 판새기 대갈통이 아닌가미?"

정백 엄니의 말에 턱굴댁도 고개를 세운다. 앞서가는 망골댁도 걸음을 멈춘다. 순천댁과 대천댁을 향해 고개를 들이대고 삿대질을 해 대는 손가락이 보인다.

10. 판석이

작은벌교댁은 낮에 있었던 일을 까마득히 잊어버리고 널어놓은 이불을 툭툭 털어 대며 구김을 편다.

"그냥 내비두소! 밤새 고래 두믄 저질루 마르지 않겠소."

할 일 없이 마당을 어정대는 판석은 이모네 삼베 이불이라는 것이 못마땅하다. 삼베 이불이 뭐라고 덮고 싶어 요리조리 매만지는 어머니의 속없이 흘리는 미소는 더 보기 싫다.

"엄니! 고렇게 고거이 좋소?"

날이면 날마다 얼굴만 보면 기분 좋은 말 한마디 듣지도 못하면서 안고 온 것을 도로 갖다 내던져 주고 싶은 심정이다.

"얼릉 자빠져 자라잉. 일찌감 이모네 물 길으야 안 굿냐?"

그는 아들의 속을 뻔히 알면서 모르는 척 대꾸한다.

"해만 떨어지믄 성가시게 한다요? 놀 보구 운동 줌 할라요."

그러잖아도 할 일 없이 마당만 빙빙 도는 꼴이 성가신데 아들의 말대꾸에 작은 눈이 있는 대로 찢어진다.

"아따! 을씬거리는 고이 꼴 비기 싫으믄 장개나 보내 주슈."

판석도 어머니의 속을 뻔히 알아차리고 대꾸를 한다.

"쥐뿔두 읍씨 뭐 두 쪽만 달랑대는 눔이 장개? 뉘 집 눈문 샥시가 얼씨구나 잘두 오긋디야."

"눈멀믄 으떻구 과부믄 으떻소? 치마만 둘렀으믄 돼얐지!"

"또 상즌 떠받들 일 있쓰? 내 살아생즌 고건 죽기보담 싫릉게… 느 삼촌, 고무눈덜 쳐묵구 뒹고는 꼴 아주 징글징글혔당깨."

"이젬 을씬도 않을 꼬라… 아부지가 단방에 쫓아냈지 않았쓰라…

고때만킴은 햐! 멋쪄 뿌렸스라. 번쪽번쪽 고- 눈빛!"

"싫으! 이잔은 싫으! 다시 끄질르 겨 온다믄 요 자리섬 게웨그품을 물고 벌렁 자빠즈 뿌릴 구랑게!"

"엄니가 엄츤 힘들었든그 갑소. 걱즘 말으라. 조신하곰 사근사근한 샥시 델고 올 팅게."

"나 복살무리엠? 느눔 팔자엠? 아옘 꿈두 꾸지 말그라잉. 군디도 안 간 눕이? 할 수 있는 그이 뭐시 있다꼼?"

아들이 깐족대는 것 같아 소리를 버럭 질러 댄다. 들은 척 만 척 마당을 돌다가 마루 끄트머리에 벌렁 누워 발가락을 까딱대고 있는 발꿈치를 마루에 올라서자마자 냅다 차 버린다. 남편이 들어올 시간이 된 것이다. 들어오면 편편 놀고 있는 꼴에 싫은 소리를 들을 것을 뻔히 알면서 세상 편한 듯 누워 있다. 중간에서 애간장을 태우는 것도 몸서리가 쳐진다.

"와 때린다요? 해 준 게 뭐시 있다구?"

판석은 누운 채 펄떡펄떡 몸부림을 치다가 벌떡 일어나 눈을 부릅뜨고 머리를 힘차게 내두른다.

"또 고 소리! 해 준 긋이 뭐시? 멀쩡멀쩡 쩡쩡하겜 시상 귀경시켜 줬으믄 됐지 뭘 더 바란당게롱!"

"긍께 고연스리 가만있는 아들램 속을 긁어 댄다요? 낮이 이모한테 당한 그 내한테 푸는 거라야?"

"니눔이 나가 당한 그 어찌 아나미?"

"빤하라! 과부 타령에 된통 당한 그! 글고 엄니가 동네북이오? 드오나 나가나 당하고만 사요? 며늘에겜두 고리 무시받곰 살라요?"

판석은 고래고래 소리를 지르며 펄쩍 일어나 사립문을 발로 밀어 차 버리며 냅다 밖으로 뛰쳐나간다.
   "툴툴아이! 다 늦게 으딜 간당가?"
   그는 아들이 불같이 성질을 내며 나가는 것을 보고도 사립문까지 와서 부드럽게 물어본다.
   "가긴 으딜 가것소? 장개 못 가 안달 난 정배기한티 가오! 글구 툴툴이가 뭐다요? 말짱한 아덜 이름 지난 장이 팔아묵으다요?"
   "그렷 눔아! 팔아 처묵으따! 엿 사 먹구 떡 사 묵으따! 그나저나 놀 눔이 읍써 고눔하구 놀으 댕긴당가?"
   "그람 이 촌구삭이 누가 또 있긋소? 지지배들은 설 공장으로 다 빠져나가고 사내눔들은 대갈통에 먹물만 들었는디 상대가 되긋소? 곱디고운 순… 아아악-"
   그는 말끝을 흐리다가 눈치가 빠른 어머니가 뭔가 알아차릴까 일부러 비명을 지른다. 비명까지 질러 대며 뒤도 돌아보지 않고 냅다 뛰어나가는 아들의 뒤통수에 대고 악을 쓴다.
   "뭔 소릴 지껼여 대다 마는 그이?"
   판석은 귀를 막고 머리를 세차게 흔들며 더 빠르게 달려 나간다. 달려 나가면서 목청을 있는 대로 높여 한 번 더 비명을 지른다.
   "지눔이 은제 컸다곰 툴툴? 질루 큰 줄 아나 비! 장개? 장개가 후다닥 고리 쉬운가? 허긴 고럴 그시여! 밝히고도 남을 꼬라. 몸뚱이가 찡찡한디 거시기가 믄저 짱짱해지니까."
   "푸르락! 중얼중얼끄라미?"
   마당에 들어서며 달구는 아내의 모습에 말을 건넨다.

"근디! 요짐사 낮젬 밖 출입이 잦다요? 한 끈 했스라?"

금세 반색을 하며 코 먹은 소리를 내며 남편의 허리에 휘감다시피 달싹 달라붙는다.

"자니 알맹은 방구석에 가는 세울 시 가믄스 짓물도록 눌러 있지 암 창난 암캐에게 내츠진 한물간 수캐마냥 싸질러 간다냐?"

알 수 없는 묘한 웃음을 흘리다가 금세 눈빛이 살기를 띠더니 달라붙는 아내를 매몰차게 밀쳐 내 버린다.

"나가 마당스 어증대길래 약을 바짝 올려 내보냈당께요."

"꼬래두 꼬룽지. 볼 쪽마다 조아려둠 션찮을 부친두 몰라보굼스! 꼬나쪼나 그눔이 무쯔릉한테는 가지 않끗줴?"

쪼르륵 세숫물을 발밑에 재빠르게 갖다 놓는 아내의 등을 내려다보는 낯빛이 심상찮다. 새파랗게 변하며 흰자위를 번뜩인다.

"나가 단단히 일러두었당께요."

"쪼매라두 꼼탱 눈앞스 알짱대믄 쎄바닥을 확? 발목 대갈를 인증사증 볼 굿 읍시롱 뿐찔르 뻔찔랑께!"

달구는 아내의 입술을 손가락으로 모지락스럽게 튕긴다. 아프다는 말도 못 하고 자신도 모르게 입술에 얼른 손바닥을 가린다. 언젠가 생각 없이 정백과 교순의 짝으로 어울리겠다는 말에 혼찌검이 난 기억이 떠올라 식은땀이 등을 타고 흘러내린다.

"자니가 더 문제잉. 시두 때드 읍씨롱 그 얍쌉한 주둥! 확!"

바짝 다가앉으며 수건을 들고 서 있는 아내를 향해 눈빛이 더 번뜩인다. 다시 손가락을 독수리 발톱처럼 웅크려 입술을 찍으려고 시늉만 하더니 수건을 날카롭게 낚아챈다. 숨소리도 죽여 가며 조심스럽게 양말을 벗기고 세숫대야에 두 발을 담가 준다.

"아따! 열뇨 났당께! 발랑 박씨 집안으 대단한 열뇨 났소라!"

만복이 언제 왔는지 사립문에 삐딱하게 기대어 땀을 닦아 낸다.

"시마리 읍는 문짝엠 황소만 한 몸뗑을 기다고 스 있는 근 뭣시라미? 돈 많다 이그지라? 아- 기냥 온 근 아니굿고?"

달구는 마루 끄트머리에 발을 올려놓고 발가락을 까닥거리며 물기를 털어 낸다. 얼굴도 마주 보지 않고 코를 훌쩍거리는 말투가 누가 들어도 기분이 나빠지려고 한다.

"달이 뜰려믄 쪼깐 걸리는디 금실이 좋혀도 그시기하지라."

"지니가 뭣 땀사 우덜 사이에 낑가든당가? 느 마늘 응뎅 불이나 끄더라공! 볼 쪽마다 일러도 눈치가 코치랑게. 눈침코침이 읍스믄 귀구멍이라두 뚫려 있으야쩨."

"귀구멍이 소 음메로 가득 찬디 뭔 소리가 들굿다요."

달구는 아내가 맞장구를 치니 단번에 눈을 가늘게 뜬다.

"뭔 말이 하구 싶어 꿈지럭거린댜?"

달구의 눈총에도 기어코 할 말을 하고 잽싸게 입을 가린다.

"쬥일 어디섬 죽치곰 집에 드와 상전 대접받는 성님이나 다 큰 아덜 내쫓다시피 쫓아낸 아줌니나 같다는 그지라."

"느나 잘하랑께. 여픈! 찐내 풍겨 대는 방댕 단속!"

핀잔을 주며 만복의 발밑에다 세숫대야 물을 쫙 뿌린다.

"까닥하면 물벼락 때리것소."

"그러니 울 집 일에 뭐시관데 껴드는 겸?"

작은벌교댁은 몸을 젖혀 얼굴을 붉히는 만복을 노려본다.

"고까짐만! 요서 더 나불대믄 나으 인내가 벼륵 칠 꼬랑께!"

달구는 아내의 얼굴에 수건을 던지고 문을 닫아 버린다.

"고 주덩임써! 꼬 주떵! 맨날 단속을 혀두 대책이 읍당께!"

달구의 날카로운 말이 창호지가 찢겨 나올 것 같다. 그제야 작은별 교댁은 얼굴이 노래지며 방으로 들어간다.

"맨날 방구속에 있지 말구 날 우시장에 줌 나오소. 그 말솜씨 줌 빌리자요. 그 말재주 나한티 쓰 달라 왔당게라?"

그래도 마당으로 몇 발짝 들이면서 답답해 소리를 질러 대는 만복에게 달구는 대답 대신 문을 열었다가 냅다 닫는다. 만복은 닫힌 방문을 어처구니없이 바라보다 씁쓰레한 표정으로 어두워져 가는 하늘을 둘러보며 느릿느릿 걸음을 옮긴다.

11. 판석의 애간장

집에서 나온 판석은 주머니에 손을 집어넣고 푸른 논을 바라본다. 더워서인지… 아니면 순덕이네 집에 모여 텔레비전 연속극을 보는지 아무도 보이지 않는다. 소리를 크게 틀어 놓아 주고 수박을 나누어 먹는 모습이 눈에 보이는 듯하다. 입으로는 수박을 먹으며 눈으로는 텔레비전을 보면서 말이다. 교순도 그 자리에 껴 있을까… 생각이 드니 이모부가 하던 일을 운삼 아저씨가 하는 것 같아서 아르르 저며 온다. 이리저리 어슬렁거린다. 우물을 지나치며 습관적으로 물이 얼마나 고였는지 안을 들여다본다. 무심히 언덕배기에 웅크리고 앉아 주인이 없는 순영의 방을 바라본다. 평상 위에 앉아 자기 무릎에 죽은 윤칠을 눕혀 이마에 물수건을 올려놓고 별을 바라보는 순영의 모습이 떠오른다.

"순앵아!"

판석의 목소리에 울음이 섞여 언덕배기에 깊숙이 스며든다. 두 눈 가득히 해맑은 얼굴이 들어온다.

"몹쓸 눔이랑께. 모락스리 내쫓길 때 잽싸게 델구 왔스야 되는디! 우짤라구 용기를 못 낼쓰까잉."

판석은 두 손으로 얼굴을 감싸며 온몸을 비틀어 흔든다. 얼굴을 감싼 채 손가락 사이로 하얗게 피어 있는 지붕 위 박꽃을 바라보며 용기를 못 낸 것에 자책한다.

"그랴두 쌀쌀맞은 이모랑은 참말로 잘 어울렸는디라! 으디서 죽지 않구 살아 있는지 몰라스 미치고 환장한당께."

벌써 환하게 불이 켜져 있는 이모의 안방으로 고개를 돌린다.

"순응이 생각흐냐?"

만복은 언덕배기를 올라오며 판석에게 말을 건넨다.

"고렇게 속을 끓일 걸 뭣 땀시 일을 내 뻔즌냐 말이지라."

판석은 돌아보지 않고 고개만 푹 숙이며 신음만 낸다.

"고러다가 이쁜 순응두 못 보구 땅속으루 드가 뻔지굿다."

만복은 옆에 다가와 앉으며 쌍과부댁의 마당을 바라본다.

어스름한 새벽에 물동이를 대문간에 내팽개쳐 놓고 발소리를 줄여 가며 평상에 누워 있는 순영을 냅다 겁탈하고 있는 모습을, 소를 몰고 나왔다가 우연히 언덕배기에서 본 것이다.

"내는 니가 바지른 혀 둘이 잘되길 바랬당께."

"그람 다 봤다 이 말이여라?"

판석은 놀라기보다 고개를 들어 등을 쓰다듬어 주는 만복에게 덥석 기댄다. 넓은 만복의 어깨를 부여잡고 그동안 참고 참았던 감정을 마침내 복받쳐 올라 울음이 터져 나온다.

 "그렇다구 나가 동리 사램들한티 소문낸 그 아닌 그 알제?"

 판석은 고개를 끄떡이며 멈추지 않고 흐느낀다.

 "여그서 이 말이 어울리지는 않긋지만 느그 아부지 넘한티는 못되게 굴어두 교슥네한티는 손톱만치두 해꼬지는 않찮혀?"

 "난 아부지보담 더 나뻐라. 우짤라구 이삔 순앵일…."

 "울음 그치그라. 여서 마당을 멍허니 내려보는 글 오가며 다 봤당께. 순응이가 착혀서 잘 있을 끈게 걱증 말으."

 만복은 달구가 순영을 애지중지하며 데리고 간 것을 차마 말해 줄 수가 없다. 이는 달구가 알아서 할 일이기에 말이다. 지금쯤 애를 낳았을지 모르는데 여태껏 침묵하는 것을 보면 뜻이 있을 것이다. 눈초리가 냉기가 돌아도 가끔 교식을 보는 눈빛이 정이 느껴지는 걸 보면, 순영에게는 더한 진심이 가득할 것이다. 판석은 말뜻도 모르고 그저 만복의 가슴에 푹 안겨 복받쳐 오르는 감정에 더 서럽게 운다.

 "누가 보믄 널 패는 줄 알긋다. 느 아부지가 보믄 바가지 잔뜩 씨끈 겁나야! 나가 쓰잘데읎씨 타는 속에 불 질렀스."

 만복은 등을 어루만지며 소리 내어 웃는다. 사람 좋게 느껴지는 푸근한 웃음에 판석은 가시지 않는 감정을 흐느끼면서 무안했는지 실없이 웃음을 흘리며 눈물을 닦는다.

 "남자라구 뭐 울면 안 된단 뱁은 읍슨께 울고 싶으믄 펑펑 울으! 군디나 갔다 오믄 소 한 쌍 줄 틴께 늘려 보더라구."

만복은 자상한 형처럼 눈가에 눈물 자국을 지그시 바라본다.

"아뇨라. 지금쯤 낳았을지두 모른디 멀리는 못 갔을 고여라. 어쩔튼 이 잡듯 다 뒤져 델다 놓구 가야만 쓰긋쓰라."

"아구매라! 니 애비가 다 됐스라! 우야튼 소 한 쌍 줄랑게."

"아니라. 기술 배울 참이여라. 나가 나 손으루 벌어먹으야 순앵이랑 떳떳하니 살지 않긋쓰라?"

만복인 고개만 끄떡이며 판석이 대견스러워 등을 토닥여 준다.

"낼 니 아부지에게 소거간 부탁혔는디 나올랑가 몰긋당께."

만복의 말에 놀라 판석은 고개를 절레절레 흔든다.

"어쩔려구 그라요?"

"낸 말임시 전승에 소였는갑따. 소한티는 아까울 게 읍당께."

그는 엉덩이에 흙이 묻었건 풀이 묻었건 간에 그대로 벌떡 일어나 언덕배기를 단걸음에 훌쩍 넘어간다. 판석도 미련이 가득한 눈빛으로 쌍과부댁을 휘둘러보며 느리게 걸음을 옮긴다.

12. 거간꾼 달구

어둠이 가시기도 전에 우시장에 나온 만복은 긴장이 되어 땀이 고인 손바닥을 엉덩이에 비벼 대며 어정댄다. 뿌옇게 엷어져 가는 어둠 속을 헤치고 소들을 끌고 들어와 소 주인들이 말뚝에 묶어 놓는다. 소들이 늘어나는 것을 보며 그러잖아도 큰 눈알이 더욱 번쩍인다. 날마다 눈독을 들인 소가 남의 손에 들어갈까 조마조마한다. 소 주인들은 힘이 넘쳐 몸부림치는 소들을 뒤로하고 우시장이 열리기 전에 해장하러 나간다. 그들을 따라가서 속도 채우고 소에 대해 이것저것 든

고 물어볼 만도 하건만, 그 사이에 기다리던 소가 나타날까… 입구에서 발을 떼어 놓을 수가 없다.

그나저나 기다리는 소는 오지도 않고 대답은 딱 부러지게 못 들었지만, 달구도 오지 않는다. 사람들이 북적거려도 그림자조차 보이질 않으니, 애가 타서 침까지 바짝 마른다. 비벼 대는 손바닥에 쥐가 날 정도이다. 건넛집의 세천으로부터 이장이 소를 내놓는다는 소식을 듣자마자 안달이 났다. 평소에 욕심이 나서 틈만 나면 먼발치에서 바라보며 침만 삼키던 황소이다. 한눈으로 보아도 뿔이 툭 불거져 힘이 넘치는 황소를 보고 단번에 반한 뒤로 잠도 오지 않았다. 단걸음에 달려가 흥정하고 싶지만, 이장네 논두렁에 매어 놓은 소 등을 쓰다듬다가 덩치도 소만큼 크고 힘도 좋아 보이는 일꾼에게 혼쭐이 난 적이 있다. 논두렁에서 불쑥 나타나 다짜고짜 청천벽력 같은 역정을 냈다. 소똥을 한 움큼 집어 으름장을 놓으며 또 얼쩡대면 얼굴에 똥 칠한다는 바람에 감히 나서지도 못했다. 그런데 뜻밖의 소식에 가슴부터 두근대었다. 썩 내키지는 않았지만, 달구에게 부탁을 한 것이다.

갑자기 만복의 눈이 휘둥그레진다. 흥분되어 숨까지 헐떡인다. 우렁찬 울음소리가 들려온다. 힘이 넘쳐 주체를 못 하는 이장네 소가 몸부림을 치며 마침내 나타났다. 우시장 안으로 들어가기 전에 소고삐를 붙잡으려 단걸음에 다가가려다가 발걸음을 떼기도 전에 멈추었다. 소고삐를 붙잡고 오는 사람이 혼쭐을 내던 그 일꾼이란 걸 알고 만복은 오금이 저려 그 자리에서 얼어붙고야 만다. 그를 보자 진땀이 줄줄 흘러내린다. 진땀이 문제가 아니다. 기세당당하게 성큼성큼 만복의 옆구리를 스치고 우시장 안으로 들어간다. 만복은 그 자리에서 숨이 헐떡거리고 몸이 휘청거린다. 소고삐를 말뚝에 묶어 놓지도 않고 한 손으로 거머쥐고 그 옆에 뻣뻣하게 서서 눈을 휘둥그레 뜨고 사방을 둘러보고 있는 것을 보니 진땀이 식은땀이 되어 흐른다. 달구는 도대체 보이질 않는다. 달구에게 기댈 수밖에 없다고 생각하니 입술이 바짝바짝 마른다. 마음이 점점 조급하다 못해 불안하다. 목을 뻐근할 만큼 길게 빼고 머리카락이라도 비칠까 봐 고개를 바짝 올리다가 황소의 울음이 들릴 때면 눈동자를 돌려 누가 만져 보기라도 할까 안절부절못한다. 한자리에서 왔다 갔다 하면서 만복은 앞에서 목을 빼고 있는 소들의 등을 문질러 주며 흐뭇한 표정을 지으며 자신의 마음도 진정시켜 보려 애를 써 본다. 하지만 한가운데에서 여전히 소고삐를 거머쥐고 있는 일꾼과 황소에게 눈을 떼지 못하고 있는데, 거간꾼들과 소 주인들이 해장을 걸치고 몰려들어 온다. 소들 틈으로 들어오자마자 막걸리 냄새를 풍기며 흥정을 시작한다. 소 주인과 사려는 사람들과 한 치의 양보도 없이 흥정이 오가며 소의 등을 툭툭 쳐 대며 목청을 높인다. 그들의 외치는 소리에 바짝 긴장하며 만복은 달구를 기다리는 것을 포기하지 않고 고개를 이리저리 바삐 움직인다.

 만복의 눈이 갑자기 반짝인다. 그의 입가에 웃음이 번진다. 얼굴은 푸시시하고 머리에 새집을 짓고 바지 끈을 나풀거리며 팔랑팔랑 달구가 걸어온다. 그는 반가운 마음에 어느새 소 오줌으로 뒤범벅이 되어 쩍쩍 눌어붙는 진흙을 마다하지 않고 힘들게 걸어 나와 그의 손을 덥석 잡는다. 기분 나쁘게 웃음을 흘리는 그가 지금처럼 이렇게 반가운 적은 없다. 달구는 만복의 반기는 손을 차갑게 뿌리치고 우시장 안으로 들어서려고 한 발짝을 내딛자마자 그의 하얀 고무신이 진흙탕에 빠져 금세 더러워진 것은 둘째 치고 자꾸만 벗겨진다.

"아구! 이눔들이 곧 죽을 줄도 모르곰 쓰잘데읍씨 심 자랑 허느라 시때두 읍시롱 갈끄 뿌린당께라!"

만복은 짜증스레 헛발질하는 달구를, 허리를 구부려 신을 신겨 준다. 쩔쩔매는 건 만복에게는 전혀 문제가 되지 않는다. 나와 준 것만으로도 다행이다. 거친 숨이 뿜어져 나오는 우직한 구릿빛 얼굴에서 자꾸만 미소가 흘러내린다.

"지금 허고저 하는 일이 참말롱 중하다믄 귀흔 몸을 허술 대접하믄 쓰냐? 장화라두 미리사 대령혀야지… 이 말이여라."

그는 걸음을 멈추고 다리를 탈탈거리며 거드름을 피운다. 만복은 두말할 것도 없이 그의 장화를 벗어 서둘러 신겨 준다.

"이게 뭐렁께. 움마? 이근 배지 어찌 신이라 할 수 있간뒤!"

달구는 만복을 향해 눈을 부라리며 간신히 한 걸음을 옮긴다. 만복은 달구의 작은 고무신을 엄지발가락만 걸친 채 걸음을 옮기려니 쉽지 않아 급한 마음에 아예 신발을 벗어 든 채 맨발로 달구의 뒤를 따른다. 많은 소 중에 두리번거릴 것도 없이 바로 손가락을 가리킨다. 대충 봐도 덩치로 보나 뿜어져 나오는 콧김으로 느껴지는 힘으로 보나 어느 소든지 간에 덤비기 전에 도망갈 싸움소로는 제격인 황소이다. 그러자 눈치 빠른 달구는 이유도 묻지 않고 눈알을 굴리더니 비굴한 미소를 지어 보인다. 이럴 땐 잽싸게 걸어가서 무턱대고 들이박으며 혼을 빼 놔야 하는데 바닥이 찐득거리는 데다가 장화가 너무 커서 제대로 움직일 수 없다. 잠시 머뭇거리더니 달구 특유의 혓바닥을 죽 내밀어 어기적어기적 걸어가서 황소의 엉덩이를 느닷없이 철

써덕 때리며 고삐를 잡은 주인의 신경을 날카롭게 건드린다. 갑작스레 엉덩이를 한번 얻어맞은 황소는 성질을 부리며 울부짖는다. 질퍽 덕거리는 흙이 사방 튀기는 것을 보면 언뜻 보더라도 힘이 넘쳐 보인다. 장승 같은 일꾼은 흔들거리는 소고삐를 부여잡고 허공에 커다랗게 원을 그려 진정시키고 난 후, 두 눈을 부릅뜨며 허리를 구부려 달구 가슴팍에 소만큼이나 큰 얼굴을 들여댄다. 그러나 달구는 오히려 가슴팍을 내밀며 음흉한 웃음을 흘린다.

"가만히 있는 남의 소를 왜 건드리는 것이오?"

만복은 힘이 넘쳐 나는 소를 한 손으로 제압시키는 그의 목소리에 기가 죽어 한 발짝 물러서며 눈치를 살피지만 달구는 들은 체도 않고 얄밉게 미소를 흘려 대며 빤히 바라본다.

"아따! 고 우렁찬 목소리가 꼭 절간 앞을 가로막는 사츤왕 같소! 큰일 앞두고 감증부텀 앞세믄 될 일두 안 되지라아."

그는 느긋하게 눈 하나 꼼짝도 하지 않고 약을 올리며 바지춤을 잡다가 얼굴을 살피니 주인 심부름 나온 일꾼에 불과하다는 것을 한눈에 알아보고 묘한 미소를 짓는다. 화가 나 있는 그 앞에 한발 다가간다. 만복은 그의 뒤에서 잔뜩 긴장하여 마른침을 삼킨다. 자신이 보아도 침이 묻어 있는 얄팍한 입술에서 흘러나오는 미소가 왠지 소름이 돋지만, 그에게는 그걸 따질 때가 아니다. 간절하리만큼 입술이 바짝 말라 갈 뿐이다.

"이놈은 슬쩍 건드려두 깜짝 놀라는 거 봉께 남자구실 지대루 할 눔이 아니당께? 다른 눔으루 고르자곰시."

"이눔아! 니눔이 갈켜 놓구 뭔 딴소리여?"

돌아서려는 달구의 멱살을 덥석 잡아 장 씨는 화를 낸다.

"아따! 큰일 하기는 영 글른 양반뇨랑? 나야 원채 싸가지는 바가지라 욕묵으 싸긋지만 창창한 내 자슥 봐서는 눔눔 해서는 안 되지라? 내를 은제 봤따끄쓰리."

숨도 쉬지 않고 말하는 것 같지만 말투 마디마디 오뉴월 서리가 내린 듯 오싹하다. 화를 불끈 내는 척하며 가는 눈꼬리를 추켜올렸다. 금방 내리깔며 장 씨의 힘이 잔뜩 들어간 두 손에 입을 맞추며 살며시 내려놓고 능청스레 웃는다. 덩치가 달구의 배나 더 되는 장 씨는 거칠게 손을 뿌리치며 침이 묻은 손을 엉덩이에 문지르며 시선을 돌린다. 달구는 입맛을 다시며 소리 내어 웃는다. 이런 단순하고 우직한 사람이 농간에 쉽게 말려드는 달구가 좋아하는 사람이기 때문이다.

"이 금방스 젤롱 땅 부자는 나으 처행이구 소 부자는 첫째는 아니곰 둘째라믄 서운한 이 사램 만복이지라."

그는 가느다란 입술에 연신 혀를 내밀어 침을 발라 대며 뒤에 끔벅거리고 우두커니 서 있는 만복을 앞으로 끌어당긴다. 만복은 장 씨의 눈치를 슬슬 살피면서 앞으로 나오며 어깨를 어색하게 으쓱이며 소의 엉덩이를 살짝 문지른다.

"아따따! 이 사램하고니! 자니 소가 될 틴디 고래 어설프게 대믄식을 하믄? 그라믄 이 누렁이 한참을 서운할 그랑께."

달구는 느긋하게 점잖은 목소리로 만복의 손을 쫙 펴며 순간 엉덩이를 무조건 철썩 때린다. 놀란 소는 소리를 내며 꼬리를 흔들어 대다가 엉덩이를 쳐들어 거칠게 몸부림을 친다.

"음마! 음마? 기특한 눔이어랑! 주인을 불쓰 딱 알아봐야아!"

그는 날래게 몸을 피해 옆으로 비켜 있다가 소의 몸짓이 조금 잔잔해지자, 소의 허리에 다짜고짜 입을 맞추어 댄다. 장 씨는 혼이 빠져 어리둥절해 뭐라 할 말을 잃고 멀뚱거린다. 멍하니 연신 소름 돋게 웃어 대는 달구의 입만 바라볼 뿐이다.

"만복이! 소고삐 잡게! 단단히 잡으랑께!"

휘어 감고 있는 손에서 달구가 얼렁뚱땅 고삐를 낚아채자, 장 씨는 그제야 정신이 번쩍 난다. 고삐를 잡는 손을 냅다 뿌리친다. 장 씨의 힘에 중심을 잃어 달구는 힘없이 고꾸라져 버린다. 엉덩방아를 찧는다. 손과 엉덩이가 엉망이 된 달구는 크디큰 장화에 진흙이 잔뜩 묻어 일어날 수가 없어 몇 번을 일어서려고 했지만, 자꾸 주저앉는다. 버둥대는 달구를 보다 못한 장 씨가 한 손으로 벌떡 일으켜 세워 준다. 달구는 멋쩍은 기색도 없이 똥과 오줌, 진흙으로 범벅이 된 손을 소의 등에 문질러 댄다.

"요 몸뚱 함부롱 대하믄 어찌 되는 지 소문 몰러라?"

고맙다는 말은커녕 오히려 겁을 준다. 흙이 묻은 손가락을 까닥대는 그런 달구가 장 씨는 눈만 껌뻑거리며 바라볼 뿐이다.

"팔려구 다리고 나왔거들랑 두말 필요 읍씨 흥정하잖께롱."

달구는 얼굴색을 순간적으로 바꾸며 그의 가슴팍에 얼굴을 들이대며 진지한 눈빛을 보낸다.

"얼마루 생각혀유? 다 시세는 뻔하고 뻔한디 그랴두 서루 간이 인끽을 존중혀서 넌지시 물으보는 그랴."

존댓말과 반말을 적당히 섞어 가며 장 씨의 의사도 물어볼 필요도 없이 눈을 가늘게 떴다… 옆으로 흘겼다… 하며 정신을 혼동시킨다.

시간이 흐르자, 우시장은 더욱 북적대고 시끄러워지지만 달구는 지치지 않고 집요하게 눈빛을 보낸다. 말문이 닫힌 장 씨 역시 계속 경계하며 노려본다. 어느 사람이 지나가다 소의 엉덩이를 가만히 만져본다. 그것을 보자마자 달구는 그의 손을 냅다 쳐 버린다. 그리고 눈알을 희번덕희번덕 굴리더니 눈을 가늘게 떠 치켜올려 그의 발밑에 여지없이 침을 탁 뱉어 버린다.

"아따? 흥정하는 고 보믄 모르소? 흥정할 땜! 개미 새끼라둠 잘못 끼들면 염라대왕 시퍼런 눈도 딱 감으 뿌린당께. 기냥 골로 가는 고 아니곳소? 머심인지 심바람꾼인지…."

달구의 말 한마디에 뒤도 돌아보지 않고 누구인가 도망가듯 가 버린다. 달구는 얄미울 만큼 그의 자존심을 툭 건드린다.

"잘못 건드리믄 발꼬락 하나 지대루 못 뻗구 잔당께루."

뒤에서 어느 노인이 장 씨의 옆구리를 꾹 찌르며 딴청을 피우는 척 속삭이며 지나치려다가, 목을 길게 세우고 있는 달구의 번뜩이는 눈빛에 질려 헛기침을 하며 사람들 틈으로 들어가 버린다.

"얼마루 생각하고 기신당가요욤?"

달구는 노인의 속삭이던 말을 듣고도 못 들은 척 부드럽게 물어본다. 장 씨는 어리둥절하여 소고삐를 한 번 더 단단히 휘어 감으며 말이 없다. 달구는 다리를 탈탈 털며 만복을 쳐다보더니 소의 엉덩이를 후려친다. 놀란 소는 요동을 치며 울어 젖힌다.

"자고롱 갸두 고씨기할 띤 돌을 던지든 발길렁 차든 눈 딱 감고 끝장을 보는디 이눔은 째끔만 건드려두 난리를 치니 어디 씨 하느 지대루 뿌려 대긋냐 이 말이당께랑."

달구는 만복에게 그만 가자고 실눈을 뜨며 머릿짓을 한다.

"나가 볼 직에는 저기 저 황소가 꽃순이 신랑으로 딱이랑게. 니는 키울 줄만 알지 소 보는 눈는 젬병이랑껭! 고러니 싹수가 노래 빠진 마눌 껴 자도 아무시랑도 모르줴!"

가슴을 후려치는 듯한 섬뜩한 목소리에 장 씨는 등이 오싹해지며 얼른 돌아본다. 한마디 툭 던지고 딴청을 부리는 바람에 여기저기 울어 대는 소 울음에 갑자기 혼이 나가 달구를 노려본다. 달구는 노려보는 눈빛이 만만치 않다는 것을 알아채고 얼른 끝내야겠다고 눈을 번뜩거린다,

"사램두 덩치가 좋다구 모다 심이 넘치는 근 아닌께. 찔끄득 쨈만 뿌려 둠 쌍으롱 대박 치는 근 조그 소가 딱이랑께!"

들어 보라며 대놓고 허공에 손가락질해 대며 큰소리로 목청을 높이고는 눈치도 없는 만복의 손을 잡아끈다.

"아구! 성님! 나가 씨 땜사 탐하는 그 아니지라-"

얼굴에 땀이 줄줄 흘려 가며 애걸하다시피 간절한 눈빛을 보낸다. 그 말에 달구는 아예 장화를 벗어 만복 앞으로 휘딱 던진다. 그리고 이리저리 팔짝팔짝 뛰며 몸을 흔들며 긴장된 신경을 건드린다. 맨발로 찐득대는 바닥을 뛰는 모습에 만복도, 장 씨도 어처구니없을 정도로 어리둥절할 뿐이다. 그것도 잠시뿐 그는 만복의 입을 막으며 귀에 대고 화를 불끈 낸다.

"나가 고걸 몰스리 요런 굿판이나 벌리는 요 꼬락스니롱 증신 빠진 늄인 측 나불대긋냐? 다시 거간질 부탁하믄 들어왔다 간지두 모르는 불알을 확 까 뿌릴랑께."

만복은 귓속에 벌에 쏘인 듯 몸을 뒤로 젖힌다. 자신도 모르게 뒤

로 물러선다. 장 씨는 값만 어지간히 맞으면 흥정하라는 주인의 말이 귀에 맴돈다. 아픈 어머니를 붙들고 병원비로 애를 태우고 있을 주인의 얼굴도 떠오른다. 임자가 나설 때 팔아야겠다는 다급한 생각이 스치자 돌아서서 수작을 부리는 달구의 어깨를 툭 건드린다. 눈치 빠른 달구는 뒤도 돌아보지 않고 씩- 웃으며 인상을 곧바로 바꾼다. 느긋하게 돌아서서 아무런 대꾸도 없이 소의 엉덩이를 살살 간지럽힌다.

"백오십만 원 주믄 좋겠수."

"시상 물증 모르는 늠! 황소만치 힘만 쎄찜! 아우-!"

이백만 원이 넘어도 한참 넘을 건데 주인은 솟값을 말해 주지 않았나 보다. 장 씨의 뜻밖의 값에 입가에 환하게 웃음이 감돌면서도 갑자기 소의 옆구리를 힘껏 후려친다.

"으찌 그슝? 말투는 양반만 산다는 충챙도 사램이굼서잉."

펄쩍펄쩍 날뛰는 소를 한 번 더 모지락스럽게 때리며 시치미를 떼고 장 씨의 눈을 반히 들여다보는 눈에서 노란 광채가 난다. 만복은 펄쩍대는 소의 엉덩이를 살살 어르며 만만치 않은 두 사람의 눈치를 번갈아 살핀다. 장 씨가 한숨을 내쉰다.

"아따따! 이 먹보로 벼락부자 되긋소잉. 암소 같으믄야…."

달구는 나긋한 목소리로 장 씨의 감정을 건드린다.

"허지만 힘 좋은 황소 아니것소? 짐승도 나름이지…."

"덩치만 쿳 여물만 축 내지… 긍께 팔십! 넉넉잡고 팔십!"

달구는 거침없이 뚝 잘라 말한다. 장 씨는 다시 말이 없다.

"쟁이질 시킬 그 아니구 꽃순이 시집보낼 근 조게 딱! 임씨."

소의 엉덩이에서 손을 떼지 못하고 어정쩡하게 서 있는 만복의 손을 잡아끈다. 장 씨는 무슨 생각을 했는지 일부러 돌아서려는 달구의 어깨를 툭 건드린다. 달구는 음흉한 웃음을 흘린다. 천천히 돌아서며 그의 가슴에 얼굴을 들이민다. 달구의 말에 장 씨는 인정이 간 눈치이다. 먹성이 엄청나다는 것을 익히 알고 있으니 말이다. 달구는 더 빤히 올려다보며 웃는다.

"시상에 다 인증은 한 가지랑께로. 이심전심이지라."

달구는 고개를 방정맞게 흔들며 소 엉덩이를 간지럽힌다.

"백이십에 했으믄 좋겠는디…."

장 씨는 넌지시 운을 뗀다. '이만하면 넉넉하지…' 하면서 말이다. 흥정이 다시 나오자 달구는 거의 본능적으로 손바닥을 '탁' 치며 예의를 다해 진지한 목소리로 말을 건넨다.

"그랴시믄 반 째끔 딱 짤라 요그조그 따지지 말곰시롱 팔십에 반 더 얹즈 팔십오만 원에 끝장을 내믄 딱! 두말할 끄 읍찌라잉."

달구는 장 씨의 대답도 듣지도 않고 만복을 끌어당긴다.

"뭘 꾸물대남? 싸게싸게 셈 치르랑께. 나 겁나게 바쁘껭."

다시 촐싹대는 달구는 어정쩡 머뭇거리는 만복의 전대를 서둘러 열어젖힌다. 돈뭉치를 자신의 볼에 탁탁 치더니 재빠르게 돈을 세어 장 씨의 넓적한 손에 얼렁뚱땅 얹어 주고 남은 돈을 다시 전대에 쑤셔 넣어 주고, 이어서 돈을 확인할 겨를도 주지 않고 장 씨의 손에서 고삐를 낚아채 만복에게 무작정 건네준다.

"자니 보구 판 것이 아니라 저 사람이 누렁이 아껴 줄 것 같아서 거저 주다시피 주는 것이구면."

장 씨는 뭔지 모르게 찝찝하면서 아쉬운지 받은 돈을 들여다보며 주머니에 넣는다.

"고롬요오. 이론들 저론들 낸 상관 읍스라. 엎치나 매치나 내긋이 되믄 볼 짱 다 본 그 아뇨랑."

달구는 교활하게 웃어 젖히며 만복의 옆구리를 꾹꾹 찔러 대며 장난을 건다. 만복은 바라던 소 주인이 되어 좋기는 하지만. 달구의 수완에 말문이 막힌 채 고삐를 부여잡는다. 장 씨도 역시, 돈을 받아 주머니에 넣었지만, 수시로 변하는 눈빛과 몸놀림, 그 말투에 반쯤 넋이 나간다. 그 마음을 모를 리 없는 달구는 장 씨의 귀에 소곤거린다.

"지가 말이지라! 잉간즉으로 지끌이는디 시상 츨리 밖으스돔 맡을 수 있는 게 돈 남사요! 아-주 기막히당게라!"

달구는 손가락으로 국밥집을 가리키며 집게손가락을 까닥인다. 누가 봐도 깐죽대는 행동과 표정이 약이 오를 정도이다.

"곧바루 집으루 가쇼! 잘못 으정대다간 개코들에게 눈 끔뻑하그 전으 거덜 난다는 명온을 명심하쇼! 나 한마디가 소 한 마리 가치는 되곰동 남으여라. 나 말이 곧 돈이라는 그윰."

말소리만 들어도 머리카락이 하늘로 솟는 기분이 든다. 달구는 장 씨의 배를 툭툭 치더니 만복의 손을 잡아끌며 서둘러 우시장을 빠져나온다.

"어! 어! 비키란 말이더라꼼!"

달구의 기분 나쁜 말소리가 귓전에 맴도는 장 씨는 새 주인을 따라가는 소를 멀뚱멀뚱 바라본다. 자꾸만 버둥대며 울부짖는 소리가 왠지 꺼림칙하고 빼앗겼다는 기분이다. 땅바닥에 뒷발을 힘주어 버티며 버둥버둥하더니 우시장을 벗어나니 어슬렁어슬렁 따라간다. 꼬리를 천천히 움직이는 뒷모습을 보니 허전하고 더 서운하다. 그간 함께 살다시피 하여 정이 들었나 보다. 눈을 지그시 뜨고 자리를 쉽게 떠나지 못하고 있다.

"자니! 두말헐 긋두 읍시 딱 잘라 그졸해 버리재 그랬남?"

"하기사 작정하구 혼을 빼며 늘어지는 눔을 어쩔꼬여!"

사람들은 그의 등을 치며 걱정스레 한마디씩 하고는 달구가 뒤돌아보면 눈에 띌까 급히 사라진다.

"눔의 쎄바닥은 아무두 못 당할 그여. 아예 상대를 말으야젬! 주인이 저눔 조심하라 일러 주지 않았든가?"

"이장님두 아시는 눔인감유?"

장 씨는 후끈거리는 손으로 그의 손을 덥석 잡는다.

"사람이 아니고 혼을 빼는 불알 달린 여우랑께. 한븐 붙잡그 늘으지믄 간을 기어콤 빼묵구 만당께로. 눔이 죽으믄 죽었지 기냥 가는 눔이 아니당게로. 참말롱…."

이장은 출랑대는 달구를 고개를 쭉 빼며 이내 혀를 찬다.

"을마나 받구 넘겼당가? 들으나마나 절반 이상은 후려쳤을 긴디! 이장이 코를 빼구 있드만. 엄니 병원 모셔 간다구."

이장은 궁금해하며 그의 눈치를 살핀다.

"만복이 저눔두 아무리 그 소가 탐이 났으도 눔한티 거간을 청한당가? 즈두 배보다 배꼽! 솔잖이 빼길 거 뻔히 알믄서!"

"만북이 눔두 소가 탐났으믄 직즙 와 물어나 보든가…."

소를 산 만복까지 욕을 하니 '아차' 싶다. 틈만 나면 유심히 볼 적마다 소리를 버럭 지른 적이 있었다. 이장의 걱정은 들리지 않는다. 한 주먹 거리도 안 되는 놈의 농간에 말려든 것에 마음을 추스를 겨를도 없이 화가 치밀어 오를 뿐이다.

"참더라고! 그눔 잘못 건드렸다간 주인 안방 차지하고 훌너덩 아랫도리 내릴락 말락 배알 꼬일 때까지 드르누워 죽치구 있을 그랑께. 지발 운수 땜혔다 샴 치구 참으랑께."

이장은 분을 삭이지 못해 숨만 헐떡이는 그를 다독여 준다. 차마 자리를 떠나지 못하고 있는 장 씨의 손을 잡고 있다가 누가 부르는 소리에 어렵게 손을 놓는다. 하지만 몇 발자국 가다 멈춰, 쉽게 떠나지 못하는 그를 향해 '어여 가라'는 손짓하며 바삐 가 버린다. 소 울음이며 흥정하는 사람들의 말소리는 이미 들리지 않는다. 손해 본 것은 본 것이고 쥐방울만한 놈의 세 치 혀에 혼이 나갔다는 것이 용납되지 않는다. 왠지 주인에게 큰 죄를 지은 것 같다는 생각이 드니 후끈 열이 올라 주먹을 불끈 쥐고 사방을 두리번거린다. 국밥집을 가리키던 손가락이 눈에 번뜩이자 곧바로 발걸음을 성큼성큼 옮긴다.

13. 거간세 뜯어내는 달구

달구는 우시장을 빠져나오자, 만복의 손에 들려 있는 장화를 탁 쳐버리며 자신의 신을 빼앗듯 가져다가 신는다. 그제야 만복도 코앞에 떨어진 장화를 신고 나서야 자신은 물론이고 달구에게서 구린 냄새를 느낀다. 그래도 괜찮은지 미소를 흘리며 기분 좋게 앞장서 걸어간다. 달구는 말없이 뒤를 따라오다 사람들이 뜸한 곳에 이르자 소의 엉덩이를 느닷없이 후려친다. 만복은 깜짝 놀라며 뒤돌아본다. 소가 몸부림을 치며 한바탕 울어 대는 바람에 중심을 잃어 앞으로 고꾸라지려다가 간신히 고삐를 부여잡는다.

"아따! 주인이 바뀌어 어설플 판에 때리구 난리시다요?"

만복이는 성질을 내며 버럭 짜증을 부린다.

"음마? 음마! 상판을 보랑게? 똥수간 들어갔다 나왔당께롱?"

"말루 하쇼! 도디치 뭐시가 틀려 난리를 부린다요?"

달구는 다짜고짜 머리통을 때리며 눈을 가늘게 뜨고 노려본다. 만복은 이유야 어쨌든 그 눈빛에 눈을 질끈 감는다.

"아따! 나 머리 꼭땍섬 상좌 틀구 있당꿰?"

달구는 바짝 달려들어 이제는 만복의 다리를 후려친다.

"알갔스라! 조기 국밥집서 목 축이묘 셈을 보잖께요."

그제야 눈치를 채고 국밥집을 가리키는 만복의 손을 잽싸게 후려치며 말이 끝나기 전에 펄쩍 뛰어 머리통도 쥐어박는다.

"아따! 참말로! 삐쪽 말라 가지곰 주먹이 왜 이리 씨다요?"

그는 정말 아픈지 머리를 비비며 오만상을 찌푸린다.

"어떤 주둥 호강시끌 일 있당가. 봉께 미련스리 짝이 읍스."

"뭔 꿍꿍인지 몰것소."

그는 계속 머리를 문지르며 짜증을 낸다.

"꿍꿍이? 글타 치고! 이긋도 공꼬 아닌 그이 알지라?"

"성님! 고곳도 공비라고 학비 받을려고라?"

달구는 다시 한번 다리통을 후려친다.

"아따메! 고만 줌 때리쇼! 나두 금세 마흔 줄이 되여라."

몸을 비틀어 대는 만복의 얼굴에 굵은 땀이 흘러내린다.

"뭐라꼼? 아까 아니 허구헌 날 쏭님! 쏭님? 판슥이가 니한티 쏭님이라 불러쌌는디 나가 그람 니랑 촌수가 오째 되지라?"

만복은 달구의 말에 눈을 멀뚱거리며 손가락으로 집어 본다.

"판습이한티 삼촌이 부르라 혀야 쓰겠당게."

"촌수곤 지랄이곤… 우야튼 손바닥이 공순히 없으랑께."

그는 손을 있는 대로 펴며 배 앞에 바짝 갖다 대며 배를 툭툭 친다. 만복은 몸을 휘- 뒤로 돌리며 서둘러 돈을 세기에 바쁘다. 만복의 전대에 얼마쯤 있는지 대충 알고 있는 달구는 느긋하게 휘파람 소리를 내며 불룩한 소의 배를 간질이듯 문지른다.

"처행은 이마에 팍 패인 내츤 자 깊게 그려 대므 손꼬락이 안 보일 맹킴 그만스레 놀리는 고이… 다른 근 볼 끗 없으도 고- 모습맹킴은 참말로 멋찌당께로! 나가 을마나 돈 시는 골 연십혔는지…!"

"은제 교시 엄니가 아자씨 보는 앞스 돈을 고래 멋드러지게 싯다요? 그런 분들은 우덜하고 폼새가 다르당게라."

만복은 탈탈거리는 달구를 슬쩍 뒤돌아보며 면박을 준다.

"아까 봉께 손놀림은 봐 줄만… 아구! 다시 셔야겠당께."

고개를 기우뚱하며 돈을 다시 뭉치어 세기 시작한다.

"이젬 아자씨? 기가 막히고만! 고 호층이 서루간 기분이 왔다 갔다… 낸 아부지라 부르기가 배고픈고보담 더 싫으꼬만! 동상은 아부지라 술술 불러 싸 댔는디… 고게 무라고 입이 딱 부트스-"

달구는 한자리에서 맴맴 돌며 아련하게 하늘을 올려다본다. 그도 잠시뿐 눈빛이 싹 달라지며 만복의 등을 노려본다.

"돈 앞스 눈알이 홀라당? 알줴? 허블나젬 참고 있다는 끄이염."

달구는 소 엉덩이를 탁탁 치며 만복을 긴장시킨다.

"아따! 자꾸 헷갈리니께 잠자코 기셔 보쇼잉."

달구는 코를 휙 풀어 젖히고 만복의 앞으로 바짝 다가선다.

"뒤퉁수썸 돈 시구 있는 니를 말임시- 돈 받을려곰 기달리는 나으 이 비참헌 심증을 헤아려 봤다냐? 토악질 나겜쓰리! 쓰리리!"

만복은 돈을 세다 말고 달구의 하얗다 못해 새파래지는 눈빛을 보고 갑자기 등골이 서늘해진다.

"해 뜨기두 전이 아랫두리 서둘러 챙겨 입구 좋아스 나온 줄 아나 비. 잉간들 득실대는 고 딱 질색팔색혀는 꼬 알줴? 알줴에!"

"그랴서 이러고 돈 시-구 있는 것 아-니-굿소."

만복은 긴장이 돼서 돈을 세다 말고 소고삐를 짧게 잡는다. 그가 대꾸도 하지 않고 한자리에서 다시 맴맴 도는 모습을 보고 은근히 불안이 밀려와 말까지 더듬으며 고삐를 잡은 손이 떨린다.

"나 기냥 간당께롱! 꼴리는 대롱 챙그 오더라구? 을마를 챙겨 올 끄나 시퍼렇게 두곰 볼끙꿰."

돌아서 가려고 하는 달구를 붙잡으며 만복은 들고 있던 돈을 모두 건네준다. 여기서 셈을 완전히 치르는 것이 신상이 편하다. 흐지부지해서 그냥 보냈다가 나중에 물고 늘어지는 날에는 배보다 배꼽이 더 클 것은 안 보고도 뻔하다. 아마 황소 한 마리 이상 거덜 날 것은 정한 사실이란 건 누구보다 더 잘 알기 때문이다. 만복은 얼마인지도 모르고 한 뭉치를 쥐여 주고 나서 조금은 아까운지 씁쓰레하게 웃고 만다.

"요민킴 받기에는 품위가 읍스도 한참 모자란당게롱."

"넉근… 하당게라."

"음마? 음마이! 이눔 줌 보게! 마눌 윗배만 채우믄 다인 줄만 아는

놈이랑게, 고론 놈이 내를 가지고 놀려구 꼬러네!"
 달구는 혀 꼬부라지는 소리를 내며 돈으로 만복의 배를 후려친다. 날카로운 눈빛은 벌에 쏘인 것처럼 뜨끔거린다.
 "아따! 옜소!"
 만복은 달구의 눈빛에 질려 세지도 않고 한 움큼 코앞에 갖다 내민다. 은근히 신경질이 났는지 머리를 내두른다.
 "자고로 나 돈은 미리 챙겨 놓구섬 거간 부탁을 했으야 고것이 부증이 타지 않는 말임씨!"
 돈다발을 자신의 볼때기에 탁탁 치며 심통이 나 있어 뒤틀린 만복의 마음을 무시한 채 뒤도 돌아보지 않는다.
 "으딜 가실려구 돌아서는 거다요?"
 "알믄 으짤랑가? 다만… 근디…."
 달구는 말을 갑자기 흐린다.
 "참말롱 나가 말임시… 고거이 입에 들어가는 긋은…."
 하려던 말을 하다 말고 달구는 빙긋 웃으며 가다 잠시 멈춰 심각하게 눈빛을 반짝인다. 그러더니 우두커니 소고삐를 놓칠세라 부여잡고 아직도 씩씩대고 있는 만복에게로 되돌아온다.
 "남이 죽든 살든 참견 안 하는디… 죽자 살자 애쓰스 죽 쒀 어만 놈 츠맥임… 그롱콤 되믄 요 배가 뒤틀린당께로."
 "고게 뭔 소리다요?"
 귓속말로 조곤조곤 소리를 죽이며 심각하게 말하자 만복은 눈을 둥그렇게 뜬다. 차라리 화를 내며 말하는 것이 나으면 낫지 심각한 말투는 왠지 불안하기보다 두렵다.

"조그섬 개지럴 염병 떨구… 몰굿냐? 닌 둔자발이란꿰."

무 말인가 이해가 가지 않아 두 눈을 끔벅거린다. 소고삐에 온 힘을 쏟아부어 땀을 뻘뻘 흘리는 만복을 모르는 채 달구는 만족스럽게 시장 쪽으로 나풀나풀 걸어간다.

"아구매! 나가 또 당했? 기냥 본즌츠김! 저 아가리 좋은 일만 시켰쓰라. 잊을람 하믄 손 내믈지 않음 다행이지만스드."

만복은 나풀거리고 가는 달구를 멍하니 바라보다가 그래도 갖고 싶어 밤잠을 설쳤던 그 황소가 더없이 대견스러워 바라보더니 고삐를 다부지게 잡아당겨 걸음을 옮긴다.

"어리석은 눔! 니는 착한 게 아니구 멍층이랑께. 틈 있을 직마다 입질을 혀두 구신 씨나락 까묵는 넘의 소린 줄 안당께."

달구는 소 울음소리를 듣고 가다 말고 얼룩진 만복의 헐렁한 바지를 바라보며 고개를 썰레썰레 내젓는다.

"와장창 뻬겨 묵는 딘 딱인디… 순응이 고거이 입 딱 다물고 있으 입 무건 거 땀시 봐주는 그 알랑가 몰겠단 말이잼!"

쫓겨나는 순영을 업고 가는 데 잠시 주춤하며 뒤를 돌아보니 멀찍이 넋을 놓고 바라만 보고 있는 만복을 본 것이다.

14. 제사장을 보러 나온 자매

"음마! 음마야!"

달구는 이리저리 고개를 돌리며 딴청을 부리다가 정신없이 둘레거리는 마누라의 엉덩이를 꾹 찌른다.

"아구매! 어떤 굿이 임자 있는 방딩을 찔러 대구 지랄이람?"

큰벌교댁은 호들갑 떠는 동생을 곁눈질하다가 달구의 뒤통수를 보더니 매몰차게 고개를 돌린다.

"아따? 그게 말이라고 지껼여 된다냐? 지 서방 손가락인 줄 모르고 난리 치는 여편네가 바루 염봉 지랄이지 뭐랑께!"

작은벌교댁은 달구의 말투를 듣고 금세 웃음이 입으로 모이며 휙하니 돌아다본다.

"우매? 블-씨 끝냈당가요?"

작은벌교댁은 어울리지도 않은 코 먹은 목소리로 달구를 반긴다. 오가는 사람들의 눈길에도 팔짱을 끼고 입을 쌜룩거린다. 큰벌교댁은 눈꼴이 사나워 두말도 없이 가게 안으로 들어가 버린다.

"장이는 뭣 땀시 같이 나왔다냐?"

"다 암시롱! 날이 꼬새기 아부지 지삿날 아니다요!"

"이보더라고? 기미는 읍써 뵈든가? 꼬새기하고 말이당께로!"

"안 봤승께 몰러라! 근디 꼬라지가 뭐시다요? 뒹그로다요?"

"신경 끄고서리 꼬무락끄리다 또 놓치기 십상이긋다! 이 돈으로 괴기 사는 디 보태라 이르랑께."

"굴비 한 마리 꼬불쳐 줘 줄 티니 집에 가서 기다리셔잉!"

한마디 대꾸도 하지 않고 어서 가 보라고 턱짓을 하며 가게 안에서 물건을 고르는 처형을 주시하면서 떠밀어 들여보낸다. 엉덩이를 씰룩거리며 가게 안으로 들어가서 처형의 뒤에 서서 눈치만 살피는 아내를 달구는 심각하게 바라본다. 얼핏 보아도 옷 입은 맵시며 눈빛이며 몸놀림 하나하나 달라 보인다. 아내가 처형한테 돈을 내미니 쳐다보지도 않고 돈을 낚아채어 단번에 구겨 가게 바닥에 내팽개친다.

"성! 참말롱 냉정하쇼잉! 나한티두 안 주는 돈을 성부 짓상에 괴기 올리는 디 보태라구 크나큰 맴 묵구 줬는디라."

땅에 떨어트린 돈을 주우며 우는소리를 하는 동생을 큰벌교댁은 본체만체 다른 가게로 발길을 옮긴다. 그 모습을 본 그는 커다란 매부리코를 만지작거리며 씁쓸한 표정을 짓는다.

"그 나물에 그 밥이라… 나 같은 잉간을 만나 창새기 쏙 빼고 사니 초라한 행색이 지질루 배웃쓰라. 참말로 한물간 그 따로 읍당게! 요 꼴로 뭐시 좋아 지랄! 지랄!"

달구는 소똥으로 범벅이 된 옷을 살펴보며 눈알이 벌게진 채 하늘을 바라본다. 평소 그답지 않게 긴장된 눈이 부드럽다.

"씅님! 요날만 되믄 으찌 맴이 짠하요! 나가 할비가 됐스라!"

그는 하늘을 바라보며 가슴을 문지른다. 왠지 아내가 건네준 돈을 그대로 내동댕이치는 처형의 모습을 떨쳐 내려 해도 눈에 자꾸만 아른거린다. 찝찝하지만 조금이나마 멈칫멈칫 자제를 시켜 주는 사람이 있다. 바로 손윗동서인 것이다. 그럴 때마다 비록 세상을 떠났어도 환하게 웃은 얼굴을 떠올리며 마음을 달랜다.

"할비가 됐다 좋아스 춤을 춘단문 모다 고개를 썰레거릴 근 안 봐두 뻔한디라. 씅님은 울 창아 이삐라 헐 긋이지라?"

입가에 미소가 흐른다. 마음이 풀렸는지 바지에서 고약한 냄새를 풍겨도 상관없이 국밥집을 향해 기분 좋게 걸어간다.

15. 장 씨에게 당하는 달구

"이! 이눔!"

겨우 마음을 추스르며 무심하게 국밥집 입구를 들어서려는 순간, 뒤에서 천둥 같은 소리가 난다. 장 씨는 벼르고 또 벼르며 달구가 나타나기를 기다리고 있었다. 질질 웃음을 흘리며 다가오는 모습이 눈에 들어오자마자 성큼 걸어가 다짜고짜 뒷덜미를 한 손에 움켜잡아 올려 조인다. 고개를 들어 보니 마치 사천왕같이 두 눈을 부릅뜬 채 한입에 삼킬 듯 장 씨가 단번에 오금을 박는다. 순간순간 꾀를 부려 얼렁뚱땅 넘기는 달구지만 힘 앞에서는 도리가 없다. 그저 이럴 때는 허점을 살피고 기회가 포착되면 여지없이 반격하여 빠져나갈 수 있는 구멍을 잽싸게 찾아내야 하지만 막무가내 앞에서는 통할 리가 없다.

"이? 이눔! 내 소! 내 소! 내놔!"

장 씨의 솥뚜껑 같은 손에 잡혀 대롱대롱 매달려 꼼짝을 못 하는 달구는 벙어리가 된 것처럼 아무 대꾸도 하지 않고 입을 꾹 다물고 있다. 그의 인정을 슬쩍슬쩍 건드리며 측은한 척할 뿐이다. 그런 와중에도 만복의 얼굴을 떠올리며 '니 죽도록 걸렸승께 두고 보더라구!' 중얼거리며 만복에게 받아 낼 돈뭉치가 아른거린다. 입맛을 다시며 입가에 웃음이 흘러나온다. 입가에 흐르는 웃음에 장 씨는 부글거리는 감정을 누르지 못하고 바짝 앞으로 당겨 손을 놓아 버린다. 달구는 그대로 힘없이 나동그라진다.

"어떤 손 줄 알구 니눔이 달겨들어 입 싹 닦아 버렸는감!"

그는 분이 풀릴 기세가 없이 벌렁 자빠져 있는 달구의 멱살을 다시 잡는다. 어느새 사람들이 발 디딜 틈도 없이 모여들어 웅성거린다. 누구 하나 나서서 말리는 사람이 없다.

"으짤깜? 아즉 쩡쩡할 근디 드뎌 쫄아 뻔지게 됐승게!"

누군가 뒤에서 빈정대자 모두가 한바탕 웃어 젖힌다.

"으떤 눔이 쩔렁댄당가? 주둥엠 똥칠을 모락쓸 해 뻔질랑게."

달구가 허공에서 다리를 바둥바둥 퍼덕댄다. 이 와중에도 이빨을 악물며 누군가 보려고 눈알을 희번덕거린다.

"이눔아! 한 번 당한 굿두 자다가 오줌을 지리는디 또 당할려굼? 주둥에 똥 한 됫박 처넣구 싶은 근 나란께!"

"그려! 당해도 쌀 눔이여라! 이제사 임자 단단히 만났당께!"

"저눔 응덩 좀 보더라구! 똥을 지렸쓰라!"

"하찮은 눔을 진즉에 죽자 살자 패댁을 츠스야 했스라."

"이자 으릎드 읖지라. 얼글 디밀구 똑같침 똥이 될 그랑게."

우시장에서 넘어져 흙과 소 오물로 범벅이 된 옷을 갈아입는 것을 깜빡했다. 만복에게 돈을 받아 내려는 데 급급한 것도 있었지만 처형에게 준 돈을 바닥에 던져 버린 것이 눈에 아른거려 까마득하게 잊었다. 장 씨는 화가 덜 풀려 눈을 부릅뜬 채 달구를 더 높이 쳐들고 이리저리 흔든다. 달구는 대롱대롱 매달려 자신의 엉덩이를 다시 문질러 본다. 한결같이 기가 막히면서도 신이 난 구경꾼들도 손가락질을 해 댄다.

"아구머니나! 뉘시다욤?"

야단법석 시끌벅적대는 소리를 들은 국밥집 채랑은 당하고 있는 달구의 모습을 보고 깜짝 놀라 급히 다가온다.

"아구! 으쩐 일이다요? 아침 잘 잡숩고 나오셨을 틴디라."

호들갑을 떨며 사람들 틈을 비집고 들어온다. 다시 땅바닥에 패대기를 당해 발랑 자빠져 있는 달구의 팔을 잡아 흔든다.

"이년이! 어디라구."

장 씨는 채랑의 흐느적대는 말소리가 귀에 거슬려 화가 치밀어 오른다. 가랑이를 쩍 벌리고 땅바닥에 주저앉은 그녀를 확 밀어제치고 또다시 달구를 잡아 올린다. 채랑이 벌렁 자빠져 속곳이 훤히 보이자, 누구나 할 것 없이 달구보다 그쪽으로 눈이 쏠린다. 전혀 개의치 않은 채랑은 몸을 추스르며 장 씨의 손에 대롱거리는 달구를 그 자리에 철 퍼덕 앉아 바라본다. 무슨 생각을 했는지 채랑은 벌떡 일어나 가랑이를 척 벌리어 땅에 힘 좋게 버티고 있는 장 씨의 출렁대는 배에서 흔들거리는 바지 끈을 잽싸게 풀어 젖힌다.
"남자들 바지 끈 풀어 제키는 곰시 내 전문 아니다뮴?"
 채랑은 뒷걸음을 치며 배꼽을 잡고 웃어 댄다. 헐렁한 바지가 거침없이 내려오자 당황한 장 씨는 얼떨결에 달구를 내팽개치고 바지를 끌어 올린다. 달구는 엉덩방아를 찧어 아픈 허리를 반쯤 일으킨 채 누런 속옷을 보며 혀를 찬다.
"누런 속옷을 봉께 별수 읍시롱 홀아비 냄시가 풀풀 난당께롱. 일꾼 두 다 꼬씨기 무씨기 있을 끈 다 있는 잉간인디라."
 모여 있는 구경꾼들도 뜻밖의 일에 어떨떨하다가 달구의 말 한마디에 그만 웃음을 멈춘다.
"잉간들 모다 뒈지라고 일만 시쿴지 그 싸디싼 속옷 하나 챙겨 주믄 뭐시가 덧나라? 일하는 사램 놉두고 지들끼리 밥 츠묵고 트립하는 잉간, 농짝에 옷 쟁여 두고 옷 사 입는 잉간이 혹독흔 인증무리랑께롱. 나가 눈 질끈 감곰 사 주고 싶은 심증요라."
"느나 난즌 가스 사 입으랑게, 느 방딩 좀 보드람시!"
"앓은 소리 하믄스두 말 못 하구 죽은 구신 들린 긋츠름 말은 지대루 잘하는 그 봉께 들 안픈가 비."

"그랴두 말은 그른 게 읍구머니."

 평소 사람같이 여기지 않았던 달구에게 한 방 먹은 듯 슬그머니 하나둘씩 가 버린다. 내팽개쳐지는 바람에 허리가 아플 대로 아픈 달구는 앓는 소리가 절로 난다. 엉뚱하게 망신을 당한 장 씨는 당황해서 자꾸만 엉덩이에 걸려 쉽게 올라가지 않는 바지에 더욱 울화가 치밀어 오른다. 시커먼 얼굴이 검붉어진다. 달구는 그 사이에 기다시피 안으로 들어가 의자에 비스듬히 걸터앉아 밖에서 노려보는 장 씨를 향해 들어오라는 손짓을 한다.

 "물괴기가 지절루 그물에 걸료슨께 튀지 못하게 아가미부텀 확 눌러 숨통을 막아 뿌리라곰! 아까 나가 천금을 줘두 못 들을 말을 허슬히 흘린 긋이 땅치고 후회허게 만들 끄렁게."

 옆에 달싹 앉으려 하는 채랑을 떠밀면서 달구는 의자에 엉덩이를 비비며 올라앉아 그를 향해 코를 벌름거린다. 채랑은 처량한 눈빛으로 화가 덜 풀려 씩씩거리고 있는 장 씨에게 팔짱을 끼며 조금씩 안으로 몸을 들이민다.

 "그려어! 비륵질동 손발이 맞으야 한당께."

 은근한 말투로 숨을 죽이며 사냥을 즐기는… 웃는 건지 긴장하는 건지 모를 표정을 짓는다. 엉거주춤하며 끌려오다시피 하는 장 씨를 바라보다 이내 가게 안으로 한 발을 들여놓자 달구는 혀를 쭉 내밀어 그의 손바닥을 핥으며 무릎을 '탁' 치고는 아픈 것도 잊은 채 벌떡 일어선다. 다시 간신히 앉으며 예리한 눈초리로 턱을 괴고 손가락만 까닥거린다. 장 씨의 주머니에 얼마가 있는지 정확하게 알고 있는 달구는 주판알 대신 눈알이 핑핑 돌아간다. 흥분되어 숨이 가쁘다. 장 씨는 뜻하지 않은 망신에 어리벙벙하기만 하다. 이렇게 한 사람에게 두 번씩이나 당한 것은 생전에 처음이다. 자존심이 무참하게 무너지는 기분이다. 그러한 장 씨에게 채랑은 냉수를 입에 대 주면서 옆에 바짝 붙어 앉는다.

"쭉 들이키쇼! 염츈에 끓어오르는 불땡 끄는 곤 이 냉수가 최고조잉. 근디 황소 같은 분이 뭣 땜시 화가 나스욤?"

채랑은 물을 벌컥거리고 들이켜는 장 씨의 팔짱을 끼며 자꾸만 뿌리치는 것을 모르는 척하며 은근슬쩍 치근덕거린다.

"이거 놓란 말여!"

장 씨는 갑자기 벌떡 일어서며 달라붙는 채랑을 밀어낸다. 슬쩍 뿌리쳤는데도 힘이 좋은 장 씨로부터 채랑은 힘없이 의자에서 떨어져 버린다. 순간 '집으로 곧바로 가지 않으면…'이라는 달구의 말이 번개처럼 떠올랐기 때문이다.

"아구매! 으째쓰까이! 내 허리 부러졌당께로!"

"너눔! 내 눈에 띄는 날이 염라대왕 앞에 끌려가 불구덩이에 던져지는 날인 줄 알고만 있드라구!"

채랑의 앓는 소리에도 들은 체 만 체 장 씨는 곁눈질로 예리하게 노려보고 있는 달구를 향해 버럭 소리를 지르고 나서, 그래도 분이 풀리지 않았는지 물그릇을 바닥에 내던지며 뒤도 돌아보지 않고 문을 나선다. 달구는 장 씨의 뒤를 바라보며 '나가 괜히 입방아를 쪘당게! 니눔도 내 천금 같은 입방아세를 받고야 말겠으니 단단히 두고 보더람시!'라고 중얼거리며 채랑에게로 눈길을 돌려 조금 전과는 달리 낯빛이 새파랗게 변한다.

"아즉 멀었당께로. 먼즈 문 닫으걸꼼 냉수보담 화끈한 독주 한 대즙 목귀역에 확 들이붓곰스 제풀에 감당 못혈 때 후다닥 덮츠 주머니 먼지까정 탈탈 털으야줴! 냉수 한 대즙에 정쓴이 뻔쯕 들어 후딱 내빼 뻔지지….”

달구는 아쉬워하며 벌렁 자빠져 있는 채랑에게 헛발길질을 한다. 달구 역시 아픈 허리를 부여잡고 나가려 한다.

"으디 가신다요! 바지 빨아 줄 팅게잉.”

"오늘은 참말로 옴 부터스! 굴러 들어온 복을 확 낚아….”

그는 인정사정 볼 것 없이 확 뿌리치며 아까워 죽겠다는 듯이 고개를 한번 꼬더니 뒤도 돌아보지 않고 나가 버린다.

"발에 팔랑개비가 달렸당게라.”

아픈 허리를 부여잡고 바닥에 앉은 채 의자에 엎드린다.

"영양가두 읎는 거럭지 같은 늄에게 목을 매굼 지랄을 한다야? 빌붙을 늄이 고렇게 읎따냐?”

"고러게라. 나가 내를 생각혀두 눈이 한참 삐스요.”

주인 여자는 한심스럽다 못해 기가 막혀 눈을 있는 대로 흘긴다.

"문밖은 잉간들롱 득실대는디 개미 새끼 한 마리 을씬두 안곰!”

채랑의 앓는 소리가 은근히 귀에 거슬린다.

"듣기 싫읗께 요리조리 한 바퀴 쓸구 오드라고잉!”

벌떡증이 갑자기 치밀어 올라와 버럭 소리를 지른다. 허리를 쥐고 아파하면서 힘없이 웃는 채랑을 밀어낸다.

"웃음이 나오냔! 속알이 읎스 부려 먹긴 좋지만스두….”

뚱뚱한 몸이 더위를 이기지 못해 헐떡인다. 장날에 손님이 쉴 새 없이 들락거려야 다음 장날까지 마음이라도 편할 수 있으니 말이다. 가마솥에 펄펄 끓고 있는 소머리국밥이 더욱 덥게 한다.

16. 교식이

달구는 건어물 가게를 들여다보며 어정거린다. 사람들이 몹쓸 벌레라도 되는 듯이 멀찍이 피해 돌아서 간다. 전혀 개의치 않고 두 눈을 반짝거리며 누군가를 찾는 눈치이다.

"내가 드런 눔은 드런 눔인가 보라. 똥 밟기 싫흐 다들 피해 가는 걸 봉께로! 나 인쌩이 한심스럽기 그지없구만."

그는 지나가는 사람들을 둘러보며 중얼거린다.

"자니 여편 찾는곰? 저기 한 보따리 삐질대며 가고 있당께!"

누군가 등을 꾹 찌르며 한마디 던지고 돌아보기도 전에 사람들 틈으로 바쁘게 몸을 숨긴다. 그 역시 누군지 확인도 하지 않고 가리키는 쪽으로 몸을 돌린다.

"이모부!"

교식도 달구의 등을 꾹 찌른다. 깜짝 놀라 옆으로 비틀거리며 경계하는 눈초리로 날카롭게 돌아보는 척한다.

"나여라."

교식은 기운 없이 빙그레 웃으며 바라보고 있다.

"음마? 니가 이 시장 바닥이 으쩐 일이다냐?"

달구는 등을 살살 문지르며 그에게 한 발 다가선다.

"아푸다요?"

"니끼께 봐주는 그랑께. 딴 눔 같으믄 두말헐 그 읍당께. 요 자리섬 발라당 게거품 물었재라아."

옆을 스쳐 지나가는 사람들이 그 소리를 듣고 몸을 움츠리며 머리를 설레설레 흔들면서 잰걸음으로 달아나 버린다.

"아따! 여전하쇼! 그 바지 꼴로? 나가 방해가 안 됐스라?"

"뭐 쫌 오지게 물으뜯으… 니를 만났으니 관둬야 쓰것다."

"아구! 나가 오늘 이모부한티 단단히 빚을 지게 됐구만요."

달구는 피식 웃으며 손으로 엉덩이를 문지르며 따라오란 말도 없이 하늘을 쳐다보며 둘레둘레 앞으로 걸어간다.

"으디를 가실려구 발걸음을 한다요?"

교식은 말없이 뒤따라가다가 짜증을 내며 걸음을 멈춘다.

"햐아- 하늘이 나 같은 눔한티 츤벌을 안 나리는지 몰긋다."

달구는 왠지 모르게 가슴을 메우는 서글픔에 길섶에 주저앉는다.

"맥히지두 않는 공자님 말쌈은 마소! 안 어울린당께요."

그 옆에 털썩 주저앉아 덩달아 찡그리며 하늘을 바라다본다.

"시상 사램들이 다 양심이 있으도 이모부만킴은 양심이라는 심보는 없당게요! 보랑께요. 다들 설설 피해서 가는 고를!"

"나두 고렇게 생각한당께로. 근디 비관스러도 으쩌냐. 천승과 행경이 잘 쭈물럭 요땀시 만드러 논 글… 낸들… 햐…!"

달구는 말을 하다 말고 눈을 감았다 뜬다.

"문제마다 탓! 탓하믄 살아 낼 사람 한 사람두 읍당게요."

교식은 달구에게서 서늘한 외로움을 느낀다.

"신뢰를 싸글 몽땅 눈꼽짜갈도 안 냉겨 놓구 잃으뿌렸당께."

그도 걱정 가득한 교식을 쳐다본다.

"근디 니 상판을 봉께 뭔가 속이 껄떡지근한 그이 있다곰 떡 쓰 있당께. 션하게 말해 보더라고?"

달구는 교식의 팔을 잡는다. 교식을 바라보는 달구의 눈빛이 참으로 다정해 보인다. 누가 보면 신기하다고 말할 것 같다.

"아버지 생전에 밥은 세 치 혀가 아니라 두 손과 머리로 벌어먹어야 하고 머리보담은 가슴으로 인생을 살아가야 된다 했는디 나는 아무작에도 쓸데가 없는 인간인가 봅소."

묻는 말에 딴말을 하며 할 말 대신 아버지 얘기를 한다.

"으미? 그람 나 혀는? 나 서늘흔 가슴은 어쯔라곰? 고런 식으로 비관스런 말을 하믄 내는 썩으 문드러즈야 허는 벌거지랑게."

"나 속은 아무도 모르지라…."

"대충은 알즈. 나가 누군감? 눈치로 살아온 그? 엄니가 호랭 팔자라 시집가믄 스방이 죽구 가믄 또 죽구… 이 아비 저 아비 이쓰 저쓰… 눈물보담 짠 눈칫밥으롱 살으 낸 고! 근디 말이요라. 갈쪽마다 새끼들은 잘도 맹그렁 냈스라. 햐! 불러 오는 배가 눈을 질끄득 감을 맹킴 고리둠 뵈기 싫었는지- 기가 막혔당게라."

달구는 번개처럼 스치는 그날들이 겨운 듯 둘레둘레 하다가 풀을 한 움큼 뜯어 집어 던진다.

"아따! 일진이 오지기 사납구마. 쪼깃쪼깃 싸그리 몽땅 구겨진 날인가 보드라고… 요를 땐 방구슥이 처박혀 있으야 탈이 읍는디라. 잉 간들 틈에 있으믄 문제가 생긴당게롱."

달구는 벌떡 일어서자마자 빠르게 걸어간다.

"이모부! 오늘 내가 모를 일이 있었스요? 오날따라 고달프게 살아 온 고이 한꺼븐에 느껴진당께라."

교식은 뒤따라오며 어깨를 감싸안는다. 달구의 얄팍한 어깨에는 이 한여름에도 차가운 외로움이 무겁게 얹어진 것 같다. 인간의 정이 간절한 그리움으로 뭉쳐있다는 느낌에 왠지 울컥해진다.

"니! 나? 위로하지 말으. 나 감격스런 거 달갑지 않당께."

달구는 교식의 팔을 내려놓으며 걸음을 멈춘다. 그리고 힘이 없어 보이는 조카의 눈동자를 찬찬히 살피며 빙긋이 웃는다.

"고렇게 웃어 뻔지니 이모부 같당께요. 이모부는 심각하믄 되려 정나미가 떨어진당께라. 고냥 욕 으더먹어 감서 싸가지 없이 살아가소. 뭐 으떠소. 이래 사나 조래 사나 밥 먹고 똥 싸고 죽는 건 누구나 똑같지 않소."

그들은 서로 바라보고 소리를 내며 아이들처럼 웃는다. 그 웃음소리에 더위가 가시는 듯하다. 그리고 다시 길섶에 약속이나 한 듯이 주저앉는다.

"지 어렸을 적이 공부 안 한다구 아부지한티 오지기 얻어터지구 있을 직 이모부가 많이 말려 주셨지라."

"니 고 은히 잊어뻔지믄 잉간이 아니랑께."

"으짜믄 고렇게 고때고때 말을 그럴싸하게 둘러대시는지…."

교식은 다시 한번 크게 웃는다. 달구는 그가 웃는 것을 바라보며 피식 웃음을 흘린다. 세상 물정 모를 것 같은 웃음소리에 꾀죄죄한 몸이 깨끗이 닦이는 듯하다. 교식이 한없이 순수해 보인다. 다른 사람이면 바보로 알고 알맹이는 물론이고 껍데기까지 벗겨 먹을 생각부터 했을 텐데 말이다. 세상에서 자신을 잘 따르고 좋아해 주는 사람은 손윗동서 말고 교식뿐이다. 사람의 정을 모르고 살아온 그에게는 친구 같은 처조카가 이유도 모르게 좋다. 학교 가다가도 잠시 얘기하다가 지각하기 일쑤고 오다가다 만나게 되면 밤늦도록 집으로 들어가지 않아 처형이 헐레벌떡 찾아다니곤 했다. 학교에 가다 말고 길가에 앉아 도시락을 나누어 먹기도 했다. 심지어 고래 등 같은 집보다 초라한 자기 집에서 더 많이 지냈다. 교식은 어디서든 눈에 띄기만 하면 달려와 '이모부-' 하고 불러 주는 것만으로 좋기만 했다.

"이 시상에스 나가 질루 부럽구 존긍스런 사람이 있따믄 고게 바루 느 아부지이자 나의 동스인 씅님이랑께."

교식은 달구의 얼굴을 빤히 들여다보며 무슨 말을 할지 뻔히 알면서도 다음 말을 기다리며 말없이 웃음을 흘린다.

"니는 안 그런다냐? 허우대 멀끔하즈… 미남이즈 돈 많즈 학식 풍부하즈 그에담 요자한티 인기 많즈…."

그는 교식의 얼굴에 바짝 들이밀며 눈알을 굴린다.

"시상에 다 갖춰스믄 뭐 헌다요- 가즌 그 지대루 써 보지도 못하구 허망하게 돌아가셨는디라."

달구는 그 말에 교식의 무릎을 '탁' 치며 고개를 흔든다.

"그 말엠 나가 가심이 맥히지만… 니 말이 바루 나 말이랑께! 햐! 행님은 질루 귀흔 맹이 짧아당께로! 지사상을 푸지게 차리든 뉘가 묵남. 결곡이 살으 있는 잉간들 목구역으로 들어가쥠."

"덕분이 모다 모여 푸지게 먹잖소."

달구의 말에 교식은 시큰둥해하며 다시 벌떡 일어선다.

"이모부! 나가 말이여라. 장개를 너무 빨리 갓지라?"

교식의 불평스런 말에 달구는 별로 의아해하지 않으며 장난기가 잔뜩 밴 눈알을 깜작깜작한다.
 "니 마눌이 섭하다 않긋냐?"
 그는 조용히 타이르다가 냅다 엉덩이를 찰싹 때리며 웃는다.
 "셋방에스 언네 델구 옹삭하게 살구 있으니 말이요."
 엉덩이를 문지르며 교식은 얼굴에 걱정이 가득하다.
 "눈충 받느니 따로 사는 게 낫지 않긋냐? 덩그롱 집을 사든가."
 "고글 왜 몰것스라. 더 신경 쓰일까 겁나 부려라."
 달구의 재빠른 눈치에 몸을 흔들며 삐딱하게 걸어간다.
 "느 아부지는 아무리 화가 나두 자시는 흩트러지지 않곰 꼿꼿했당께. 하날이 무느즐망증 태연스른 그 자시! 멋쪄 뿌렸당궤!"
 그는 걸어가는 교식을 바라보며 중얼거리다 뭔가 생각이 나서 간사스러운 웃음이 입가에 번진다.
 "니는 느그 아부지 따라갈르믄 한창 멀당게로! 니는 내 밥이 될 수도 있다는 이 말이란 말이지라."
 달구는 교식의 걸어가는 자세를 삐딱하게 바라보며 먹이를 찾은 승냥이처럼 고개를 앞으로 쓱 내밀며 코를 벌름거린다.
 "이참에 눈 딱 감고 드가든가! 내쫓그야 하긋남. 아 놓구 산디?"
 교식은 그제야 달구의 말에 고개를 끄떡이며 환하게 웃는다.
 "비집굼 드가쁘스 판슥 군디 가그 즌 우물둠 파굼!"
 "이모부! 야들 말로 짱이다요! 나가 고 말이 듣고 싶어 요래 찡그리고 있다는 그 아니다요. 이잔 머릿속이 정리가 되야스요-"
 교식은 앞서가는 달구의 엉덩이를 바라보며 소리를 냅다 지른다.

달구는 기분이 좋아 소리를 지르는 교식을 돌아보지도 않고 손만 흔들며 잰걸음으로 저만치 앞질러 간다.

17. 대원의 제사

 교식이 대문을 들어서자, 사람들이 북적거리기는 하지만 분위기가 심상치가 않다는 느낌이 직감적으로 들었다. 마루 끝에 앉아 교순은 경석과 손장난을 하며 놀고 있고, 아내는 어디 있는지 머리카락도 보이지 않는다. 말 많고 탈 많은 동네 아낙들도 그가 들어오는 것을 봤으면서도 반기며 인사 한마디 없다. 손은 놀리고 있지만, 교식의 눈치를 살피며 서로가 눈만 껌벅거릴 뿐, 말이 없다. 모두의 심사가 가라앉은 기분이다. 그는 아무렇지도 않은 척 먼저 부엌 안을 쓱 들여다본다. 저쪽 구석 부뚜막에 앉아 우두커니 두 눈만 멀뚱거리고 있는 아내가 보인다. 어떻게 돌아가는지 물어보지 않아도 알 것 같다. 순식간에 기가 빠진다. 아무 말도 못 하고 평상에 털썩 앉는다. 아낙들의 눈길이 쏠리는 것을 알고 두 팔로 고개를 감싸고 그대로 푹 숙인다.
 "아예 땅속으로 파고 들으가 뻔져 뿌리긋땀."
 달구는 대문간에서 어정거리며 교식을 향해 중얼거린다. 처형한테 미운털이 단단히 박힌 달구 역시, 정나미가 떨어져 들어갈 마음이 내키지 않아 돌아서려는데 아내의 목소리가 짜증스럽게 신경을 건드린다.
 "여그 첨 왔소? 여서 주저거린다요? 드가 뭐라돔 잡숩지라."
 "안에 읎었당가?"

"성이 매늘에겜 한바탕 난장을 치글래 그 틈사엠 굴비하구 곶감 서너 개 집에 갖다 놓구 오는 길이여라."

그것도 당연하다는 듯이 술술 말하는 마누라의 입만 바라본다. 오늘따라 그답지 않게 자신이 처량하기 그지없다는 생각이 든다.

"느 서방이 못났긴 참말로 못나 번졌당께."

씁쓰레하며 마누라의 입술을 툭 건드리며 돌아서 가 버린다.

"으디루 가신다요. 드가서 부침이라두 드셔라."

그는 입술을 매만지며 애끓는 소리에 웬일인지 잠시 멈춘다.

"만복네 갔다가 바지 갈아입고 다시 올 그랑께."

"딴 디 가지 말곰 곰세 오소! 잉…."

말이 채 끝나지도 않았는데 뒤도 돌아보지 않고 저만큼 재빠르게 걸어간다. 뒷모습을 아쉬워하며 바라보다 언제 그랬나… 금세 얼굴 가득 웃음이 번지며 사뿐히 들어온다.

"이모?"

교식은 웃으며 들어오는 이모에게 반갑게 아는 체를 한다. 그도 부랴부랴 달려와 눈을 껌벅거리다가 갑자기 팔을 잡아끌며 옆 마당으로 데리고 간다. 뻔히 알지만, 그는 못 이기는 척 따라간다.

"느 엄니가 올려믄 으제 오지 뭣 하고 자빠져 있다가 겨 오냐고 보자마자… 아구매라! 말두 말으!"

그는 말을 하다 말고 손을 내두른다.

"그라믄 미리 왔으믄 버선발로 맞이할 근가. 눈이 시푸르 옆서 뵈두 오금이 쩌렸당게. 느 할매보담 한 술 위랑게라."

그는 주위를 살피더니 문소리가 나자 입을 삐쭉이며 뒷마당으로 돌아서 가 버린다.

"순득 으미!"

문을 쫙 열어젖히며 짜증이 잔뜩 밴 목소리가 마당을 울린다. 교식은 그 목소리에 질려 눈을 질끈 감아 버린다.

"아잉!"

"툭 까놓구스리 지가 상즌인그? 아비? 어미? 참말롱! 비수무리헌 나이뻘 아념? 이잔 동리섬 한몫하는 근 순득네 아니랑게…."

순천댁은 입을 삐죽이며 부침개를 불평스레 뜯어 먹는다.

"맞꼬만! 지 벌으 지 묵구사는 디! 지그 아들츠름 불르 싸 대는 꼴— 열불이 나서 죽을 지경이여! 순득 으미! 아앙?"

대천댁도 순천댁의 옆에 달싹 앉아서 흉내를 내며 입을 삐죽거린다. 재차 부르는 소리에 순덕네는 입을 다물라고 손가락으로 입을 가리며 부엌에서 뛰어나온다.

"순득 아비보구 즈늘참에 와스 지방 줌 쓰라 이르소!"

"엄니! 지 왔스라! 그거슨 지가 쓸 팅께 염려 마셔라."

옆 마당에서 튀어나오는 교식을 보고 그는 목을 밖으로 내밀며 눈살을 확 찌푸리는 동시에 대뜸 소리를 버럭 지른다.

"거그서 뭐하고 자빠져 있쓰다냐? 장자즌 몸가짐 정갈히 하꼼 사랑에 가만 자빠져 있지 곰새 못 봐서 환장을 했다냐?"

교식은 아무 대꾸도 못 하고 멍하니 쳐다만 본다. 아낙들은 슬슬 눈치를 보며 화덕 앞에서 숨을 죽인다.

"뭘 뚫어지게 보는 겨? 미리섬 옷이나 갈아입지 않구쓸."

그는 온 마당을 휘둘러본다.

"고러당 눈가엠 주름이 더 짜골짜골 패근넹. 우세가 따로 읍스라. 짜증이 이마에 쓰 있당께."

"아임시! 목구역에 딱 부트 있스. 긍께 쪼론 소리가 나지 않으!"

"지 쓰방 지샷날에 우세 떨믄 죽은 사램이 살아올랑감!"

"백골이 되살아 우털 앞에 웃으므 나타났으면 시상 좋긋넴."

순천댁이 빈정대니 대천댁은 소리를 죽여 맞장구를 치며 키득거린다. 승주댁이 덩달아 가세하니 옆에 있던 아낙들도 서로 등을 쳐 가며 웃음을 참지 못해 아예 웃어 버린다.

"오늘은 자니가 참소!"

담 밖에서 안을 살피던 이장이 들어오며 기운 없이 방문만 바라보고 있는 교식의 등을 두드린다. 그는 얼른 자세를 고쳐 기운이 없는 눈빛으로 공손하게 인사를 한다. 그는 말없이 재차 등을 두드리며 밖으로 데리고 나온다.

"아자씨! 참말로 환장하겠당게요? 봤다 하믄 쌍불을 키고 옴짝달싹을 못 하게 안하요. 동리 사람들 챙피해서 으쩐다요!"

"이해햐. 요래 북적대는디 서로 그람 집안 망신 아니긋나."

"그렇지라! 마늘 델구 사는 자니가 억지로두 이햐를 햐."

이장댁이 옆으로 다가와 혀를 찬다. 그리고 들고 온 앞치마를 펼쳐 허리에 두르며 안으로 들어간다. 운삼은 문종이와 벼루 통을 들고 옆으로 다가오며 그들을 보고 걸음을 멈춘다.

"자니가 동리 대필은 다 하는구랴. 수고하소."

이장은 그를 보고 웃음을 머금은 채 손을 흔들고 가려 한다.

"즈녁이나 같이 뜨고 가지라."

운삼은 교식에게 눈인사하며 이장에게 한마디 한다.

"나 읍니스 다소 볼 일이 있당께. 그기 먼즈 갔다 올 탱께."

그는 바삐 걸어가면서 대꾸를 하며 쏜살같이 가 버린다.

"아자씨! 안녕은 하셨소?"

다시 인사를 하며 손에 들고 있는 물건들을 건네받는다.

"조카벌이라 야긴디 기냥 드와 살으. 블쎰 전근 왔다문서? 야들두 여서 핵교 다니는디 출타근 못 하긋나?"

교식은 대답도 못 하고 고개를 힘없이 떨어뜨린다.

"같이 살믄 어느 집인덜 투닥그리지 않는가."

"지두 그랬스문 좋것는디 엄니가 맨날 저러시니…."

그는 말끝을 흐리는 교식의 손을 힘주어 잡아 준다. 언제나 그랬듯이 잡아 주는 손에서 느껴지는 체온에서 든든한 기운이 나는 것만 같다. 아버지가 돌아가시고 난 후 기대고 싶은 사람이다.

"앙! 아잉? 이리 냉큼 드와 보드라고잉!"

큰벌교댁이 대문을 들어서는 그들을 못 본 체 이제 겨우 마당에 나와 아낙들 틈에 엉거주춤 앉으려는 며느리를 휘릭 손짓하며 부른다. 운삼은 멈칫거리려는 교식의 손을 끌어당긴다.

"거서 얼쩡대지 말곰 방 안엥 드와 츠박혀 있꼬라이!"

그는 멈칫멈칫 주저하는 며느리를 노려본다. 한 걸음 다가서려는 교식을, 운삼은 팔을 부여잡으며 사랑채로 한 번 더 끌어당긴다. 마루로 올라가는 아내를 쳐다보며 마지못해 사랑채 안으로 들어온 그는 벽에 기대며 주르륵 미끄러져 털퍼덕 주저앉는다.

"나 속이 터진다요! 차라리 집이루 가 번지라고 그라지. 아님 죽으라고 일을 시키든가아! 그렇지 않소?"

"여자들 틈이 끼들믄 일이 커진당께. 자니뿐 아느. 나두! 또 모다 비스무리 살으. 가운디 비집고 드오지 않음 그나마 다행이지…."

"아자씨도 그런 말씀하신다요?"

"나도 남자 아녀…? 다 겪으 본 찌끄르기랑께. 지나고 보믄 별거 아녀! 요를 땐 눈 찔끄득 감고선 방관이 곧 만사 평안이당게."

잠시 웃더니 말하는 운삼의 말에 그는 목이 메어 팔을 벌리고는 힘없이 방바닥으로 벌러덩 드러누워 버린다. 운삼은 말없이 문종이를 방바닥에 펴며 손으로 문지른다.

"자니 말여! 부친이 하려 했던 교육사업 한번 해 보자구…. 내게 서류가 다 있슨게. 노력이 아깝잖여! 혼자 벅차 내내 미루었스."

"생각하고 있었스라. 아자씨가 서두르면 지가 따르지라."

교식은 대답을 하고 나서 일어나 아버지의 얼굴을 떠올린다.

네다섯 시쯤 되자 동네 아이들이 하나둘씩 기름 냄새를 맡고 대문간을 기웃거리며 안방의 눈치를 본다. 교순은 부침개를 가지고 와서 한 개씩 나누어 주고 졸졸 따라다니는 경석을 데리고 들어온다. 그래도 배가 차지 않아 안에서 나는 기름 냄새에 입맛을 다시며 대문간을 들어올락 말락 뻘쭘히 기웃거리고 있다.

"아구! 이리들 오더라고! 잔치집이근 지사집이근 치르기 전으 반은 다 주점주점 먹으 치는 그랑게."

작은벌교댁이 채반에 올려놓은 부침개를 들고 손짓을 하자 우르르 몰려와 새까만 손으로 허겁지겁 집어 먹는다.

"분순아이! 할미 줌 갖다 드려라. 느만 처묵지 말곰. 불편혀 오지도 못하구 을마나 참견하고 싶을끄. 안 봐두 뻔하징."

"지샷날인 그 진즉 알 틴디 을마나 궁금혀고 짭짭하긋소."

옆에서 한마디씩 하자 분순네는 내내 눈치를 보고 있다가 기다렸다는 듯이 꼬기작거리는 누런 봉투를 허리춤에서 꺼내 서둘러 부침개를 넣어 허겁지겁 먹고 있는 분순의 옆구리에 찔러준다. 분순은 급히 다른 하나를 집어 입에 넣어 가며 달려 나간다.

"아구! 늙으믄 죽어야 된당께로. 짐이 되기 전이 말여!"

"으떤 논이염? 나불대금! 뿔근 솥뚜껑엠 납작 지질 탱께!"

분순네는 부리부리한 눈을 부릅뜨며 벌떡 일어난다.

"우리 엄니가 젊었을 직이 을마나 고생을 혔는지 아소!"

모두가 숨을 죽이자 그는 울먹이며 도로 주저앉는다.

"참말루 효부 났당께! 입에 침이나 바르고 지껼이소!"

"션찮은 분순 아비 놉두고 믄 산 바라보기 한 건 누군감."

"아마두 조 질퍽대는 논두렁이루 가자 했으두 따라갔을 꼴?"

순천댁과 대천댁이 주고받으며 깔깔거린다.

"뭣셨! 맨날 붙어 지랄이렁께. 은제까징 짝짝댈지 두곰 볼랑께."

"두곰 보쇼! 우린 맨날 안 볼 긋츠름 싸우곰 금시 풀으징께."

"화 낼 것 없드라고들! 아 다섯을 내질렀으도 중절모를 쓰고 꼿꼿한 걸음글이만 보여둠 문 발치스 들들 떨렸었지라."

옆에서 웃으며 오순네가 분순네를 향해 벌떡 일어서는 순천댁을 주저앉힌다. 야들야들한 말에 서로 옆구리를 찌르며 끽끽댄다.

"다들 해츤 뜰지 말구 싸게싸게 하셤. 해 떨어지그승께롱."

작은벌교댁은 안방의 눈치를 보며 손을 내두른다.

"이잔 흉 댈 긋두 숨길 긋두 읎스. 불써 백골은 잔디떼 그름이 되고 두 남았을 끄랑게."

"그렇드라고! 죽은 사램 생각하믄 무 하것소! 옆에스 찝쯕대는 고랑내 풍기는 내 서방이 최고재!"

오순네와 순천댁이 마주 보며 까르르 웃는다. 웃는 소리에 큰벌교댁이 방문을 열고 고개를 내밀며 말없이 눈살을 찌푸린다.

"아구! 여름칠에 문을 열었다 닫았다 뭐하는 지꼴이랑까?"

이장댁은 구석에 눈치만 보고 있는 며느리가 눈에 띄자 보다 못해 안방을 향해 냅다 소리를 지른다.

"매늘 아덜 눈 맞추는 거 뵈기 싫으 쪄 죽이려 꼬라지 부리는 그지 뭐굿소! 지는 안 던가 비. 앙!"

"하튼간 오지기 맨 시집살 헌 씨미들이 한 술 드 뜬당께. 아앙!"

작은벌교댁은 아낙들이 비꼬듯 흉내를 내는 소리가 들리지 않는다. 온다던 남편이 아직도 그림자도 비치지 않으니 말이다.

"바지만 갈아입고 온다드니…."

그는 마음과는 달리 옆에서 알짱거리고 있는 경석을 보고 방긋이 웃어 주며 평상에 걸터앉힌다.

"근디 옥이 쌔어미는 장에스 안 왔나 보재?"

"요즘사 살판 났는디 씰룩씰룩 오것소잉."

"윗배에 아랫배에 배 트져 죽을 논은 그눈밖이 읎당게롱."

"은제 체할남 몰겠넴! 우껴 죽겠당게라."

"것두 지 복이지라. 나중삼 그 복이 어찌 될른지 몰굿지만!"

"간당대는 복 탈탈 털어 대는 꼴… 눈으로 봐야 쓰긋는디…."

그늘이 넓은 마당을 가리고… 욕 반, 눈물 반… 웃음소리… 누구랄 것도 없이 맞장구를 치며 대책 없이 흘러내리는 땀을 앞치마로 훔쳐 대며 기름 냄새로 허기를 채운다.

18. 달구와 만복댁

느지막이 만복네를 나온 달구의 손에 지폐 몇 장이 나풀거린다.
"나가 행님한티 거간 부탁허믄 승을 갈굿소!"
그는 대문간에서 화를 내며 소리를 냅다 질러 댄다.
"인생사감 고건 모를 일이욤. 느가 씅질낼 잉간은 따로 있당껭! 그라지 말구 꼬새기네로 한잔 걸치러 오더라고!"
"나야 굴뚝같지만 행님 비기 싫어 안 갈라요."
"니가? 오든 안 오든 그타 치곰 촌수 관리 똑바롱 하랑께. 행님? 씅님? 판슥 아비가 뉘긴기라?"
달구는 눈만 부라리며 대문을 일부러 닫아 버리며 들어가는 만복을 향해 받은 돈을 흔들어 댄다. 약이 오른 만복은 소름 돋는 웃음소리에 진저리를 치며 이내 외양간으로 발걸음을 돌린다. 달구는 지폐를 볼에 탁탁 때리더니 주머니에 돈을 가지런히 챙겨 넣으며 좀 전과는 달리 눈빛이 진지하게 변한다.
"…상사로구나. 임이 그리워 병이 났재에, 그 병은 약두 읍구 명으두 읍재에. 그 임이 아니믄 소용읍지라…"
민요 가락을 흥얼거리며 올라오는 만복댁과 마주친다.
"가락이롱 심증허구 맞아프르즈야 지대롱 을프진당께롱."
달구는 좀 전과는 달리 서서히 눈빛이 변하며 누가 들어도 소름이 돋도록 기분 나쁘게 웃는다.

"아구! 오날 그간혀서 옥이 아비 을마나 바가지를 씌셨소?"

입을 씰룩거리며 삐딱하게 서서 달구의 위아래를 훑어본다.

"만복이 우시장서 땀 삐질삐질 실갱이하고 있을 직 으서 자빠즈 이제삼 오쇼? 덩껭진 낯짝이 개기름이 짜르르하당께."

달구는 만복댁의 말을 무시해 버리고 빈정거리다 못해 입가에 야릇한 웃음을 흘린다. 만복댁은 다가오는 달구를 옆으로 비키려다 중심을 잃어 휘청대면서 동시에 눈알을 확 부라린다.

"음마! 한 풀려구 환생한 귀신 씬 그 같소! 걸음글이감 으슬프겜 삐따닥삐딱헌 그 봉께 조신흔 덕슨뜩은 아닌그 뿐디!"

달구는 다시 입가에 야릇한 웃음을 흘리며 만복댁의 몸매를 눈알을 굴려 가며 휘휘 살펴본다.

"개나 소나 죽은 여핀 타륭! 이잔 몸쓰리가 질루 츠진당게라."

"고러게라! 개나 소나 눈깔이 있으 본그이 있곰 요그이 아니다 싶은 감증이 있승게 열린 주둥으롱 짖어 대는 그 아뇨라?"

"어맨 사램 붙들구 시비를 건다요? 점즌지 않게 시리!"

"내 점즌은? 진즉에 똥이 되으 그름이 돼스라."

"판슥 아비! 그쪽은 구린 긋 읍간디요?"

"내는 구린내를 풍그야 츠먹을그리가 생깅께 당연허줴에! 글콤! 다 큰 자씩! 뽈근 고 입으롱 함부릉 부르지 마숑."

만복댁은 말문이 막혔던지 진저리를 치며 언덕배기를 후딱 올라간다. 달구는 뒷모습을 바라보고 두어 발짝 따라가려다 무슨 생각을 했는지 고개를 멈칫하며 이내 돌아서 잰걸음을 재촉한다.

19. 달구의 뫼

달구는 대문 안을 들어서며 평상에 앉아 경석과 놀고 있는 교순일 보고 다정하게 눈인사를 한다. 언제 보았는지 눈을 동그랗게 뜨며 마누라가 부엌에서 쪼르르 나와 반긴다.

"싸게 와서 한술 뜨시지 않구 쫄쫄 굶구 다닌다요."

울먹이다시피 물기 가득한 눈빛으로 눈짓을 한다.

"아구! 어딤스 조론 소리가 난당가? 쫄쫄…."

순천댁은 다시 들어도 신기하다며 흉내를 낸다.

"눈짓은 또 으떻고! 아곰! 오골그려 죽긋넴."

승주댁은 아예 소리를 내어 웃는다. 잔칫집인지 제삿집인지 모를 정도로 마당에 웃음이 넘친다. 아낙들은 일을 거의 마쳤는지 웃음을 흘리며 느긋하게 구경을 하듯 작은벌교댁을 바라본다.

"그건 그렇콩! 꼬새기는 으디 있당가?"

달구는 웃음소리에도 무심하게 교식을 찾는다.

"나 여그 있소!"

교식은 사랑문을 열며 고개를 내민다.

"느 샥시는?"

교식은 안방에 있다고 턱짓을 한다. 달구는 심각하게 안방을 바라보다가 경석을 보자 얼른 환하게 웃으며 번쩍 안는다.

"갱슥가! 나가 누구지라아?"

"이모부! 할부지!"

"이삐! 이삐! 이삐라! 나가 할비? 햐! 나가 할비가 되쓰야!"

달구는 경석을 안고 빙그르르 한 바퀴를 돈다.

"음마랑 꼬-하구 밥 묵으야재?"

경석은 고개를 크게 끄떡인다.

"나두 언니랑 밥 묵구 싶당게!"

교순도 달구의 팔을 잡고 흔든다. 달구는 교순에게도 웃음을 보이며 경석을 더 번쩍 안으며 속삭인다.

"그라믄 방이 가섬 느 음마보구 똥 매렵다구 떼써 뻔지라이. 오줌 매릅다곰 막 울어 뻔지라이! 그라믄 맛난 꼬하구 밥 묵을 수 있당게. 교순이 니는 여그 가만있고잉!"

따라가려는 교순의 팔을 잡는다. 교식은 그 모습을 바라보다가 아들에게 무슨 말을 했는지 궁금해서 슬그머니 나와 눈치를 살핀다. 경석은 고개를 크게 끄떡이며 말뜻을 알아들었는지 쪼르르 달려가 방문을 활짝 열어젖힌다.

"엄마! 나 똥! 오줌도! 밥! 밥! 꼬하구 밥!"

경석은 진짜 오줌이 마려운지 찡그리며 엉덩이를 비튼다. 잔뜩 긴장하며 구석에 앉아 있던 며느리는 꼿꼿하게 미동도 없는 시어머니의 눈치를 살피더니 경석의 손을 잡고 방을 나와 끌어안고 안방을 향해 겁먹는 눈빛으로 멈칫거리는 모습을 보다 못한 교식은 옆 마당에서 이리 오라고 손을 내두른다.

"경석이 데리고 건넛방에 가 있드라고! 오줌도 뉘고!"

아내는 대답도 못 하고 교식을 바라보다 경석을 끌어안으며 눈물을 글썽인다. 교식은 다가가서 등을 다독이다가 방으로 들여보내 놓고 사랑으로 발길을 돌린다.

"어찌 고래 딱 알았다요? 오즘 매른 거?"

교식은 이제야 안심이 되어 얼굴이 환해진다.

"오짐 매른 고! 똥 매른 고는 백븐을 거즛이라동 백븐 다 맥히는 고랑게! 나오는 아하곰 나오는 똥은 말릴 수 읍는 고랑께롱. 햐…! 꼬나 쪼나 약은 딱 한 가지바키 읍땅꿰!"

달구는 교식을 보며 단호하게 한마디 던진다.

"자니가 순간직으로 머리가 잘 돌아가는 근 알지만서도 쓰잘데읍는 소리 혀서 사람 헷갈리게 하지 말더라고!"

언제 왔는지 이장은 지방 써 논 것을 보며 못마땅한 듯 따끔하게 한마디 한다.

"이장은 뭔 말을 허고 있나밈?"

달구는 금방 토라지며 돌아앉는다.

"자니 말여! 읍니장이 뜨르르했다믄서? 활동사즌이 따로 없다 하드라공. 모츠름 임자 된통으로 걸렸다고! 모다 천년 묵은 쳇기가 한끄븐에 짜르르 내르갔다드만!"

"으찌 그눔을 아나여?"

이장의 말을 듣자마자 눈알을 굴리며 달싹 다가앉는다.

"으디 처박흔 눔이요라? 품삯 두둑히 모아 논 머심 같던디."

"자시는 모르곰 심 좋고 주먹 씨고 아무튼 천하장사라드만! 자니 맥아지 끊어 놓긋다고 국밥집으루 다시 와스 술을 독아지째 들이키는 글 이장이 간신히 구실려 다리고 갔다드만."

이장은 고개를 살짝 뒤로 젖히며 지긋이 바라보더니 살그머니 외면한다. 달구는 놀랐는지 가만히 숨을 내쉰다. 국밥집 앞에서 두 손가락으로 가볍게 올려 패대기 당한 것을 떠올리며 옆으로 고개를 돌린다. 겁도 나는지 눈을 질끈 감아 버리기까지 한다.

"이눔아! 겁나재? 자고로 느 같은 눔은 일자무식한 눔이 앞뒤 가리지 않구슬 무조건 패대기를 츠야 살살 길 그랑께."

운삼은 붓을 놓으며 두 눈부터 부릅뜬다.

"다들 와 그러쇼잉. 오날 일진이 드럽게 사납당게라."

달구는 가랑이에 얼굴을 묻고 썰레썰레 흔든다.

"인자 읍니엔 나가긴 글렀당께. 그눔이 시퍼렇게 패대기치굼 내빼믄 으짤가. 빈틈틀 쮜뿔두 읍는 뜨내긴디 무서울 그 뭐 있당가? 한 손으로 펄펄 날뛰는 황소를 거뜬 주저앉혀 버렸다는디."

"자고롬 잃을 긋 읍시 심 하나롱 떠도는 잉간이 무선근 알줴?"

운삼이 지방 쓴 것을 가지고 나가자 이장도 노려보고는 헛기침을 해 대며 나가 버린다.

"자니 맞는 꼴 다 좋아라 하재? 말겨 줄 사램 읍재?"

이장을 달구를 향해 눈을 부라린다.

"아들램은 그타 치곰 나중사 손주에게 뭐라 할 근가?"

달구는 손주라는 말에 머리를 감싸며 끙끙거린다.

"언제까짐 등쳐 묵고 살릉가? 고런 돈은 내 것으 아니랑게."

"내는요. 달콤하기만 합디다! 고럴 때마담 희열을 느끼여라."

"손주에게 등츤 돈으루 사 온 사탕인께 맛나게 묵그라 할랑가?"

"글쿠 돈 싫으하는 잉간 있으요? 말이 나왔승께 말인디라! 등친 돈이 아니곰 거간혀 받은 돈이랑게요. 지대루 줬으믄 염병질을 했간디요. 모다 지똥 구진 줄 모른당게라. 염병 지랄을 할 끄 뻔히 알믄서 아쉴 땜마다 내를 부르는 근 뭔 심보라요?"

운삼을 향해 꼬박꼬박 한마디도 지지 않는 달구를 신발을 집어 등을 후려치려다 내려놓는다. 이장은 말문이 막힌 채 바라본다.
　"나는 고만 가네. 아무튼 잘할 굿을 믿더라고? 사는 게 어렵지 않은 사램이 있당가. 교식! 니두 참말루 어렵지라?"
　따라 나오려는 교식을 들여보내며 이장은 방문을 닫아 준다.
　"수고가 많구만. 먼즈 조기 빨랫줄이나 풀어 놓드라고!"
　운삼은 물동이를 지고 오는 판석이 눈에 띄자 일러 준다.
　"야! 조심히 가시어라."
　물동이를 내려놓자마자 빨랫줄을 풀어 놓는 판석을 넌지시 바라보다가 달구가 있는 방문 쪽으로 고개를 갸우뚱거린다. 이장이 대문을 나서며 들어가라고 손짓을 한다. 그래도 교식은 방에서 나와 문 앞에서 그들을 배웅해 주며 판석에게 가려다가 어머니가 문을 열려는 그림자가 보이자 눈을 질끈 감으며 방으로 들어와 아직도 화가 나 있는 달구에게 다가앉는다.
　"이모부! 아까 말할려구 말아 버린 야그나 조께 말해 보소."
　"아! 아! 고 약?"
　성질이 나서 노래진 낯빛을 바꾸며 음흉스레 웃음부터 흘린다. 교식은 바짝 다가앉으며 잔뜩 기대한다. 그는 개똥도 약이라면 서슴지 않고 쓰고 싶을 만큼 간절하기만 하다.
　"냅다 시집보내 뿌리더라고!"
　교식은 순간 뒤통수를 얻어맞은 것 같아 얼굴이 새파래진다. 달구는 한마디로 다시 단호하게 말해 버리며 말문이 닫힌 교식을 보며 익살스럽게 웃어 버린다.

"그라믄 누구보담도 느그 마늘이 정신즉으루 편헐 그랑게."

교식은 차마 대답을 못하고 머리를 좌우로 흔든다.

"느그 엄니두 요잔께! 치매 두른 요자랑께. 쉰 고개 발딱 넘겼을 뿐인디랑! 몰끗다냐? 느 마눌에기 심통 부리는 고긋? 다 고긋 땜시랑께롱! 니 하늘보담 더 높은 은히 잊지 말그라. 나 땀시 경슥이 생긴 그이… 고긋도 단방으…."

달구는 금방 눈이 벌게지면서 넋 놓고 있는 교식에게 새끼손가락을 까닥거리며 야릇한 웃음을 흘린다.

"안 들을 소리 다 듣고 안 할 소리 다 해 뻔지니 배가 고프것소! 안 들은 소리로 할라요. 이모보구 한 상 차려 오라 이르것소."

왠지 기운이 싹 빠져나가는 기분이 들었는지 어깨가 축 처져 방을 나온다. 달구도 교식의 어깨를 툭 치더니 뒤따라 나오며 간다는 인사도 없이 재빠르게 대문을 빠져나간다.

"……."

교식은 뒤도 돌아보지 않고 나가는 달구의 그림자가 보이지 않을 때까지 넋을 놓고 바라본다. 작은별교댁 역시 밥상을 든 채 밥도 먹지 않고 가는 것만 그저 안타까울 뿐이다.

20. 큰벌교댁의 트집

"아구! 엄니요. 지가요. 읍는 말두 지어 퍼트린다는 말 많구 탈 많은 여고 선상이요! 지발 좀 고정 좀 하시랑께요!"

해가 뜨기도 전에 교식의 애타는 목소리가 담을 넘어간다.

"나가 경우 읍는 말 지껄인당께? 시아비 지사 지내러 온 기집이 아세끼 끝안고 고대로 자빠져 자는 츤지에 으디에?"
 큰벌교댁은 침을 튀겨 가며 방바닥을 친다.
 "그람 나가 니 망신을 주고 니 마눌은 무다? 무어다냐아?"
 그는 아들의 바짓가랑이를 붙잡고 들썩들썩 엉덩방아를 찧어 대며 끓어오르는 화를 주체할 바를 모른다.
 "아구! 성!"
 작은벌교댁은 정신없이 달려와 한 발은 방에, 한 발은 마루에 문지방 사이로 걸쳐 있는 교식의 바지를 붙잡고 부르르 떠는 손을 떼려 바동거린다.
 "어찌기 아셨다요?"
 목소리가 기어들어 가며 지쳐서인지 문지방에 털썩 주저앉는다.
 "툴툴이 물 짚어지고 왔다가 보곰… 어매 뜨거 달려 안 왔당가."
 주저앉은 교식의 바짓가랑이를 잡은 손에 힘이 풀린다. 그 틈을 타서 이모는 눈치껏 떼어 놓는다. 교식의 옆에서 방바닥에 닿다시피 고개를 숙이고 떨고 있는 아내를 일으켜 데리고 나간다.
 "인자는 두고만 볼 수 없긋소. 무조건 드와 한번 부딪쳐 가며 살아볼라요. 그리 아시고 나 갑소."
 그는 잠시 멈춰 화가 풀리지 않은 어머니를 향해 단호한 눈빛을 보낸다. 이내 돌아서서 대답도 듣기 전에 마루를 내려온다.
 "무어라고? 언 눔 맘대루!"
 그는 밖을 향해 이를 악물고 비명을 지르지만 교식은 무시한 채 아예 대꾸도 하지 않는다.
 "조- 눈눈 보젬! 시미 밥두 안 주곰 꽁무니 따르가 뻔지넴!"

"나가 차리긋소. 허벌나게 가야 아그들 가르칠 그 아니오."

동생이 손을 잡으려 하자 날카롭게 뿌리쳐 버린다.

"으찌 그러요! 이래두 안 되구 저래두 안 되구…."

그도 화가 났는지 입을 삐죽거리며 일어난다. 교식은 아직 자는 경석을 안고 나오며 문지방을 넘으려는 이모에게 인사를 한다. 물동이를 지고 들어오는 판석도 막 나가려는 교식과 마주친다.

"매번 고맙다야! 뭐라 할 말이 없으! 이따가 따루 보자!"

판석은 교식과 뒤에 있는 형수에게 번갈아 고개만 끄떡이는 이마에 땀이 흘러내린다.

21. 얄미운 조카며느리

작은벌교댁은 뒤돌아보는 교식을 향해 측은한 눈빛으로 어서 가라고 손짓을 하며 부엌으로 들어간다. 부엌으로 들어오자마자 입을 있는 대로 벌린다. 제사 지내고 나서 전혀 치우지도 않은 설거짓거리가 산더미처럼 쌓여 있다. 치우는 데는 이골이 난 그도 힘이 빠진다. 엄두가 나지 않는지 부뚜막에 털썩 걸터앉는다.

"욕 처묵으두 싸지! 싸당게! 여 남아스 치믄 되려 좋라 하줴…."

그는 대문 쪽으로 고개를 돌려 밉살스러워져 이미 보이지 않는 조카며느리를 잠시 노려본다. 얼굴을 내두르며 눈을 흘기는가 싶더니 손을 재빠르게 움직이기 시작한다.

"요로구서 잘두 같이 살긋다! 중간에스 꼬새기만 죽어 나지… 불써 나갔다 들어왔다 몇 븐쨰가 몰긋네."

그는 한쪽을 치워 가며 또 한쪽에다 상을 차려 가며 혀를 차다… 입을 삐쭉이다… 보니 얼굴에 땀방울이 줄줄 흘러내린다.

"있슨게! 있슨게라! 쥐뿔두 읍씀 뉘섬 받들 근가. 꼴값 뜬다 않굿씀? 있는 그이 심이 잼! 나부텀서! 있쓴게 들락대는 그 아니으!"

그는 밥상을 들여다보며 안방을 향해 입을 삐쭉이며 잠시 있다가 이를 악물어 힘을 주어 상을 번쩍 든다.

"그랴도 갱슥이가 성 눈앞에스 알짱거리믄 좋지 않소? 매늘은 꼴 비기 싫으두 손자새끼는 이쁘다구 다들 고럽디다."

말없이 밥을 먹고 있는 언니 앞에 다리를 죽 뻗고 속으로는 미울망정 그래도 마음을 풀어 주려고 애를 쓴다. 머리를 뒤로 젖히며 무슨 생각을 했는지 히죽히죽 웃는다. 비스듬하게 뒤로 젖혀 방을 휘둘러보며 새침하게 발딱 일어나 농을 열어 본다.

"아구메! 이불이 이륵게도 많다요?"

큰벌교댁은 밥을 입에 넣으려다 말고 곱지 않은 시선을 보낸다.

"누굼하굼 덮으렴 이불이 이륵게둠 많다요? 것두 하나같이 뻔쪽뻔쪽 빳빳하그쓰리."

그는 다시 밥상 옆에 쪼르르 앉으며 눈빛과 입술에 잔뜩 웃음을 묻혀 언니의 얼굴을 빤히 들여다본다.

"냉큼 닫그랑. 쎄바닥이 쓸기 씹은 그마냥 쓰디쓰고 마닝!"

갑자기 수저로 밥상을 내리친다. 넋을 놓고 있던 그는 깜짝 놀라며 발랑 자빠져 버린다.

"간밤이 만든 아 떨어지굿소! 화통을 삶아 묵으 뿐졌스오?"

"코앞이썸 꼬땀시로 니밀거릴껌?"

다시 소리를 지르며 상을 밀어내려고 두 손을 상다리를 잡고 흔든다. 번쩍이는 그 눈빛을 보고 그제야 엉금엉금 기어가 농문을 닫고는 기운 없는 얼굴로 잔뜩 찡그리는 언니를 속없이 웃으며 바라본다.

"조그 엊그지 빨아 뭉치 논 삼비 이불 나 주 뻔지쇼. 까실까실 풀 안 맥여도 둘둘 말구 자긴 쉽상일 그 같은디라…."

구석에 개어 놓은 삼베 이불을 가리키니 언니가 그쪽으로 고개를 돌리자 볼세라 나물을 집어 먹는다. 그 꼴을 보니 측은한 마음이 들었지만, 눈살이 먼저 찌푸려진다. 밥상을 차리면서 이것저것 손으로 집어 먹었을 텐데 말이다. 수저를 내려놓으며 상을 동생에게로 밀쳐 준다. 반도 비우지 않은 밥그릇을 앞에 갖다 놓고 젓가락으로 질질 흘리며 밥을 떠서 입속에 재빠르게 넣는다.

"나 먹은 수지 드루믄 딴 수저 갖다 츠묵으라잉!"
"내는 요 젓가락질은 아무리 혀두 으집단 말이여라."

그는 밥알을 튀기며 아예 손으로 이것저것 집어 먹는다.

"손으로 지번거리지 말구 어 내가지 못혀!"

속없이 구는 동생 앞으로 반찬 그릇을 날카롭게 밀어 버린다.

"아구매! 그릇 깨지긋소! 묵을 띤 갸도 안 건든다 안 혀요."

그는 한 움큼 반찬과 밥을 입에 문 채 벌떡 일어선다.

"어 치굼서 풀이나 맥여!"
"뭔 욕심이 고리 많다요. 같이 덮을 스방두 읍스롱!"

문지방을 넘고 마루로 나와 상을 내려놓으려 허리를 굽히자 삼베 이불이 날아와 엉덩이에 부딪히며 덜거덕 마루에 내려앉자마자 방문이 야멸차게 닫힌다.

"풀이나 맥여 놓구 가 뻔지라이!"

22. 판석의 반항

작은벌교댁은 방에서 정떨어지는 목소리에 왠지 서글퍼진다. 엉덩이를 치고 마루 끄트머리에 걸친 삼베 이불이 그의 가슴을 후려치는 것만 같다.

"어매! 어매! 같은 배 속, 같은 씨로 태났는디 사는 그이 이땀시롱 틀리는지 몰것당께!"

기어들어 가는 목소리로 푸념을 하다가 삼베 이불을 내려다보고 그도 모르게 버럭 소리를 내지른다.

"으디담 대곰 소리를 지르는 끄람! 아침부텀잉!"

"고 이불 을마나 주믄 산다요? 돈 줄 티니 나가서 사 옵소."

물동이를 철컥 내려놓는 소리가 들리면서 뒤이어 판석의 화가 난 목소리가 어머니의 뒤통수를 흔들고 곧장 마루 위로 펄쩍 뛰어 올라와 문고리를 잡은 채 여지없이 성질을 이기지 못해 문살이 떨리도록 마구 흔들어 댄다.

성질을 이기지 못하는 판석의 얼굴에 땀이 흘러내린다.

"이 어미가 기냥 해 본 소리랑께! 요… 입방증!"

남편과는 달리 덩치가 크고 씨름을 해도 지지 않을 만큼 힘도 좋다. 아들의 성난 모습이 불안하다. 느낌이 뭔 일이라도 저지를까 봐 두렵다. 여간해서 화를 내지는 않지만 한번 화가 나면 말 잘하는 남편도 말문이 막혀 감당할 수 없 때가 있으니 말이다.

"이모! 이모! 나 소리 들리소?"

그는 아무 대답도 없는 닫힌 방문을 마구 흔들다가 다시 대청마루를 텅텅 두들겨 댄다. 여태껏 자고 있던 교순이 나와 안방 문 앞에 철퍼덕 앉아 실눈을 뜨고 판석을 어리둥절 쳐다본다.

"옵빠! 어찌 화가 났다요?"

"나가 문을 부서 버릴깜? 방문 좀 펄쩍 열어 보더라고!"

교순은 엉덩이를 옆으로 뭉그적뭉그적 움직이며 한쪽 방문 고리를 잡고 열어 주며 두 팔을 위로 올려 몸을 비틀며 입이 찢어지도록 하품을 연거푸 해 댄다. 벽에 기대어 다리를 쭉 뻗으려다 마루에 상을 보자 앞으로 당겨 반찬을 손으로 집어 먹는다. 큰벌교댁은 방 한가운데 꼿꼿이 앉아 잔뜩 독이 오른 눈으로 판석을 노려보고 있다. 판석은 이모의 눈을 향해 너울너울 손을 크게 흔든다.

"나 돈 주소!"

그는 다짜고짜 손을 내민다.

"니 뭣 땀시 그런다냐."

두근거리는 가슴을 잡은 손이 떨리고 목소리가 더듬거린다. 아들의 손을 잡으려 하자 가만히 그를 옆으로 비켜 세우고 다시 손을 내민다. 교순은 그러거나 말거나 부엌으로 가서 밥을 수북하게 담아 와서 돌아앉아서 밥을 먹는다. 판석은 그런 교순을 보며 화를 가라앉히려고 어이없는 웃음을 흘린다. 하지만 큰벌교댁은 노려보고 있다가 벽력같이 소리를 지른다.

"니눔이 나랑 맞스자는 그다냐? 돈 싸다 맽겨 났다냐?"

"맽겨 났소. 맨날 틈난 있으믄 으깨가 부러져라 물동 지는 고이 좋아스 날은 줄 아요? 이태껏! 이모가 그타구 수고롭다 곱게 말 한 븐 혀 준 즉 있으요?"

판석은 다시 화가 치밀어 소리를 있는 대로 버럭 지른다.

"시크다냐? 느그들 누구 땜시 굶어 죽지 않고 살았는디라."

 큰벌교댁도 분이 복받쳐 올라 방바닥을 쳐 대며 소리를 지른다. 동네 사람들이 소리를 듣고 담 너머를 기웃거린다.

"그라요? 그람든 두말헐 긋두 읍당께. 요래 군디 갈 나이 될 때꺼짐 날라 이잔 땅슥 이모부도 그만혀라 헐 긋이요."

 판석은 어머니의 손을 잡고 댓돌을 내려와 금방 길어 온 햇살에 반짝이는 물이 가득한 물동이를 발로 연거푸 쓰러트리며 '이눔! 이눔의 시끼이!' 질러 대는 소리에도 끄떡도 않고 어머니의 손을 잡고 나와 버린다. 그래도 자꾸만 뒤를 돌아보는 어머니의 손을 억지로 끌어당기며 발길을 재촉한다.

"젖비린내 나는 눔까지 펄쩍펄쩍 얕보고 달그든당께."

"야! 펄쩍펄쩍! 내두 으른이요! 군디두 가끔 아비도 될 거다요! 물동지는 젖비린내 나는 언네 봤소?"

 동네 사람 누구라도 자신 앞에서 말대답 한 번 제대로 못 하는데 어린 조카가 눈앞에서 큰소리치면서 더구나 길어 온 물동이를 차 버리며 난동을 부린다. 한 마디도 지지 않고 말대꾸를 하는 것이다. 분통이 터져 들썩들썩 엉덩방아만 내리칠 뿐이다.

"아구! 아구! 박복한 요 팔자 으짜쓰까이! 이잔 어린눔까지 지미 닮아 과부라 멸시나 하구 버륵버륵 대들고라잉."

 말이 더 나오지 않아 텅 빈 대문을 향해 소리만 질러 댄다.

"옵빠가 엄니 눈에는 어린눔으롱 뵌다요, 아줌니들이 옵빠한티 꼼짝 못 하라. 나한티 곰탱이라 불러두 막 소리를 질르 댔스라."

 아무리 말을 시켜도 대꾸도 하지 않던 교순은 밥풀을 튀기며 술술 말문을 터트리며 화를 더 돋운다.

"인자 펄펄 나는 망둥처럼 시상 몰고 날뛰는 한창 나인디 살살 구실르지라? 남들이 뭐라 혀도 지 엄니는 끔찍이 여기는 그 같으라. 대촌댁이 빈증대다 야무지게 혼쭐이 나쓰라."

운삼이 지나가다 들어와 걱정스러운 눈빛으로 큰벌교댁을 바라본다. 자빠져 있는 물동이를 가지런히 세워 놓고 나서 듣는 둥 마는 둥 밥상을 끌어안고 밥을 먹고 있는 교순과 분통이 터져 새파랗게 질린 큰벌교댁을 지그시 번갈아 바라본다.

"갸가 밤낮을 가리지 않고 물을 길어 나른 공은 있슨께 그만 화 푸소. 꼭지만 틀믄 물이 콸콸 쏟아지는 시즐인디 마당에 우물 파소. 이참에 교식이 내외 받어드리고…."

운삼은 마당의 잡초를 여기저기 뽑아 가며 조곤조곤 주눅이 들 정도로 옳은 말만 하고 대문을 나선다. 큰벌교댁은 은근히 부아가 더 치밀어 오르지만, 대꾸도 못 하고 돌아서 가는 그의 등만 뚫어져라… 노려볼 뿐이다.

"나 속을 으찌 안다구… 대갈박 먹물 줌 들었다구 한 소리 할르곰 든당께. 누귄 샴 판 줄 몰라 안 판 줄 아는가 비!"

23. 큰벌교댁의 시어머니

시어머니는 일부러 아니 기어코 마당에 우물을 파지 않았다. 며느리가 편안하게 살림하는 꼴을 두고 보기 싫었던 것이다. 집이 가난하여 시집올 때, 하다못해 수저 하나 들고 오지 않았다고 밥 먹는 것마저 보기 싫어했다. 남편은 맨몸으로 편하게 와도 괜찮다고 했지만, 시모의 마음은 그렇지 않았나 보다. 아들이 나가고 나면 덮고 자던 이불을 그 자리에서 뜯어 던지듯 내놓았다. 엄동설한, 삼복더위 가리지 않고 우물가에 가서 빨아서, 풀 먹여서, 다듬질해서, 시침질해서 이불을 개어 놓을 때까지 조금도 쉴 틈을 주지 않았다. 입이 부르트고 손이 갈라져도 개의치 않았다. 녹초가 되도록 온종일 일만 했다.

"달랑 맨몸으로 시집온 논이 그거 하나 지대루 못 한당께."

시어머니는 미운 걸 넘어 역겨워했다. 보다 못한 아들이 우물을 파자고 하는 날이면 '언 년 좋으라고!' 버럭 소리를 지르며 집 안의 살림살이는 모두 마당으로 끄집어내는 바람에 정리하느라 진땀을 뺐다. 시어머니가 돌아가시자 남편은 우물을 파려고 했지만, 그럴 때마다 호통치는 환청이 들려 우물 파는 것을 말리곤 했다. 막상 며느리를 얻고 보니 우물을 판다는 건 있을 수 없다는 생각이 들었다. 나도 우물 없이 살았는데 며느리도 자신처럼 살아야 한다는 고집을 부렸다. 명절 때나 제사 때면 얼굴만 내밀며 동네 아낙들 틈에 껴서 손만 까닥이며 흉내만 내다가 아들 뒤를 따라 내빼다시피 대문을 나서는 모습을 보면 속이 부글거려 참아 내느라 애를 썼다. 예쁜 구석이라고는 뜯어봐도 또 뜯어봐도 찾을 수가 없는 며느리가 자신이 받지 못한 대우를 받는다고 생각되니 알 수 없는 불덩이가 가슴에서 불끈불끈 솟구쳐 오르려는 것을 남에게 들킬세라 가슴만 치곤 하였던 것을 누가 알까. 그러잖아도 이래저래 생각이 많은데 속도 모르고 자신을 가르치는 것 같아서 운삼의 말에 부아가 다시 치밀어 오른다. 판석이 덕분에 물 아쉬움 없이 지냈지만, 그러잖아도 언제까지나 신세는 질 수 없을 거라 여기고 있었는데 말이다.

"지가 뭐시간 뭘 안다 남으 집 일에 감 나라 대추 나라… 시건벙져두 한참 시건벙진당께. 염춘이 염병할 눔…."

 그는 너무 화가 나서 엉덩이를 들썩거린다. 들썩거리다 보니 자신도 모르게 시어머니의 행동을 따라 하고 있다는 것이 불쑥 느껴진다. 머리카락이 뻣뻣하게 위로 솟는다. 온몸이 가시가 돋아날 만큼 소름이 돋게 하는 모습이란 것을 알아차리자, 기운이 구들장 밑으로 한없이 내려가는 기분이다. 등이 구부러지며 그 자리에 힘없이 누워 버린다. 벽에는 여전히 이래도 웃고 저래도 웃는 남편의 얼굴이 야속하게 가슴 가득히 채워진다.

 "시집오그 전이 떡하니 팔 글! 전깃불이라도 밝혀 놓길 잘했스! 어둬서 이쁜 샥시 얼굴도 밤시 못 보믄 클 날 뻔했쓰."

 껄껄 웃는 소리를 밖에서 듣고 아예 두꺼비집 스위치를 내려놓았다. 동네에서는 인정이 넘치면서 정작 며느리에게는 박대했다. 텔레비전은 물론 전화마저 개통할 엄두도 못 냈으니 말이다.

 "넘들한티는 시상 둘두 읍시 후덕하기만 혔는디… 조금만 생각해 주셨으믄 을마나 좋았을까잉…."

 밖에서 살다시피 한 남편과 아버지와 시어머니의 얼굴을 떠올리며 고개가 줄레줄레해진다. 악을 쓰고 나니 시장기가 돈다. 부뚜막에는 교순이 먹고 난 밥상이 그대로 널브러져 있다. 그래도 부엌에 놓고 나갔나 보다.

 "지지반년… 푹푹거리담 소리를 질르근 말근 꾸역꾸역…."

 제 어미가 속이 터져 버리든 말든 제 목구멍만 채우고 몰라라 나간 딸년의 소갈머리에도 부글거린다. 그는 설거지통에 빈 사발을 집어

넣고 물동이를 열어 보며 먹을 물만 한 바가지 정도 바닥에 반짝거리는 것을 보니 괜스레 우울해진다. 엊저녁 쌓아 놓은 그릇들을 동생이 설거지하느라고 거의 다 썼나 보다. 물바가지를 항아리 속에 내팽개치며 상을 바닥에 놓은 그대로 부엌을 나와 물기가 말라 가는 덩그런 마당을 바라본다. 두 눈에는 마당에 우물이 놓여 있는 것처럼 아른거린다. 눈을 감았다 뜨며 머리를 흔들어 본다.

 시집오자마자 물지게를 지고 날랐던 기억도 난다. 보다 못한 남편이 우물을 파자고 말할 때마다 '우물을 파면 도로 메꿀 거라.'고 소리를 지르던 생각이 떠올라 가슴을 문지른다. 다리에 힘이 빠져 마루를 간신히 기어오른다. 방으로 들어와 다락에 제사 지내고 올려놓은 곶감을 갖고 와서 입안으로 억지로 집어넣으며 방안을 둘러본다.

 "딸년이라곰 하나 있는 고이 간만으 터진 말뽄새라곰시…."

 마당을 쓸쓸히 둘러본다. 그래도 먼저 출랑출랑 들어오는 동생의 모습이 아른거린다. 삼시 세끼 들락거리며 먹을 것을 나르는 것을 모른 척해도 밉살스러웠지만, 어수선한 부엌을 생각하니 심란하고 벌써 아쉬워진다. 자꾸만 대문 쪽으로 눈길이 가지만, 사람 그림자 하나 비치지 않는다. 마루 앞에 널브러져 있는 죄 없는 삼베 이불만 끌어다 만지작거리다 다시 울화가 치밀어 내팽개쳐 버리고 그도 마땅찮아 둘둘 말아 아예 구석으로 몰아쳐 버린다.

24. 이사 오는 교식이

 화를 풀려 해도 도대체 풀리지 않아 누구도 들어 주지 않는 신음만 낸다. 이리저리 뒤척이다 잠이 들었는가 싶었는데, 갑자기 양쪽 대문이 열리는 버거운 소리가 들린다. 밖에서 웅성거리는 소리가 나더니 사람들이 몰려들어 온다. 벌떡 일어난 큰벌교댁은 말문이 막힌다. 이불 보따리를 짊어지고, 뒤이어 여러 사람이 농을 들고 들어온다. 교식은 책 보따리를 들고 들어와 아무 소리 않고 개선장군처럼 당당하게 마루에 척 올려놓는다.

"뭣들 하고 있는 겨?"

벼락 치는 소리가 마당을 울린다. 교식은 들은 체도 하지 않고 아내에게 부엌으로 들어가라 손짓한다.

"여보! 밥해야 하니 서둘러."

"뭣들 하곰 자빠지는 거란 소리 들리지 않는 껴엄-"

며느리는 인사는커녕 대답도 못 하고 있는데 다시 방에서 쇠 부딪치는 소리가 귀속을 때린다. 그저 멋쩍게 웃는 남편을 향해 따라 웃으며 부엌으로 들어가려던 그녀는 입을 벌리며 그 자리에 멈추고 만다. 교식은 무슨 일인가 하여 부엌 안을 보고서 발 디딜 틈 없는 부엌으로 들어와 아무 말 없이 어질러진 상 위에 바짝 말라비틀어진 그릇들을 설거지통에 담고 항아리 안을 들여다보고는 아내를 부뚜막에 앉혀 주고 나서 물동이를 들고 나간다. 이미 오다가 대충 소문을 들어 그는 헛웃음만 나올 뿐이다. 그가 물동이를 들려는 것을 보고 짐꾼이 얼른 다가와 물동이를 대신 들고 걸어 나간다. 곧이어 판석이 물동이를 짊어지고 들어온다. 교식은 판석일 바라보며 빙긋이 웃는다. 판석을 보자 일어나는 형수에게 고개만 까닥이고 먼저 설거짓거리가 들어 있는 설거지통에 물을 붓고 다시 물동이를 들고 나간다.

"즐깐 같은 집이 시끌벅적 사는 맛이 지대루 난당께."

짐꾼과 판석이 동이마다 앞서거니 뒤서거니 물을 가득히 채울 때쯤에 대문간에서부터 작은벌교댁이 밭에서 뜯어 온 푸성귀를 한 소쿠리 들고 방문을 향해 일부러 소리를 높인다.
 "교새가잉! 이자 느 이모부 말동무 생겨 좋아라 하긋다."
 교식은 환하게 웃으며 이모를 반겨 감싸안아 준다. 작은벽교댁은 교식의 얼굴을 쓰다듬어 주며 방문이 닫힌 것을 보고 입을 삐쭉거리며 부엌으로 들어간다. 밥만 겨우 뜸 들이고 있는 조카며느리를 보고 반가워하자마자 능숙한 손놀림으로 한 상을 후딱 차려 낸다. 옆에서 거들어 줄 엄두조차 못 내며 제자리에서 움직임에 따라서 얼굴만 돌려가며 바라보고 있다. 감탄이 절로 나온다.
 "이모님! 정말 빠르셔요! 금방 한 상을 차리시다니!"
 "한 손온 설끄지엠 또 한 손온 국 끓으, 입으론 무친 나물 맛보므… 두 다리른 물까지 질르… 또 귀론 욕묵으 가문스 허리 필세 읍시… 요래조래 늙으 뻐져 뿌르당께! 조카매늘두 요래 시집살이 견드므 살으. 시상엠 꽁꼬는 읍슨께라."
 며느리는 쉴 새 없는 말에 대답도 못 하고 고개만 끄떡인다.
 "자니 시엄씨두 입만 살은 으렁대는 시할미 똥오줌 드런 줄 모르고 수발들며 밖으로만 나도는 시아비 땀시 생과부롱 끙끙 앓다가 진짜 과부된 끄랑께."
 "잘할께요!"
 "암만! 당은하재! 무니 무니 혀도 삼시 시끼 때끄리보담 독수공방 과부로 살은곰맹끼 시상 츠량한 그 읍당께라."
 "이모님은 과부도 아니시면서 어찌 어머니 맘을 잘 아세요?"

"자니두 나이 묵다 보믄 절루 깨친당께. 그때 가스 후회말곰 지금 잘하랑께. 한 귀루 듣구 한 귀루 흘리구 문드러지는 가심은 스방 품에 섬 삭히구슬. 고르고릏켐 시울 따르며 사는 고이 인생이랑께."

"네! 네?"

자기 말에 수줍어하면서도 당황스러워하는 조카며느리가 순진해 보이면서도 부엌일을 엄두도 내지 못하고, 한자리에서 빙빙 돌면서 꼬박꼬박 대답만 하는 며느리가 은근히 밉살스럽다. 옆으로 얼굴을 돌리고 눈을 흘기더니 부엌문을 활짝 열어젖히고 마침내 물동이를 지고 들어오는 아들을 냅다 부른다.

"툴툴아이!"

손짓으로 상을 들고 나가라고 시늉을 하고는 작은 상을 서둘러 차리고 나서 겨우 한숨을 돌리며 허리를 편다. 그제야 어정쩡 서 있는 조카며느리와 눈이 마주친다. 판석은 부엌 바닥에 차려 놓은 커다란 교자상을 번쩍 들고 나간다.

"이 상 들고 들어가 인사드리는 고이 도리랑게! 뭔 소리가 나오근 간 시미 비위 건드리지 말곰! 이게 사는 순스랑게."

작은벌교댁은 상만 내려다보며 눈물방울이 떨어질 것처럼 눈시울부터 붉히는 며느리를 못 본 체 먼저 안방으로 들어간다.

25. 비위 맞추는 작은벌교댁

평상에 짐꾼들 밥상을 봐주고, 교식은 불안해하는 아내의 등을 토닥거려 주며 교식은 상을 들고 아내를 향해 환하게 웃는다. 내외는 상을 내려놓고 무조건 무릎을 꿇는다. 그녀는 남편이 있어 안심이 됐지만, 못마땅해하는 시어머니의 눈빛에 몸과 마음이 얼어붙는다.
"뭔 다짜고짜 짓끄리염? 당장 도로 나가 쁘리랑께!"
그는 울화가 복받쳐 손을 내두르다 바닥을 치며 돌아앉는다.
"어여 진지나 드소!"
이모의 말에 교식은 뭐라 대꾸할 말도 생각나지 않아 어머니 앞으로 다가앉으며 어색하게 상을 들이민다.
"지 말이요. 작정하고 들어왔지라. 엄니가 아무리 닭달을 혀도 방바닥에 고개 처박고 살라요."
교식은 단호하면서도 기운 없는 말투로 겨우 말을 하고 건네주려 하는 수저를 뒤도 돌아보지 않고 냅다 뿌리친다. 수저가 튕겨 교식의 이마에 부딪히며 상 밑으로 들어가 버린다.
"아따! 고만 돌아앉소. 칠십 넘어 망령 든 홀어미두 아니구 같이 늙어 가는 츠지에 으지간 떨그덕끄리요. 누가 보믄 장개들어 애비 된 아들램 부부 질투헌다곰 손가락즐하굿소."
이모는 다가앉으며 고개를 들지 못하는 며느리를 슬그머니 뒤로 물러나게 한다. 이내 나가라고 손짓을 하며 거들어 준다.
"점심두 걸렀을 틴디 어여 한술 뜨소. 근디 이 지지배는 지 오라비 온 줄도 몰고 으서 늘치덕거리고 자빠져 있댜냐."
"블썸 경석이 델구서 마당 한가운데서 판석이가 대야에 가득 퍼 준 물에 물장난하구 놀구 있스요."
교식은 이마가 아픈지 문지른다. 차마 뿜어낼 수 없는 숨을 억지로 삼키며 덜덜 떨고 있는 아내의 손등을 살며시 토닥거린다.
"그러잖아두 야들하고 놀기 좋아하는디 잘됐당께라."

수저를 주워 치마에 문질러서 그의 코앞에 갖다 대며 웃음을 흘린다. 큰벌교댁은 너스레를 떠는 동생이 더 얄미워진다.

"아깐 잘못혔소. 곰탱 불러 울 집서 주전부리 맥여 놓게 하구 툴툴두 미안스런가 물 가득 채우고 밖서 한술 뜨면서 너벌대곰 있으라. 너들 나가스 인부들 보내야 헐 끄 아닌가 비?"

사태가 쉽게 가라앉지 않을 것을 눈치채자 엉덩이로 교식을 밀어내며 고집을 부리고 있는 언니 옆으로 바짝바짝 다가앉으며 비위 좋게 헤벌쭉 웃는다.

"자니는 어여 밖이 빈 그릇 갖다가 마르기 전이 싸게싸게 설그지하곰! 인부들 물두 주고스리!"

쭈뼛거리며 눈치만 보고 있는 며느리는 이모의 말에 교식을 뒤따라 나간다. 큰벌교댁은 나가는 며느리의 엉덩이를 뒤돌아 바라보며 눈살을 찌푸린다.

"으찌라. 어련 글 손바닥 보듯 훤히 알믄서… 기특허지 않여라. 성이나 내나 다 겪지 않았소. 동지슫달 맨바람 고대로 맞구슬-"

"중간에스 해쪽거리는 느가 더 꼴두 비기 싫당께라…."

"나가 바루 그간꾼 마늘쟁 안닌갑소! 중간에스 거둘어 주야 안 될 긋도 된다는 그다윰. 나가 읍씀 세이서 밤을 새우도 끝이 안 날 긋이란 긋은 빤한 그는 알지라?"

"고만 헤쭉거라고 나가 뿌려라잉."

수저를 내밀자 냅다 수저를 낚아챈다. 된장국으로 입맛을 다시며 옆에서 치근덕대는 동생을 곁눈질로 노려본다.

"나가 이 웃음으로 박 스방을 녹이며 살지 않으라. 살기 띤 백사보담 더 차간 잉간과 으찌 살긋소. 이러저러 꾸리구 사는 그 뻔히 알믄 서리. 나닝께… 나닝께라…."

눈은 웃고 있으면서도 우울하게 말끝을 흐린다. 말에서 흘러나오는 고달픈 삶을 들여다보는 것 같아서인지 그 마음에 다소 누그러진다.

"미나 고나 나가 아쉴 거요. 나 읍니 나가 부엌살 할 참이요라. 국밥집 옆이께 음식점이 들이섯는디 허드렛일헐 사람을 쓴다곰 여핀덜 씨부렁거리는 고이 들웃당께라."

그는 밥을 뜨다 말고 동생의 말에 흘끔 쳐다본다.

"돈두 받곰 건겅니며 밥이며 남은 건 다 가져올 수 있즈 않긋소! 성 네 벅에 생쥐마냥 들락되지 않아두 될 긋 같다요."

고개를 바짝 쳐들고 콩나물을 한 움큼 입속으로 들이민다.

"맛나지라? 나가 손맛은 태났당께. 아무긋 안 넣두 침만 발라 쪼물락쪼물락만 했는디 요로콤 혓바닥을 살살 녹이니 말이요."

그는 능청을 떨며 혓바닥을 굴려 침만 묻히고 콩나물을 꿀떡 삼킨다. 씹지도 않고 뭉쳐진 콩나물 덩이가 목에 걸려 억지로 꿀꺼덕 삼키자 눈물이 찔끔 나온다. 힘들어하는 걸 쳐다보더니 큰벌교댁은 말없이 그 앞에 물그릇을 쓱 밀어 준다. 그런 와중에서도 빙그레 웃으며 찔끔한 모금 적시고 도로 그 앞에 갖다 놓는다. 그런 동생이 측은해 보이다 가도 주책없는 행동에 그저 꾸짖기만 한다. 어렸을 때 쓸데없는 말을 하는 바람에 쌀쌀맞은 둘째 동생에게 머리를 쥐어박히던 모습이 새삼 떠오른다. 지금까지도 자신 앞에서 구박을 당하면서도 이래도 저래도 웃는 동생이 무슨 생각을 했는지 밥을 크게 떠서 국에 말아 주며 먹으라 시늉을 한다.

"그래두 성뿐이 읍따요. 요 맛에 맨날 욕 들믄서 성 그늘서 알짱대즈 않긋소. 영츤 둘째 승은 어림 반 품어츠돔 읍지라."

그는 밥상 앞으로 눈치를 보며 슬쩍 다가앉는다. 그도 젓가락으로 밥을 떠먹으며 말없이 바라본다. 어릴 적부터 식탐이 많아 허겁지겁 먹는 바람에 어머니에게 야단을 많이 맞았다. 그래서인지 먹을거리 앞에서 눈치를 보는 버릇이 생겼다. 그런데도 살이 안 찌는지 모르겠다.

"성! 조카매늘 드와서 으더먹는 그 쪼께 눈치가 빌 거 같으라. 껄쩍지근혀 으쩔까잉!"

그는 동생의 말에 대꾸도 하지 않고 시장기는 돌지만 대충 국물만 찍다시피 하고 불만이 가득한 얼굴로 밥상을 물린다.

26. 이사 온 첫날

판석은 해가 떠오르기 전에 물동이를 지고 들어온다. 큰벌교댁은 물 붓는 소리가 들려도 수고한다는 말 한마디는커녕 헛기침 한 번 하지 않던 방문을 열어젖히고 말없이 바라본다.

"죄송했으라. 우물 팔 띠까진 날라 드리지라."

동생의 치맛자락 뒤에서 코 찔찔 흘리며 갈라진 새까만 손으로 사탕을 받아먹던 어린애가, 말대꾸도 할 줄 알고 물동이를 들고 나가는 뒷모습이 제법 장정 티가 난다. 또다시 들어오다 판석은 눈이 마주치자 계면쩍어하며 번쩍 들어 항아리에 주르르 붓는다.

"니는 잠두 읍냐?"

평소 같으면 말 한마디 없었는데 어제 일이 마음에 걸렸는지 조용히 말을 건넨다.

"낮지는 동리 사람들이 서루 퍼 가 물이 바닥이 나는디 새븍엠 밤새 고여 찰랑하지라. 요즘 집집마다 샘을 파서 물 길러 갈 그 읍는디요… 물맛이 동리서 최고라 서루 퍼 가지라."

대답하며 판석은 지게를 걸머지고 다시 나간다. 대답하느라 뚜껑을 열어 놓은 채 나간 것을 보고 마당에 나와서 뚜껑을 닫아 놓고 일어날 기미가 없는 아들 방으로 슬며시 눈길이 간다. 허락도 받지 않고 무작정 이사 온 아들이 마구 쥐어뜯고 싶을 정도로 화가 치밀어 오른다. 그도 모르게 아들의 방문 앞에서 얼쩡얼쩡하는데 갑자기 방 안에서 마음을 녹이는 애교스러운 며느리의 신음이 들려온다. 순간 얼굴이 화끈 달아오르고 숨이 막혀 오는 것을 가라앉힐 새도 없이 울화가 동시에 치밀어 오른다.

"곰탱! 곰탱아!"

그는 열을 올리며 몸만 돌아서서 교순을 있는 힘껏 소리쳐 부른다. 일어날 리 만무하지만, 딸의 방문을 활짝 열어젖힌다. 화가 나서인지 발이 떨어지지 않아 버벅대다가 간신히 걸어가 문고리가 소리가 날 만큼 문을 흔들며 집안이 떠내려가도록 깨운다.

"나이가 몇 살이라고 맨날 즘심 때가 다 돼야 일어나는 거시여! 어여 후딱 일어나 밥하지 못혀긋씀!"

교식은 무슨 일인가 싶어 얼른 문을 열고 나온다. 홑이불을 뒤집어쓰고 이름을 부를 때마다 이리 뒹굴 저리 뒹굴뒹굴하며 온몸을 칭칭 감고 꼼짝도 하지 않는 교순을 보고 핏대를 올리며 어머니가 혼자 화를 내고 있다. 뒤따라 나온 며느리는 어리둥절하며 부스스한 얼굴로 시어머니를 바라본다.

"염츤엠 둘둘 말곰 자빠져 자겜? 소 죽은 늑시 따루 읍땅꿰!"

"맻 신디 그라소?"

"맻 시기는 뭐가 맻 시여? 밖에 나가 보더라고! 블써 움적거리고 다니는 그 나가스 눈 까부시구 보더라구잉?"

"우리가 농사짓는당가요?"

교식은 오만상을 찌푸린다.

"매껴 놓기기만 하믄 그만인 줄 아나미? 어찌 돌아가는 근지 눈까부시곰 둘러봐야재! 자빠져 잠만 잘려 왔다냐? 나 오장 녹으려 겨 왔드냐? 말해 보랑게. 터진 입이 있으믄시."

순간적으로 풍덩한 일자 원피스를 입고 멍하니 서 있는 며느리를 위아래 훑어보더니 더욱 끓어오르는 부아를 주체 못해 마당에 털썩 주저앉는다. 다시 일어나 성질이 나서 잘 벗겨지지 않는 신발을 손으로 벗어 마당으로 내던지며 마루를 기어올라 방으로 들어가 방문을 있는 힘을 다해 닫아 버린다.

"엄니! 참 모락시럽소. 늦도록 짐 정리하고 새벽에 잠들었스요."

교식은 숨을 깊게 삼키며 허리를 구부려 어머니의 신발을 가지런히 놓으며 태평하게 자는 교순을 잠시 바라보더니 방문을 살그머니 닫는다. 그제야 아내를 돌아다본다. 여학교를 졸업하자마자 직장 생활 몇 달도 하지 않고 세상 물정 겪어 보기도 전에 곧장 시집을 왔으니, 무엇을 알까 싶어 이런 상황이 늘 애처롭다.

"이왕 일어났으니 아침이나 하더라고!"

그는 아내의 어깨를 가만히 감싸안아 다독거려 주고 두 팔을 내두르며 마당을 둘러본다. 판석의 세 번째 물동이가 들어온다. 교식은 내려놓는 지게를 잡아 준다.

"아구 벌써 항아리에 물이 가득하네."

뚜껑을 열어 보며 교식은 판석일 올려다보며 환히 웃는다.

"어지 설찮이 길어 놔서… 행수님 아침 짓소."

부엌을 들여다보며 판석은 부뚜막에 넋 놓고 앉아 있는 형수를 향해 입가에 야릇한 미소를 짓다가 내려놓은 물동이를 가리킨다. 판석이 나간 줄 알고 이모가 교식의 방문 앞에서 귀를 기울이는 모습을 본 것이다. 교순을 불러 대며 심통을 부리는 소리가 조용한 아침에 담을 타고 울리는 걸 듣고 판석은 절로 웃음이 터지고야 말았다. 만복이 소를 몰고 내려와 혼자서 우물 안을 들여다보며 웃는 모습을 보고 '순응이 여쁜 얼굴이 보이냐.' 하는 말에 고개를 저으며 만복의 팔을 부여잡고 웃음을 참지 못하는 판석을 향해 뜻도 모르고 덩달아 한참 동안 통쾌한 웃음이 흘러넘쳤다.

"순앵은 늘 가심에 숨 쉬고 있지라. 지가 말헐 수 읍는 어이읍는 우끼는 글 봤당게라."

판석은 소 등을 어루만지며 웃음을 참지 못해 한 번 더 크게 웃어 젖히면서 다시 물지게를 지고 후다닥 발걸음을 옮겼던 것이다.

"아침 먹고 가지 그냥 가믄 으쩐다냐? 수고가 많다는 말밖에 할 말이 읍으야. 이제 샘 팔 거니게 조금만 부탁해야 쓰것구마."

고개를 끄떡이는 얼굴에 웃음기가 번진다. 그는 자신을 보고 웃는 판석을 향해 뜻도 모르고 덩달아 환히 웃으며 팔을 붙잡는다.

"지 읍내에 볼일이 있지라."

그는 팔을 살며시 빼며 뒤돌아서자마자 억지로 웃음을 참으며 성큼성큼 뛰다시피 빠르게 걸어 나간다.

"아구! 속이 뚫릴 만큼 시원하구만!"

교식은 금방 길어 온 물을 마시며 환한 얼굴로 부뚜막에 앉아 일어날 줄 모르는 아내에게 바가지에 물을 떠서 마셔 보라는 시늉을 한다. 그제야 밖으로 나와 한 모금 물을 마신 아내는 금방 화색이 돈다.

"읍내에서 수돗물 마시는 맛하고는 비교가 안 되지?"

물을 머금은 채 환하게 웃으며 고개만 끄떡인다.

큰벌교댁은 소곤대는 소리에 문을 살짝 열어 본다. 아들과 며느리가 이마를 마주 대며 바가지에 물을 떠서 서로 먹여 주고 있다. 자신은 부아가 풀리지도 않았는데 다정한 모습을 보니 가슴을 두드린다. 그러다 자신도 모르게 한 손으로 문고리가 흔들려 소리가 나도록 열었다가 다시 문고리가 소리가 날 정도로 문을 닫는다. 그들은 깜짝 놀라며 마시려던 바가지를 내려놓고 교식은 멍하니 숨을 삼키며 닫힌 방문을 바라본다. 웃음기가 사라지고 어리둥절해하는 아내를 부엌으로 데려다주고 팔을 휘두르며 마당을 이리저리 둘러보며 돌아다닌다.

큰벌교댁은 왠지 모르게 온몸에 기운이 빠져 베개를 끌어다 옆으로 살그머니 눕는다. 보드라운 볼때기를 내밀며 아들을 쳐다보고 환한 얼굴로 물을 받아 마시는 며느리가 금방 피어나는 꽃 같은 며느리가 눈에 아른거린다. 손은 자신도 모르게 이미 부석거리는 볼을 매만지고 있다. 부드러운 서울 말씨며 옷 입는 맵시가 누가 보아도 여자답다. 부럽다고 할 것도 아닌, 질투라고 할 것도 아닌 종잡을 수 없는 감정을 부여잡으며 몸을 일으켜 경대를 열어 거울을 들여다보았다. 거울 속에 눈가에 물기 한 방울 없이 주름이 패고 축 처져 두 눈에 짜증이 배어 있는 고약한 노인이 버티고 있다. 이러한 그의 마음을 조롱하기라도 하듯 부엌에서 며느리의 소곤대는 말소리가 얼핏 들린다.

 그 다정한 말소리에 경대를 방구석으로 날카롭게 밀어 버리고 도로 자리에 눕는다. 벽에 걸려 있는 영정 사진이 눈에 띈다. '왜 고런 것이여? 시상사 그냥 웃고 살다 보믄 활개 칠 날이 올랑게!' 하며 남편이 웃어 주던 모습이 아른거린다. 어디서 밤을 새우고 아침 일찍 들어와서 주머니에서 빨간 립스틱을 손에 쥐여 주고 넉살스레 웃어 주던 생각도 난다. 다시 일어나 경대를 도로 가져와 립스틱을 찾았다. 아직도 구석에 처박혀 있다. 입가에 웃음을 머금으며 뚜껑을 열어 보았다. '이거 안 발라도 어여쁘지만 바르면 더 여쁠 거랑게.' 시어머니가 들을세라 살그머니 방에 데리고 들어와 손수 입술에 발라 주며 기분을 풀어 주던 일이 코앞에 훤히 보이는 듯하다.

 아들과 며느리는 무엇이 즐거운지 웃음 섞인 말소리에 다시 신경을 예민하게 건든다. 그의 기분은 아랑곳하지 않고 그저 좋을 대로 속살대는 것 같아 짜증이 나다 못해 밉살스럽다. 덩달아 남편도 미워진다. 립스틱 통을 열어 보려다 경대 안으로 내팽개친다.

 "째끔도 나 맘 알아줄 잉간은 코딱지두 읍당게…."

 그는 서글퍼지는 마음에 이맘때쯤 하얀 모시옷을 입고 슬그머니 대문을 열고 들어와 빙그레 웃는 남편을 다시 떠올린다. 웃는 남편과 마주치자 획 얼굴을 돌리면 '토라지는 모습마저 여뻐 뵝께. 또 엄니가 여쁜 각시에게 심술을 부리셨는가?' 하면서 뒤에서 어깨를 감싸안으며 '아구! 따스하니 좋구만.' 가슴을 지그시 눌러 주던 넉살 좋은 남편의 모습이 바로 어제 일 같다. '나가 요 여쁜 가슴을 오그라들게 하려구 꼬신 건 아닌디 말이재.' 안쓰러워 어쩔 줄 모르며 가슴팍을 파고들 때 수줍어하면서 내심 좋기만 했다. '남은 세월 아즉 많응께 이래요래 살믄 좋을 날 올 그여라.' 안방까지 들릴까 귀엣말로 소곤대는 그 입김이 너무나 달콤했던 기억이 떠올라 눈시울이 붉어진다.

"그렇지만도 웃는 얼굴이 그리도 밉살시러웠나… 몰러."

뿌리치며 앙탈을 부리면 부릴수록 힘주어 끌어안아 주던 남편이 서글플 만큼 그리워진다. 거의 울먹이며 다시 일어나 살그머니 방문을 열어 대문 쪽을 바라본다. 활짝 열린 대문이 휑하다. 가슴이 오뉴월 염천인데도 서늘해진다. 새삼스레 세상에 혼자 남겨진 것 같아 두 팔을 가슴에 포개어 끌어안는다.

"누가 이 맴 알끄나잉!"

그 자리에 꼬꾸라지듯 누워 영정 사진을 다시 바라보며 그만 주저할 겨를도 없이 눈물이 흘러내린다.

"조것들이 뭐시라구 겨 들어온 첫날에 내 설움에 겨워 눈물을 흘리고 지랄인지 몰긋네. 마냥 뭐시든 짜증시럽굼 째끔이라둠 서운허기만 헌 거 봉께 별수 읍시 늙나 비라."

무슨 생각을 했는지 눈에 힘을 주며 벌떡 일어나 당당하게 문을 활짝 열어젖힌다.

"나가 서운헐 긋이 뭐시가 있당꿰!"

27. 시집살이시키는 시어머니

　문을 열어 놓은 채 벽을 보고 누워서 고개를 돌리니 여전히 마당엔 아무도 없고 조용하다. 조금 전까지만 해도 아들, 며느리가 물을 마시던 눈꼴사나운 모습이 보이지 않는다. 그러고 보니 며느리는 어디에 있는지 보이지 않고 때가 지났는데도 아침밥을 차려 올 기척이 보이지 않는다. 궁금해서 마루로 내려와 부엌문을 열어 보았다. 단번에 인상이 찌푸려진다. 설거지통에 그릇들이 한가득 쌓인 채 솥뚜껑과 부뚜막은 얼룩져 있다. 아침밥을 부엌 바닥에서 먹었는지 상에 먹다 남은 반찬이 올려진 그대로 놓여 있다. 며느리의 아양을 떠는 소리와 마당에서 아들과 마주 보며 웃는 모습이 다시 퍼뜩 떠오르는 순간, 이유도 모를 울화가 목구멍까지 치밀어 올라 이를 악물고 다짜고짜로 며느리의 방문을 열어젖힌다. 방도 치우지 않고 경석을 끌어안고 곤하게 자고 있다.

　"뭐 했다곰 요태 자빠져 있는 거람!"

　쇠가 부딪치는 소리가 아주 맛있게 잠들어 있는 며느리의 정수리를 여지없이 뒤흔들어 버린다.

　"니 지금 뭐 하구 자빠져 있냔 말이랑게."

　다그치는 소리에 깜짝 놀라 일어나는 며느리를 향해 그는 침을 튀겨 가며 다시 한번 소리를 버럭 질러 댄다. 경석이 벌떡 일어나 어미의 품에 파고들며 자지러지게 운다.

　"니가 살림사는 기집이믄 한븐 둘러보드라고? 뷕은 뷕대론 방은 방대론 마당대론… 입이 있씀 말해 보란 말이랑젱."

　숨이 차서 그는 침을 삼키며 숨을 길게 내쉰다.

"응만진창 여그저그 늘어놓구스… 자빠져 잠이 오냐 말잉께… 심난혀 죽을 직즌잉께! 상즌이 따롱 읍다 말이여."

우는 아이를 다독이며 그녀는 숨을 죽이며 고개를 들지 못하고 있다. 문 옆에 세워져 있는 싸리비를 내팽개쳐 버리고 돌아서 가는 시어머니를 마지못해 뒤따라 나온다. 교식을 골목까지 배웅해 주고 나서 안방이 조용한 것을 살피고 늘 하던 것처럼 아무 생각도 없이 방에 들어가 선잠이 깨어 칭얼대는 아들을 끌어안고 깜빡 잠이 든 것이다.

"벌부터 치우랑께로. 멀뚱거리고 서 있지 말고스! 누가 보믄 퍽으 좋아 보이긋다! 나간 집구석이 따로 읍당께."

그는 뒤돌아보지도 않고 방으로 들어가 버린다. 며느리는 문 닫는 소리에 몸을 움칠하며 경석을 안고 부뚜막에 앉아 넋을 놓는다. 이럴 때는 방보다 부엌이 편할 것 같다는 생각이 불현듯 스친다.

28. 동네 아낙들

지나가던 아낙들은 큰벌교댁의 야멸찬 소리가 들리자 지나치려다 도로 되돌아와서 무슨 일인가 담 너머를 기웃거린다.

"오메! 그냥 벌크루 들여보내 뻔지네!"

"그람 어쯔라! 죽일 끄나 살릴 끄나!"

"니는 머리채라도 끄들겨 마당으로 내치길 바라재?"

"그라믄 안 되는가."

"으쫄까이! 니나 내나 심보 하나는 드럽게 타고 났쓴께."

담 안을 기웃거리며 무슨 일이 일어나기를 기다렸다는 것처럼 실망한 눈빛으로 서로를 바라보고 있다.

"뭣들 혀고 자빠졌당가? 고로콤 헐 일이 읍당가잉?"

작은벌교댁이 바구니에 참외를 가득 담아 머리에 이고 숨이 차서 헐떡거린다.

"성 말여! 며늘한티 잘혀나 벼?"

소리를 죽이며 대천댁은 얄밉게 입을 삐죽거린다.

"고 주둥이 더 납작해지지 않으려믄 낮잠이나 자더라고!"

"부라린다구 작은 눈이 더 찢어지건남?"

그 순간에 머리에 인 바구니를 내려놓더니 참외 한 개를 집어 대천댁의 입에 단방에 쑤셔 넣는다,

"앗! 이게 뭔 짓이여!"

대천댁은 호들갑을 떨며 땅에 떨어진 참외 옷에 문지른다.

"고게? 고게 말여? 똥인 줄 알고 처먹드라곰! 충청둠 멀리섬 촌구석으루 시집 왔슴 입 닥치곰 살으랑께. 써레블썰레블… 낄 땜 안 낄 땜 끼구 지랄여…."

"뭐시여?"

"쫓겨나 친증살이 갈려믄 힘등께."

"쫓겨나긴 누가 쫓겨난단 말여. 대낮에 서방질하며 다니는 여핀네 두 멀쩡이 활개 치구 다니는구먼."

"고논은 고논이구! 고리 부러믄 그년츠름 해 보더라곰… 친증엄니두 황천길 갔는디 갈 데두 읍구만. 올케가 반길 그라곤 애초에 꿈꾸지 말라곰. 새어매보담 더 표독스릅곰 야박헌 그 몰굿남?"

"뭐시여? 아덜 믿구 술술대던 말이 더 아옘 술술 터졌구먼!"

"양반집 딸은 아닌갑네? 말끝마다 혀 짧은 소리만 지끌으 됌께."

작은벌교댁은 눈을 부릅뜨고 빈정대듯 소리를 질러 댄다.

"아구! 아들램 보기전으 어 드가셔라잉! 든든혀 좋그스라."

대천댁은 들고 있던 참외를 던질 기세를 하며 한 발 다가서려고 한다. 그러자 망골댁이 얼른 팔을 잡으며 참외를 빼앗는다.

"은제 날 잡을 거여. 울 호성 아비가 나이가 더 먹었구먼."

하는 수 없이 망골댁의 잡아끄는 손에 이끌려 대천댁은 성질을 참지 못해 치마를 너펄거리며 밭으로 발걸음을 재촉한다.

"맞긴 맞꼬만! 울 올케두 쌀 한 됫박 얄짤 읍드리곰!"

옆에 서서 승주댁은 빈정대듯 작은벌교댁의 편을 든다. 판석에게 당하던 얘기도 듣고 또 직접 본 모습이 떠올라 웃음을 억지로 참으며 먼저 앞질러 밭으로 가 버린다.

"승주떡! 고러기여? 왜 웃음을 참는겨?"

"서방 나이 많은 고이 자랑은 아닌고 알줴?"

'울 엄니! 시피보믄 우물에 침을 텍 뱉으랑게 두고 보셔라.'라고 성질을 내던 모습이 떠오른다.

"긍께 뭣 땀시 말을 건당가? 본전두 못 건지믄서."

"나는 걱정이 댜서 그냥 물어봤구먼."

"걱증? 뭔 개뿔! 내게만킴은 고 속을 숨길려고라?"

그는 어정쩡 기우뚱하며 승주댁의 말에 피시식 웃는가 싶더니 까르르 웃음보가 터진다. 승주댁은 잠시 멈추어 그를 기다렸다가 입가를 문질러 주며 대천댁의 팔짱을 정답게 낀다.

"승주떡이 사내였으믄 좋것구먼!"

"저븐엔 순츤댁이 사내람 좋긋다 함서… 긍께 누구당게라?"

"죽은 꼬새기 아부지!"

"멀쩡한 서방하구 살믄서 아직두 생각혀남?"

"다른 여핀네들도 다 대놓고 말햐잖여…."

"에구! 여그서 퍼질로 앉아 입마개나 하라고 던져 준 참외나 낭궈 먹구 가자구."

"이게 뭐시라고 주워 왔당가."

망골댁이 냉큼 가져가 참외를 쪼개어 나눠 주며 큰벌교댁 마당을 고개를 내밀어 말없이 바라본다.

"울들이 말여! 꼬새기 아부지가 좋긴 좋았나 벼."

"너무 가난혀서 헛물을 킨 그지라. 고런 맛에 고달픈 인상살 견드 냈다- 이 말이어라."

승주댁의 넋두리에 망골댁은 은근슬쩍 눈시울을 붉힌다. 망골댁의 눈시울에 서로 마주 바라보더니 누가 먼저랄 것도 없이 까르르 웃는다. 그 웃음에 고이는 눈물방울이 볼을 타고 내려와 왠지 모를 측은한 빛마저 감돌며 그 옛날의 얼굴처럼 발그레해진다.

29. 작은벌교댁과 조카며느리

작은벌교댁은 돌아서 가는 아낙들을 향해 '썩을 여핀들!' 욕을 하며 얼굴이 벌게져 바구니를 들고 힘겹게 들어선다.

"뭔 일 있었는가?"

작은벌교댁은 마루에 바구니를 내려놓고 사방을 휘둘러본다. 실은 그 역시 궁금하여 속으로 견딜 수 없다. 참외를 주섬주섬 치맛자락에 담아 아무 대답이 없는 부엌문을 살그머니 열어 본다. 아직도 밥상을 치울 엄두도 내지 못하고 경석을 끌어안고 부뚜막에 걸터앉아 있는 조카며느리의 위아래를 훑어본다. 눈을 반짝이며 짐작을 한 듯 고개를 끄떡거린다.

"뭔 일 있었남? 부스스 꼭 언네 들어선 그 가침 뵌당게라."

벌떡 일어나 무안해하는 조카며느리의 손목을 끌어당겨 옆에 앉히며 경석을 번갈아 얼굴을 빤히 들여다본다. 입술에 웃음기를 뚝뚝 떨어트리며 경석에게 참외 하나를 쥐여 준다.

"흐미! 부부가 요래조래 고로고롷콤 잠을 자믄 요롷게 이쁜 새끼가 삐집고 나오는 거이 보믄 참말로 신기하당게. 이삐랑…."

부엌문 밖으로 빠끔히 얼굴만 내밀고 안방을 향해 코맹맹이 소리를 낸다. 그러다가 아침 밥상이 부엌 바닥에 널브러져 있는 부엌을 둘러본다. 치울 움직임조차 없이 부뚜막에 넋 놓고 앉아 있는 조카며느리를 향해 인상을 찌푸린다. 밥그릇과 수저가 올려 있는 상 위를 보니 둘만 쪼그리고 앉아 겸상해서 먹은 듯하다.

"자니도 손목아지 뻣뻣이 고으고 있지 말곰 아무리 남 준 고라도 휘- 둘러보구 손품 팔아 이굿저굿 푸성귀 솎아다 갖다 먹으야 싸가지 읍는 여핀들 입방아에 놀나지 않을 고랑께에."

생각해 주는 것 같으면서 은근히 나무란다. 그러잖아도 주눅이 들어 있는 그녀의 마음은 불안하다. 더없이 다정하게, 하염없이 너그럽게 대해 줄 것 같으면서, 아닌 것 같은… 이모가 이럴 때는 시어머니보다 더 두려워진다.

"시엄씨랑 다르당께. 편케 앉즈 받아먹을 뻔지수가 아즉은 이르당궤. 촌구슥으로 드왔으믄 촌 여핀이 되야지라. 손 까닥도 안을 고를

고 때가 되르믄 경슥이 장개보낼 쯤 될 고랑게라."

작은벌교댁은 잔소리를 하면서 바닥에 널브러져 있는 밥상에 남은 반찬을 집어 먹으면서 빈 그릇은 설거지통에 넣는다.

"벅키서 뭘 쑥떡쑥떡 고람시? 고굿이 집안 망칠 징조라는 꼬! 글코 꼬르켐 수꾸리곰 있지 말고 이거나 풀 맥으 놓그라잉."

큰벌교댁은 방구석에 뭉쳐 놓은 삼베 이불을 부엌문을 열더니 며느리 앞에 휙 던져 준다.

"아고메! 농짝 안에 이불 수두룩 있으믄서 내 달랭께라."

콩나물무침을 입으로 넣으면서 한쪽 팔을 뻗어 부엌 바닥에 떨어지려는 삼베 이불을 한 손으로 잽싸게 받아 끌어안는다.

"집구슥서 요자가 응덩이 바닥이 부치고 손이 놀고 있으믄 곰방 영망진창이 되는 굿은 눈 깜짝할 새란 글 모르는 근 아니재?"

그러잖아도 이모의 잔소리 아닌 잔소리에 주눅이 잔뜩 들어 대답조차 엄두도 못 내는 며느리를 째려보며 휙 돌아선다.

"눈 줌 곱게 뜨소! 염츤에도 등짝에 고드름 열굿소!"

삼베 이불을 마루에 올려놓고 올라서려는데 그때 방문을 열고 교순이 잠이 덜 깬 눈을 비비며 마루 끄트머리에 철퍼덕 걸터앉아 하품을 늘어지게 한다.

"고러담 시집두 가기 전이 주둥 찢어지굿다! 조 지지반년! 경슥아! 니 고무! 주둥에다 참외 한 개 확 쑤셔 박그라이."

작은벌교댁은 교순의 등을 때린다.

"그래둠 오날은 일찌김 일났스! 조카랑 놀고 자와 잠이 오굿냐?"

"어여 가서 씻지 못혀!"

큰벌교댁은 왠지 며느리의 눈치를 살피며 소리를 지른다.

"까닥스런 시미 옆피 모자른 시누나 말썽 피는 시동상이 있으야 된당게. 고때고때 시미들이 기가 안 죽으믄 매늘은 지레 죽을 그랑게라. 요르조르 다 살으남기 마련이랑게."

들은 시늉도 하지 않고 다시 늘어지게 하품하는 교순을 바라보며 넉살을 떤다. 경석은 교순의 가랑이 사이로 기어 올라와 무릎에 앉는다. 교순은 잠이 덜 깬 채 경석을 꼭 안으며 더 크게 입을 벌려 연거푸 하품을 해 댄다.

"니 오장 지르지 말고 기냥 싸게 가랑께."

"고러지 마소! 이왕 왔으니 조카매늘 상 쭘 받구 갈라요."

그는 문지방을 밟고 발딱 방으로 들어와 앉는다.

"자니! 아츰 겸 즘슴 준비허게! 얼렁뚱땅 때우면 좋잖여? 고라고 찬밥 푸디담 넣서 함지에 물 한 바가지 담그 오더라고."

"심난항께 할려믄 니 집구석에 가스 허드라고시."

큰벌교댁은 다시 눈살을 찌푸린다.

"이게 맷 푼이나 하곳소. 지가 기냥 해 본 소리지라. 아무리 가난이 쩔으스도 으찌기 혼자 사는 성의 등골을 빼먹끗소."

"고 주둥! 침이나 바르고 지끌여 대라! 능층 뜰지 말구 어여 니 집구석으롱… 가랑께…."

함지박을 마루 끄트머리에 갖다 놓는 며느리의 눈치를 슬쩍 살피며 말끝을 흐린다.

"으찌 말끝을 흐린다요?"

"……."

새벽에 며느리 방을 기웃거린 것이 왠지 께름칙하다. 계면쩍고 어른답지 못한 생각이 든다. 왠지 모를 울화가 치밀어 잠자는 딸에게 화풀이한 것 역시 못 할 짓이었다는 생각도 드니 말이다.

"오날 아침부텀 툴툴이두 못 볼 거 봤나 실성한 눔츠름 실실 웃고 여핀들두 스근스근 이상하여라. 나 모른 고이 있었스라?"

작은벌교댁이 실없이 나오는 웃음을 참지 못하며 엉금엉금 기어 문지방을 넘는다.

"근디요!"

"뮈시 나불거그 싶어 뜸을 들인다냐?"

"어지밤이 잘 잤소? 야들이 드와 꼼지락그렸을 틴디…."

"뭐시라고라?"

단번에 베개를 번쩍 들어 마루로 나가는 동생에게 던지려다 그래도 며느리에게 눈치가 보이는지 슬며시 옆으로 내려놓는다.

"이고 빨다아 논 지 은젠디 나가 후딱 해 줘 뻔져야지. 매늘이 은제 아 다리고 성 눈치 보므 꿈지락끄린다요."

능청을 떨다가… 딴청을 부리다가… 한마디 쐬붙이고 함지박을 앞으로 당긴다. 무릎을 꿇고 허리를 세워 포대를 문지르기 시작한다. 문지를수록 물이 뽀얗게 우러나온다.

며느리는 마루에 앉아 아들하고 손장난을 치는 바람에 이리저리 움직이는 교순의 머리를 빗겨 주며 신기하게 바라본다. 큰벌교댁은 머리를 빗겨 주며 웃고 있는 며느리의 얼굴을 찡그리며 바라보더니 문을 탁 닫아 버린다.

"저 문 줌 떼 뿌믄 좋긋당게! 사는 긋시 뮈시 아쉬우 좋게 뵈는 그 하나두 읍쓸까잉! 혼자 살믄 만사 까득시러지는지 몰긋당게."

이모는 문을 닫아 버리는 언니를 보고 혼잣말로 중얼거리며 이불을 담가 주물럭거리다 후딱 일어선다. 획획 돌리더니 끄트머리를 며느리에게 잡고 있으라 하고 계속 돌리며 마당으로 나간다. 돌릴수록 뽀얀 물이 뚝뚝 떨어진다. 빨랫줄 앞에 멈춰 힘주어 짜더니 다시 며느리가 들고 있던 끄트머리를 잡고 있으라 하고, 한쪽을 접어 어깨에 턱 걸치고 나서 빨랫줄에 먼저 며느리가 잡은 이불의 끝을 걸쳐 놓고 어깨에 올려 끝을 걸쳐 펼친다.

"밥 먹구 나서 꼬들거리믄 다시 밟아서 널믄 될 그랑게."

숨을 고르며 닫힌 방문을 잠시 노려보더니 쪼르르 마루 위로 올라가 일부러 활짝 열어젖힌다. 큰별교댁은 누워 있다가 벌떡 일어나 역시 노려본다.

"성! 성두 시상 다 산 것츠름 고 자리에스 일났다 눕다 말곰 갱승이 다리고 나가 바람 줌 쐬소. 이 사램 저 사램 인사두 하곰. 안부도 묻곰. 핑계도 좋잖소. 넘 뵈기 을마나 좋긋소? 한갑 진갑 다 지낸 늙은 이츠름 구들장만 지고 있쯤 말쿠쓸."

"조긋이 못 먹을 끌 처묵으남? 오날따람 소리치고 지랄혀!"

숨 가빠하면서도 쉴 새 없이 말을 하는 동생을 그저 뚫어지게 노려만 본다. 그 모습이 민망한 며느리는 슬그머니 교순이와 경석일 데리고 방으로 들어간다.

30. 아! 옛날에

"즘심 한 숟깔 떠먹고 읍니로 바람 쐬러 가잖께요. 읍니에 싸카스가 들어와 시끌북쪽 야단이 났다고 고럽디다."

작은별교댁은 말을 바꾸어 살살 눈웃음을 치며 슬그머니 방 안으로 들어와 다가앉으며 은근슬쩍 옆구리를 찌른다.

"나가 고른 맬 가는 글 봤당가? 니 죽구 못 사르 으쩔 줄 모르는 잘나 빠진 느 써방하구스 팔짱 끼규 가드라고시!"

밥을 먹었다면 밥알이 밖으로 아니 상대의 얼굴에 뿜을 정도로 배꼽이 빠질 정도로 자지러지게 웃는다. 능청스레 배를 비비 꼬며 바짝바짝 다가와 몸 여기저기를 간지럽히며 웃음을 그칠 줄 모른다. 그런 동생을 획 뿌리치며 귀찮다는 듯이 돌아앉는다.

"성도 고런 말 할 줄 안다요? 고런 곳은 말요라. 따로따로 어울려 넘의 쓰방 뒤통수 몰램 흘겨보므 보는 굿이 참말롱 볼 맛이 나즈라. 고 굿이 바루 사는 재미 아니굿스라."

그는 무엇을 생각했는지 재미있어하며 옆으로 돌린 언니의 얼굴을 요리 보며 조리 보며 바짝 들여다본다. 더 바짝 다가앉으며 집적거리다가 쌩끗 웃는다.

"구찮당게! 저리 가지 못하굿어!"

아랑곳하지 않고 웃는 동생이 징그럽다며 손을 내젓는다.

"요래 집즉집즉 있슨께 밤중 천막극장이 갔다감 들키 아부지에게 눈물이 쏙 나오게 혼그역난 그 생각난당게요."

말을 하다 말고 좀 떨어져 앉으며 주위를 둘레거린다. 그 옛날로 돌아간 듯 입가에 웃음이 흘러 얼굴이 환해진다.

"그띠 성부가 몰래 뒤따라와 마당을 기웃대다 아부지겜 장작개비롱 으더터지구… 아픔서돔 성 봄서 입이 헤벌어지굼."

다시 말을 끊고 언니의 얼굴을 자세히 바라본다.
"그러 봉께 성이 츠녀 직이는 겁나게 여뻤스요잉."
웃음을 삼키며 무슨 생각이 났는지 눈을 깜짝이다가 언니의 무릎을 장난을 걸며 툭 건드린다.
"근디요! 사츤왕츠름 부릅뜨구 아부지가 지키구 있는디라… 몰래 빠져나그 들키지두 않구 드왔당가요?"
그 말에 그는 무슨 생각이 났는지 살짝 웃음을 머금는다.
"왜 웃는다요? 말해 보더라구요잉?"
침을 삼키며 더 바짝 다가앉는 동생을 바라보며 얼굴이 발그레해지며 눈을 흘긴다. 동생은 눈을 동그랗게 뜨고 치근거린다.
"금금혀 죽으- 죽는당게에-"
그는 다시 입가에 웃음이 번진다.
"아부지가 니 따라붙을까 벼서…."
살포시 웃는 언니의 말이 끝나기도 전에 무릎을 쳐 버린다.
"아푸당게롱."
펄쩍 뛰는 동생을 밀어낸다.
"그랬다요? 나 땜시 만났는디 그럴 수 있다요?"
"원체 초싹댔지 않았냐? 아무에나 나불대 부정 탈까 고래찜."
"뭐라고라고라?"
동생은 다시 확 뾰로통 토라지며 등을 돌린다. 잽싸게 고개만 돌리고 노려본다. 그답지 않게 수줍어 고개를 살짝 돌린다.
"아부지두 가난이 지겨웠나 벼라. 슬쩍 눈감아 준 거 봉께. 근디 사둔 마나님 쌍불을 켜느 바램으 먼발치스 애만 끓욨지라. 대충마루섬

사우랑 번듯하곔 겸상 한 븐 못 받꿈….”

그는 언니를 마주 보며 코끝이 시큰해지며 눈알이 붉어진다.

"고러게라! 고굿이 지금까지두 가심에 딱딱하게 맺츠당게.”

아쉬움에 자매는 서로 뒤돌아 물러앉으며 여느 때와 달리 속을 털어놓으니 아버지 생각에 마음이 애틋해진다.

"고래 환한 그 봉께로 이팔청춘 성부 만날 때 고때 같소잉!”

"아니랑게! 가난혀 빠즈도 혼구육나며 좁은 방이서 부대끼므 살든 때가 호시절였스라.”

"고렇소잉! 배 곯고 살으쓰두 그때가 좋았으라. 맴은 편했슨게. 참말롱 맴 편한 그만킴 좋은 그 읍는 그 같으라.”

그는 눈에는 눈물이 그렁거리면서 입가엔 웃음이 흐른다.

"성도 매서웠재라. 낸 뒈지구 싶으스라. 씨 다른 글신 든 시동상엠 시눈 년덜 한달걸임 빨아 내느라 똥줄이 탔지라.”

서로 눈빛이 흐려지더니 다시 우울해진다. 이렇게 마주 앉아 다정하게 옛날이야기를 하는 것이 얼마 만인가. 부모 밑에서 가난하든 부자든 자랄 때는 처지가 비슷하지만 각자 출가하면 나름대로 다르게 살아가기 마련이다. 큰벌교댁은 웃어도 측은해 보이는 동생이 가엾게 느껴지고 작은벌교댁 역시 넉넉한 살림살이에도 웃고 있어도 짜증이 배어 있는 언니의 얼굴이 안쓰럽다. 서로를 바라보다가 자신도 모르게 뭐라 표현할 수 없는 기분에 울적해하다가 누가 먼저랄 것도 없이 어깨를 툭 치며 멋쩍게 웃는다.

"그랴두 성부가 아부지한티 막글리두 따라 드리곰 괴기두 사 와스 울덜두 푸지게 먹구… 내겜 노래 부르라… 그 핑계로 용돈두 줬지라.

고걸 보믄서 웃던 살고운 엄니가 갑자기 보고잡소잉!"

그때 교순이 환하게 웃으며 주전자를 들고 방문을 넘어온다.

"엄니! 이모!"

그때 교순이 그들의 앞에 얼굴을 주욱 내밀며 활짝 웃는다. 우울했던 분위기가 단번에 사라진다.

"이고이 뭐시다요?"

작은벌교댁은 눈을 동그랗게 뜨고 언니의 눈치를 살피다가 쳐다보고는 허리를 펴 교순의 입술을 톡 건드린다.

"어여 가스 고 주둥! 확 지워 뻔지그라이!"

큰벌교댁은 대뜸 소리를 지르며 입을 죽 내밀고 옆에 앉으려는 교순의 옆구리를 치며 밀어 버린다.

"넵두소! 이쁘고만! 근디요. 말이 나왔으니 말임시 곰탱이 달걸으 어찌 표 안 나게 잘하는지 몰긋소."

동생의 말에 갑자기 머리카락이 솟는다. '아차' 무관심했다 싶다. 내색은 못 하고 딸의 엉덩이를 눈으로 바라만 본다. 그러고 보니 밖으로만 나돌던 딸이 방 안에 틀어박혀 꿈쩍도 하지 않던 것이 머릿속을 스친다. '게을러 자빠져 있다'라고 소리만 질렀던 일이 미안스러워진다. 속도 모르는 동생은 찡긋거리며 웃음을 참다가 방정맞게 웃어 버리고 만다. 며느리가 교순에게 화장을 시켜 주었나 보다. 어딘지 얼굴이 달라 보인다. 큰벌교댁도 슬쩍 한 번 더 쳐다본다. 또래 여자애들은 화장도 하고 멋도 부리지만, 친구도 없이 선머슴처럼 동네만 휘젓고 다니는 것만 보다가 어색하지만 환해 보인다. 그때 며느리가 상을 들여왔다.

"자니가 화장시켜 줬는가 비?"

며느리는 대답 대신 미소만 짓는다.

"곰퉁이 동무 노릇 단단히 하겠스라! 물심부름까지 하굼."

상을 앞으로 밀어 주며 빨갛게 칠한 교순의 입술을 다시 쳐다보며 무슨 생각을 했는지 동생의 입가에 웃음이 번진다.

"어여 밥이나 츠묵으랑께."

눈치를 챘는지 큰벌교댁은 말을 가로막는다. 소리를 지르는 대신 수저로 밥상을 탁탁 친다. 처제만 있는 남편은 한쪽 주머니에다 늘 립스틱을 넣고 다녔다. 세 자매에게 나누어 주는 것을 좋아했었다. 서로 거울을 보며 립스틱을 바르며 놀다가 들키는 바람에 부끄러워 얼굴을 들지 못하고 수줍었었던 기억이 나서 발그레해지는 얼굴을 슬그머니 돌린다.

"자니는?"

"저는 부엌에서 아가씨랑 먹을 거예요."

며느리는 교순의 어깨를 살짝 건드리며 나간다.

"언니랑 먹을 고랑께. 언니랑 먹는 게 더 맛나당께!"

뒤따라 나가는 딸을 바라보며 혀를 찬다.

"아고! 좋그만! 맨날 찌끄기만 묵다 조카매늘이 들어옹께 성이랑 요래 앉즈 더운 밥상두 받구. 밥맛이 질루 나겠쓰라."

그는 밥상을 둘러보며 입맛부터 다신다. 반찬이 정갈하게 담겨 있다. 밥도 김이 폴폴 나는 것이 냄새도 고소하다.

"워메! 오진 굿! 헐 일을 늘어놓고 주저그리는 줄만 알았드니 지법 잘 차려 왔스라. 설섬 살으스 고런가 그릇에 어울리게 반찬도 여쁘게 담구. 젊은 긋이 울덜이랑 다르요라."

"얼릉 츠묵기나 허드라고!"

"반찬 담은 솜씨를 봉께… 둘째 성이 보구 잡소잉. 영츤 거서 식당을 한답됴. 맛나다고 뜨르르한다고라!"

큰벌교댁도 둘째 동생이 생각난다. 자존심도 강하고 억척스럽다. 시어머니 몰래 쌀 한 말을 자루에 담아 보내려는데 들켜 버렸다. 보고서 가만히 있을 리 만무하였다.

"그간엠 을마나 날랐다냐?"

냉랭한 단 한 마디의 말에 동생은 그대로 자루를 떨어트렸다.

"사둔으른! 나이 젊은 거렁뱅은 함부로 대하지 말라는 말이 있으요. 우덜 언니 읍는 집서 시집왔다구 넘 박대하지 마셔라."

동생이 한마디 하고 돌아서려는데 남편과 마주쳤다. 그 후 면목이 없어 쌀 한 가마니를 갖다주었지만 절대로 받지 않고 도로 가져와 시어머니 앞에 갖다 놓았다. 시집갈 생각도 하지 않고 식당 허드렛일을 하기 시작했다. 동생에게도 집 주변을 얼씬도 못 하게 하고 쥐방울처럼 들락거린다고 얼마나 혼을 냈는지 모른다. 저렇게 좋아서 침을 질질 흘려가며 먹고 있는 모습에 가슴이 뭉클해진다. 그나저나 아무것도 할 줄 모른다고 생각했는데 언제 반찬을 만들었는지 정갈하면서도 색다른 솜씨에 내심 놀랍다. 교순이 며느리를 잘 따르고 며느리도 잘 대해 주니 배울 것이 있을 거라는 기대도 된다. 그는 침을 훔쳐 내며 무엇을 먼저 먹을지 두리번거리는 동생과는 달리 잠시 머뭇거리다가 찬찬히 수저를 들려고 하는데 부엌에서 딸의 웃는 소리가 들려온다. 저렇게 웃음소리가 해맑았나 부엌을 향해 고개를 돌린다.

31. 샘쟁이 장 씨

저녁때가 다 되었을 때쯤에 교식은 낯선 사람을 데리고 와서 마당 구석구석을 살피고 있다. 큰별교댁은 잠시 누워 있다가 그들을 보고 무슨 일인가 싶어 일어나 문밖으로 고개를 내민다. 교식은 어머니의 달갑지 않은 눈빛과 마주치자 못 본 듯 눈을 피한다. 장 씨도 잠깐 걸음을 멈추고, 모친임을 눈치채고 묵례만 하고 발로 마당을 두드리기도 하고 엎드려서 귀를 대 보기도 하며 마당을 서너 번 빙빙 돌다 평상에 앉는다.

"찾았나요?"

교식은 말 없는 그를 잔뜩 긴장하며 진지하게 바라본다. 그는 대답도 하지 않고 뭔가 미심쩍은지 고개를 갸우뚱하더니 다시 마당을 휘휘 둘러보고 생각에 잠긴다. 교식은 그의 눈치를 살피며 안방을 슬쩍 바라본다. 입을 꽉 물고 꼼짝도 하지 않는 어머니는 교식을 향해 곱지 않은 눈초리로 쳐다보고만 있다. 목덜미가 뻐근해지는 교식은 가는 기침 소리를 낸다. 그도 교식의 눈을 마주 보다 안주인의 심상치 않은 눈을 눈치채고 슬쩍 자세를 고친다.

"저쪽이!"

그는 잠시 또 생각에 잠기다가 안주인이 보란 듯이 팔을 길게 뻗어 장독대 옆을 가리킨다. 교식은 그가 가리키는 쪽으로 고개를 돌려 바라보더니 다시 그의 얼굴을 바라본다.

"저쪽이 질루 좋소. 담 쪽이라 구정물 내보내기 수월하구 부엌과 가깝고 고 옆에 목간통 만들면 더 좋구… 수도 곧 들어올 텐디 같이 쓰기도 두루두루 좋을 것 같소. 으쩌것소?"

걸쭉한 그의 목소리에 교식은 그저 고개만 끄떡인다. 안방에서 말 없이 거동만 살피고 있는 어머니에게 계속 신경이 쓰여 뭐라 물어볼 여유가 없다. 아내가 교순과 부엌에서 설거지통을 맞들고 나오며 인사를 한다.

"아구구! 우리 교수니 언니 일도 돕고 참말로 이삐라."

그는 얼른 빠른 걸음으로 다가가 설거지통을 덥석 받아 들고 화단에 골고루 뿌려 준다. 교순의 화장한 모습을 힐끔 쳐다보고 무덤덤하게 다시 평상에 앉아 마당을 휘둘러보는 그 옆에 앉는다.

"저녁이나 넉넉히 준비하소! 교수니는 막걸리 받아 오고!"

교식은 주머니에서 돈을 꺼내 교순의 손에 꼭 쥐여 준다.

"울 교순이 오날 참말루 이뿌당게. 낼 화장품 사다 줄 텡께 길거리스 늘척거리지 말구 싸게 다녀와야 한다이."

대답도 없이 부엌에서 주전자를 들고 느릿느릿 걸어오는 화장한 교순을 말없이 바라보고는 다시 다부지게 당부를 한다.

"뭣들 하고 자 빠졌는겨잉! 뭐 짓그리란 말임씨?"

교순이 대문을 빠져나가는 것을 보고 참다못해 교식을 향해 냅다 소리를 지르는 어머니의 목소리가 고막을 때리자 거의 반사적으로 두 손을 얼굴에 감싸고 땅에 닿도록 숙인다.

"맘대루! 멋대루! 뭣들 하는 거랑께!"

성질을 이기지 못한 거친 숨소리가 아들의 가슴을 후려친다.

"엄니!"

그는 갑자기 벌떡 일어서서 빠른 걸음으로 안방으로 다가가 말이 나오지 않는지 꼿꼿이 서서 성질을 숨기는 눈빛만 쏘아 보낸다.

"샘 파려구 그라요!"

한참 만에 퉁명스럽게 한마디 던지고 그는 허공을 바라본다. 부엌에서 불안하게 내다보는 아내가 눈에 띄자 들어가라 손짓을 하며 댓돌 위로 올라간다.

"엄니! 샘 파려구 샘쟁이 델구 왔소! 은제까지 판석이 부려 먹을 수 있긋소! 곧 군대두 간다 하는디요."

아들의 성난 목소리에 말문이 막혔는지 획 하니 돌아앉는다.

"요즘에 물 길어다 묵는 집 있소? 이모네두 마당가시에 우물이 있스라. 이모부는 뭔 맴인지 집수리에 정신이 읍스요. 옛날 호랭이 담비 피는 고리짝 시절을 살고 있으니 답답하기만 혀요."

돌아앉아 있는 어머니의 등에 대고 불평을 단호하게 말하고 냉정히 돌아서려 한다. 손바닥이 아플 정도로 방바닥을 내리치며 아들을 향해 떠는 입술이 시퍼레진다.

"그랴서? 그랴섬! 목말라 죽어 나간 사램 있간디?"

"지가 선상이요. 이웃에 학상이 있소! 엄니 목소리가 담을 넘으믄 학상들이 나를 보고 킥킥대며 수군수군 혀요."

"그렇다곰 선상 모가지 짤렸 뿌렸냐? 이참이 때르치곰 농사나 빼빠즈라 지든 되곳구만잉."

어이가 없어 더는 한마디도 못 하고 댓돌을 내려가는 아들의 등에 소리를 지르려는 순간에 바로 뒤에 서 있는 장 씨와 눈이 마주친다. 장 씨는 한 발 앞으로 다가가서 모자를 벗고 정중히 고개를 숙인다.

"지는 이웃 동네 이장 집에서 소를 몰던 장 씨라 하구먼유."

성질을 참지 못해 아들을 쳐다보려는데 장대만 한 키에 단단한 몸통이 어쩐지 당당해 보인다. 슬그머니 얼굴을 옆으로 돌린다.

"지가 두루두루 안 해 봉 거 없이 돌아다니다 보니 느는 건 눈치가 아니것소. 나쁜 일 작당하는 것 아니니 노여워 말구 못 이기는 척 지켜만 봐 주소!"

그는 한마디 간단히 말하고 대답도 들을 생각도 없이 뒤도 돌아보지 않고 장독대 옆으로 간다. 돌멩이를 하나 주워 거침없이 동그라미를 그리고 나서 엉거주춤하며 뒤따라와 우울하게 서 있는 교식에게 만족스럽다는 눈치를 보인다.

"여기요! 물 마를 새 없을 거요. 진즉 샘을 파지 그랬소."

교식은 잠시 머뭇거리다가 대답 대신 계면쩍게 웃는다. 판석이 물동이를 지고 들어온다. 판석에게 다가서려는 교식을, 장 씨는 제지하며 물동이를 받아 거든히 항아리에 들이붓는다. 조금 전에 이장에게 소개를 받았지만, 교식은 처음 악수하는 순간부터 거침도 없고 자신만만한 힘을 느꼈다. 아무 말 없이 마당을 둘러보며 옆 귀퉁이 벽에 놓인 물동이를 서슴없이 들고 나가려 한다.

"힘이 상당히 좋으시다오."

"선상은 분필로 먹고 살지만 나는 힘으로 먹고 살아가오."

판석은 그렇게 말하는 그를 물끄러미 바라본다. 물지게를 어깨에 진 채 자신의 몸을 기우뚱한 자세로 훑어보다가 빙그레 웃고 있는 교식을 다시 바라본다. 새벽녘에 성질이 난 이모와 이유를 모르는 교식과 번갈아 바라보며 실없이 웃음이 터져 나올까 후다닥 나가 버린다. 대문 앞에서 웃음기가 사라지고 마당가를 어정거리는 교식을 잠시 바라본다. 까만 교복을 입고 학교에 가기 위해 마당을 나서는 모습이 스르륵 떠오른다. 그를 생각 없이 쳐다보며 물동이를 지고 대문을 들어서며 '성! 핵교에 가소?' 하며 인사하곤 했다. 그 까만 교복과 모자 그 가방이 서럽도록 부러웠다. 판석은 장 씨가 물동이를 들고나오자 냅다 달음박질을 친다. 장 씨는 판석의 마음도 모르고 뒤질세라 성큼성큼 뒤따라간다. 바로 이모가 주전자를 들고 이모부와 함께 들어온다.

"아니 교순이는 어쩌구 이모가 주전자를 들고 온당가요?"

교식은 부엌을 들여다보려다 말고 두리번 교순을 찾는다.

"고 지지배가 야들하고 주둥이는 쥐 잡아먹은 것츠름 빨게 가지곰 굴뚝 놀이를 하고 있길래 가서 물어봤더니…."

말을 하다 말고 주전자를 교식에게 건네주려 팔을 뻗다가 주전자 꼭지에 입을 대고 먼저 한 모금 빨고 건네준다.

"아구 션해라! 막꼴리는 요 맛에 므즈 찔끔 마시는 그랑께."

판석의 우울한 마음도 모른 채 입가에 웃음이 흘러내린다.

"어절시? 내두 못 마시는 골 찔-끔? 서루 도진갸진이더라고! 얼렁 저녁이나 거들지 않구스리 너벌거리구 있는 근 뭐더라곰씨!"

달구의 핀잔에 금방 기가 죽어 주전자를 평상에 내려놓고 부엌으로 들어간다. 그런 이모를 바라보는 교식은 늘 있는 예사로운 일이라 그러려니 평상에 걸터앉는다. 그리고 올려놓은 주전자를 가운데로 옮겨 놓으며 달구를 보고 앉으라고 손짓을 한다.

"아고마! 고나저나 판색이 눔 물동 고만 졸업하긋당께."

달구는 마당을 둘러본다.

"조기다 팔려구 정해 놨지라."

그는 장독대 옆을 가리키며 빙그레 웃는다.

"뭐이라고 안 했당가?"

"찡그려 보다가 뭔 일인지 하다가 말았지라."

달구는 안방을 쳐다보며 싱겁게 웃는다.

"그나 샘쟁이는 누굴 정했는가? 근디 왜 안 보인당가?"

"이장님이 소개하셨는디 판석이랑 물 길어 갔지라."

"고눔이 한 가지만 빼곰 내 아들 같지 않고 싸가지가 있으."

"어찌 아들 칭찬도 하고… 뭔 일이다요?"

교식은 말대꾸하며 이내 웃음을 흘린다.

"판석이 검정고시라도 보게 하믄 으떻소?"

"금증? 고것이 뭐당가?"

"학교에 다니지 않으두 혼자 공부혀서 중고등핵교 자격을 으더서 대핵교두 갈 수 있지라. 아즉 늦지 않았스라."

달구는 가당찮지도 않다며 콧방귀를 뀌며 코를 벌름거린다.

"코만 벌름그럴 일이 아녀라. 배우지 않으믄 맨날 뒤처지구 말지라. 운삼 아자씨랑 상의혀서 야학당을 만들 작정이여라."

"다 허당헌 꿈이랑께! 그눔의 대갈통은 어만 데 꽂혀서 아무 생각 두 읍당게로! 여튼 공비 머리는 아니고마."

그닥지 않게 말 못 할 사연을 품은 듯 허공을 바라본다.

"어만 데? 그게 뭐시라요?"

"나두 머리에 든 고이 읍써 요렇게 허전하게 사는디 고눔 속을 왜 모르긋나? 돈두 벌기 전으 장개부텀 가야 헐 판이디 대갈속엠 백힌 것이 한 개두 읍스니… 갑갑만 하당게라…."

평소와 달리 눈빛이 진지하기 그지없다.

"지가 옆으로 왔으니 교순이두 꽉 붙들구 첨부텀 갈키구 고때 함께 하믄 되지라. 요즘선 군대서두 훈련 말구 배울거 많으라."

말없이 교식의 손을 잡는 차가운 달구에게서 가끔 따뜻한 느낌이 드는데 그럴 때마다 오히려 가슴이 서늘해진다.

"선상이라 뭐시 틀려두 틀리당께로. 나가 오날 새로 생긴 음식점스느 이모가 문밖스 혼쯔금을 맞고 있는 글 봤당께. 나 줄려구 쇠괴기 한칼 옆굴엠 차고 나오는 글 주인에기 개망신을 당하는디… 하! 말문이 막히는 고이… 요론 고이구나 혔당께라."

달구는 말을 하다 말고 교식의 손을 꽉 잡는다.

"나가 멀찍서 고걸 보믄서 대갈백 털 나구 첨으로 꽉…! 가슴이 꽉 막히는 긋이… 맨날 느 집서 아무시랍지 않게 한가득 광주리에 날은 것츠름 넘 집서 똑같침 통할 줄… 알았나 비."

달구는 왠지 눈이 벌게지며 말을 더듬대다 벌떡 일어선다.

"고맙당께! 나가 조카 복은 있는가 비라! 마눌은 재켜 놓구 요짐 판새기 눔 땀시 고민이 많구마잉."

"심각하믄 이모부답지 않소. 지가 생각이 다 있으라."

"고 말 말그라! 둘째 츠형이 알믄 뼈두 못 추르. 악착같이 브젖한 식당 사장이 됬스. 고글 사둔 마님이 두 눈 시푸릏게 뜨구 있을 직 봤스야 혔는디. 장인으른은 말헐 긋두 읍그!"

달구는 넋이 나간 양 교식을 잠시 쳐다보더니 고개를 절레절레 흔들며 발걸음을 옮긴다.

"저녁 드시고 가시지라."

"기냥 가스 잠이나 퍼지게 잘 그랑게! 이 생각 저 생각 시달리는 그 까맣게 잊는 근 잠이 최고랑게."

달구는 고개를 푹 숙이고 빠르게 걸어 나간다.

"저 사람이 오날따라 죽을라 맴 변한 사램츠름 풀이 죽어 있는디 아무리 대갈박을 굴려 봐두 몰긋당께로."

이모는 부엌에서 고개를 내밀어 대문을 나서는 남편을 향해 혼자 중얼거린다.

"이모! 오날 읍에 간 적 있으요?"

"어찌 알았능가? 성이랑 즘심 먹고 나가는 길에 승주떡이 음식점에 가믄 설거지만 혀도 돈을 준다기에 따라갔는디 주인 여핀이 승깔이 드럽드랑께. 괴기두 뺏구 돈두 못 받구 고냥 왔당께. 이모부한티 일르 기콤 품삯 받아 낼 참이랑게."

"아무 말쌈 말곰 이모부 심정 건들지 마소. 심상치 안으요."

"뭐 땀사? 니는 이매부에게 뭔 일 있는 그 알지라."

입을 삐쭉이며 말하는 이모를, 교식은 아무 대꾸도 하지 않고 장독대로 가서 장 씨가 그려 놓은 동그라미 앞에 쪼그리고 앉는다. 두리번거리며 목욕탕 지을 궁리까지 한다. 마침 판석과 장 씨는 앞서거니 뒤서거니 물동이를 지고 들어선다.

"저 모퉁으루 빠지고 있는 인간이 어디서 본 것…."

"지 아부지지라."

장 씨는 잠시 멈칫 뒤돌아보며 나비처럼 살랑살랑 걸어가는 뒷모습을 보고 고개를 갸우뚱거린다.

야무지게 손이 빠른 작은벌교댁은 능수능란하게 몸을 이리저리 움직이며 어느새 밥상을 푸지게 차려 낸다. 며느리는 무엇을 해야 할지 몰라 주저주저 움직임에 따라 고개만 움직일 뿐이다.

"음식점 하셔요. 저는 이모님 따라가라면 한참 멀었어요."

"그려! 떡허니 먹는장사 헐 그랑께. 고 음식점 주인여핀이 내를 닦달할 고때 결심혔당께."

그는 부뚜막 한편에서 바쁜 중에도 남편 갖다줄 반찬을 쟁반에 골고루 담아 덮어 놓으며 입을 씰룩거린다. 그들이 장독대 작은 항아리까지 다 채웠을 무렵 시장기가 돈 그들은 권하지도 않는데 평상에 자리를 차지한다. 판석은 먼저 상추를 싸서 입속에 터지라 집어넣는다.

"툴툴암! 배 트지게 묵그라이. 묵그 남 쟁반 들고 가그라잉."

"싫소!"

"뭣 땀사?"

작은벌교댁이 판석을 향해 눈을 흘긴다.

"아따! 고 눈 땀시 언치것소. 집서는 아부지 세모눈! 여그선 찡그린 이모 눈! 엄니까짐 가재미눈! 보태요?"

그는 쌈을 억지로 삼키며 물을 한 그릇 꿀꺽 들이켠다. 교식은 그 말에 안방을 향해 잠시 눈길을 돌린다.

"아까참에 아부지가 으더 오지 말라 날카롭게 당부혔소."

"뭣 땀사?"

"지가 꽁꽁 잠근 고 속을 으찌 알긋소. 성은 아소?"

판석은 연신 뜻 모를 웃음을 흘리며 다시 상추를 싸서 입속에 넣는다. 밥알이 나오는 것을 손으로 막으며 꿀꺽 삼킨다.

"아주마니는 바깥양반을 엄청나게도 위하는가 보구먼유."

장 씨는 막걸리를 한 대접 손수 따라 마신다.

"울 엄니요? 이 아덜은 눈에 가시같이 여기며 살지라."

판석은 고추장이 매운지 땀을 뻘뻘 흘리면서 교식을 곁눈질하며 입가에 웃음이 뚝뚝 떨어져 내린다.

"당연하지라! 자슥이 뭔 소용 있는감?"

"피는 못 속이는가 봅소! 아들 전승에 웬수가 만난 그 같는 근 이모랑 똑같당게라. 쫄쫄매는 근만 빼곰."

판석은 불만을 이빨에 낀 상추 찌꺼기를 침 뱉듯 마당에 눈치 볼 것도 없이 뱉어 버린다.

"그런 소리 말게나. 자니가 엄니한티 뭔 소용 있는감!"

"고로게라! 장개들믄 말짱 황! 끝인디라."

교식은 그들의 말에 고개를 돌려 안방을 슬그머니 쳐다본다. 작은 벌교댁은 잽싸게 다가오더니 아들의 등을 한 대 철썩 때리며 눈을 흘겨대며 돌아선다.

"뭘 꾸물거리고 있는겨! 싸게 처묵구 치지 않구스리!"

방에서 밥맛이 싹 가실 정도로 날카롭게 마당을 울린다. 순식간에 분위기가 방 쪽으로 시선이 쏠린다. 교식은 단번에 밥맛이 떨어져 슬그머니 장 씨 눈치를 보며 수저를 내려놓는다.

"엄니 속은 좋긴 좋게 비라. 따그랭 앉즈 무뎌즈 뿌렸스요."

판석은 후다닥 벌쩍 마루로 올라가는 어머니를 한심스럽게 바라보며 치미는 화를, 물을 말아 후루룩 꿀꺽 삼켜 버린다. 교식도 할 말이 없는 양, 장 씨 앞에 막걸리를 주르르 따라 준다.

어색한지 막걸리를 단번에 마시고 안방을 슬쩍 쳐다본다. 판석은 벌떡 일어나 설거짓감을 들고 부엌으로 들어선다. 선뜻 나와서 어울리지도 못하고 부뚜막에 앉아 있던 형수를 보고 이건 아닌가 싶어 한숨을 내쉰다. 그런 판석을 보더니 벌떡 일어나 챙겨 놓은 쟁반을 내미니 거절도 못 하고 건네받는다.

 "판석아! 아부지에게 놀러 오시라 일르거라이."

 교식의 말에 고개만 끄덕이고 대문을 나선다. 저쪽에서 교순이 굼뜨게 걸어오는 모습이 판석의 눈에 들어온다.

 "야! 니 주둥뱅이가 고게 뭐다냐? 느그 오빠한티 혼쭐나기 전이 우물가섬 세수나 푸다닥 해 번지고 드가라."

 판석은 한심스러워 교순의 머리통을 툭 쥐어박는다.

 "싫당께."

 "꼴엥 지지배라구 요자 행세 하고 싶은가 비넹."

 "울 옵빠가 이쁘라 했당게라. 화장품 사 준다고 하든서."

 "느그 옵빠가 한심하다는 야그란 글 몰러라? 이자는 말끼 좀 알아들으므 살그라. 새언니두 드왔는디라."

 "그람 옵빠는 한심하지 않다요?"

 눈을 옆으로 굴려 째려보는 교순의 뜻하지 않은 되물음에 판석은 말을 잃는다. 이내 힘없이 웃음을 지으며 머리를 쓰다듬어 준다.

 "고렇당게라! 니보다 더 한심하여라. 미칠 긋 같으 오째쓰까."

 "그람 한심하지 않으믄 되지 않겠스라."

 "햐! 니 시집가도 되굿다. 옵빠를 단방에 깨츠게 혀 뿌렸넴."

 판석은 머리를 한 번 더 쓰다듬더니 슬그머니 쟁반을 교순에게 도로 건네준다. 그리고 잽싸게 언덕배기를 향해 달려간다.

32. 샘 파는 날

 이른 아침부터 동네 사람들이 두 팔을 걷어붙이고 교식의 집으로 들어온다. 언제 왔는지 작은벌교댁은 아침 준비하느라 여념이 없다. 웬만한 집은 우물에 모터를 달아 쓰기도 하고 펌프에 마중물을 부어 쓰기도 하는데, 근방의 제일 부자인 교식네가 아직도 우물이 없는 것이 늘 관심의 대상이 되었다. 아침밥을 먹을 무렵 아낙들도 대문간을 기웃기웃하다 잽싸게 부엌으로 들어온다.

 "음매라! 샘 파러 온 사람이 심이 장사라든디 참말이당가?"

 고천댁은 나물부터 입속에 한가득 넣으며 장독대에서 뻣뻣하게 서서 남자들과 이야기를 하는 장 씨를 빠끔빠끔 내다보며 작은벌교댁에게 눈짓을 한다.

 "식전 댓바람부텀 뭔 잠꼬대람? 일하로 왔음 일을 혀야쩨."

 "알쩨! 꼬새기가 일당 넉넉히 쳐 준다 했지라이."

 "꼬색! 꼬새기! 어엿한 선상인디 치면이 말이 아니랑께로."

 작은벌교댁은 들은 체 만 체 조용히 솥뚜껑에 행주질하는 조카며느리의 눈치를 보며 눈을 흘긴다. 고천댁은 무안한 기색도 없이 바가지에 이것저것 집어넣어서 밥을 비빈다.

 "일 거들러 주러 온 고이 아니라 밥 거덜 내러 왔당께로."

 "아따! 체하긋소! 우덜이 밥 한 바가지 축낸들 표나 나긋소? 남자덜 금 그을 동안 후다닥 먹을 탱께 눈치 좀 고만 주소!"

 "아따! 요짐 기가 살아도 한참 살았스. 아덜 우센지… 부자 성 우센지… 옳은 말만 골라 한당게."

 고천댁은 빈정대며 부엌 바닥에 아예 퍼질러 앉아 수저를 크게 떠서 입속에 집어넣는다.

"아구! 부잣집 참기름은 냄사두 달러!"

"고롷께라. 부잣집 주인이 뀌는 방귀는 약이 된다 안 합됴."

그들은 서로 마주 보며 까르르 웃으며 흘리는 밥풀을 입속에 집어넣고, 그러다 무슨 생각을 했는지 또 한 번 까르르 웃어 댄다. 그 모습에 수줍어하면서도 며느리도 살그머니 웃음을 흘린다.

"썰떡! 썰떡도 여 앉어스 한 입 처넣어 보랑께. 밥은 이래 묵으야 살로 가는 꼬랑께. 고렇게 삐쩍 말라스 젊은 홀시미 시집살 스방 시집살 배겨 대긋남 말이여라."

"서방 시집살이는 고댈수록 좋은 그욤."

"안방서 고약스런 시미 눈치에 좋아라 말도 지대루 하긋남."

"밤줌 둘이 몰래 묵으 댄 밥이 참말로 꿀맛이긋지만시롱."

말하고 나서 허리를 비비 꼬는 대천댁의 어깨를 '탁' 치며 작은벌교댁은 눈을 있는 대로 흘긴다.

"조카매늘 다리곰 쓰잘데없는 소리 고만 지끌여 대구 밥이나 서둘러 처먹고 일이나 하더라고. 며칠은 정신읍을 티니."

"아구메! 무서 죽겠넴! 아덜램! 안 볼 땜 머리칼 지대루 뜯으 볼깜? 마냥 순댕인 즐 알았는디! 그 아비엠 그 아덜이여!"

대천댁은 허공에 머리 잡아당기는 시늉을 한다.

"아구, 요기까지만 하랑게! 요래 좋은 날 초 치지 말곰!"

"우덜이 못 할 말을 했스? 서울떡보구 밥 묵자구 한 그이?"

순천댁은 순덕네를 향해 대들며 웬일인지 은근슬쩍 서울댁의 눈치를 본다.

"아구! 한 귀루 얼릉 흘러 부리소! 깜박 휘둘료다근 혼이 달아나 나중삼 나가 저 여핀지 저 여핀이 내지 몰그랑께."

"아공! 뉘가 먹물 여핀이 아니랄까 비 탱자탱자한당게."

대천댁과 순천댁은 순덕네를 째려보며 짜증스럽게 밥 한 수저를 수북하게 입에 넣는다.

"나가 느그들 앞서 뭔 말을 지끌여 대긋냐…."

"아구 밭일하는 삯보다야 낫지 않긋남?"

대천댁은 그래도 서울댁의 눈치를 보며 말을 돌린다.

"니 식구들 여그섬 끝날 때까짐 죽치구 주멩이 들어가는 긋을 보구 나불그리더라고! 나 혼자 혀도 넉근항께."

작은벌교댁은 밉살스러운 마음에 한마디 쏴붙인다.

"걱정들 마소! 넉근히 쳐 줄 티니 부지런히 도와주소!"

교식은 부엌을 들여다보며 빙그레 웃는다.

"고러믄 고렇지! 이럴 땜 니 아부지보다 니가 더 좋당께."

승주댁은 좋아서 입이 함박만 해지며 콧소리를 낸다.

"니 모리에 희끗희끗한 그 보믄 고런 소리 잘두 나오긋다!"

"아니! 오날따라 공자님 말씀만 골라 한다여?"

승주댁은 포르르 화를 내며 무안스러워한다.

"말끝마담 죽은 사람 들먹거리니까 고렇지!"

순덕네의 지청구에 작은벌교댁은 한 번 더 무안을 준다.

"것도 일가붙이라 우센가? 별수 읍시 빈대 붙어 살믄시롱."

"그람… 우세지라. 보통 우센가…?"

"하기사 금강산 그늘이 뭐시기 팔십 리를 간다고 안 합여?"

"에구! 작은벌구떡! 부러워 죽것슈. 나는 쥐꼬리만 한 밭대기 부쳐 먹구사는디 그것두 서루 빼앗지 못혀 안달이 날 판인디… 은제나 손바닥만 한 땅떽을 가져 보남."

"모다 지그들부터감 묵그살기 어령께라."

대천댁과 고천댁의 신세타령이 부엌 바닥에 무겁게 내려앉는다.

"그렁께 나 무시 말드라구. 백운 쓸 때 오십은 쓰곰 나무진 꼬불츠나야 모고 살 그시랑궤."

"아구메! 고게 말대루 쉬우라? 참말로 었치곳소!"

"이모부는 일어나셨당가요?"

순천댁의 삐죽대는 말에 못 들은 채 중얼거리며 나오는 이모에게 교식은 물어본다.

"일어난 그… 같은디…."

말끝을 흐리며 장 씨를 슬쩍 쳐다보고는 방으로 들어간다.

"이 선상!"

장 씨는 교식을 크게 부른다. 작은벌교댁은 들어가다 말고 무슨 말을 하려나 싶어 문지방에 발을 걸친 채 돌아다본다.

"회통이 당도하믄 고사를 지낼 준비는 다 됐나 싶소?"

"김만 오르면 다 됐께 염느 붙드러 매셔라."

작은벌교댁은 교식이 대신 잽싸게 대답을 해 주며 들어간다.

"집으루 기 들어오기 무섭게 다 지그 뭇때루! 지그 뭇-때룽! 잉? 일은방구 상으두 읍시롱!"

"성! 이빨 악무는 소리 그만하쇼! 우물 있음 좋지 않긋소?"

"좋긴 뭐시 좋아? 난리를 치는 근 뭐시랑게! 썰레블치는 니두 비기 싫당게. 나가스 요기조기 참근하믄서 뜨블 대그랑."
 작은벌교댁은 언니의 억지에 무릎 앞으로 바짝 다가와 철퍼덕 앉고는 뚫어지게 노려보며 입을 달싹거린다.
 "난 좋당게요. 툴툴이 오깨가 무너즈라 물지기 관두구 내는 성 빨래울 집으루 짊머지고 안 가 좋그마잉."
 "듣기 싫릉께 나가섬 떠블대그라이…."
 그는 바짝 달라붙는 동생을 밀어낸다.
 "으구! 성부가 뭐시가 좋아 성을 쫓아다녔는지 몰긋당게라!"
 작은벌교댁은 몸을 일으켜 기가 막혀 눈만 흘킨다.
 "뭐셧! 저년은 말끝마담… 죽은 사람 들묵들묵그리구 지랄을…"
 "방 안섬 들을 끈 다 들곰시! 나가 요래 속이 터져 뿌린데 교새기 속은 으떡것소? 고래두 글치! 밖이 시끌그림 나와스 둘러보그 참근할 굿이 있으믄 참근도 혀야 될 굿 아닌갑소. 어린 며늘! 닳으빠진 여핀덜 어찌 감당흘거요? 벌쓰 쩔쩔매는 고이 안 봐돔 뻔허지 않소잉! 나와스 눈만 흘켜돔 휠쓴 날 그 아니오!"
 큰벌교댁을 할 말이 없는지 입을 꾹 다물고 주먹만 불끈 쥔다.
 "포로록 포록! 요즘사 누가 고 승질 좋게 받들어 준다요?"
 "읍내 나가드니 못 볼 걸 봤남 강짜를 부리구 지랄이랑게."
 "그랴요! 움적그리믄 돈! 돈두 별구 돈두 쓰구… 하룻새 고맙게둠 고게 보입디다."
 "일찌이두 깨쳤다!"
 "고렇소! 지금사 깨츠으두 좋다요! 나가 고래도 잉간의 증으로 박절하기 뭣혀서 샘 팔 동안은 거들어 줄 참이랑께로."

가만히 앉아 자리 깔고 비딱하니 앉아 독기를 품어 대는 언니가 밉살스러워 말대꾸가 절로 나온다. 또 무슨 말로 속을 긁을까 벌떡 일어나 돌아보지 않고 나온다.

"떡은 김은 올랐는가?"

작은벌교댁은 부엌으로 고개를 들이민다. 동네 여편네들이 무슨 말을 했는지 얼굴이 발그레해지며 그를 바라본다.

"김이 났어요! 아까부터…."

그는 조카며느리의 혼이 나간 대답에 방긋 웃으며 솥뚜껑을 열어 젓가락으로 꾹꾹 찍어 보며 고개를 끄떡인다.

"자니가 가스 자니 서방 오라 고르게."

작은벌교댁은 조카며느리의 표정에 아낙들을 둘러보며 앙칼스러운 심상치 않은 표정을 짓는다.

"뭔 야시른 말로 매늘 혼을 빼 놨나 몰굿당궤라?"

기어이 말하고 시치미를 떼는 아낙들을 둘러본다. 마당에는 언제 갖다 놓았는지 커다란 회통이 가득히 놓여 있다. 서울댁은 '동네 아낙들이 수군거리며 내다본 것이 바로 이것 때문이었구나!'라고 알아차렸다. 조심스러워서 같이 내다볼 수도 없었고 물어볼 수도 없다. 그들의 입에서 무슨 말이 나올까 봐 신경이 쓰이기만 했다. 무관심한 척 말이 없는 것이 상책이라 생각했다. 교식은 손만 까닥이는 아내를 보고 달려온다.

"떡 다 됐다고 하시는데…."

교식은 장 씨에게 전하고 바로 부엌으로 들어온다.

"아구! 꽹일인디두 쉬지두 못하구…."

교식을 보더니 대천댁의 말투에 변덕이 뚝뚝 떨어진다.

"고람! 괭일잉께 날 잡았지라. 천상 길일이구마니! 삼살방두 피했구… 손두 읍는 날이구… 길일이 따로 읍당게롱."

작은벌교댁은 대천댁의 말을 자르며 신이 나서 대꾸를 한다.

"고 말엠 염주할매가 울다 가긋소! 시루뻔이나 잘 떼지라."

순덕네의 말에 부엌은 다시 웃음소리가 넘친다. 작은벌교댁은 힘을 주어 시루를 비틀어 떼려고 애를 쓴다. 승주댁과 대천댁은 무안스러워 눈만 흘기며 뒤로 물러서서 눈만 흘긴다.

"지가 떼믄 어떨지라?"

힘이 들어 보이는 것 같아 교식은 넌지시 물어본다.

"요근 힘으루 안 되으. 언네 달래듯 살살 떼야 한당께라."

그러잖아도 더운데 불기가 올라 숨이 찬 목소리다. 시루를 다시 힘을 주어 요리조리 돌려서 여러 번 비틀더니 시루가 떨어진 것을 손끝의 감이 느껴지자, 행주를 싸서 가져가라는 시늉에 교식이 들어 올리면서 시룻번을 들여다본다.

"시룻뿐이 지대루 떨어진 글 봉께로 물이 찰찰 넘치겠스."

작은벌교댁은 김으로 벌게진 얼굴에서 웃음이 번진다. 부엌의 아낙들도 웃음이 그칠 새 없이 교식의 뒤를 따라나선다. 김이 펄펄 나는 떡시루를 상 가운데 올려놓자, 아무 말 없이 장 씨는 닫힌 안방을 향해 걸어간다. 교순은 언제 일어났는지 마루 끝에 걸터앉아 하품을 해 대고 있다. 경석도 막 잠에서 깨어 방문을 슬며시 열고 나오며 많은 사람과 시끄러운 소리에 어리둥절해 울상을 짓는다. 교식이 울기 전에 안으려니 경석은 재빠르게 교순에게로 달려가 안긴다. 장 씨가 안방 앞에 버티고 서 있는 모습을 보고 사람들의 시선은 모두 안방을 향해 빛나고 있다.

"안주인님! 문 좀 여소!"

장 씨의 굵직한 목소리가 안방의 문풍지를 여지없이 흔든다. 그러나 큰벌교댁은 옆으로 돌아앉으며 아무 대꾸도 없다.

"허락두 안 받구 물 잘 나오라 고사를 지내지만, 안주인이 안 보이믄 안 되지 않소. 어 나오시쥬."

평소 무뚝뚝하던 장 씨는 다소 부드러운 말소리가 창호지를 뚫고 안방 가득히 재차 울려도 여전히 조용하다. 사람들은 긴장 아닌 긴장을 하며 호기심 어린 눈을 반짝이며 안방만 바라보고 있다.

"기냥 하시지라."

교식은 애를 태우며 장 씨의 팔을 잡는다. 옆에서 보다 못한 작은벌교댁이 댓돌 위로 올라 신발을 벗으려고 한다.

"아줌니는 옆으로 계슈."

옆으로 밀어내며 장 씨는 한 발을 쿵 소리를 내며 댓돌로 올라서서 마루가 흔들거릴 정도로 손바닥을 '탁' 친다.

"안주인님!"

단호하게 부른다. 사람들도 천둥 같은 소리에 놀라면서 잔뜩 무슨 일이 일어날 것을 기대하는 눈치다. 아무 기척도 없이 고집을 부리고 있던 큰벌교댁도 닫힌 창호지를 뚫고 부르는 소리에 깜짝 놀라 허리를 뒤로 젖히며 눈을 부릅뜬다.

"나가 뭔 상관이오! 지들끼리 했으믄 나 납두고 고냥 하소!"

뒤이어 아무렇지도 않은 척 날카롭게 문풍지를 흔든다. 교식은 얼굴이 새하얗게 변한다. 맥이 빠져 슬그머니 뒤로 물러서며 땅바닥에 털썩 주저앉는다.

"지는 무식해 조근조근 말 못 하는 승미요. 여태 여그저그 돌아다녔지만, 안주인이 큰일에 오기를 부리는 건 첨 봤소."

장 씨가 마루 위로 신발을 신은 채 올라가려 하자 작은벌교댁이 불안한 나머지 마루로 먼저 기어 올라가 안방 문을 연다. 말없이 교식과 그의 아내도 마루 앞으로 다시 다가온다.

"성! 꼬새기 줌 고만 잡소! 동리 사램들 다 보는 앞서 뭔 꼴이다요. 좋은 일 코앞이 납두고스리."

문지방을 부여잡고 애원하는 동생의 말에 들은 척도 않고 가시처럼 나란히 무릎을 꿇고 있는 아들 내외를 노려본다.

"잘못했스요. 상의두 없이! 서둘지 않으면 끝두 없을 그 같으서 눈 딱 감고 내질르쓰요."

장 씨는 말없이 교식을 번쩍 일으켜 놓고 단숨에 안방으로 들어가 다짜고짜 큰벌교댁의 손목을 잡아 일으켜 세우며 끌어당긴다.

"뭣 하는 짓끄리다요오!"

큰소리는 쳤지만, 장 씨의 넘쳐 나는 힘에서 자신도 모르게 더듬대는 목소리가 기어들어 간다. 장 씨는 무작정 허리를 잡아 번쩍 안아 단번에 마당에 내려놓는다. 참으로 상식 밖의 일이지만 놀란 나머지 마당에 모인 사람들은 잠시 어리둥절하다가 와르르 웃음보를 터트린다. 교식도 순간적인 일이라 말릴 수 없었지만, 그래서 황당한 그 모습에 어처구니없었지만, 묘하게도 뭔가 막힌 가슴이 뚫려 버릴 만큼 입가에 점점 웃음이 번진다. 며느리 역시 교식의 뒤에 고개를 숙이고 미소를 머금는다.

"아구! 성! 을마 만이다요? 남자 손목에 잡혀 본 굿이… 아니지라… 남자 품에 앵겨 본 굿이…."

그 방정맞은 호들갑에 마당은 한 번 더 웃음보가 와르르 터진다.

"마당에 웃음이 가득한 그시 물두 츨츨 넘츠 나긋당께."

언제 왔는지 묵묵히 기다리고 있던 염주할매가 고사상 옆에서 넉살스러운 목청으로 어수선한 사람들의 시선을 모은다.

"블써 해가 머리 꼭디기에 붙어 떨으지것어!"

턱골댁이 염주할매의 옆에서 웃음을 참으며 한마디 한다.

"때마츰 물 수자 일즌! 길일이라 모다 조상신네 덕이요라."

만복댁을 향한 말투와는 전혀 다르게 염주할매의 또 다른 카랑카랑한 목소리만으로 사람들의 마음을 녹인다. 작은벌교댁은 넋이 나가 주춤거리고 있는 뻣뻣한 언니의 손을 잡아끌고 푸짐하게 차려져 있는 고사상 앞으로 데리고 간다. 큰벌교댁은 염주할매의 말소리에 어쩔 수 없이 동생의 손목에 잡혀 못 이기는 척 주춤주춤 발걸음을 옮긴다.

"자니 서방은 뉘기에게 맴을 빼기구 혼자스 너벌대는가?"

염주할매는 앞에서 촐싹대는 작은벌교댁에게 한마디 던진다.

"모르지라. 어즈오늘 새 뭐시 잘못 묵웃나 못 볼 글 봤나… 방구석에스 나오지 않구스리 시들시들한당께요."

"못 볼 걸 봤구먼 구랴."

"무시라고라?"

염주할매는 힘을 주어 지나가는 말로 쉽게 한마디 던지며 아낙들의 호기심 어린 눈빛들을 무시한 채 요령을 동서남북으로 흔들기 시작한다. 말꼬리를 물고 늘어지면 대책이 없기 때문이다.

"어즈나 오날이나 이씨 대문 안으스나 밖으스나 내는 기침 소리롬 온 동리가 먹고사는 그 아니다요! 그렇다믄 이씨 가문의 일은 큰일이나 작은 일이나 모다 동리의 일이 틀림웂는 근 당욘지사라. 온 동리의 눈빛이 이 마당에 모아졌는디 시잡잖게 넘기믄 안 되지라. 특별흐야 한다는 말이 안닌갑소."

염주할매는 뻣뻣하게 서 있는 큰벌교댁의 손을 이끌고 고사상 정중앙에 세우고 그 뒤에 며느리를 세워 준다.

"자고로 물은 안사램들의 몫이라. 안에스 잘 화합을 이뤄야 조앙신이 원 웂씨 복을 주고 용왕님이 물 수자로 물 마를 새 웂씨 돌보신다… 이 말이지라."

염주할매의 당차고 쩌렁거리는 말에 고개만 끄떡이며 동네 사람들도 숨을 죽인다. 긴 백팔염주를 목에 걸더니 다시 요령을 흔들며 경문을 외기 시작한다.

"성주신네 터주신네 조앙신네 고하고 용왕님 전으 문후를 드리고자 정성껏 마련한 자리 후덕혀게 받으시고 정답기두 받으셔서 이씨 식구들은 물론, 온 동리 사람들도 두루두루 덕을 받으 쓰고도 남을 마시고두 남을 물을 주시옵고…."

염주할매는 동서남북에 손바닥을 싹싹 빌며 절을 올리고 나서 여전히 어색하게 서 있는 큰벌교댁 앞으로 다가선다.

"큰벌구떡! 잉간사는 혼자 못 사는 그고 또 번갈라 가믄섬 먹구사는 뱁이랑께. 젊은긋이 늙어지구 늙어지믄 젊은긋에 업혀 두루 돌아

가며 사는 그이 시상 이친디 안주인답게 수북히 얹져 요참이 고인들 못지않크 후득하다는 그 뵈주곰 절이나 공순히 하소. 후득혀야 자손만대 영화를 이으 가는 그 아니긋소."

그는 능숙하게 말을 이어 가며 큰벌교댁의 귀에다 바짝 대고 요령을 살살 흔들다가 쩌렁쩌렁 흔들어 가며 그 마음마저 흔들어 놓는다. 요령 소리가 마음을 들었다 놨다 하며 가슴을 울린다. 왠지 서러운 생각이 들어 눈물이 날 것만 같다. 그런 마음도 모르고 동생은 옆구리를 찔러 대며 돈주머니를 방정맞게 두드린다. 옆에서 치근대는 동생이 귀찮아 날카롭게 밀치며 주머니에 손을 넣으며 앞으로 몸을 움직인다. 사람들은 그가 앞에 나와서 돈주머니를 열자, 손뼉을 치며 함성을 올린다. 돈뭉치를 돼지머리 앞에 놓고 물러서자 교식! 역시 기다렸다는 듯 큰절을 하고 일어서니 사람들도 자기 일처럼 한 푼, 두 푼 놓고 절을 한다. 웃음이 마당 한가득 메운다.

"돈뭉치 봉께 정씨 마님보다 더 후덕하구만! 지난 일은 요그 요릉 소리에 날려 보내곰 가슴 피고 맘대루 사소!"

염주할매는 큰벌교댁의 손을 꼭 잡아 주며 눈시울을 살짝 적셔지는 것을 모르는 척해 주며 손등을 요령으로 쓰다듬어 준다. 그는 염주할매와 눈이 마주치는 것을 피하려고 얼른 방으로 들어간다. 남편과 시어머니가 우물을 놓고 다투던 일이 눈에 선하기만 한 것이다.

"정씨 마님이 승질이 깐깐혔스도 후덕하구 바지런하셨지라."

"농사츨엔 논이 나와 직즙 밥을 수북히 퍼 주며 막글리두 손수 따라 주고 그 걸진 소리에 절루 풍년이 들 것 같아지라."

이장과 운삼이 번갈아 교식의 할머니 이야기를 꺼내며 지폐를 돌돌 말아 돼지 코에 쑤셔 넣고 넙죽 절을 한다.

"꼬새기 아부지두 그랬지라. 하얀 모시옷이 구겨지나 더러지그나 마나 때국물이 흐르는 애들을 보믄 안아 주구."

"윤기 나는 까만 손가방스 사탕을 끄내 입에 넣 주구…."

"여핀들! 또 주책! 스방들이 장승 때츠럼 일 가다 말구 드와 넙죽넙죽 절하구 있는디 뒤에섬 뭔 소릴 지끄여 대는 그람."

염주할매는 냅다 핀잔을 주지만 입가에 미소가 번진다.

"고런 맛두 읍씨 고단한 시상 으찌기 살긋스라. 살았을 직이두 좋아 죽었는디 죽은 사램 좋아하는 고 으찌기 되곳스라."

이장과 운삼은 껄껄 웃으며 생전의 좋은 벗이었다는 것을 상기하며 열린 안방의 영정 사진을 향해 슬그머니 묵례하고 뒤로 물러난다. 큰벌교댁은 자신의 울적한 심사도 모르고 시어머니와 남편의 칭찬에 서로 웃는 그들이 가증스럽기만 하다. 안방 문을 벼락 치듯 닫고 싶을 뿐이다.

"우덜이 서둘러 샴을 파 드렸스야 했을 틴디요! 요래 일 벌린 그 봉께 좀 무심했든 글 깨쳤스라!"

"그러고 보니 좀 민망스럽구만요."

평상에 앉아 서로서로 막걸리를 따라 마시며 넉살 좋게도 입에 발린 소리에 얼굴을 들지 못할 만큼 면박도 주고만 싶을 뿐이다.

"수고 좀 하소."

이장은 한마디 하고는 말없이 대문을 나선다. 작은벌교댁은 막 대문을 나가는 이장의 뒤통수를 바라보며 괜스레 심란해진다. 자신은 사람들 틈에 끼어 덩달아 절을 하면서도 달구와 판석이 나타나지 않아 신경이 쓰인다. 앞에 나서서 떠벌리고 참견을 하기 좋아하는 작은벌교댁과는 달리 달구는 앞에 나서는 것을 꺼리지만, 오늘만큼은 슬쩍 그림자라도 비쳤으면 하는 바람이다. 바쁜 농사철에 하려는 일을 미루고 안 올 사람, 올 사람 다 와서 시끌벅적대는 걸 보니 부아가 치밀어 오른다. 군데군데 모여 앉아 음식을 축내며 떠들어 대는 사람들이 미워 죽겠다는 눈치이다.

"작은벌구떡은 뭐시 고리 안달이 나 안즐부즐한당가? 식구가 늘 꽤가 나오는디 허벌나게 날아다느야 쓰것당게."

"뭐시요라? 그람 툴툴 아비가 채랑논을 다리고 올…?"

염주할매가 안방 마루에 걸터앉아 땀을 닦으며 작은벌교댁 등에다 대고 하는 한마디의 말에 깜짝 놀란다.

"그람 으짜스까이!"

염주할매는 눈이 동그래지는 그를 향해 사내처럼 웃는다.

"달구가 츤허에 둘두 읍는 몹쓸 눔이라구 손가락질을 받곰 살아두 어만 논 들여 밥 축낼 위인은 아닝께 다행이재."

"그람 뭔 소리다요? 요즘 물큿이 떼 지으 극승을 피 대 싸는 바람에 으찌 맴이 싱승그린다요!"

눈앞에 날고 있는 모기를 잡으려다 말고 다가서려는 작은벌교댁에게 시치미를 떼고 염주할매와 턱굴댁은 재빠르게 안방으로 들어간다. 큰벌교댁은 바짝 다가앉자, 오만상을 찡그리며 뒤로 물러난다. 아낙들은 하나둘씩 마루에 살짝 걸터앉으며 벽에 걸려 있는 영정 사진을 바라보며 입가에 미소를 띤다.

"염주할미! 여편들! 성부라믄 환장햐 죽는디라. 증 떼는 부즉 줌 이마에 뜨 부쳐 주시랑께요."

작은벌교댁은 마루 끄트머리에 영정 사진에 넋 놓고 있는 아낙들에게 눈을 흘긴다. 자신도 방정맞게 입을 놀렸지만, 편치 않을 언니의 심정도 몰라주고 눈치 없이 흘리는 웃음이 꼴도 보기 싫을 만큼 얄미웠다.

"대원이 덕을 많이 쌓아 두 눈이 시퍼런 즈그 서방들도 눈감아 주는 판인디 신령인들 으쩌긋나? 오날은 벌규떡 눈치 안 보구 은제 또 요래 융정 사진 가까 보믄서 낮꿈을 꾸냔 말이재… 눈이 짓물두룩 실컷들 보게 납두는 겜 바루 맘덕을 쌓는 그랑께."

염주할매는 외면하는 큰벌교댁의 얼굴을 가만히 들여다본다. 가라앉을 대로 가라앉은 기분을 내색도 못 하고 불편한 채 말문이 막힌 큰벌교댁의 무릎을 살짝 건드려 본다.

"자니두 사내 손이 슬쩍 닿다구 곰새 꽃이 핀 그 같당께. 죽은 서방보다 땡전 한 푼 읍쓰도 산 서방이 당연 최고재에."

"그렇고마니! 요래 나이 묵으쓰도 사내가 슬쩍 스치기만 혀도 기분이 찌르르 달라진당께."

그 말에 왠지 쑥스러워하는 큰벌교댁의 기분을 안다는 듯 턱골댁의 맞장구에 염주할매는 뚱뚱한 풍채만큼이나 걸걸하게 한바탕 웃어젖힌다. 아낙들도 서로 옆구리를 찔러 대며 덩달아 큰 소리로 웃는다.

"이래 말혀두 까르르… 저래 말혀두 까르르… 새각시 시즐츠름 여즌헌 글 봉께 나가 다 좋구머니!"

방을 휘둘러보더니 벌떡 일어나 영정 사진을 바라보며 합장을 하고 몸을 돌린다.

"그나저나 대대손손 못 헌 큰일 교슥 대에 당차게 해냈으니 수고혔소! 시엄씨와 매늘이 집안의 대를 이으 가믄스 묘흔 감증이 요까징 온 긍께니 큰벌규떡두 뭉친 맴 털으 감서 편크 사소잉."
 여전히 불편한 큰벌교댁에게 위로하듯 등을 두드려 준다.
 "이왕 여까지 발걸음혔으니 신수 쪼깐 뵈 주믄 덧난다요?"
 "나가 하는 말은 반은 옳고 고 반은 거짓부렁인게라. 곧이곧대루 어찌 살긋나. 맞으믄 좋고 틀리믄 말굼… 혀야재. 닥치는 디루 살아 보믄 으떻게든 살아진당게."
 "그래두라… 좀 듣고 나믄 속이라둠 후련흘까… 그라지라…."
 "그로코롬 말쌈하니 밥술이나 지대롱 먹긋소?"
 "자니 말이 백 븐 맞고! 맞꼬만! 고만치가 내 복임시… 듣구 보믄 시시껍쩔 그 말이 그 말잉게라. 당장 즈눅 떼꼬리가 달랑달랑 흰헌디 뭔 말인들 귀에 백히곰 들리긋나 이 말이라 고지라!"
 순덕네의 퉁명스러운 대꾸에 염주할매는 그저 웃어 젖힌다. 순덕네 역시 따라 웃으며 사정을 아는 승주댁의 등을 쓰다듬는다.
 "이 사램들 속 풀으 즈며 죽치구 있으믄 좋긋지만 해그름 떨어지믄 저 윤가네 해 물리러 가야 된당께라. 글구 은제 이리 바짝 보긋남. 사즌이나 뚫으져라 실컷 봄서 먹다 가세들."
 "낸 큰벌규댁 옆서 좀 앉았다 가야 쓰긋스라."
 턱골댁의 말에 염주할매는 손만 흔들어 주며 나온다. 교식은 염주할매를 기다렸다가 보따리 하나를 공손히 건네준다.
 "오늘 수고하셨스라. 정성으루 받아 주시랑께요."
 "이참이 아주 큰 맘 묵웃쓰! 이긋저긋 눈치만 보다감 말앉든… 아니 요까지 끌고 오게 헌 자니 부친보다 강단은 한참은 있단게. 긍께! 만사 앞날은 모르는 그염! 이젬부텀 효자 노릇만 잘 하믄 됭께롱 지니두 맘 편크 가지라곰사!"

염주할매는 보따리를 받아 들고 안방을 한번 둘러보더니 뒤도 돌아보지 않고 풍풍한 몸을 날래게 움직이며 대문을 나선다.

"저 할매는 지리산 증기가 똥구멍까지 뻗쳤는지, 천관산 증기가 발바득에 모아졌는지 펄펄 날으요."

승주댁은 중얼중얼하며 영정 사진에 넋을 놓고 있는 대천댁의 어깨를 툭툭 건드려 팔을 당기며 부엌으로 데리고 들어간다. 대천댁은 끌려가다시피 하면서도 고개를 돌리지 못한다.

"여튼 사죽을 못 쓴당게! 니는 스방 코 고는 소리도 꼬색 아부지 노랫가락으로 들릴 그랑게."

망골댁은 그릇을 정리하면서 들어오는 대천댁을 팔을 죽 뻗어 어깨를 한 대 때리고야 만다.

"그람 그렇다구 돈 드남."

대천댁은 그제야 정신이 드는지 승주댁의 손을 뿌리친다.

"아구! 나 손이 교색 아부지 손으루 착각혔나 보라잉."

서울댁을 향해 부엌에서 못 말리는 웃음보가 또 터지고 만다.

교식은 염주할매의 말이 아직도 귀에 맴돌면서도 가운데 둘러싸여 어쩔 줄 모르는 아내를 바라보고 흐뭇하게 덩달아 미소를 짓는다. 싫든 좋든 '서울댁'이라는 또 하나의 이름으로 불리며 서로 어울리면서 허물없이 미운 정 고운 정이 자연스럽게 스며들어 정붙이고 살겠거니 하면서 말이다.

33. 술 취한 교식

　장 씨는 이장이 대접 한가득 따라 준 막걸리를 들이켜고 고사상을 누구 시킬 것도 없이 부엌 앞 한갓진 곳으로 옮겨 놓고 나서 삽질을 서둘렀다. 회통 열 개가 덜 들어갈지 더 들어갈지 모르겠지만 몇 개를 박아야 할 지는 땅을 파서 물이 고이는 것을 보아야 며칠이 걸릴지 알기 때문이다. 그리고 후딱 일을 해치워야 직성이 풀리는 성격이라 그도 어쩔 수 없다. 그의 키만큼 구덩이를 파고서야 밖으로 나왔다. 그는 곰보 박 씨와 함께 커다란 기둥을 구덩이, 네 귀퉁이에 단단히 세웠다. 그 위에 다시 기둥을 걸치고 나서 가운데에 도르래를 달고 밧줄을 늘어트려 두레박을 묶어 놓은 뒤에서야 배가 출출한 것을 느꼈다. 일을 마칠 쯤에 비가 와도 괜찮을 만큼 지붕을 얹어 놓은 참이다. 눈치가 빠른 작은벌교댁은 늦은 새참을 차려 평상에 갖다 놓고 곰보 박 씨를 손짓하여 부른다.

　"참말로 뱃속을 훤히 보는 눈치 하나는 알아줘야 된당께."

　"부러 내 말투 흉내 내는디… 선상 치면이 구겨 번질까 염료스럽당게. 학상들에겜 고 말투 써묵는 건 아니지라?"

　구덩이 속에서 퍼 올리는 흙을 옆으로 계속 옮겨 주던 교식은 대답 대신 활짝 웃는다.

　"남의 집밥 으더먹고 살려믄 고 눈치가 바루 밥이오."

　"나가 이젠 빠꿈이가 다 되으당게라."

　작은벌교댁의 대꾸에도 대답도 하지 않고 장 씨는 장갑만 벗어 놓고 흙 묻은 손을 씻지도 않은 채 임 씨와 박 씨에게 먼저 막걸리를 주르르 따라 한 대접씩 권한다.

"막걸리 잘 안 잡숩지라? 선상들끼리는 뭔 술을 잡순다여?"

박 씨는 교식을 향해 쑥스럽게 한마디 건네 본다.

"약주를 마시긋제."

옆에 있는 임 씨가 먼저 대꾸를 한다.

"한 잔 하슈?"

장 씨는 한 대접 먼저 비우고 빙그레 웃고만 있는 교식의 앞에 그의 대접을 갖다 놓는다.

"막걸리 마시는 자리선 막걸리로 어울리고, 약주를 마시면 약주로 마시고, 못난 눔들 틈에 껴서 아무리 잘난 측혀 봐야 뉘 알아주남! 재수 대가리 읍따 욕만 디지게 묵지…."

어머니를 번쩍 안고 나오는 기세가 교식에게는 아직도 눈앞에 생생하다. 약간의 불평이 섞인 장 씨의 말에 그만 주눅이 들어 사양을 못 하고 막걸리 한 대접을 들이켠다.

"아구! 어쩐다냐?"

옆에 있던 작은벌교댁은 말릴 틈도 없이 마시는 교식을 보자마자 얼굴이 사색이 되어 어찌할 줄을 모른다. 벌써 불안하여 발은 동동 구른다. 이모의 걱정에도 교식은 태연스레 한 대접을 더 마시고 장 씨에게 한 대접을 따라 준다.

"한 대접 들이키소! 지가요- 호탕한 아자씨는 첨 봤당게라. 나- 오늘 기분 좋아 죽겟당게요."

기분이 좋아진 교식은 장 씨의 옆에 주춤거리는 임 씨의 손에도 막걸리를 넘치게 따라 준다. 평소와 달리 싱글거리는 교식의 얼굴은 순식간에 새빨개진다. 큰벌교댁은 멀찍이 보고 있다가 말없이 방문을 닫아 버린다. 교식은 방문을 닫아 버리는 것을 못 본 척 장 씨에게 한 대접을 더 권한다.

"아구구… 오날 못 하믄 낼 하믄 되지라. 요 고택서 우물 없이 요날 요태껏 자자손손 어이없게두 살아왔는데 하루 늦는 게 뭐라 대수라고 급할 것 있으요. 나 아자씨 덕분이 가슴이 뻥! 햐- 뻥! 뻥! 뚫려 뿌려당게요. 시상 요래 뻥 뚫린 근 태어나서 첨인 그 같으라. 나여? 야들말롱 기분! 째지게 좋구마요…."

교식은 말이 많아진다. 이미 몸을 가누지 못해 흐느적거린다. 막무가내로 장 씨의 팔까지 잡고 술을 권하는 교식의 손을 잡으며 작은벌교댁은 다급하게 대접을 뺏어 내려놓는다.

"고만 가스 자란께."

교식댁은 이모와 실랑이하는 남편의 모습에 얼굴색이 새하얗게 변한다. 나서지도 못하는 불안이, 고이는 눈에 물기가 촉촉해진다. 옆에서 경석과 흙장난을 하던 교순도 뭔가 심상치 않은 눈치를 느꼈는지 급하게 밖으로 나간다. 때마침 판석이 물동이를 지고 들어온다. 판석은 형수의 겁먹은 채 서 있는 모습에 마당을 휘둘러본다. 우물 공사에 어수선하고 교식은 몸을 가누지 못해 흐느적거린다. 사태를 짐작이나 한 듯 피식 웃음부터 흘린다.

"으디서 뭐 하다 짜빠져 있다가 낯짝을 디미는 겨."

작은벌교댁은 불안한 마음을 어쩌지 못해 능청능청 물동이를 내려놓는 판석의 등을 다짜고짜 후려친다.

"성 줌 반짝 들다 눕히랑께. 요러담 일 나고도 남겠당께롱."

입에 침이 메마를 정도로 아들의 팔을 마구 흔든다.

"넵둬두 된당게요. 심란한 맴 달래는 댄 술주정만 한 근 읍당게요. 돈 주구두 못 보는 활동사진 모츠름 구갱 줌 하게라. 성은 요래 흐트러즈야 살맞을 느낀당게요. 어찌기 반듯하곔 숨을 들이키구만 살긋소. 고그이 바롱 미치곰 환장할 노릇이랑게요!"

판석은 능청맞게 피식 웃는다. 벌겋게 달아올라 속이 부대끼는지 몸을 꼬는 교식의 얼굴을 빤히 쳐다본다. 고개를 돌려 안방을 쳐다보며 다시 피식 웃는다. 작은벌교댁은 울먹이다시피 판석을 다시 재촉한다. 영문을 모르고 잠자코 있던 장 씨가 벌떡 일어나 교식의 팔짱을 낀다.

"아자씨두 넵두시곰 귀경만 하셔라. 엄니두 이모두 요래 살아 낸 그 성 보믄섬 잃으부린 기억을 돌이켜 보드라고요."

"이눔으씨뀌! 요즘사 못 볼 끌 봤나 실실 한물간 눕츠름!"

작은벌교댁은 아들의 등을 냅다 후려친다.

"맞아! 맞당게라. 정신 멀쩡혀요. 울 엄니! 엄니한티 딱! 한마디만 허고 짜빠즈 자든 미친눕츠름 동리 한 바퀴 바램을 쐬든… 할랑게요. 엄니요- 문 줌 열고 얼굴 줌 내밀어 보셔라."

교식은 장 씨의 팔에 매달린 채 몸을 가누지 못해 흐물거린다.

"으째썸 술을 입에 댔당가? 쌔바닥이 술찌끄미 닿기만 혀두 지랄 염빙 위아래두 꺼꾸룸 보믄서랑."

달구가 대문을 들어서면서 걱정을 하는 건지… 혼을 내는 건지… 듣기만 해도 말투가 서늘하다.

"아구! 으쩐 일이다요? 진즉에 오시징 뭐 하셨다요."

작은벌교댁은 달구의 목소리를 듣고 반색을 한다.

"막 나갔다 들어가려 하는디 곰탱이가 옵빠가 술 먹었다구 탱탱그리므 막무가내루 잡아끌길래 할 수 읍씨 왔당께."

그는 뒤를 돌아보며 교순일 찾으려 두리번거린다. 뒤따라 교순이 굼뜨며 들어오는 것을 보고 픽 웃는다.

"아고! 조긋이 속은 뚫르 시키지 않은 심바람을 했다요."

달구가 마당 안으로 들어오니 그제야 작은벌교댁은 마음이 놓이는지 방그레 웃는다. 장 씨의 팔에 매달려 흔들거리는 교식을 안으려고 하자 순간 달구의 얼굴이 얼어붙는다. 장 씨 역시 달구의 얼굴과 마주치자 순한 얼굴이 저승사자로 돌변한다. 얼굴이 붉어질 만큼 눈을 부릅뜨고 한 손으로 대뜸 달구의 멱살을 싸감아 안아서 붙잡고 번쩍 들어 올린다. 기겁한 사람은 작은벌교댁이다. 당황해서 움직이지도 못하고 입만 벌름거리며 달달거리던 발걸음도 이럴 때는 떨어지지 않고 팔만 휘휘 내젓는다.

"어찌 그런다욤?"

남의 일처럼 쳐다보지 않고 물을 붓던 판석은 어머니의 외마디 비명에 뒤돌아보고 물통을 내던지듯 그대로 놓고 급히 달려와 대롱거리는 아버지의 허리를 먼저 안는다. 아무 말도 없이 멱살을 잡고 조이는 장 씨는 무슨 일이라도 저지를 기세다.

"왜 그러고 당하고만 있다요?"

판석이 달구의 허리를 붙잡고 버티고 있는 모습을 보자 안심이 됐는지 작은벌교댁은 그 자리에 주저앉아 울음보를 터트린다.

"좋은 날 뭔 날벼락이란 말임시!"

동생의 탄성에 큰벌교댁은 무슨 일인가 싶어 문을 열어 본다. 그 역시 뜻밖의 광경에 눈이 휘둥그레진다. 아들은 장 씨의 한쪽 팔에 정신을 놓은 채 대롱대롱 매달려 있고, 온 것 같은 기미가 보였던 달구는 그의 한 손에 멱살을 잡혀 새파랗게 질려 있다. 어느 누구든 가리지 않고, 어느 사람에게랄 것도 없이 깐족거리는 달구의 처참한 모습이 꼴좋게 눈에 들어온다. 판석은 잠시 주춤거리다가 멱살을 잡고 있던 장 씨의 팔에 힘을 주니 판석의 힘에 그대로 달구를 놔 버린다. 판석의 힘도 만만치 않았나 보다.

"오매! 오매! 긍께! 국밥집 앞서 그 사내가 그 사내?"

교식의 술주정을 구경하던 아낙들은 달구가 당한 일이 이미 소문이 났지만, 눈앞에서 달구에게 멱살을 잡는 모습을 보고 이제야 장 씨를 알아차리고 뜻밖의 구경거리에 신이 나지 않을 수 없다.

"모다 저리 가지 못하긋냐 말이랑게. 가장이 하는 일에 나서지 말라 안 했는까 비? 찍소리 말곰 멀찍김 비끼랑께!"

달구는 땅바닥에 주저앉은 채 두 모자를 향해 눈을 번뜩인다. 그 단 한 마디에 판석은 달구를 일으키려다 말고 슬그머니 뒷걸음을 친다. 작은벌교댁도 울상을 지으며 판석의 뒤에 숨는다. 달구는 벌떡 일어나 태연하게 장 씨의 팔에 매달려 있는 교식의 얼굴을 매만져 준다. 장 씨는 달구의 뜻밖의 행동에 어리둥절하며 교식을 평상 위에 눕혀 놓고 말없이 막걸리 한 대접을 들이켠다. 교식의 이마를 만져 주는 달구에게 핏발이 선 눈을 부릅뜨며 장 씨가 한 대접 따라 말없이 건네자 달구는 서슴없이 받아서 그대로 상 위에 올려놓는다.

"뭣 땀시 십년감수큼 헌다요?"

"소 땀사…!"

판석은 한마디만 듣고도 사태를 짐작하고 안 보고, 안 들어도 뻔히 안다는 듯이 좀 전 달구의 한마디에 쩔쩔매던 것과는 달리 입술을 깨물며 물동이를 이리저리 세차게 걷어차며 나가 버린다.

"저눔의 시끼가 요즘사 안 하던 짓을 해 댄당께!"

작은벌교댁은 판석의 뒤에다 고래고래 소리를 질러 댄다. 망골댁은 물이 다 흘러 버리기 전에 고개를 내두르며 물동이를 들고 부엌으로 들어간다. 망골댁의 눈총에도 그러거나 말거나 일할 생각도, 집에 갈 생각도 않고 승주댁과 대천댁은 부엌 앞에 쪼그리고 요리조리 고개를 돌려 가며 구경하기에 바쁘다.

"니도 고만 복 대가리 읍시 청승맞은 목층 듣기 싫응께 느 서방 다리고 집구석으로 기가 뻔지라고!"

큰벌교댁이 버럭 벼락을 치는 한마디에 마당은 갑자기 조용해진다. 마당을 휘 싸늘히 둘러보더니 방문을 닫아 버린다.

"엄니! 나 줌 보더랑께요? 할 말이 많으라아."

교식은 닫힌 방문을 향해 눈이 풀어져 힘이 없을 것 같지만 쏘아보듯 뚫어지게 보고 있다. 쏘아보는 눈빛이 매섭다.

"엄니요- 덥지도 않소! 나랑 말 줌 하게라- 말 줌 하잖게라-"

속이 답답한지 푹푹 숨을 내쉬며 다시 소리를 지른다.

"저눔은 내 아들이 아니여라. 지 할매보다 더 지독헌 눔이요라!"

안방 문이 열리는가 싶더니 아들의 눈과 마주치기가 무섭게 문고리가 떨그럭 소리가 날 정도로 닫혀 버린다. 장 씨가 안방을 힐끔 쳐다보더니 교식과 달구를 평상에 그대로 내버려두고 말없이 우물 공사 쪽으로 걸음을 옮긴다. 내내 눈치만 살피던 임 씨와 박 씨도 그의 뒤를 따른다. 이유야 어쨌든 간에 자신도 언짢을 텐데 달구는 아직도 얼굴이 벌겋고 눈이 풀어진 교식에게 냉수를 침에 축이고 등을 두드린다. 다른 사람에게는 죽일 놈 소리를 듣지만, 왠지 교식에게는 남다르게 대하는 진지한 모습이 누가 보아도 의아한 일이다. 장 씨는 달구의 행동을 물끄러미 바라보다가 삽을 들고 훌쩍 구덩이 속으로 들어가 버린다. 아낙들도 달구의 뜻밖의 행동에 신기할 뿐이다. 고개를 갸우뚱거리며 말 많은 그들도 얌전하게 서로 바라만 보고 있다.

34. 오줌 싼 큰벌교댁

"일어났소?"

장 씨는 언제 일어났는지 물동이를 다 채워 놓고 나서 마당까지 다 쓸어 놓고 평상에 앉아 담배를 태우고 있다. 교식은 왠지 민망해서 할 말이 없는지 공손하게 인사만 하고 물 한 바가지를 떠서 목을 축인다.

"선상도 속에 담아 놓은 게 많은가 보오."

교식은 머리만 긁적이며 미소만 짓는다. 이제껏 작은 문틈으로 밖을 내다보며 장 씨의 모습이 보이지 않기만을 기다리던 큰벌교댁은 왠지 불안한 눈빛이다. 소변을 참고 있는 것이다.

"어섬 굴러묵다 온 눔인지 넘의 마당을 활개 치고 지랄여."

체면 때문에 선뜻 나가지도 못하고 망설이고만 있는데 설상가상으로 아들까지 일찍 나와 노닥거리고 있다. 이럴 줄 알았으면 그가 물 길러 나갈 때 갔다 올 것을 후회하지만… 동생이라도 빨리 왔으면 요강이라도 가지고 오라고 눈짓이라도 하면 좋으련만… 오늘따라 코빼기도 보이지 않는다.

"저눔의 쉬끼… 별 해괴망측한 눔을 끌어들였단 말이….”

이제는 말끝도 흐리고 욕까지 섞여 나온다. 해도 뜨기도 전에 일어나 자기 집처럼 구석구석을 쓸고 다니며 잡초까지 일일이 뽑는 것이다. 남의 집 일에 간섭이 심한 것 같은 그가 시건방져 멱살을 잡아 대문 밖으로 내팽개치고 싶은 심정이다. 그건 그렇고 아랫도리가 너무 뻐근해서 다리를 꼼지락거리니 소변이 한 방울 찔끔 나오는가 싶더니 도리 없이 옷을 뜨끈하게 적신다. 그때 동생의 방정맞은 발소리가 오늘따라 더욱 짜증스럽게 들려온다.

"올라믄 쫌 일찍 오든지… 미운털이 단단히 백혀당께.”

작은벌교댁은 엊저녁 일이 눈앞에 번쩍이자 장 씨를 본체만체 고개를 옆으로 젖히며 콧방귀를 뀐다. 인사도 없이 후다닥 먼저 방으로 들어온다. 동생은 방바닥에 흘러내린 소변도 채 치우기도 전에 방문을 활짝 열고 들어온다.

"방문 줌 두드리고 들어오지 못혀!”

목소리를 죽이며 숨 가쁘게 소리를 지른다.

"나가 은제 두드리고 들어왔다요? 근디 얼굴색이 왜 고러콤 기운이 읍당가요? 외간 남자가 힘 좋게 번쩍 붙잡히드니 간밤이 성부라도 다녀갔다요?”

눈치도 없이 막힘없는 동생의 주둥이를 한 대 때려 주고 싶은 마음이 굴뚝같다. 그렇지만 대꾸 한마디도 못 하고 내심 당황해하며 치맛자락으로 오줌을 가리느라 정신이 없다.

"문부텀 닫지 못허굿썸!”

목소리를 죽이며 입술을 깨문다. 그러나 오줌은 여지없이 방바닥으로 흘러나오는 대는 속수무책이다.

"아구매! 으쩐댜!"

하지만 주책없는 동생의 놀란 목소리가 밖으로 새어 나간다. 평상에 앉아 있던 두 남자는 무슨 일인가 벌떡 일어선다.

"오짐? 오짐! 아니다요. 오짐이 치마에 배어 줄줄 흘…."

허리를 구부려 치마를 들쳐 보며 기겁을 한다. 큰별교댁은 주먹으로 입을 쥐어박으며 호들갑을 떨어 대는 동생의 멱살을 잡는다. 소리는 내지 못하고 울화가 치밀어 오른다. 교식이 문을 살짝 열어 보고 문을 다시 살짝 닫은 채 눈을 질끈 감아 버린다. 마루에 미끄러지듯이 주저앉으며 나오는 순간, 눈물을 참으려 애를 쓴다. 치마에 오줌이 범벅이 되어 뚝뚝 떨어트리며 어머니는 성질을 이기지 못해 차마 소리 낼 수 없는 눈물까지 글썽거린 채 이모의 멱살을 잡고 흔들고 있다. 큰별교댁 역시 문을 열다 말고 잽싸게 닫아 버리는 아들의 눈과 마주치는 동시에 동생의 멱살을 힘없이 놓으며 오줌을 깔고 주저앉는다.

"으디든! 뭐시든 만만한 곤 나란께."

작은별교댁의 말소리에 불평이 묻어 있지만, 바라보는 눈빛은 애처로움이 가득하다. 또한, 아들에게 자존심이 상할 대로 상한 큰별교댁은 입술을 깨무는 목소리가 떨고 있다. 벌떡거리는 심장을 자제하느라 애를 쓰는 눈에서 눈물이 흘러내리고야 만다.

자신도 모를 일이다. 아들이 결혼하기 전까지는 이빨에 고춧가루가 끼어도 대수롭지 않게 여기었는데 결혼하고부터는 허튼 모습을 보이게 되면 왠지 창피보다 화부터 내는 것이다. 가장 가까운 사람에게 자신의 치부를 보인다는 것이 가장 부끄러운 일이 아닐 수 없다.

생판 모르는 사람에게 들켜 버렸다면 오히려 덜 속상하고 부끄럽지 않을 수 있을 것이다. 마음에 따라 상대를 하지 않으면 되기에 말이다. 작은벌교댁은 심상치 않은 언니의 표정에 아무 대꾸도 못 하고 그래도 옷을 갈아입기를 기다렸다가 눈치껏 방구석으로 옷을 뭉쳐 놓으며 벗은 몸을 힐끗거리며 쳐다본다. 눈치를 보며 몇 번을 힐끗거리더니 인정이 많은 작은벌교댁은 그 자리에 슬픈 표정으로 털썩 주저앉아 넋을 놓는다. 언니의 허벅지를 측은한 눈빛으로 멍하니 바라본다. 살갗이 고운 속살이 팽팽하다. 자기 치마를 들쳐 보고는 실망스러운 눈치다.

"나가 성허고 터울 차도 많은디 나 허벅지는 시크퉁퉁 시마리 읍는디 성은 보들보들 팽팽하니 새각시 같당께요. 다시 시집가돔 쓰것소."

"또 꼬 쏘링…."

"그래도 난께라… 나 앞서 서슴읎씨 속살 드러내 놓구 입성 갈아입구… 고런 소리 누가 해 주곳소! 빈방 지키다 죽으 열녀문 세우준덜 뭔 소응 있다요. 쨈나그 살지 못하구 갈 신센디라."

말을 잇지 못하고 넋두리를 늘어놓으며 문을 열고 나오다가 마당에서 바삐 움직이는 장 씨가 또 눈에 들어온다. 조금 전까지 본체만체했건만 금세 입가에 웃음이 번진다. 다시 방문을 살짝 열고 안을 들여다보며 옷매무새를 다독이는 모습을 보며 눈에서부터 웃음이 거침없이 흘러내린다.

"아구! 울 성이 내외하는가 봅소! 아직은 이팔청춘 성부 만날 때 고 때 고 맴이 아직두 벌떡거리는 그 같소잉! 고긋 보는 굿까짐 뜨내기 남정네 눈치를 봉께로!"

"을매나 주둥이를 찧 대야 정신을 차릴 그나 몰긋당께."

문고리를 잡고 달랑거리며 깐족대는 동생의 손을 '탁' 쳐 버리며 두말할 것 없이 문을 닫아 버린다.

"손가락 치긋소! 고롷게 삼복엠 찬바람이 쌩쌩 부니 누가 집적댈 맴이 우러나긋소? 꼬새가 갈수록 새파래지는 심통! 알랑가! 느 샥시 어찌 견드 낼지 눈앞이 깜깜혀 으쩔꼬나잉!"

그는 기어이 약을 올리고 펄쩍 뛰어 마루를 내려온다.

"이모오! 고만 웃소!"

교식은 그만 웃으라고 손을 저으며 아내를 손짓하여 부른다.

"밤이 되믄 안방에다 요강 줌 갖다드려!"

교식은 아내에게 소곤소곤 당부하고 출근 준비를 서두른다.

"블썸 환갑두 안 지난 시미 오강 시집살이해야 된당께로!"

안방을 향해 소리를 냅다 지르더니 부엌으로 들어간다.

"그랴도 자니가 잘하랑께. 독수공방살이가 을마나 고달픈 줄 아남? 샘쟁 눈치를 보는 거 봉께 쌩쌩대도 입 가생에 꽃물은 아즉두 남아 있는 갑나 비라."

작은벌교댁은 언니의 뽀얀 살결이 눈에 아른거려 그저 가엾은지 고개만 젓다. 며느리는 혼자 중얼거리는 이모의 말하는 뜻을 아는지 모르는지 눈만 깜빡거리며 밤마다 요강 갖다줄 생각에 눈앞만 캄캄할 뿐이다.

35. 달구를 부른 장 씨

"아줌니- 바깥양반 줌 오라 하슈."

장 씨는 저녁을 먹으며 작은벌교댁에게 슬쩍 말을 건넨다.

"야? 왜 그런다요?"

눈을 둥그렇게 뜨고 순간 얼굴이 하얗게 변한다.

"안심하슈. 시두 때두 읍씨 사람 잡는 호랭이는 아니오."

그는 막걸리를 따라서 임 씨 앞에 놓아 준다.

"아니! 아줌니는 설그지혀고 임 씨가 오라 하믄 어떻소!"

고개를 끄떡이며 임 씨는 막걸리를 단숨에 들이켜고 박 씨를 재촉하며 일어선다.

"아줌니! 안 잡아먹을 것이니 맘 놓슈."

대문을 나서는 임 씨를 바라보며 맴맴 도는 작은벌교댁을 쳐다보고 뚝뚝하게 한마디 던진다.

"어찌 맴을 놓굿소. 여 오는디 쥐새끼가 휘리릭 지나가는 그이 찌뿟했스요. 울 집은 집으 갈 굿도 읍는디…."

장 씨는 작은벌교댁의 혼잣말에 대꾸도 하지 않고 온종일 더운데도 문 한 번 열지 않고 있는 안방이 은근히 신경이 쓰이기만 한다. 마당을 왔다 갔다 하면서 가끔 동생에게 소리를 죽여 짜증을 내는 그가 왠지 측은한 생각이 들기까지 했다.

불현듯 색시가 생각이 난다. 첫날밤 그가 손목을 잡자, 울음부터 터트리며 방을 뛰쳐나가 그길로 친정으로 돌아갔다. 며칠 밤낮을 닫힌 방 앞에서 꼼짝하지 않고 기다렸지만, 문을 열어 주지 않았다. 보다 못한 처가 식구들이 사정하다시피 집으로 돌아가라 해서 돌아왔지만, 결국은 시름시름 앓다가 끝내 딴 세상 사람이 되어 버렸다. 너무나 순박하고 가냘파서 아껴 주면서 업고 다니려고 할 만큼 애틋하였는데 말이다. 저녁노을은 구름 낀 하늘을 빨갛게 물들이며 돌덩이 같은 가슴을 주체할 수 없이 흐물흐물 녹여 낸다. 울컥해진 마음에 막걸리 한 대접을 단숨에 들이켠다.

"죄송스럽당께요. 방학 끝무리에 장학사가 예고도 없이 들이치는 바람에 이자껏 정신이 없었당께요."

교식은 대문에 들어서며 혼자 앉아서 막걸리를 들이켜는 장 씨에게 변명을 늘어놓는다.

"변명할 것 없슈! 나는 맡은 일을 하고 있을 뿐이쥬."

장 씨는 따라 놓은 막걸리를 마저 들이켜고 밖으로 나간다. 교식은 교순의 방에서 혼자 놀다 나오는 경석을 안은 채 안방 문을 살며시 열어 본다. 어머니는 그가 얼굴을 내밀자, 고개를 바짝 세우며 눈 마주칠 새도 없이 날카롭게 돌아앉아 이를 가는 소리에 순간, 어머니지만 머리카락이 일제히 쭈뼛거린다.

"요강?"

그는 아무렇지도 않은 척 아내를 향해 입만 벙긋한다.

"나가 아까쯤 살짝 갖다 놨당께. 느 어미가 며늘에게 오강을 받긋냐? 누감 있든 보든 두말읎시 마당 끝까징 획 내던지고 말줴!"

교식의 얼굴은 본 작은별교댁은 안심이 되었는지 가로채는 대답이 밝다. 온종일 얼굴만 마주치면 트집을 잡아 대는 바람에 이제는 지겹다 못해 진저리가 난다며 안방을 향해 목소리를 높인다.

"자니는 어여 밥상이나 차리더라고!"

작은별교댁은 장 씨의 밥상을 치우며 교식의 뒤에 어정쩡하니 서 있는 조카며느리를 재촉한다. 그때 달구가 살랑살랑 들어선다. 부엌에 들어가려다 놀라는 것은 작은별교댁이다.

"뭣 탈라고 왔다요?"

마음이 먼저 급해 두 손을 내저어 댄다. 장 씨는 어디에 있었는지 달구 앞에 불쑥 모습을 나타내며 지그시 노려본다.

"나가 고렇게 만만히 보였는감?"

여유롭게 힘주어 말하는 굵직한 목소리가 천하의 둘도 없는 뻔뻔한 달구의 마음을 오그라들게 한다.

"고런 긋은 아니지라. 원체 싸가지 읍씨 태났 뻔져다요! 개새끼 씨가 째끔 섞였는게 비라. 한번 물었다 하믄 입이근 몸둥이근 끝장을 내 뿐져야 입맛이 도니 낸들 으쩐다요."

달려오듯 하더니 대꾸를 하며 평상에 가볍게 올라앉는다.

"아줌니는 조리 가믄 안 되남유."

"잽싸게 눈앞서 비키즈 못하굿냐 말이랑꿰!"

달구는 장 씨의 말이 끝나자마자 아내를 향해 소리를 버럭 지른다. 앞에서 동동거리던 작은별교댁은 그 한마디에 가슴에 비수를 맞아 쓰러질 것 같아 그 자리에 그만 주저앉는다. 교식은 세수를 하려고 엉거주춤 앉으려다 얼른 다가와 일으켜 준다.

"이모부도 그 찌릿찌릿한 말투 좀 지발 고치소. 나도 심장이 오그라들어 으쯜 땐 찌뿟거리오."

그렇지만 작은별교댁은 달구가 걱정돼서 부엌으로 들어가지도 못하고 부엌 앞 댓돌에 앉아 버리고 만다. 장 씨가 또 한 번 멱살을 잡고 내팽개칠까 봐 눈시울이 벌써 뜨거워진다. 장 씨가 달구 옆에 다가앉으니, 어린애와 어른이 앉아 있는 것 같다. 그의 우람한 덩치에 더욱 쪼그라져 보이는 남편이 불안스럽기만 하다.

"고 가운디에 툴툴이 착 앉으 뿌렸으믄 딱 좋겠구먼이여라."

다시 눈가가 짓무르며 여전히 불안한 눈빛으로 바라본다.

"아줌니! 막걸리 줌 받아 오소!"

아내가 부엌에서 상을 들고나오려 하자 얼굴을 닦고 있던 교식은 수건을 목에 두르고 상을 받아 든다. 그들 앞에 다가서자, 장 씨의 목소리가 마당을 울린다. 목소리가 얼마나 큰지 큰벌교댁이 깜짝 놀랄 정도로 온 마당을 울린다.

"죙일 깜짝깜짝! 해괴망칙한 눔을 델구 와섬 샘을 파고 지랄여!"

큰벌교댁이 오만상을 있는 대로 찌푸린다.

"어섬 굴러 처묵다 온 눔인지… 화통을 삶아 츠묵었나… 남의 집안을 뭇대롱 들었다 놨다 쫠렁대그 염붕을 떠으 댄당게."

은근히 장 씨가 신경이 쓰이는지 목소리가 들릴 때마다 고개가 획하니 돌려진다. 신경이 곤두서며 욕이 절로 나온다.

"날 묵으면 안 되어라?"

걱정되어 거의 울상으로 장 씨를 바라보며 울먹울먹 손을 모으며 사정까지 한다. 어제 교식도 술에 못 이겨 주정을 부렸던 일이 미리 겁을 내지 않을 수가 없다. 남편 역시 술 앞에서는 꼼짝도 못 하는 사람이다. 더구나 마음에 담고 잊지 못할 일들을 가리지 않고 말하는 버릇이 있으니 불안하지 않을 수 없는 것이다.

"별일 읍쓸 티니 걱정 말구 후딱 한 됫박 받아 오면 안 되남유? 싫으믄 지가 후딱 갔다 오구…."

"받아 오라믄 군말 읍씨 싸게 갔다 올 일이지 외간 남자 앞서 쌔바닥을 나불거는? 잉? 으서 배워 츠묵은 버릇으? 잉?"
 희번덕대는 남편의 눈빛에 말이 끝나기도 전에 대문을 나서고 있다. 장 씨는 남편의 말 한마디에 군말 없이 나가는 작은벌교댁과 달구를 번갈아 바라본다. 남편의 단 한 마디에 아내가 꼼짝달싹 못 하는 모습에 할 말을 잃고 만다. 아들에게도 단 한 마디로 쩔쩔매게 했던 것 역시 묘한 기분마저 든다. 지천명의 나이에 떠돌지언정 무서울 것 없는 자신을 주눅이 들게 한다. 그동안의 세월을 헛살았다는 자괴감이 들기도 하니 말이다. 가슴을 세게 얻어맞은 것처럼 조여 온다. 그러자 울컥 올라오는, 이유도 모를 감정을 억지로 삼킨다. 남편의 말 한마디에 나가는 아내가 주책없는 아낙이라고 느꼈는데 또 다른 모습을 보니 자신이 한없이 초라해진다. 그렇게 지청구를 들어도 말하고 싶은 것을 기어이 다 하고야 마는 이유를 알 것도 같다. 그로서는 믿고 기댈 수 있는 사람이 있기 때문일 것이라는 생각에 고개만 끄떡인다.
 "근데 내가 말 놔두 되는지 모르것구먼."
 장 씨는 부러운 마음에 넌지시 묻는 말투가 부드럽다.
 "편한 대롱- 그랬 봤자 이쪽저쪽 아니어라? 내는 예졸 따지는 잉간은 아무리 맛난 밥을 묵더라두 밥맛이 떨어즈라!"
 다리를 흔들흔들하며 달구는 웃음을 흘린다. 혓바닥을 내밀며 입술에 침을 바른다. 이런 말투에 행동도 이해가 될 정도이다.
 "마늘을 길들이기 전으 해야 헐 일은 죽을 맹킴 고통스론 굿만 제그해 주는 고여라. 뭔 줄 아셔라? 씨 다른 동상들이 요라. 요긋들이 눈치끗 나가든가 허다못혀 츠묵은 그릇허곤 빨래는 빨으야 되는디 마눌이 죽을 지경이였지라. 날 잡아스 미친 눔츠름 먹는 밥상을 엎어 뿌꼼 방에 어지르이 널르 있는 옷들을 밖으로 내다 뿌꼼, 삽짝문을 잠꼼 노려만 봤지라. 고른 것들은 기만 팎 죽이믄⋯ 말이 필요 읍지라. 사대삭슨 멀쯩한디 뭐를 해돔 츠묵그 살끙께⋯ 증신상태논 지덜 헐탓이곰-"

"아구 큰일을 했구먼."

"그다음은 마눌이 알아스 설설 기드라고시. 여튼 마눌은 수시루 기운만 있으믄 패대기를 쳐야 하굼, 자슥 눔은 수시루 무릎을 꿇려야 하구⋯ 형씨는 고런 맛? 모르라?"

장 씨는 달구가 묻는 말에 다시 패대기를 치고 싶을 만큼 미워지려고 한다. 이럴 때 막걸리 한 잔을 시원스럽게 들이키며 속을 단번에 씻어 내야 되는데 냉수를 마셔도 가슴이 저려 온다.

"아구! 이모부! 일 절만 하시고 같이 저녁이나 드셔라."

교식은 말을 가로막으며 두 사람을 번갈아 보며 웃는다.

"이 졸까지 지결여 대믄 티극태극 꼭 쌈이 됭께 딱 요까짐!"

달구는 수저를 들어 된장국을 찍어 혀에 축이며 쩝쩝거린다. 장 씨는 순간순간 얼굴색이 변하는 그를, 먹는 모습을 물끄러미 바라보다 이내 웃어 버리고 만다.

"니는 이제껏 밖으로 나돌아 다니다 오는겨?"

시커먼 얼굴로 둘레둘레 들어오는 교순을 보자 수저를 들다 말고 교식은 눈을 부라린다.

"밥 안 먹었재? 이 와서 앉더라고!"

달구는 교식의 눈치가 심상치 않은 눈치를 채고 한쪽 모퉁이로 엉덩이를 들썩이며 손짓을 한다. 어느새 왔는지 대접과 주전자를 상 위에 올려놓고 작은별교댁은 장 씨의 눈치를 살핀다. 교순은 배가 고팠는지 교식의 지청구에도 아랑곳하지 않고 교식의 밥그릇을 앞에 갖다 놓고 먼저 한 수저 크게 뜬다.

"아구! 아줌니! 미안하구먼유. 심바람을 시켜서….""

장 씨의 말에 대꾸도 없이 작은별교댁은 주전자를 상 위에 올려놓고 교순을 곱지 않은 눈으로 바라본다.

"누가 있근 말근 오라비 밥사발임 즐두 몰곰….""

장 씨의 인사에 거들떠보지도 않고 교식의 앞에 밥사발을 도로 갖다 놓고 다른 밥사발을 얼른 갖다 놓아 준다.

"싫고만! 나는 오라비 밥이 먹구 싶당께!"

교식은 빙그레 웃으면서 밥사발을 도로 바꾸어 준다. 교순은 한 수저를 떠서 허리를 반쯤 일으켜 밥풀을 흘려 가며 경석에게도 먹여 준다. 교식은 어설프게 받아먹는 경석을 바라보며 흘리는 밥풀을 주워 밥상 위에 올려놓는다. 교식은 빙그레 웃으며 급하게 밥을 먹는 교순을 바라본다.

"속이 텅 빈 근지. 어디 한 개가 빠즈 모자른 근지….""

작은별교댁은 교순의 머리를 쥐어박으며 안방으로 들어간다.

"밥 먹는 아를? 물은 주지 못할망증? 얺츠게 말임사."

큰별교댁은 방에 들어서는 동생을 몹시 언짢아 눈을 흘긴다.

"귀 막구 코 막구… 눈 감고 있는 줄 알았드만 다 꿰차고 있뜬 갑소. 자슥이라 역정 드소? 성이 직즙 떠다 주소!"

큰소리로 쏴붙이며 털썩 주저앉는다. 큰별교댁은 눈만 흘긴다. 은근슬쩍 자신을 바라보는 것 같아 장 씨가 신경이 쓰인다.

"문이나 닫으랑께."

"츠닫으나 열으나 안 봐둠 본 굿 같굼 들릴 근 다 들리는 디라 션하게 열어 눱두지라! 오뉴월 염천에쓸!"

허리를 쭉 내밀어 양쪽 문을 활짝 밖으로 밀어내며 벽에다 붙여 놓는다. 동생의 죽 내민 엉덩이를 밀치려 장 씨가 보고 있는 것 같아 쳐든 손을 슬그머니 내린다. 온종일 서글픈 마음이 가라앉지 않는다. 슬며시 고개를 돌린 눈에 남편의 영정 사진이 평소보다 안아 줄 것처럼 더 환하게 웃는다. '괜찮소! 시상사 뭐 그럴 수도 있지! 맘에 담아 두지 마소!' 남편의 늘 하던 말이 귓전에 울린다. 마음에 뭔가 건드려 주는 느낌에 울렁거린다. 그때 그 시절 같았으면 만사태평의 그 말이 밉살스러워 앙탈을 부렸었겠지만 왠지 기댈 수 있어 바가지를 긁어 대지 않았을까… 생각이 드니 새삼 서러움이 복받쳐 오르는 것을 삼킨다. 눈치 빠른 동생이 눈치 없이 떠들까 봐 눈치가 보인다.

"우짜요? 저녁도 션찮히 잡수는 그 같드만 엇쳤다요."

한숨이 들렸는지 바짝 다가와 호들갑을 떤다.

"귀구멍두 밝당께."

그는 벽 쪽으로 몸을 바짝 움직이며 동생의 엉덩이를 냅다 발로 차 버린다. 장 씨는 안방을 못 본 척 교순에게 말을 건넨다.

"이름이 뭔감?"

남이 뭐라 하든 꾸역꾸역 밥을 먹는 교순을 멀뚱멀뚱 바라본다.

"곰탱! 아니 교순! 판슥 옵빠가 곰탱이라 하지 말라 했쓰라."

교순은 나물을 삼키고 나서 큰소리로 대답을 한다.

"곰탱이가 자랑이드냐? 그래돔 판새기가 그리 일렀는가 비."

작은벌교댁은 얼굴을 쑥 내밀며 기분 좋게 핀잔을 준다.

"닥치란게. 울 교순이는 밥 먹는 뎅 복이 붙으 있당게라."

달구는 먹고 있는 교순의 머리를 다정스럽게 쓰다듬는다.

"옛날으 노츠느가 거울을 보믄스 얼굴을 요리조리 살피므 츨슬 울고 있스 지나는 사램이 궁금혀 뭣 땀사 울구 있느냐 물어봉게로… 혀는 말이 참말로 요상하당게라. 산길을 가고 있는디 뒤에서 우락부락한 장증들 시 명씩이나 츠북츠북 걸어오드라는 말이지. 고 츠녀가 고! 장증들이 찝쩍대다 나중삼 덥츠기라두 할끄 비 벌벌- 걸음도 삐뜨뜩! 잔뜩 겁을 묵으는디… 정즉 한 눔도 츠다보지도 않고 못본 그마냥 고냥! 싹하니 바램 가르듯 지나츠 가드라는 말임시. 무심코 고냥! 고긋이 슬웠든 긋이여라. 을마나 요자로 보이지 않을 만킴 매력이 읍었으믄 고냥 지나갔끗냐… 그 말이더라공! 이래두 탈! 조래두 탈! 오쯜깡. 요자들 맴은 알다감도 모르그스. 교순이 니는 으며게 생각한당게?"

달구는 말을 알아듣고 끄떡거리는지 밥을 먹으며 끄떡거리는지 고개만 끄떡이는 교순을 보고 재미없다는 듯 돌아앉는다.

"아구! 나가 니흔티 뭔 야그를 하긋냐. 쇠귀에 갱을 읽짐."

"고람 고 츠느가 장증 붙잡곰 나 이뻐라? 물어보믄 안 되어라? 옵빠는 엄니가 미우라 혀도 언니 이뻐라 하는디라."

"고렇지! 울 교순이 걱증 안 혀도 되야! 입이 무글 뿐이즈… 옳은 말만 골라 한당께. 느 이모 주둥 깨달믄 좋긋당께."

달구는 생각하지도 못한 대꾸에 획 돌아앉으며 생선을 발라 교순의 수저에 올려 주며 교식의 무릎을 '탁' 친다. 무릎을 말없이 문지르며 교식은 교순을 바라보며 빙그레 웃는다.

"츠녀는 아니근만 성을 두고 하는 말 같당게라!"

"문 닫지 못혀? 걸핏하믄 지끌리는 디 귀에 백혀당게…."

깔깔거리며 맞장구를 치는 동생에게 발길질을 한다.

"맨날 듣으돔 재밌스라. 울 교순이도 이자는 한몫한당게."

말없이 웃고 있는 장 씨에게 막걸리를 따라 주며 교식 자신도 재밌다는 듯 웃음을 흘린다.

"술이 그리 약한지 몰랐소! 이자는 권할 수가 없겠슈."

장 씨는 미안해하며 그를 쳐다본다.

"오족하믄 저 미련이 한달음에 지 이모부를 끌구 왔긋소!"

"니 고렇게 말끝마담 말참견할려믄 나가서 하그라잉!"

"고러다 아예 눈 돌아가긋소!"

납죽납죽 말을 받아넘기는 꼴이 보기 싫어 밖으로 밀어내려는 언니를 팔을 잡고 늘어진다. 하루 심사가 불편할 대로 불편한 그가 밥을 먹은들 무슨 맛이 있겠는가. 무슨 이야기인들 즐겁겠는가. 그러잖아도 달구가 눈앞에 알짱대는 것만으로도 눈엣가시 같은데 자신을 빗대어 조롱하는 것 같아 들을 때마다 불쾌하다. 듣기 싫어 귀를 막을 판인데 입가에 웃음을 잔뜩 흘리는 동생을 곱게 봐줄 수가 없다. 자꾸만 치근대는 동생의 팔을 냅다 뿌리친다. 더구나 고사 지내던 날 일어났던 일들을 입이 근질거려 참지 못하고, 떠벌대는 것을 질색하는 달구에게 지청구를 들어 가면서 풀어 버렸을 것이다. 없는 일도 더 보태지 않았으면 다행이다.

"고런근 고렇꼼 내를 보자 했스라? 미리섬 말해 두지만서두 중매는 못 허라. 요르조르 잉간사에 으레이 문제가 생깅께!"

달구의 눈은 안방을 향해 기분 나쁘게 웃음을 흘린다.

"고라믄 고랗지! 멍슥말을 혀두 션찮을 놈!"

큰벌교댁은 달구의 말에 동생의 어깨를 철썩 때린다. 아프다는 말도 못 하고 어깨를 비비며 입을 오므린다. 장 씨는 무슨 뜻인지 눈만 멀뚱거리며 빤히 바라만 보고 있다.

"이모부! 뭔 말씀을 고래 하쇼."

교식도 당황하며 그도 모르게 발끈 성을 낸다. 제삿날 사랑에서 하던 말이 더욱이 생각났으니 말이다.

"소 장수가 샘쟁이로 눈 앞스 을씬그리고 있으 말이랑께에!"

달구는 그러거나 말거나 심드렁하며 초싹초싹 자세를 바꾸어 눈을 가늘게 뜬다. 장 씨는 달구의 말에 술맛이 단번에 떨어진다.

"그 얄팍한 입술에 그날 된통 당했던 모습이 떠올라 술이 확 깨는구먼. 여튼 미친 놈이 비두 안 오는데 날궂이에 혼이 나간게!"

장 씨는 다시 먹으려던 안주를 도로 내려놓고 달구의 눈빛을 향해 눈을 부라린다. 장 씨의 불같은 눈빛에 달구도 우시장을 떠올린다. 솥뚜껑만 한 손에 잡혀 대롱거렸던 일이 떠올라 눈을 질끈 감는다. 노름꾼들한테 당하고 지금이 처음인 것이다. 꿈에서도 떠올리기 싫은 그날 일도 자연히 눈앞에서 아른거려 머리를 내두른다. 그의 한마디에 기가 죽은 달구를 보더니 작은벌교댁은 순식간에 안색이 노래지며 자기도 모르게 엉덩이를 들썩거리며 잔뜩 긴장을 한 채 밖으로 고개를 내민다. 차마 밖으로 나갈 수가 없다. 나가서 참견하면 달구의 날카로운 눈초리에 그만 그 자리에서 오줌을 지릴 것 같기에 말이다.

"고러다가 맥 빠지그썸. 여튼 못된 짓끌 징글징글하당께."

언니의 짜증 섞인 지청구에도 아랑곳없이 엉덩이를 들어 밖을 내다본다. 어제 일에 아직도 가슴이 두근거린다.

"이눔의 쎅끼는 죈일 달랑그리므 싸돌아다는지 몰굿당께라… 요때 나타나믄 시상 좋겠구마니…."

자꾸만 흘러내리는 땀을 치맛자락으로 닦아 낸다. 지금이라도 아들이 나타났으면… 하는 바람이 간절하다.

"원래 소 머슴은 아니구먼. 그 일로 주인 사정이 딱하여 일 년 세경 다 주고 어찌어찌 줄이 닿아 여그 오게 됐지…."

그는 눈을 부릅뜨고 똑바로 눈을 못 뜨는 달구를 쳐다보다 화를 삼키듯 막걸리를 단숨에 들이켠다.

"다신 거간 않을려 굳게 맴먹웃는디 고눔이 하도 목을 매는 통으… 나가 버러지츰 산 긋이 요즘사 마냥 비관스럽소잉…."

"아끼던 소를 내다 팔려든 심정… 기가 막힐 노릇 아닌감?"

장 씨는 마음 비웠다는 것처럼 그저 호탕하게 웃는다.

"그리 웃으믄 나가 더 못된 눔 같지 않소잉."

막걸리를 따르려 하는 장 씨 앞에 놓인 주전자를 두 손을 모으고 한 대접 가득히 부어 따라 주며, 더할 나위 없이 공손하게 마시라고 손짓을 한다. 예상치 못한 예의에 머뭇거리다가 장 씨는 단숨에 마시고 나서 달구에게도 넘치도록 가득하게 따라 준다. 이미 기가 죽은 달구는 기세에 눌려 주저할 새도 없이 공손하게 받아 마신다. 교식이 말릴 새도 없이 단숨에 마셔 버리고 만 것이다.

"으쩔려? 마신다요! 술 한 방울둠 못 이기문섬!"

작은벌교댁은 넋 놓고 있다가 자신도 모르게 소리를 지른다. 급한 나머지 신도 신지 않은 채 다가와 허겁지겁 달구를 끌어안고 덜덜 떤다. 순식간에 한 대접을 마셔 버렸으니 이젠 도리가 없다. 여태껏 달구에게 술을 권하는 사람도 없지만 혹 권하더라도 여느 때 같으면 냉정하게 거절을 했을 텐데… 사양도 하지 않고 마셔 버린 달구의 심사를 교식은 이해할 수가 없다.

"나두 이자는 사람츠름 살으야 쓰것는디 형씨가 참말로 존긍스럽기 그지없으라. 지가 말이지라! 저 울 성님 다음으….”

막걸리를 마시자마자 눈이 벌게지더니 쩔쩔매는 마누라의 손을 뿌리쳐 가며 말소리가 엿가락처럼 늘어진다.

"아구! 으째쓰까이! 이를 으쩐다냐?"

작은벌교댁은 교식의 팔을 붙잡고 더 벌벌 떤다.

"왜 고런다냐? 사램이 냉정해지믄 독아지롱 들이켜돔 취지 않는 뱁이랑께. 나 안 취했으라… 증신 말짱혀요."

달구는 말은 그렇게 하면서도 허리가 흐느적거리며 대접을 낚아채고는 장 씨 앞에 탁 갖다 놓는다.

"으매으매 으쩔라고 고로소잉."

작은벌교댁은 교식과 달구 사이에서 고개를 바쁘게 돌려 가며 어찌할 바를 모른다. 달구 역시 마음과는 달리 어느새 눈알은 물론 얼굴에 목까지 불그죽죽히 달아올라 있다.

"나가 형씨 참말로 미안시러 으쩐다요. 다른 사램 같으믄 간을 빼

씸어 먹을려 대갈빡을 굴렸을 틴디 꼬색네 집일을 하고 있스 고런가 죽구 싶을 만치 미안스럽고마잉!"

 몸을 교식에게 기대어 달구는 허리를 연신 굽신거린다. 옆으로 꼬꾸라진 삐쩍 마른 몸이 그대로 느껴지자 교식은 말없이 다독여 준다. 콧물이 줄줄 흘러내릴 것 같은 코 먹은 소리를 해 대며 주전자를 잡으려고 헛손질을 해 대는 달구에게 장 씨가 손으로 가로막으며 주전자를 집어 막걸리를 따른다.

 "지난 일이니 이자는 마음에 담지 않을 거구먼!"

 장 씨가 무뚝뚝하게 대꾸하며 일어서려 하자 달구는 애걸복걸 그의 팔을 붙잡는다. 그 모습이 가증스러워 뿌리치고 싶지만, 그는 하는 수 없이 도로 앉으며 몸을 가누지 못해 흐느적거리는 달구의 얼굴을 바라본다.

 "고런디 술고랜가 봅소! 블써 맻 잔을 들이크도 전흐 끄떡도 읍구만요잉. 나는 다 존디라~ 술은 잽병이랑께라."

 교식을 툭툭 치며 술을 이기지 못하는 달구를 보는 교식은 말없이 피식 웃는다.

 "꼬색아! 좀 말리람! 모르근냐? 니 아부지 돌아가셨을 직!"

 "넵두소! 판슥이 말대로 모츠름 구경 좀 하게라. 술 취해 흐느적대는 이모부가 요래 인간즉인 글 언제 또 보긋소!"

 "아니랑게! 아니랑게! 아녀 아녀! 아느! 아느으! 니랑 달르!"

 작은별교댁은 다급하면서도 애원하다시피 울먹인다. 교식은 말은 그리하면서도 달구를 집으로 데려다주려고 그의 허리를 바짝 끌어안으려 팔을 잡고 일으키려 한다.

"오메! 몸은 삐쩍 말라는디 왜 이리 무겁소? 천 근 같소."

교식은 장난삼아 달구의 팔을 잡아 올린다. 그대로 놓으니 달구의 팔이 힘없이 툭 그의 장딴지에 떨어진다.

"맴 줌 풀라고 불렀는디 이럴 줄 몰랐소. 상이나 내가소!"

장 씨는 자리에서 벌떡 일어난다. 집까지 부축해 주려고 팔을 잡고 일으키려는데 달구는 냅다 뿌리치고 교식을 덥석 끌어안으며 갑자기 서럽게 통곡을 한다.

"일 났쓰. 일! 이잔 몰긋소! 시상 숨긴다곰 숨길 수 있간디!"

상을 든 작은벌교댁은 부엌문 앞에서 그의 울음소리가 들리자 잠시 멈추더니 이제는 모르겠다며 부엌으로 들어간다. 달구가 무슨 말을 하려는지 알고 있다는 눈치다. 오히려 될 대로 되라고 콧방귀를 뀌며 안방을 향해 입을 삐죽인다. 부뚜막에 앉아서 아들만 끌어안고 손가락 까닥도 하지 않고 있는 조카며느리가 눈에 띈다. 눈앞에 할 일을 산더미같이 쌓아 놓고 엄두도 못 내는 모습이 한심스럽다.

"자니가 상을 치야 되긋당게! 후딱 툴툴이 불러와야 됭께롱!"

못 본 체 푹푹 숨을 내쉬며 이내 나가 버리고 만다. 밖에서 일어나는 일은 그녀에게는 아무 일도 아니다. 자꾸만 나오는 설거지 더미에 무엇부터 해야 할지 모르겠다. 그래도 교식의 짜증 난 말소리에 무슨 일인가 싶어 밖을 내다본다. 이모부가 울고 있는 모습을 보고 고개만 기우뚱한다. 달구는 이리저리 몸부림을 치는데 속을 알 수 없는 통곡에 가까운 울음은 쉽게 그치지 않는다. 그러나 그녀는 엄두가 나지 않아 어수선한 상을 내려다본다. 마침 잠투정하는 아들의 소리를 듣고 부엌을 향해 교식은 방으로 들어가라고 손짓을 한다.

36. 달구의 술주정에 드러난 진실

"오날은 질끈 감고 벌크득 마셔 뿌렸지라. 요로콤이라둠 풀지 않으믄 요즘사 나 심증은 돌아 뿌르 뻔즈 말겠스라."

달구는 숨이 막히는지 가슴을 쳐 댄다. 그리고 교식의 손을 힘주어 잡고 진지한 눈빛을 보낸다.

"맘 가는 대루 사소! 이모부답지 않게 사는 데 뭔 고민을 하소."

"맘? 나 맘? 생긴 대롱 마-암?"

달구는 잠시 교식을 뚫어지게 보더니 막걸리 냄새를 확 풍기며 교식의 코끝에 얼굴을 비비며 되묻는다.

"고렇쏘! 그저 맴 내키는 대루 넘에게 욕먹어도 신경 쓰지 않는 것이 이모부한테 젤루 어울린당께라."

"니가 도득 선상이라 공자 냄새가 코를 찌르는디. 오째! 오째쓰까이! 내… 요 곰팡 냄샤!"

달구는 흐느적거리는 팔로 교식의 얼굴을 매만진다.

"아무리 도덕 선생이라도 한참 모자란 인간이어라. 보쇼잉. 으저께 엄니한테 소리 지르고… 싸그리 몽땅 도덕성 내던져 버린 지두 별수 읍는 존재여라."

교식은 내뿜는 막걸리 냄새에 얼굴을 슬쩍 돌리며 미소를 짓는다. 달구는 그의 얼굴을 감싸며 날카롭게 바라보더니 장 씨에게 고개를 돌린다. 순간, 교식은 등골이 오싹해진다. 가끔 그 눈빛과 부딪칠 때가 있다. 달구는 교식에게 자신의 마음을 드러낼지… 망설일 때, 뭔가 숨기려는 마음을 들킬지… 두려울 때, 가늘게 뜨는 세모눈이 노란빛이 난다. 교식은 그럴 때마다 섬뜩하기도 했지만, 늘 그 마음속이 궁금했다. 교식 역시 그런 그를 대할 때마다 아무 내색도 하지 않고 실없이 웃어만 주었다. 하지만 오늘은 그 눈빛이 순간 정이 떨어져 자신도 모르게 달구에게서 상체를 뒤로 젖힌다.

"햐! 당신식은 뭐랑? 우시장 당흔 그? 담지 않는다고… 랑?"

자리에서 좀 비켜 앉는 교식을 바라보다 눈치 빠른 달구는 약간의 살기를 비추다가 고개를 흔들어 댄다. 다시 얼굴을 돌리어 말없이 우물 쪽을 바라보는 장 씨를 향해 찝쩍거린다.

"낸 말임시! 욕 나오므 욕 퍼붓구! 잉간들 등쳐 묵으믄스 내 멋대루 산당께! 근디! 고 싸가지 읍는 돈이 가장 싸기지 있겠고롱 쓰일 때가 생길 줄을 몰랐단 말이재. 고게 벌근 아궁 속을 뒹글고 싶은 심증이 여라. 근디요! 즐대루 등츠 묵지 않으스라. 넘이 못 하는 거간 승사 의외롱 입이 뜩 벌으즈라 시크 주곰 댓가를 내라 헌 그뿐이… 요라. 앞이슨 좋다 하곰 뒤선 등츠 묵…."

달구는 금세 얼굴색을 바꾼다. 교활하게 웃으며 오두방정을 떤다. 그의 웃음소리는 아무도 흉내를 못 낼 것이다. 듣기만 해도 묘하게 말려드는 기분이 든다.

"참말로 인간은 고로케 살아야 한당께. 마음에 딱 든당께요. 꼬색아! 니도 복잡하게 살지 말곰 이로콤 살그라."

달구는 장 씨의 팔뚝을 툭툭 친다.

"왔때매라! 이 팔뚝! 완존 쇠뭉치랑께! 요 손은 솥뚜껑만 혀요. 이 손으롱 내를 모락스레 내팽겨쳤다요?"

달구는 계속 말을 이어 가면서 머리가 아픈지 좌우로 흔든다.

"그렇다구 거시기할려구 시동 그는 근 아니요라. 지두요 사램 뵈가믄서 뻘짓을 하지라."

달구는 장 씨의 팔뚝을 한 번 더 툭 건드려 보고 교식에게로 몸을 돌려 웃음을 보인다.

"니두 인자는 속을 확 까발르 뿌리랑게. 요 맴에 담궈 두믄 니 속만 시크뭉케 타 뿌린당께로. 나가 경흠자 아니긋냐."

달구는 교식의 가슴을 톡 건드린다.

"에이! 이모부가요?"

활짝 웃으며 장난기 섞인 말투로 되묻는다. 달구는 대꾸도 없이 몸을 앞으로 숙여 교식의 가슴을 손가락으로 꾹꾹 누르다가 다시 그의 가슴을 친다. 아프다는 시늉을 하며 울상을 짓는 달구의 등을 살살 문질러 준다.

"나 식? 아! 나 식은 개뿔이랑게! 니 개뿔 있는 거 봤다냐?"

그는 다시 앞으로 꼬꾸라지며 교식의 멱살을 붙잡고 무릎을 꿇어 가며 흔들어 댄다.

"불러 놓고 혹 떼려다 혹 붙인 격이 돼 버렸구먼."

장 씨는 신경질적으로 교식에게서 달구의 손목을 뿌리쳐 버린다. 그 바람에 뒤로 넘어지려 하다가 교식의 무릎을 부여잡고 다시 간신히 일어난다. 일어나는가 싶더니 엉덩이를 들어 달싹 다가와 애원하는 눈빛으로 고개를 숙인다.

"왜 고러신다요? 지가 집으로 모시겠스라. 에구구! 나보다 더 하는갑소. 뭉쳐 논 속이 있다요? 그 속 술김에 다 풀어놓소!"

교식은 이러는 그에게 더없이 정겨운 웃음을 보이며 손목을 감싸 안고 손등을 토닥토닥 토닥여 준다.

"나- 나가 말임시라. 니가 요럴 때는 느 아부지이자- 나으 동스의! 꼭 쏭님 냄스를 풍김당께라."

목멘 목소리를 슬쩍 가다듬으며 날카로운 눈빛을 쏘아 댄다.

"아구! 으쩜 고렇게 눈빛이 수시루 바뀐다요. 신기하당게요."

교식은 기분 나쁜 기색을 감추지 못하면서 재밌다며 농담을 던지고 일어서려는데 다시 달구는 몸을 비실거리며 손목을 잡는다.

"사람이 말이지라. 서루 부다크… 살아가는 그 같지만서두 결곡은 혼자 살아가는 긋이여라. 근디- 근디라- 마눌한티두 쌀 한 톨 안 주구 마구마구 꼬불켜 논 그 써두써두 아깝지 않은 일이 있드라곰. 돌아가신 쏭님 가슴에 품고 살아온 거만킴 숨기어야 할 일두 생기더랑게. 요래 살아온 인상살이감 후회되겜시. 그래두 전승에 째깐이라두 좋은 인연이 있었든 게 비라."

"가만히 들어 주자니 참말로 못 들어 주겠당게. 혼자 북 치구 장구 치구… 개벽다구 뜬는 소리 씨부렁거리지 말구스리 얼렁 집으루 가더랑게. 느 서방 후딱 델구 가지 못긋어-?"

큰벌교댁은 두고 보고만 있던 달구의 술주정에 참다못해 벌컥 소리를 지른다. 달구는 처형의 큰소리에 눈을 게슴츠레 뜨고 안방 쪽으로 고개를 돌리니 환히 웃고 있는 영정 사진과 마주친다. 잠시 멍해 있다가 갑자기 몸부림을 치며 울기 시작한다.

"쥑일 눔이랑께로. 나가 성님 죽인 그나 다름읍당께라."

교식에게 엉덩방아를 들썩들썩 찧어 대며 발버둥을 친다.

"오째쓰까이! 진짜 취하셨…."

대문 안으로 막 들어오면서 아버지의 애가 끓은 말소리가 판석의 귓전을 때린다. 정신없이 아버지에게 가려는 어머니의 팔을 휘감으며 입을 가린다.

"고 노름 땜시요라! 얍삽스리 밑천 읍시 얼렁뚱땅 해 보르다가 승빨 난 노름쟁들한티 몰매를 맞고 있는디 승님이 지나다 고 장면엠 깜짝 놀라 말리려는 그 통에 눈이 뒤집힌 고눔들한티 증신읍씨 으더트즈 온몸이 숯검둥이가 되으 한디에 쓰러져 있는 글 지나든 사람이 쏭님인 줄 알고 들츠 업구 델구 왔당게라… 그 사램이 뉘긴지 알믄 큰절을 올리고 싶은 심증이요라. 고땐 내두 정신이 읍스승게."

횡설수설 뜻 없이 하는 말 같아서 교식은 어정쩡 일어서려다가… 무슨 말인가 하다… 눈이 휘둥그레진다. 그 아무것도 아닌 말 같은데도 불구하고 제정신이 아닌… 아니 억장이 무너진다는 것이 이런 느낌이구나… 하는… 가슴에 알 수 없는 응어리가 삽시간에 뭉쳐 친다. 아려 오는 통증을 느끼기는커녕 머리카락이 뻣뻣하게 위로 솟아 넋 나간 사람처럼 입을 꾹 다문 채 다리에 힘이 풀려 꼬꾸라지며 털썩 주저앉는다. 말문이 막혀 그저 달구의 입만 바라만 본다. 연신 횡설수설하는 달구의 목소리가 머릿속에 멀어지는 것 같은 혼미한 상태에서 얼추 머릿속에 정리가 된다. 아버지의 얼굴이 눈앞에 아련하면서도 생생하게 떠오른다. 교식은 다시 머리카락이 위로 뻗쳐오르는 것을 느끼며 온몸에 소름이 돋는다.

얼굴에 시커먼 멍이 가시지 않은 채 집에 들어온 아버지가 앓기만 하였는데 어머니는 들여다보지도 않고 냉정하게 더운물 한 그릇 떠다 준 일이 없었다. 중복인데도 오한이 나고 헛소리가 심해 그제야 의원을 찾았지만, 손을 써 볼 새도 없이 폐렴이 악화하여 돌아가셨다.

돌아가셨다는 소식을 듣고 술을 한잔 마시고 관을 끌어안고 두 모자보다도 더 슬프게 울었던 기억이 아른거린다.

"승님! 좀 살려야 한당께. 나가 죽인 그나 마즌가지요라-."

　동네 사람들과 눈도 마주치지 않는 그가 이 사람 저 사람 보이는 대로 붙잡고 말도 안 되는 소리를 하다 결국은 오줌을 질질 흘리며 마당을 헤매고 다녔다. 그때는 학교에 다녔던 교식을 붙잡고 "내가 너만큼은 지켜 주마."라고 큰 소리로 떠들어서 모였던 사람들은 꼴값을 떤다고 조롱을 받았지만, 왠지 진지한 그의 눈빛은 지금도 생생하게 떠오른다, 어머니도 통곡하던 달구를 향해 "니나 잘하고 살으라."라며 불똥이 튀어나오는 눈빛으로 어처구니없는 말에 사람을 시켜 대문 밖으로 내보냈었다.

　그 후로도 가깝게 대하는 것을 꺼렸다. 눈물은 나오지 않았지만, 눈물이 뚝뚝 떨어지는 것 같던 어머니의 그 눈빛을 교식은 잊을 수가 없다. 하지만, 교식은 누구나 몹쓸 놈이라 해도 그에게 정신적으로 많이 의지하고 있음을 언뜻언뜻 진심으로 느끼곤 할 때가 있었다. 그러나 워낙 평이 안 좋은 그에게 부담을 느끼고 경계심을 느낄 때마다 교식의 양심이 괴롭기도 했다. 사람들 틈에 얽히고설켜 감정을 숨기고 산다는 것이 여간 어려운 일이 아니라며 씁쓰레한 웃음을 자아내며 진실의 모순 속에서 갈등하다가 밤을 지새우기도 하였다.

"나가 니 아부지에게 또 목숨을 건진 즉이 또 있었지라. 한겨울엠 대포집에스 씨 다른 동상 땀사 속이 트즈 술을 마시고 주인한티 눈충을 받고 기분 잡츠 오는디 고만 논바닥으로 굴러떨어즈스 발이 삐어 허둥되다 고만 잠이 들어 버렸지라."

작은벌교댁은 될 대로 되라 하면서도 숨을 제대로 못 쉬는 남편의 털어놓는 말에 잔뜩 긴장을 한다.
"고만 말하소!"
작은벌교댁은 자신도 모르게 냅다 소리를 지른다.
"닥치끔!"
흐느적대는 그 와중에도 가슴을 쥐어박는 말투로 오금을 박는다. 금세 표정을 바꾸어 슬프게 교식을 바라본다.
"그를 망증 단꿈에 허벌나게 좋을라 하는디 쿵 하고 소리가 나자 정신을 차려 봉께 울 집 마루에 내를 나려놓구 씅님이 뒤로 손을 흔들믄서 말없이 나가는 그시 아니것으! 눈깔을 똑바루 뜨고 고개를 쓱 내밀며 츠다보는디 나가 남자라두 고롱컴 멋츠 홀랑 반해 뿌렸당께로! 고때부팀 성님이라믄… 더! 햐! 꾸뻑했지라잉!"
달구는 어린아이처럼 눈물을 주르르 흘리며 여전히 말이 없는 교식을 바라보며 빙긋이 웃는다.
"오날따라 이모부가 말쌈이 많으요. 판석인 싸게 뫼시그라."
묵묵히 서 있는 판석을 향해 억장이 무너져 목구멍으로 들어가려는 말을 간신히 내뱉는다. 교식은 말없이 하늘을 바라본다. 그러면서 안방의 눈치만 가만히 살핀다. 달구의 작은 어깨를 지그시 눌러 주는 이모는 울음을 참으려고 애를 쓴다. 달구는 아내를 바보처럼 바라보더니 뜻밖에 와락 끌어당겨 안고 그동안 참았던 울음을 쏟아 낸다. 달구의 예상치 않은 행동에 말을 잃는다.
"나가 고날 만복 성의 등에 업혀 와서 마루에 누워 아부지가 혼자스 중얼거리는 소릴 들었스라. 나 땜시 죽었다구 말이지라. 어려두 말끼는 알아들읏지라… 고래스 등짝이 무너져라 물지게를 진 그지라. 고래야 지 속이 편해지니-라."

 교식은 그제야 고개를 들어 판석의 얼굴을 쳐다본다.

 "성! 늘시 깨름직혔는디 이젬서 후련하여라. 놀랐지라? 매츨 지그 집에스 몸조리하셨는디 정신이 나자 델다 달라 혀서 대문까지 지랑 왔는디 대문서 어여 가라 하셔서 어린 맴에 그냥 집으루 갔지라. 아부지도 아푸고 이모부도 아푸구 엄니는 수발드느라 증신이 웁써스요, 입이 근질그릴 새두 웁씨요!"

 "니가 나보담 훨씬 낫다야. 부끄럽고만!"

 교식은 판석의 등을 어루만져 준다. 다 안다는 실다운 표정으로 교식을 향해 변명을 대신하지만, 덤덤한 말소리에 울음이 배어난다. 교식은 판석의 말을 들으며 슬그머니 눈길을 어머니에게로 돌린다. 눈물을 참으며 말을 잃고 꼿꼿하게 앉아 있는 어머니를 향해 연민 가득한 눈길을 보낸다.

 "니 문 줌 닫그라이."

 큰벌교댁은 교식과 눈이 마주치는 것을 피하며 불안이 가득한 채 서 있는 며느리를 멍하니 바라본다. 잠시 팔을 내두르려다 방바닥을 짚고 힘이 다 빠질 대로 빠져 말할 기운조차 없다. 손만 힘없이 내두르며 돌아앉으려는데 허리가 비비 꼬이듯이 옆으로 꼬꾸라진다. 며느리는 얼른 들어가 조심스럽게 눕혀 준다. 뿌리치지 않고 손길에 따라 몸을 움직이는 어머니를, 교식은 가슴이 무너지는 것을 느낀다. 어머니 역시 같은 마음일 것이다.

 "업히랑께요."

판석은 이모와 형수를 슬쩍 쳐다보며 아버지에게로 등을 바짝 갖다 댄다. 장 씨는 안방과 판석을 번갈아 바라본다. 안방에서는 따스한 정을 느끼면서 한편으로는 판석의 등이 듬직하게 보인다. 저절로 거친 숨이 내뿜어진다.
 "성! 나가 대신 잘못했당께!"
 이미 돌처럼 굳어 버린 안방을 향해 굽신굽신 애걸을 한다.
 "고만 가잖께요. 낼 다시 오믄 되지라."
 흐느적거리는 아버지를 업고 늘어지는 엉덩이를 추스르며 퉁명스레 재촉한다. 안방은 문이 닫히고 불은 이미 꺼졌다. 짓무르는 눈으로 안방을 자꾸만 돌아보며 한 손으로 축 처지는 달구의 엉덩이를 받쳐 주며 대문을 나선다. 교식은 장 씨가 평상 위에 놓인 술상을 치우는지도 모르고 적막한 안방을 넋 놓고 바라본다. 조용히 몸만 뒤척이는 어머니의 그림자가 그의 가슴 안으로 녹아내린다. 공부한답시고 아버지의 앓는 소리에도 문 한 번 열어 보지 않은 자신이 누구를 원망하기에 앞서 세상에 둘도 없는 불효를 했다고 자책한다. 뒤늦은 후회가 밀려와 땅속으로 꺼져 들어가는 기분이다. 장 씨가 살며시 다가와 손을 잡아 방 앞까지 데려다주지 않았으면 밤새 장승처럼 서 있었을 것이다.

37. 장 씨의 색시 생각

 장 씨는 얼떨결에 남의 집 속사정을 알고 나서 속이 편치가 않다. 어느새 모두 방으로 들어가 조용하다. 하지만 침묵이라는 것이 이렇게 무거운 것인지… 점점 그 기운을 느끼면서 그저 속절없이 밝은 달만 쳐다볼 뿐이다.

"이 일! 끝내면 떠나야겠구먼. 그만 떠돌고 돌아가야지….."

장 씨는 중얼거리며 대문을 쳐다본다. 누구에게나 좋지 못한 행동에 눈총을 받는 아버지를 아들은 업고 아내는 엉덩이를 떠받치며 가는 모습이 자꾸만 아른거린다. 가슴이 뭉클뭉클하다. 안주인 역시 며느리를 못마땅해하면서도 그 손길을 마다하지 않고 순순히 따르는 말로써 표현이 안 되는 무언가 불쑥 응어리가 치밀어 올라오는 것 같아 입술을 굳게 다문다. 하늘을 휘- 둘러본다. 별만 총총 반짝인다. 지나온 세월에 대한 허기가 밀려온다. 저 넓은 하늘 아래 혼자라는 것이 절실하게 느껴진다.

"버러지라고 말하는 저 사람이 뭔디 가슴을 후벼 놓는구먼."

그도 모르게 알 수 없는 화가 치밀어 올라 다시 평상에 앉아 잡생각에 고개를 이리저리 내두른다. 그러다가 불이 꺼진 안방으로 눈길이 멈춘다. 자신의 마음과 같이 바윗덩이보다 더 무거운 침묵이 흐르고 있는 것만 같다. 그저 바라보고 있으려니 가냘픈 모습만 상상되는 죽은 색시의 얼굴이 떠올라 눈을 감았다가 다시 뜨기를 반복한다. 그동안 까마득히 잊고 살아왔는데 눈시울이 뜨겁도록 생각이 난다. 첫날밤도 치르지 못하고 끝내 얼굴 한 번 못 보고 죽은 색시가 이젠 얼굴마저도 희미하다. 그동안 아무 생각 없이 떠돌아다닌 세월이, 단단해진 그의 무딘 가슴이 어딘지 모를 저 밑에서부터 허물어져 흐물흐물 녹아내린다. 왠지 목덜미가 뻐근해진다. 다시 고개를 이리저리 내두르다 창호지에 비치는 안주인의 모습이 보인다. 잠 못 이루고 뒤척이는 그림자가 애틋하다. 안주인이 한참 동안 힘겹게 뒤척이다 밖으로 나오려는지 문고리를 간신히 잡고 일어서는 그림자가 보이자 장 씨는 마주칠까… 화장실 반대편으로 몸을 피해 준다.

38. 큰벌교댁의 남편 생각

　큰벌교댁은 기운이 없는 탓인지 소변이 절로 나오려 한다. 그렇다고 요강에 소변을 보려니 아무래도 쉽게 나올 것 같지도 않다. 더구나 이 나이에 며느리에게 왠지 조심스럽기도 하고 신세를 지기는 자존심이 허락되지 않는다. 이제는 만만한 동생도 낯짝이 없어 오지 못할 것이고 오더라도 꼴도 보기 싫어 없던 병도 더 생길 것 같다. 간신히 일어나 밖으로 나오니 넓은 마당에는 달빛에 평상만 허전하게 반짝이고 있다. 그 평상에 앉아 남편을 기다리고 있는데 갑자기 방문을 열어젖히며 시어머니가 오줌을 질질 흘리며 제대로 가누지도 못하는 몸으로 나오는 것을 보고 부랴부랴 부축하려는 손을 뿌리치려다 함께 대청마루에서 뒹굴었다. 다시 일으키려는데 머리를 잡고 마구 흔들던 생각도 난다. 지금, 이 순간 머리카락이 마구 잡아당겨지는 듯한 통증이 저려 온다. 양손으로 머리를 감싸안으며, 있는 힘을 다해 마루에서 내려와 평상에 앉아 안방을 바라본다.

　"낼모레믄 거뜬히 낫으 혼자 뒷간으 갈 수 있당께라."

　아직도 그 목소리가 귓전에 애련하게 울린다. 유독 자신에게 매섭기만 했던 날카로운 눈빛이 가슴을 찌르며 파고든다.

　"엄니요! 엄니요! 엄니요! 들리믄 대답햐 보랑게요!"

　맺힌 한을 마음껏 토해 내려 허공에 시어머니를 불러 보려 했지만, 입안으로 들어가 버린다. 그래도 시원치는 않지만 '왈칵' 어떤 뭉클한 덩어리가 목 깊숙이 어딘가 미끈하게 쏟아지는 느낌이다. 입안 가득한 화기에 침은 메말랐지만, 무언가에 짓눌려 이제껏 괴로웠던 억압에서 빠져나와 후련해지는 것 같다.

"맴에스 우러나와 고래 하셨스라? 나가 고 심증이랑게요."

그는 가슴을 쓸어내리며 숨을 내뱉는다. 불빛에 반사되어 반짝거리고 있는 영정 사진이 보인다. 무심히 웃어 주고만 있는 모습에 눈시울이 붉어지고 이어 눈물이 흘러내린다.

"중간에스 쫄쫄매는 꼴에 마음을 잡을 수 없어 그랬지라? 속두 모르구 앙탈을 부렸는게 비라. 내는 여자에게 마음이 팔린 줄 알았지만 나중사 알았지라. 운삼이가 일러 주어 알았스라. 야들에게 줄 장학금 땀사 동네 유지며 선상들 만나느람…."

그날이 생생하다. 앓는 소리가 방 안을 가득 메우며 앓아누운 남편이 며칠 동안 어느 여자하고 사방 천지 돌아다니다 몸살이 난 줄 알았다. 마침, 비도 오고… 돌아오는 황톳길에 미끄러져서 얼굴이 시퍼렇게 멍이 든 줄 알았다. 밉기 짝이 없어 약 한 번 발라 주지 않았다. 못난 친정 동기간 때문에 봉변을 당한 줄 모르고 남편이 마지막 가는 길에 욕먹을 정도로 곡소리도 내지 않은 것이 가슴이 꽉 막혀 후회스러워 견딜 수가 없다. 오히려 자기네 서방이 죽은 것처럼 여편네들이 서로 붙들고 서럽게 울어 대는 것이 듣기 싫었을 뿐이었다.

나중에 알았지만, 가난에 찌들어 살았던 친정집에 가을이면 쌀을 보내 주고 생활비도 대 주고 정작 집에는 없던 텔레비전도 사 주었다. 수시로 술과 고기를 사 들고 가서 아버지와 이야기도 나누고 동생들에게 용돈도 주었다. 그 지극정성에 쌀쌀맞던 둘째 동생도 마음이 풀어졌다. 다시 돌이켜 깨닫게 되니 절로 후회가 밀려온다. 큰별교댁은 비실거리며 화장실로 걸음을 옮긴다. 조그만 창문 밖으로 달이 훤히 비친다. 친정어머니가 양말을 기우며 해 주던 옛날얘기가 생각이 난다. 구렁이 각시가 소식이 없는 신랑을 찾아 한양으로 와서 잘 곳이 없어 남의 집 뒷간에 자다가 비치는 달을 보고 "구렁텅텅 서방님! 다리 아파 못 오시나! 길이 멀어 못 오시나! 달은 저리 밝은디 저 달을 보시거든 날 찾아 주소." 하소연을 하는데 마침, 그 집에 묵고 있던 구렁이 신랑이 듣고 만나게 되어 백 년 동안 오래오래 아들딸 낳고 호사스럽게 잘 살았다는 그 이야기가 생각이 나 가슴이 미어진다. 한번 죽은 남편은 아무리 땅을 치고 후회해도 돌아오지 않을 것이니 말이다. 자기도 모르게 또 눈물이 주르르 흘러내린다.

"뮈시 모자라 앙탈을 부려을까잉? 내도 고리두 모질었을까잉!"

자꾸만 중얼거려진다. '엄니 저래 누워 기시는디 울 좋것자구 뒷간을 신식으로 고치자니 그렇구. 부엌두 편케 고치자니 그렇구… 오짜나! 울 샥시! 불편시러 오째스나! 그 대신 나가 요래 따라 나와 줄 그랑께!' 늦은 밤에 뒷간을 갈 때마다 슬그머니 따라 나와 기다려 주곤 하였다. 좀 늦게 나올라치면 휘파람을 불다가… 노래도 부르다가… 나오는 자신을 보고 빙긋이 웃어 주며 치맛자락을 손으로 매만져 가지런히 펴 주곤 했었다. 그런저런 좋은 기억들이 떠올라 그 마음을 몰라주었다는 후회가 다시 가슴을 찌른다. 치맛자락을 매만지며 마당을 휘둘러보았다. 달빛만 환하고 마당은 적막하다. 다시 평상에 앉아 샘 공사에 심란한 장독대가 눈에 띄자 절로 눈살을 찌푸린다.

"살으만 있으도 샘두 파굼 뒷간두 신식으로 고쳤을 턴디… 전화두 텔레비전도 들였을 턴디라. 아니 진즉 내라도 서둘러 우물을 팠으야… 나가 우째 뒤틀린 심사가 됐나 몰러라….”

우물 쪽으로 눈길을 돌리는가 싶더니 영정 사진을 아쉬움 가득한 눈빛으로 바라본다. 혼자서 밤을 지내기가 적적할 때마다 좋기만 했던 기억들이 불쑥불쑥 떠오르기도 했지만, 밖으로만 돌아다녔던 생각이 나면 벽에 걸린 사진을 보고 이유도 모르고 성질을 부렸던 일들이 구구절절 이렇게 서글퍼진다.

“잔정이 많은 글… 나가 좀만 살갑게 굴었으면 을마나 좋아라 했을까잉. 엄니한티 너무 얽매서 그래졌을까잉.”

그는 사진을 물끄러미 바라보면서 자신을 향한 남편의 깊은 마음을 헤아려 본다. 죽고 나서야, 아니 모든 것을 알고 난 뒤에, 원망만 했던 지난 일들이 견딜 수 없다. 시어머니의 맵디매운 시집살이마저도 그리워진다. 지나갔으니… 다시 돌아올 수 없으니 그럴 수밖에 없다고 생각이 드는 건 당연하리라.

“훌훌 털어 버리곰 살끌… 뮈시 꼬일 대롱 꼬여을까잉….”

그나저나 소변이 시원하게 나오지 않아 꺼림칙하다.

“저기! 저기 말이오!”

댓돌에 올라서려 하는 순간 장 씨의 조심스러우면서도 굵직한 목소리에 짐짓 놀라며 뒤를 돌아보지 않은 채 멈춘다.

“건 넘은 야기지만 마음에 담아 두지 마소. 앞으로 더 좋은 시상이 오고 있소. 맴이 까맣게 타든 병만 남고 나만 서럽지 않것소. 뉘가 알아주것소. 아무도 없소.”

그 말에 뒤돌아보지도 않고 그대로 서 있다가 아무 대꾸도 없이 방으로 들어간다.

39. 며느리의 힘든 하루

　큰벌교댁은 물 한 모금 제대로 마시지도 못하고 온종일 자리에서 일어나지 못하고 있다. 이럴 때 제일 곤욕스러운 사람은 며느리이다. 차라리 소리라도 지르고 억지를 쓰는 것이 훨씬 나을 것만 같다. 밥상을 가지고 들어가면 돌아앉아 있거나 돌아누워 어떤 기척도 내지 않는다. 밥상을 받을 리 없다. 밥상만 가지고 들락날락하는 것은 서로가 못 할 짓이다. 이모라도 와서 얼렁뚱땅 비위라도 맞추어 주면 좋겠다는 생각이 든다. 사정이 사정이라 온종일 그림자도 비치지 않는다. 일 도와주러 온 동네 아낙들은 손도 안 댄 밥상만 들고나오는 것을 들여다보며 뭐가 그리 궁금한지 수군덕거리며 은근슬쩍 물어보는데 몸 둘 바를 모르겠다. 그들은 일꾼들에게 밥상만 차려 주고 남은 밥과 반찬을 둘러앉아 먹으면서 다른 일은 도와주지도 않는다.

　항아리에 물이 없는 줄 뻔히 알면서 저녁때가 되니 엉덩이를 털며 일어나 말없이 가 버린다. 항아리에 물이 조금 남아 먹을 물도 모자랄 판인데 판석이마저 꼼짝 않고 있으니 심란하여 일이 손에 잡히지 않는다. 저녁상을 차릴 때가 다가올수록 불안하여 발만 동동 구르며 대문 밖만 기웃거린다. 남편도 곧 방학이라 정리할 것이 많은지 퇴근 시간이 훌쩍 지나가는데도 오지 않는다.

　온종일 장 씨도 말이 없다. 무슨 생각을 하는지 슬쩍슬쩍 안방을 엿볼 뿐 묵묵히 일만 할 뿐이다.

　할 수 없이 저녁이 되기 전에 먹을 물이라도 길어 와야 할 것 같아 아들과 우물 공사 하는 옆에서 흙장난하며 놀고 있는 교순을 구슬려서 물동이를 들려고 하는데 장 씨가 구덩이에서 펄쩍 뛰어올라 화를 내면서 물동이를 빼앗는다.

"뭐하는 거요. 난중에 허리병 걸리믄 어쩌려구 이러시오."

그는 무뚝뚝하게 한마디 던지고 온몸이 황토가 묻은 채로 지게를 들고 나간다. 나이가 쉰이 넘은 것 같지만 뒷모습이 건장한 청년처럼 보인다. 며칠 되지 않았지만, 그가 식구처럼 느껴진다. 한시름 놓고 미소를 지으며 바라보는데 저기서 장 씨에게 인사를 하며 걸어오는 남편이 반갑다. 교식은 환한 얼굴로 맞이하는 아내가 눈에 띄자 잰걸음으로 달려와서 가방을 건네주고 장 씨의 뒤를 따라간다. 함께 물을 길을 모양이다. 장 씨가 뒤따라오는 교식에게 손사래를 치며 뛰어간다. 교식은 걸음을 멈추고 멋쩍어하는데 저기서 이모가 바쁜 걸음으로 오는 모습이 보인다.

"시엄씨는 싸매구 있지라?"

막 돌아서려는데 이모가 바삐 걸어오며 물어본다. 대답도 들을 필요가 없다며 안방 쪽으로 고개를 요래조래 기웃거린다.

"지금 오시는 거 같은디 이모부는 괜찮당가요?"

이모를 따라 들어오며 교식은 걱정이 되는지 안방에 소리가 들릴까 말까 속삭인다. 어제의 일로 자신도 모르게 넋 놓은 하루였지만 집으로 오는 길에 친구 같고 늘 편이 되어 주던 이모부에게 마음을 비우기로 했다.

"뭔 일인지 아침 식즌 바램에 말두 읍씨 나가 요태 안 들어 왔당게. 지금까지 기다리다가 요렇게 안 왔는가 비."

대답하며 옆에 서 있는 조카며느리를 보더니 빙그레 웃는다.

"오늘 혼자 겁나기 힘들었을 것이랑께! 일은 마쳤는가?"

"동네 아주머니들이 도와주셨어요."

그 말에 부엌 안을 들여다본다.

"오메! 저녁상도 차리긴크놈 설거지도 않콤 기냥 간나 비넹? 고 여 핀덜! 안 봐두 쁜하당게. 뿍 바닥이 퍼질러 앉즈 츠먹어 대면섬 농짓 그리나 까다 몰려가끗짐…."

조카며느리는 대답 대신 힘없이 웃기만 한다.

"오메! 오메! 품삯은 땅 팔아서 주는 건감. 빌어 츠먹을 여핀덜! 주인이 젊다고 깐봤당게. 내가 두고 볼 고랑쩸."

며느리는 여전히 대답 대신 고개를 숙인다.

"그나저나 자니 시엄씨는 밥두 먹지도 않콤 돌아누웠지라?"

답답하게 닫혀 있는 안방을 향해 빙그레 웃는다. 작은벌교댁은 무슨 생각을 했는지 고개를 젖히며 삐죽거린다.

"도련님은?"

"꼬럴 꼬구먼! 자니가 질루 아쉰 근 툴툴이지라? 군디 갈려꼼 신츠 금사 받으러 갔당께!"

그는 곧장 마루로 올라가 방문을 활짝 열어젖히며 뭐가 그리 당당하고 신이 나는지 문지방을 팔딱 뛰어넘는다. 며느리는 걱정스레 바라보더니 부엌으로 들어간다. 보자마자 오만상을 찌푸리며 휙 돌아눕는 언니를 노려본다. 그리고 머리맡에 철퍼덕 주저앉으며 어깨를 툭 건드린다.

"뭣 땀시 왔당가? 뭣 땀시! 문 처닫구 가 뿌리랑께로!"

돌아누운 채 동생의 허벅지를 비틀어 쥐어박는다.

"아프당께! 아구매라!"

아픈지 허벅지를 문질러 가며 웬 봉지를 손에 안겨 준다.

"쌀강증이요! 먹고 일어…."

대단한 것을 가지고 온 것처럼 말하는 동생의 말이 채 끝나기 전에 그는 봉지를 뺏어 억지로 몸을 일으켜 냅다 내던져 버린다. 방문 바로 앞 마루로 봉지가 부스럭 소리를 내며 떨어진다.

"곰탱아! 니나 먹그라이!"

그럴 줄 알았다며 기가 막혀 웃는다. 뭔가를 던지는 소리에 나와 본 교순을 보고 손짓을 한다.

"좀 일어나소! 머리통이 찌뿌둥하지도 않나 비! 이 염츤에 뜸 들여 쪄 죽을 일 있다요? 밖이 어수선헌디 궁금하지 않으라?"

동생은 떠벌리며 베개를 빼고 머리를 들어 주려 힘을 쓴다.

"귀찮으! 뭔 낯짝으루 왔당가? 염치두 코딱지만킴 읍나 비."

그는 몸을 비틀며 마지못해 반쯤 일어나 속없이 웃고 있는 동생을 흘겨보더니 머리를 가지런히 다듬는다.

"좋나 그나 옆서 귀찮게 허는 나라도 있슨께 좋지 않소! 쟁일 물 한 모금 넣지 않꼼 며늘 곤란크 헌그 훤하당께롱."

능청스레 옆구리를 찌르며 치근댄다. 마지못해 일어나는 것을 보고 밖에서 눈치만 보고 있는 며느리에게 눈짓하니 미리 차려 놓은 상을 들여온다. 상을 들여놓고 나오려는데 며느리는 순간적으로 현기증을 느낀다. 다리에 힘이 빠져 문고리를 잡고 기대어 눈을 감는다. 상을 들고 들어갔다 나오기를 반복한 것도 그러하지만 돌아누워 "느그들이 이대로 죽었으믄 만사 좋을 그랑궤." 하며 억지소리에 못 견딜 노릇이었다. 이제야 긴장이 풀렸나 보다.

"고만 들어가 쉬으! 을마나 나두 읍씨 피가 말랐을 고람…."

교식은 마당을 어정거리며 내려오라는 손짓을 한다.

"시엄씨 반핀이 되으 한자리스 밥 묵고 똥 싸곰 을마나 몸고상에 맴고상을 혔소! 나중을 위햐스 나 매늘은 좋게만 대할 그라."

"니두 꼴 뵈기 싫은께 어여 가 브리라! 쉴 틈 읍시 가리지 않구 너벌대는 그 참말로 듣기 싫당게."

"이그나 들구 눕소! 아프믄 성만 스릅지 옆에서 비게 다득거려 눕혀 줄 스방두 읍는디라."

작은벌교댁은 교식의 손짓에도 주춤거리는 며느리에게 나가 보라고 손짓을 한다. 교식이 댓돌 위에 올라서서 어머니의 눈치를 살피며 내려오는 아내의 손을 잡아 준다.

"조른 썩을 눔! 지 어미는 안중에 읍그스리… 니두 자꾸 염장 지르구 고럴껴? 고럴려믄 가 쁜져!"

돌아서는 교식의 뒤통수에다 웅얼거리며 동생을 밀쳐 낸다.

"성부 있을 직이는 성 못된 뜻 다 받아 냈지만 이자는 고럴 사램 읍다는 긋시 시월이 흘렀스믄 깨츠소!"

"사람 좋다는 소리에 사죽을 못 쓰든 화상 징글징글하당께. 여핀들두 해쭉해쭉… 헤벌레- 밉기 짝이 읍당께! 같즌게로…."

"성부가 고생하는 여핀들 단말 한마디 해 주고 땟국물 쩐 고새끼들 눈에 알짱거링께 사탕 항 개썩 쥐어 주구… 혼자 좋으 만리장승 쌓다 헐다 고란 글 백골이 되야두 승화요?"

연신 말대꾸를 해 주니 마지못해 찌개를 입에 대자마자 수저를 놓으려 하자 동생은 다시 쥐여 준다.

"맴에 읍는 소리 항께 쎄바닥두 소티츠름 쓴 그 아니다요."

대꾸도 없이 눈을 흘기며 밥 한 술을 크게 떠서 입에 넣는다. 온종일 입에 물 한 모금 넣지 않고 누워 있었으니 시장기가 돌아도 앓기만 했다. 하지만 촉촉한 밥마저 까끌거리는 건 어쩔 수 없다. 동생은 물그릇을 상에 올려 주고 나오는 웃음을 참으며 나온다. 문밖에서 눈치만 보고 있던 교식은, 이모가 문을 열고 나오는 것을 보고 문지방에 한 발을 넘으려 하자 수저를 내팽개치고 연이어 물그릇이 쏟아질 정도로 상을 밀쳐 낸다.

"또! 뭐시오? 아들한티 어리광 부리는 갑네! 망령 든 망구요? 벽이 다 똥칠하구 뭉개 보소! 누가 좋아라 하나미! 것두 하루 이틀이재. 성이나 나나 다 겪그 본 그 아니어라."

다시 들어가 참다못해 한마디 쏘아붙이고 후다닥 나와 버린다. 들어오지도 못하고 마루에 우두커니 서 있는 교식을 본체만체 허리를 굽혀 문을 힘껏 닫아 버린다. 장 씨는 물을 붓다 말고 닫힌 문을 슬쩍 바라본다. 무슨 생각을 했는지 얼굴이 붉어지며 후다닥 물을 부어 버리고 평상에 털퍼덕 주저앉아 끔벅거리며 노을이 져 붉게만 물든 하늘만 바라본다. 교식은 저녁상을 받아 장 씨 앞에 놓는다. 말 없는 그를 우두커니 한참 바라보더니 빙그레 웃으며 막걸리를 먼저 따라 놓고는 엉덩이를 약간 쳐들어 그의 팔을 잡아 흔들며 마시라는 시늉을 한다. 기분이 가라앉을 대로 가라앉아도 내색도 없이 웃는 교식을 보고 옆으로 몸을 돌려 다리 한쪽을 평상에 올리고 수저를 든다.

"일이 얼추 다 된 것 같당께요?"

"괭일 쯤이믄 얼추…."

그는 숨을 들이켜며 막걸리를 단숨에 마셔 버린다. 교식은 집으로 오기 전에 가게에 들러 막걸리 서너 병을 사 왔다.

"아구! 목이 타셨지라? 냉장고가 읎써 미리 사다 놓지두 못하구… 집 안이 무겁게 가라앉아 민망해서 어쩌랴… 이해하셔라…."

교식은 힘없이 미소를 머금으며 막걸리를 한 잔 더 따라 준다. 그는 애써 불편한 심정을 감추려 웃음을 흘리지만, 기운이 없는 눈빛은 숨길 수가 없는 것 같다. 장 씨는 그를 넌지시 바라보다 밥 대신 술로 배를 채우려는지 막걸리를 연거푸 마신다.

"뭔 땀시 고라소오! 맹이 짧아 뿐져 죽었지라."

안방에서 이모의 못 참겠다는 듯이 복받쳐 오르는 고함이 마당을 울린다. 교식은 수저를 슬그머니 놓는다. 그저 고개를 돌리는 얼굴이 창백하다. 다시 따라 놓은 막걸리를 천천히 마시는 장 씨도 안방과 교식의 눈치를 슬쩍슬쩍 살핀다.

"고려! 말허기 싫당께로- 내 눈에 다시는 비치지 말랑꿰에!"

"고라지 맙소! 고래도 옆서 이태껏 붙어 있어 준 공도 모르소? 나두 이자는 다 들통난 판에 꽹치사 줌 할라요."

귀찮아 손을 내두르는 언니의 손을 속이 터져라 냅다 쳐 버린다.

"이년이! 어따 대구 맞치는 끄시란 말임씨!"

그 역시 눈에 번쩍 불이 붙는 것 같더니 순식간에 머리를 잡아당기며 마구 쥐어뜯는다.

"우매? 우매! 나 머리 끄들러 다 뽑아 뻰자 뿌리긋네-엠!"

이모의 비명이 창호지가 흔들릴 정도로 마당에 울려 퍼진다. 목소리만 들어도 사태가 심각하다는 것을 순식간에 알아챈 교식은 한걸음에 안방 문을 열어젖힌다. 어머니가 손가락에 이모의 머리카락을 칭칭 감아 온 힘을 다해 잡아당기고 있다. 생각할 것도 없이 재빠르게 다가가 놓지 않으려는 손을 떼어 놓으려 안간힘을 쓴다. 이럴 때는 어디서 그렇게 황소 같은 힘이 솟아나는지… 교식은 눈이 보이지 않을 정도로 땀이 흘러내린다. 한번 잡은 머리채는 쉽게 놔주지 않는 것을 알고 있는 교식은, 이모의 머리채가 잡혀 있는 것을 보자 그날의 일이 땀으로 가려진 눈앞에 선명하게 떠오른다.

아내가 입덧할 때였다. 밥상머리에서 된장찌개 냄새가 비위에 맞지 않아 구역질했는데 임신을 한 것을 눈치챈 어머니는 느닷없이 머리채를 휘감으며 흔드는 것이 아닌가? 눈이 뒤집힐 만큼 그만 이성을 잃은 것이다.

"으디 서방질을 해 댄 그셧! 어뜬 눔의 씬지 냉큼 어 대지 못하긋썸! 기어이 집안 망신시크 망해 츠묵 뻔질 논…."

지금도 어머니가 화를 낼 때마다 어머니의 가래가 끓어오르는 목소리가 귀를 때리곤 한다. 그때, 각방을 쓰게 했다. 교식은 급한 마음에 가위로 아내의 긴 머리를 자르고 나서야 손에서 떼어 냈다.

"나여라! 나! 엄니가 이모랑 장에 갔을 적에 둘이 잤당께요!"

거의 실신을 하여 신음도 내지 못하는 아내를 끌어안고 고함을 질렀다. 이모부가 꾀를 내어 집을 비우게 하여 시간을 마련하여 준 것이다. 그 후로 자진해서 다른 선생들이 가기 싫어하는 학교로 전근을 다녔던 그 심정을 누가 알겠는가? 이제 아들의 교육을 위해 다시 들어왔지만, 긴 머리를 좋아하는 아내는 이제껏 머리를 기르지 않고 있다. 그래서인지 늘 아내에게 미안할 뿐이다.

40. 작은벌교댁의 당당한 말

그는 이모의 머리를 자를 수는 없고 어머니의 힘줄이 불거진 오그라진 손가락을 하나씩 펼쳐 보지만, 다른 손가락으로 다시 힘주어 오그리는 데는 역부족이다. 며느리는 그때의 악몽을 떠올리며 새파래진 얼굴로 다가가지도 못하고 두 손으로 얼굴을 가리고 부들부들 떨고만 있다.

"아구! 줌 놓소! 이게 뭐시다요? 남 보기 챙피하지 않소!"

교식은 고함을 질렀지만, 어머니는 거의 실신을 할 정도로 이성을 잃은 것 같다. 장 씨도 고사 지낼 때와는 달리 남의 가정사에 일일이 나설 수가 없어 묵묵히 막걸리를 마시고 있을 뿐이다.

"가위 줌 가져오소!"

교식은 아내를 향하여 다급하게 소리를 질렀다. 이모의 비명이 신음으로 변하고, 교식! 그 역시 실신할 것만 같다. 겁에 질려 꼼짝도 못 하던 며느리는 그 자리에 주저앉고야 만다. 그 모습에 장 씨는 심각한 것을 알고 급히 뛰어 들어가 안주인의 손목을 부여잡고 머리에서 손을 빼내었다. 이성을 잃다시피 한 채 다시 두 손을 뻗쳐 머리를 잡으려는 안주인을 번쩍 들어 구석으로 데려다 앉혀 놓는다. 나가려다 주춤 뒤돌아보니 안주인은 거의 실성하여 두 눈에 고인 눈물이 흐른다. 동생 아닌 아들을 노려보는데 거친 숨소리가 왠지 애처롭다.

"그냥 집으루 가시지 뭣 땀시 안으루 또 들어왔다요?"

교식은 울먹이는 목소리로 대뜸 화를 내며 이모의 머리를 끌어안고 문질러 준다. 장 씨는 그 모습마저 안쓰럽다.

"조년 주둥을 찢쳐 놔야 속이 풀리긋당게! 지 서방 땜시 과부가 됭

글 껀뚝하믄 과부 팔자라구 나불링당께!"

숨을 헐떡이며 숨을 몰아쉬며 다시 달려들려고 엉덩이를 들썩이는 것을 보고 교식은 재빨리 허리를 돌려 어머니를 안는다.

"참으시랑께요!"

"나가 읍는 말 지으 했간디?"

작은벌교댁은 머리를 산발한 채 어디서 힘이 불끈 솟았는지 머리를 쳐들어 성질을 이기지 못해 바짝 다가와 고개를 마구 흔들어 댄다. 사나운 닭이 대가리 흔들어 대는 건 이럴 때는 아무것도 아니다.

"이모두 고만 가 봅소!"

교식은 번갈아 쳐다보며 화를 누르는 숨 가쁜 억양이 뿜어져 나오지만, 들은 체 만 체 서로 원수가 만난 듯 노려만 본다.

"고라! 꼬라요! 박 스방이 못된 놈 소리 들으두 성네한티 해꼬지한 그 눈곱짜갈두 읍지라이! 봤남? 봤음 어 말해 보성!"

"니 스방 땀사 몰매 맞고 죽었다는디 것두 본인 지 주둥으롱! 으디 츤지에 비하긋썸!"

"아구! 입이 침이나 바르구 말하쇼! 염츤에 오돌그리는디 허다못해 더운 물 한 숟깔 넘겨 주지 않구 이제와 누굴 탓하요? 생즌에 앙탈만 부리곰 박박 긁으 될 줄만 알았쯔… 아무림 비기 싫으두 아픈 쓰방한 티 낸 그렇겜 안 하염. 아니 못 하지라-!"

"뭐시라고라? 그 아갈에 똥바갈를 집어 처넣을 논이라구!"

교식은 몸을 부르르 떠는 어머니가 어떻게 나올지 알아차리고 허리를 잡는다. 부여안은 가슴이 뜨겁게 벌렁댄다. 자신의 어깨에 기댄 어머니의 더운 입김이 목덜미에 느껴지자 눈물이 주르르 흘러내린다. 아들의 눈물! 역시 어머니의 목을 타고 흘러내리니 숨이 멎어버릴 것만 같다. 서로의 어깨에 그대로 기댄다. 아니, 쓰러진다. 교식은 까마득한 그 옛날처럼 느껴진다. 할머니가 윽박지를 때마다 부엌 구석에 쪼그리고 앉아 서로를 끌어안고 마음을 달랜 그 시절 후, 처음으로 어머니의 어깨에 기댄다. 교식은 무심했다는 후회가 밀려와 정성스레 등을 다독인다. 아들의 어깨에 기댄 큰교벌댁은 뜨거운 눈물을 흘리고야 만다. 그런 애틋한 모자의 마음도 모르고 작은벌교댁은 벌떡 일어나 눈알을 부라린다.

"박 스방이 츤하에 둘두 없는 그간이구 눈치가 을마나 빠르다요. 말 나온 김에 다 말해 볼라요."

교식을 향해 화를 참지 못해 삿대질을 먼저 해 댄다.

"니는 선상질한답시 느 엄니 피혀 부러 벅춘으로 춘으루 돌아다니구 느 엄니는 으디 바깥일을 참견이라도 했는가미? 느 할미는 온 동리 일 도맡아 존 일 궂은 일 모다 했구무니."

다시 고개를 돌려 언니를 노려보며 입을 씰룩거린다.

"그근! 그근? 요래 배으 나줌사 요콤 하라는 굿돔 몰구."

"고래스으… 느가 뭐…."

큰벌교댁은 아들을 밀쳐 내며 일어서려다가 그 자리에서 꼬꾸라진다. 그 자리에서 기가 막혀 큰소리를 내려 하지만 기운이 빠져서인지 어쩐지 모르게 목소리까지 기어들어 간다.

"꼬래스? 뭐가 꼬래쓰! 박 스방이 밭이며 논이며 거져 처먹을려구는 숭냥들한티 쓴소리롱 내쫓꼼 내쫓꼼 한 글 모르짐? 순득 아비 암 말 안 하든가? 연길 눕두 눈독을 들이드마니."

교식은 눈을 질끈 감으며 꼬꾸라진 어머니를 안고 있던 팔을 힘겹게 떨어트린다.

 "모다 한통속! 고걸 누가 믿간디?"

 큰벌교댁은 얼굴이 새파래지며 꽉 쥔 주먹이 부르르 떤다.

 "믿찌 마쏘! 알고 싶그들랑 만복이나 이장한티 되물어 보소! 아니! 샴 파러 오는 임 씨한티 물어보소! 성부가 고나마 고렇게 음덕을 쌓지 않으따믄 크나큰 땅 떼그 홀라랑 흐다못햐 잡풀이라동 뽑아 먹었쓰두 남았을 꼬랑께! 날짐승 같은 잉간들에겜 말임씨-"

 두 모자를 번갈아 노려보더니 다시는 오지 않을 것처럼 가쁜 숨을 몰아 내쉬며 다시 교식을 노려본다.

 "동리 사램들이 이모부가 고러는 걸 이상하다 여길 증도 요땅께. 낼 아침 일찍이 임 씨한티 물어보드러곰."

 작은벌교댁은 머리를 쓰다듬으며 벌떡 일어서서, 말문이 막혀 버린 모자를 번갈아 노려보더니 나가 버린다. 장 씨도 우시장에서의 일을 또다시 떠올린다. 달구의 얼렁뚱땅 혼을 빼는 입발림에 놀아난 것을 말이다. 고개를 빳빳하게 세워 의기양양 걸어가는 작은벌교댁의 뒷모습도 어이없이 바라본다. 교식은 뒤통수를 얻어맞은 것 같아 아찔하여 잠시 눈을 감고 있다가 축 늘어진 어머니를 자리에 눕힌다. 나와 보니 댓돌 위에 주저앉아 꼼짝 못 하는 아내가 눈에 띈다. 금방 눈물이 뚝뚝 떨어질 것 같은 눈으로 교식을 바라보고 있다. 깜짝 놀라 신발이 반쯤 벗겨진 채 온몸이 뻣뻣하게 굳어 있는 아내를 안아 방으로 데려다주고 나온다. 평상에 앉아 넋이 나가 총총한 하늘을 바라본다.

 그동안 잊고 살았던 아버지에 대한 그리움이 밀물처럼 밀려온다.

밤을 꼬박 새우고 들어온 아버지를 날카롭게 위아래 훑어보는 어머니를 그저 웃으며 달래 주곤 하셨던 모습이 떠오른다. 어쩌다 함께 밖을 나가면 동네 아이들이 아버지를 보고 달려와 모여들면 주머니에서 사탕을 꺼내 나누어 주던 모습도 생각이 난다. 그래서 아버지를 보면 아이들은 주머니로 늘 먼저 눈이 갔다.

"부자두 혼자 못 살구 가난혀두 부자 읍시 못 사는 거랑께. 그러니 말여! 한쪽 주머니는 채우구 또 한쪽 주머니서는 서슴음씨 꺼내 낭그으야 탈이 읍쓰. 배가 고프면 우선 뵈는 게 읍승께."

다 좋았던 것은 아니지만 어쩌다 읍내에서 만나면 가방을 들어 주며 함께 걸어오다가 '내가 베풀 수 있는 입장이라 다행이다.'라고 하며 환하게 웃던 얼굴이 떠오른다. 오늘따라 그 웃는 얼굴이 참으로 쓸쓸하게 떠오른다. 동네 유지들과 장학사업으로 논의를 하다 보니 날이 새는 줄 몰라 새벽에 들어온 것을 모르고 그럴 때마다 어머니의 생떼는 집 안을 시끄럽게 했다. 선생으로 처음 발령을 받았을 때 인사를 하러 갔던 날, 함께 참여했던 운삼 아저씨가 말해 주어서 알게 되었다. 닫힌 방문 안에 아버지의 영정 사진이 가슴에 가득히 들어와 눈시울이 뜨거워진다. 밖은 난리가 나서 시끄러운데 이모가 가지고 온 쌀강정을 먹는 소리가 바스락거린다. 무슨 재미난 일이 있는지 바로 옆방에서 교순과 경석의 세상 모르는 웃음소리가 마루를 거쳐 마당을 가득히 채운다.

41. 장 씨! 연민을 느끼다

장 씨는 누워 눈을 감았지만 두 눈 가득히 안주인이 들어온다. 그 와중에 모자가 서로 안고 서로의 어깨에 기대던 모습이 자신의 가슴도 뭉클할 만큼 애틋하기만 하였다. 사사건건 화만 내는… 매사 못마땅한 것 같은… 아닌 것 같은… 그리고 어느 순간에 잊어버리고 애틋할 만큼 아무 일도 일어나지 않은 것처럼 다시 다정해지는… 이게 바로 정이구나… 느껴지는 순간이었다. 정을 모르고 살아왔던 그는, 먹어도 먹어도 허기가 지는 것처럼 허전하기만 하다. 그래서인지 안주인에게 일하는 내내 내심 신경이 쓰였던 건지도 모를 일이다. 시시때때로 성질을 이겨 내지 못해서 감정을 왈칵 쏟아 내는 안주인과, 늘 무표정한 얼굴로 복잡하게 생각할 것도 없이 단순하게 살아왔던 무지한 자신과 따지고 보면 다를 바 없다는 억지스러운 생각도 든다. 장 씨는 가슴을 문지른다. 그래도 무엇인지 알 수 없는 것이 불끈 올라와 숨을 거칠게 내뿜는다. 동생의 머리를 잡아 흔들며 화가 날 대로 난 그의 얼굴에서 오히려 펑펑 쏟아지는 눈물을 보았다. 며칠 안 되는 그간 마당에서 멀찍이 보고 있자니 누구 하나 제대로 마음 알아주는 사람이 없다는 것도 알게 되었다. 외로움을 숨기는 처지가 같다는 생각도 드니 왠지 남의 일 같지 않았다.

 얼마 전 처음 보았을 때, 아들에게 샘을 판다고 억지를 부리는 것을 대뜸 나서서 입바른 소리를 한 것부터 고사를 지낼 때 번쩍 안고 나와 사람들에게 웃음거리를 만들어 준 것, 눈치도 없이 마당을 쓴답시고 온 마당을 새벽부터 휩쓸고 다니는 바람에 그만 옷에 실수하게 했던 것들이 민망한 마음을 넘어서 건방졌다는 생각마저 든다. 이 생각, 저 생각에 혼잡스러워 떨쳐 내려 머리를 흔들어 보았지만, 가슴만 먹먹하게 죄는 것 같다. 돌아누워 보아도 쉽게 잠이 들 것 같지 않아 벌떡 일어나 앉았다가 문을 열고 문지방에 걸터앉는다. 그러다가 넋이 나간 것처럼 자신도 모르게 마당을 서성댄다. 걸음을 멈추어 깜깜한 안방을 뚫어지라 바라보다가 죽은 색시의 얼굴이 떠올린다. 자기도 모르게 지나온 날들의 회상에 젖어 넋 놓고 있다가 갑자기 짖어 대는 개 소리에 정신을 차린다. 잊고 살았던 색시가 자꾸만 생각나는지 모르겠다.

　안방에서 움직이는 그림자가 눈에 띈다. 자리에 앉아 옷매무새를 다듬다가 꼿꼿하니 움직임이 없다. 장 씨는 그가 앉은 채 나무토막같은 자세에 숨을 죽인 채 눈을 크게 뜬다. 그러다가 그림자가 살그머니 눕는다. 장 씨는 눈을 끔뻑이며 숨을 조용히 내쉰다. 얼마 못 가서 다시 일어나 잠시 멍하니 있다가 얼굴에 두 손을 가리고 엎드린 채 등이 들썩인다. 소리를 죽여 우는 것 같다. 슬금슬금 가까이 숨을 죽이며 어정거리다가 정말 울고 있다는 것을 알아차린다. 자기도 모르게 말로 표현이 되지 않는 미묘한 감정에 휩싸인다. 등을 활처럼 구부려 들썩이는 그의 삶이 얼마나 버거웠나… 충분히 알 것만 같았다. 안방의 그림자를 향해 그는 아무것도 해 줄 수 있는 것이 없어 그저 지긋이 바라만 볼 뿐이다.

　자신도 모르게 억제할 수 없이 뿜어져 나오는 뜨거운 숨소리에 놀라 얼른 등을 돌린다. 이러한 행동을 이해할 수 없다. 밑에서부터 찬찬히 올라오는 새벽 공기 같은, 몸이 가뿐해지고 숨소리마저 상쾌한 기분이 감도는… 이 또한 모를 일이다. 어느새 잠이 든 것을 바라보며 우두커니 서 있다가 문득 자신의 어처구니가 없는 행동이 우습기 짝이 없어 보인다. 누구에게 들킨 것도 아닌데 사랑방으로 바삐 들어가 버린다. 그러나 자꾸만 숨죽여 우는 그림자가 가슴을 가득 채운다. 측은한 생각이 들어서 쉽게 잠이 들지 않아 천장만 말없이 바라만 본다. 첫날밤 색시에게 소박맞고 어리벙벙하여 이렇게 누워 천장만 바라보던 생각이 난다. 그리고 색시의 방 마루에 누워 구름이 잔뜩 낀 하늘을 청승맞게 바라보던 일도 떠오른다. 길게 한숨을 내쉬며 벌떡 일어나 벽에 기대어 앉아 맞은편 벽만 바라보다가 동이 트기 전에 물이나 길어 올 마음으로 방을 나온다.

42. 장 씨와 큰별교댁

그가 신을 신으려 하다 목이 뻣뻣해져 좌우로 흔들고 있는데 짐짓 놀라며 눈이 휘둥그레진다. 그는 뭐 하는 짓이냐고 소리를 버럭 질러야 하겠지만, 그대로 움직이지 못하고… 아니 차마 움직일 수 없다. 안주인이 아들의 방문 앞에서 얼마나 서 있었는지 모르지만, 귀를 기울이며 숨을 죽이고 있다. 그 모습을 바라보며 말을 잃은 채, 자신도 느낄 수 없을 만큼 무딘 감정이 조금씩, 조금씩 허물어지고, 남의 일에 관심이 없었던 그가, 자신도 모르게 가슴을 문지른다. 눈시울에 촉촉이 물기가 어리며 거친 숨을 몰아 마신다. 그 순간, 생각할 겨를도 없이 잽싸게 몸을 날려 번쩍 안아 뒷마당 헛간으로 무작정 들어가 부둥켜안는다. 반항할 새도 없이 비명을 지를 수도 없는 큰별교댁은 삽시간에 온몸을 맡겨 버리고 말았다.

"우물 파는 일도 넉근 사나흘이믄 되는디 계룡산 끝자락에 가서 같이 삽시다! 생각하고 눈치를 주시오! 이만큼 넉넉하게 살지 못하것지만 고향에 선친이 물려준 집도 있고 밭떼기도 둘이 살 만큼 있소!

인간은 서루 기대고 살아야 살아갈 맴이 우러난다는 것을 여기 와서 알았소."
　눈을 뜨지도 못하고 넋이 나간 큰벌교댁을 그대로 둔 채 장 씨는 할 말만 하고 헛간을 나와 물동이를 들고 대문을 나선다. 큰벌교댁은 기운이 쫙 빠지고 땅속으로 빠져들어 가는 것 같아 쉽게 일어날 수가 없다. 어떻게 되었는지, 무슨 일이 일어났는지, 도깨비에 홀린 것 같아 머리가 몽롱하다. 장 씨가 물을 길어 올 때까지 쉽게 일어날 수가 없다. 헛간을 들여다본 장 씨는 여태껏 넋 놓고 등을 구부리고 누워 있는 안주인의 모습을 보자 말없이 부축하여 데리고 나와 방으로 들여보낸다. 등을 돌리려는데 판석이 언제 왔는지 대문 앞에서 우두커니 서 있다. 판석은 잠시 그를 주시하더니 말없이 물동이를 들고 나가 버린다. 도둑질하다 들킨 사람처럼 눈을 커다랗게 뜨고 판석의 등을 향해 가슴을 움켜쥐더니 우물 쪽으로 말없이 걸어간다.
　"인부도 없는디 일하소? 아침이나 드시구 찬찬히 하시지라!"
　속도 모르는 교식은 부스스한 눈으로 어제 아무 일도 없었다는 듯 반갑게 인사를 한다. 장 씨는 묵례만 하고 그의 눈을 피하며 등을 돌려 옆에 서 있는 기둥을 담 쪽으로 비스듬히 세워 놓고 우물을 하릴없이 들여다본다.
　"제법 찰랑찰랑혀요! 끝내는 날 잔치를 벌려야 되겠지라? 이사도 왔으니 겸사겸사-"
　교식도 덩달아 물이 고여 있는 것을 보며 벙긋거린다. 그가 저지른 되돌릴 수 없는 일을 까마득히 모르고 해맑게 웃으며 얼굴을 빤히 보고 있다. 용서받을 수 없는 양심을 회피하려는 자신의 눈을 맞추려고 교식은 잔뜩 웃음을 머금고 고개를 요리조리 돌린다. 그런데 그런 교식이 아들이면 좋겠다는 섣부르게도 묘한 감정에 사로잡혀 아침부터 이마에 땀방울이 맺힌다.

"그렇게 하믄 동리 사램들이 좋-아라 할 것-이요!"

그는 시선을 어디에다 둘지를 몰라 우물 안으로 고개를 숙인 채 간신히 대꾸를 한다. 다시 자세를 바꾸어 허리를 굽혀 땅을 다지고 돌을 골라내며 우물 바닥을 꼼꼼하게 다지는 일에 몰두한다. 판석은 옆 마당에 지게를 세워 놓고 장 씨가 교식과 눈을 마주치지 않으려고 애를 쓴다는 눈치를 채고 고개만 갸우뚱거린다. 그래도 태연스럽게 우물 주변을 둘러보는 장 씨를 흘끔거린다.

"니 말여! 군대 간다고라?"

"성한티 먹물 째깐이라도 넣으려 했는디 고롬콤 됐당께요."

"금방 가게 되간디? 그런디 이모는 어쩌구 기신다냐?"

"오자마자 싸매고 푹푹 대드만 아부지가 들어옹께 금방 풀어집디다. 뭔 일 있었다요?"

교식은 판석의 어깨를 툭 건드리며 멋쩍게 빙그레 웃는다.

"아부지가 약이요. 금방 방실방실… 화끈거려 못 살긋소."

"그러냐? 니 아부지 참말로 좋것다!"

아내는 그의 말에 나물을 무치며 얼굴을 빠끔히 내다본다.

"혼자 콩밭에서 노는디 혼자 좋아라 하는디 좋긴 하것소?"

판석은 퉁명스레 대꾸를 하며 일어선다.

"밥 먹구 가야."

교식은 그의 팔을 잡는다. 돌처럼 단단하여 내심 감탄을 하며 팔을 툭툭 쳐 본다.

"따로 볼일이 있다요. 성한티 할 말이 있는디 다음에…."

장 씨는 할 말이 있다는 말에 지레 겁부터 먹고 얼굴이 절로 화끈거려 고개를 옆으로 돌린다.

"뭔 말인디? 그냥 가믄 궁금혀서 학교에 못 간당께로?"

교식은 그의 팔을 장난스럽게 잡고 늘어진다.

"아부지가 요래조래 아무튼 이상혀요! 만나믄 슬쩍 떠보소."

판석의 그 말에 장 씨는 조용히 숨을 고른다. 판석은 팔을 문지르며 뒤돌아 장 씨를 흘끔흘끔 쳐다보며 달려나간다.

"그러랑께! 집에 가믄 이모부한티 나 좀 보자구 하랑께!"

판석은 잠시 멈추어 서서 고개를 끄떡이며 빠르게 달려나간다. 장 씨는 교식과 겸상을 하면서 눈을 마주치지 않으려고 고개를 숙인 채 한 그릇 뚝딱 먹어 치우고 하나 남은 회통을 굴리어 바닥 공사를 하기 위해 담 쪽으로 한갓지게 갖다 놓는다.

"식전에 막걸리 드셨나?"

아침에도 막걸리를 마시는 장 씨이다. 오늘은 한 잔도 마시지 않고 공사를 서두른다. 교식은 수저를 뜨다 말고 옆에 서 있는 아내에게 물어본다. 그러면서 뭔가 알 수 없는 조짐에 대문을 나서면서 자꾸만 장 씨를 뒤돌아본다.

43. 큰벌교댁의 고심

큰벌교댁은 아침 내내 꼼짝도 하지 않는다. 며느리가 방문을 살그머니 열어 누워 있는 것을 보고 자는가 싶어 조심조심 문을 닫는다.

며느리의 기척을 느끼니, 마치 큰 잘못을 들켜 버린 것처럼 가슴이 두근댄다. 이 순간 기침 소리만 들어도 오금이 저렸던 시어머니보다 며느리라는 존재가 가장 두려워지는 것을 느낀다. 이미 땅바닥으로 곤두박질친 자신은 고개 한번 쳐들지 못하고 있다. 꼼짝달싹하지 못하는 이 신세가 되어 버린 것이 죽기보다 더 힘든 것이라는 것을, 이 상황이 더없이 난감하다. 이 말도 안 되는 사실에 대해 알게 된다면 권위가 영원히 복구될 수 없는 것은 당연하다. 문을 여닫는 것을 알면서도 눈을 질끈 감아 버리고 이어 소리가 날까 숨을 죽여 한숨을 길게 삼킨다. 이제 며느리 눈치를 꼼짝없이 보게 된 것이다.

"오메! 뭔 날벼락이란 말임시. 나가 며늘 눈치를 보게 되곰…!"

그는 돌아앉으며 숨도 제대로 쉬지 못해 다시 눈을 질끈 감는다.

"나가 어만 늠의 품에 앵기다니… 아니 겁탈을 당한 근가… 근디 요절을 못 내고 끙끙대는 이 꼬락손은 뭐란 말인지 모르갑네잉!"

꿈에서조차 생각지도 않은 일이 일어난 것이다. 청천 하늘에 날벼락을 피할 새도 없이 정통으로 맞고 말았다. 순식간에 돌이킬 수 없는 말 못 할 엄청난 일 앞에, 부정할 수 없는 현실이 되었다. 그렇다고 대놓고 멱살을 잡고 억지를 부리며 몸부림을 칠 수도 없다. 무엇보다 그는 혼자만 고민해야 할, 잘잘못을 가릴 일이 아니라는 것이다. 누가 알기라도 한다면 자신을 바라보는 눈빛들이 끔찍할 정도로 피할 수 없을 것이 되어 버릴 것이다. 장 씨보다는 두고두고 말머리에 올려져 입질에 놀아날 것이다. 그는 지금이라도 떠나 버리면 그만이기 때문이다.

다른 사람들은 그렇다 치고 아들과 며느리에게 체통이 무너져 버리고야 말았다. 살아가는 동안 무엇보다 눈치를 보며 살아가야 한다는 것이 견딜 수 없는 일이 되고 만 것이다. 벌떡 일어나 정신을 차려야 된다고 눈을 부릅뜨지만, 몸이 말을 듣지 않는다. 생각하면 생각할수록 상상도 못 한 그 순간이 기가 막힐 노릇이다. 아니 어리둥절하여 어찌 된 일인지 감이 오지 않는다.

"으쩐댜냐!"

소리도 내지 못하고 뒤척이며 몇 번이고 중얼거리지만, 중얼거릴수록 왠지 모를 불안이 가슴을 메운다. 그런데 알 수 없는 일이 몸이 먼저 말해 주고 있다. 예사 기분이 아니다. 늘 짜증스럽고 개운치 않던 머릿속이 말끔하게 비워진 느낌이다. 물 젖은 솜이불처럼 무겁고 찌뿌둥했던 몸이 가뿐하니 가볍다. 불만이 가득하여 무슨 말을 하든 못마땅해서 숨이 막히고 답답하던 가슴도 체기가 내려간 것처럼 후련하다. 하늘을 나는 이 기분은 무슨 조화인가. 한편으로 걱정이 가득하지만 억지로 삼켰던 돌멩이를 뱉어 버린, 저 아래로 뭔가 짓눌렸던 무언가 쏟아져 흘러내리는 것이다. 불현듯 순영의 혼잣말로 중얼거리던 '뭐신가 느닷없이 물크덩 덥치기에 으쩐지 무급지 않으… 되려 날아갈 그 같으 살고메 눈만 감았는…'것 같다는 말이 떠올라 그저 가슴만 먹먹할 뿐이다. 그 아무것도 모르는 순진한 순영도 몸으로 느끼는데 자신은 오죽하랴… 위안도 해 본다. 눈앞이 캄캄하여 어찌해야 할지 아득했지만, 빛줄기 하나가 아주 빠르게 가슴에 꽂히는, 새벽바람처럼 상쾌한 이런 기분은 또 무엇이란 말인가. 말도 되지 않는 그 순간이 누가 알까… 하여 두렵고 창피하기에 그지없지만, 몸은 그것이 아닌가 보다. 새털처럼 가벼워져 하늘을 나는 것만 같다. 밖에서 분주하게 움직이는 소리도 더는 짜증스럽지 않다.

장 씨의 가끔 들려오는 목소리가 귓전을 울린다. 다시 들려올 것만 같아 귀를 기울린다. 그가 한 말이 코앞에서 생생하게 들려온다. "서루 기대고 살아가야 살아갈 맴이 우러난다."라는 말이… 순간, 아찔하여 귀를 막았다. 기막힌 사실에 정신이 번쩍 든다. 화가 치밀어 올라 분통이 솟구쳤지만, 이는 잠시뿐 어느새 가라앉는다. 기막힌 그 광경에서 여리고 여린 가냘픈 존재가 되어 버린 것 같다. 아니 누구에게인가 의지할 수 있게 되어 든든하여 뿌듯한 마음마저 드는 것이 아무런 죄책감도 없이 이렇게 당당할 수가 있을까. 아무리 생각을 깊게 해도 해답을 찾을 수가 없다. 순식간의 인연이 몸과 마음이 달라질 수 있는 것인가. 변명조차 늘어놓을 수 없는, 가뿐하면서도 이 뒤숭숭한 갈팡지팡하는 변덕스런 감정을 어찌 이해할 수 있느냐 말이다.

 "지눔이 뭐시간디… 함부로 들이댔는지… 뜨내기 후레자속! 뚝뚝한 줄 알았드니 말도 술술 잘도 나온당게라."

 문을 활짝 열어젖혀 장 씨를 향해 당장 때려치우고 가 버리라고 벽력같이 고함을 치고 싶었지만, 화가 날수록 가슴은 오그라든다. 장 씨가 눈에 딱 붙어 떨어지지 않는다. 깜깜한 눈꺼풀 안으로 우뚝 서 있다. 정신이 혼란스럽다. 실성을 한 사람처럼 일어나 눈을 끔벅거리다가 번쩍 크게 뜨며 사방을 둘러본다. 그대로이건만 자신만 변해 버린 것 같다. 마음을 종잡을 수가 없다. 이런 것이 아니지 싶어 머리를 흔들면 뭔가 새로워지고 가슴을 만져 보면 뭔가 커다란 덩어리가 가득 차서 짓눌려 숨쉬기 버거운 것 같지만 아무것도 없이 텅 비어 있는 것 같다. 답답한 것 같은가 보면 금방 뭔가 후련해져서 자꾸만 어디론가 날아가는 것만 같다. 남편이 보리밭에서 끌어안아 주었을 때 그 기분

하고 거의 다를 게 없다. 그런 날은 입가에 그저 웃음이 흐르고 잠이 오지 않아 밤을 새워도 전혀 피곤하지 않고 동생들이 귀찮게 해도 즐겁기만 했다. 그때 그 마음, 그 기분이 되살아난 것 같다.

"교새기 아부지!"

영정 사진을 향해 탄식과 절망이 뒤범벅되어 불러 본다. 누구에게나 호감을 받았던 남편이 장 씨와는 비교가 될 수가 없다. 무심하게 웃고 있는 영정 사진을 차마 바라볼 수 없어 고개를 떨군다. 부끄럽고 비참해서 차마 똑바로 바라볼 수가 없다. 하지만 자기도 모르게 장 씨의 뜨겁고 거친 숨소리가 몸속 깊숙이 스며든다. 종잡을 수 없는 마음에 뒤척이는데 교순은 방금 일어났는지 입꼬리에 마른침을 묻히고 부스스하게 산발한 채 들어온다. 들어오자마자 아직 잠에서 덜 깼는지 벽에 기대어 하품을 늘어지게 하더니 철퍼덕 엉덩방아를 찧으며 마냥 편안하게 다리를 죽 뻗는다. 세상사 복잡할 것도 없고 관심이 없다는 것처럼 편해 보인다. 순간! 딸의 모습에 뜨끔거리는 가슴을 어루만지며 눈을 질끈 감아 버린다. 딸이 자신의 가슴에 여지없이 대못을 박는다.

"교순아잉!"

정신이 번쩍 들어 북받치는 감정을 누르며 딸의 이름을 불러본다. 얼굴이 후끈거려 몸 둘 바를 모르겠다. 바로 눈앞에 딸의 존재가 현실을 직시하게 해 준다. 정신이 번쩍 든다.

"교순아잉!"

마음을 가다듬으며 평소와는 달리 다시 다정스레 불러본다. 교순은 부르는 소리에 눈을 동그랗게 뜨며 사방을 두리번거리더니 아직

잠에서 덜 깨어 몸을 비비 꼰다. 아마도 뜻밖의 부드러운 말씨에 어리둥절했나 보다. 그 모습에 등줄기를 타고 서늘한 식은땀이 흘러 내린다. 이어서 커다란 바윗덩이 하나가 '쿵' 가슴에 내려앉는다. 마른 입술을 깨물며 눈을 질끈 감아 버린다. 천방지축의 딸이 발목을 잡는 첫 번째 이유가 될 줄을 절절하리만큼 깨닫게 된 것이다.

"으쩔까잉! 이리두 뭐시가 뭔지 아무긋두 몰긋당게."

어쩔 것인가를 연신 되뇌며 내색도 못 하고 울먹거린다. 그러다가 고개를 늘어트린 딸을 넋 놓고 바라본다. 그런데 딸의 태평한 얼굴에 수심이 가득한 아들의 얼굴이 겹쳐진다. '후-' 길게 한숨을 내뱉는다. 이렇게 마음이 놓이는 것은 또 무엇이란 말인가.

"미츠구머니! 나가 참말로 미츠 뿌렸당게로! 단 한 븐이 무라곰!"

자책까지 하면서도 자꾸만 새털처럼 몸이 가벼워지는 데는 도리가 없다. 세상이 변해 버린 것 같다. 자신도 변해 버렸고 저기 사진 속 남편도 변해 보이고 동시에 아들도 딸도 아득히 멀어져 보인다. 이 방도 왠지 남의 방처럼 느껴진다. 그렇게 반짝이던 자개농이 칙칙하게 보이고 벽에 걸어 놓은 옷들이 후줄근해 보인다. 갑자기 불안에 휩싸여 이마에 땀이 쏟아져 내린다. 마음이 걷잡을 수 없이 답답하여 일어나려는데 재빠르게 돌아앉을 새도 없이 며느리가 문을 열고 밥상을 들여온다. 방바닥에 주저앉으면서도 열린 문을 기웃거리며 그 와중에도 장 씨에게 눈이 쏠린다.

"진지 드세요! 어머니! 진지 드세요!"

며느리는 밥상을 가만히 내려놓으며 눈치를 본다.

"잉? 잉…!"

못 들은 척 방안을 두리번거리다가 조심스러운 목소리에 밥상을 내려다본다. 밥상을 내려놓자마자 잠에 취해 있던 교순은 눈을 번쩍 뜨며 상 앞으로 다가와 수저를 들고 밥을 먹는다. 눈살 하나 찌푸리지 않고 바라보고만 있는 시어머니를, 며느리는 한 번 더 뒤돌아보며 말없이 나가 버린다.

44. 동네 아낙들의 수다

큰벌교댁은 장 씨와 마주치지 않으려고 아예 바깥으로 나오지 않고 아무 기척도 내지 않는다. 일 봐주러 온 아낙들은 밥상을 받는 큰벌교댁이 오히려 이상스럽게 여긴다. 어디가 아프냐고 며느리에게 슬쩍슬쩍 물어보다가 무슨 생각을 했는지 서로 눈이 마주치며 너나 할 것 없이 느닷없이 까르르 웃는다.

"나잇살이 어정쩡한 과부 시미 뫼실렴 쫌 거시기허 않으랴?"

무슨 뜻으로 물어보는지 난감할 뿐이다. 눈만 깜빡이는 그녀를 향해 수군대며 까르르 웃곤 하는데 몸 둘 바를 모르겠다.

"밤이는 숨소리두 지대루 못 낼 그랑께!"

"꼬부라지겜 늙든가 아님 젊어서 새살림을 차리든가잉…."

"그렁께라! 너무 어중간혀서…!"

"고 승질무리 땜 언 뉘가 집즉될 엄두를 낼 근가…."

"아침이믄 더 짱알짱알될 근디라. 아니 빠락빠락! 오짜쓰까이!"

진저리를 쳐 대며 멋대로 상상하며 며느리를 흘끔거린다.

"원채 꼬색 아부지가 잘나서 원만한 사내가 눈에 차근는가?"

"건 몰 소리! 한 번이 어렵지 두 번째는 쉬울 거구먼."

대천댁과 순천댁은 마주 보고 벌건 잇몸을 드러내며 웃는다.

"해 본 사램츠름?"

"우리 석흐 아배가 날 꼬래 꼬셔 꼴라당 넘으갔당께."

엉큼한 웃음을 흘러가며 며느리에게 눈길을 돌린다.

"함부루 주둥 나불대믄 똥수간에 대갈백 쑤셔 넣으팅께."

작은벌교댁은 부엌으로 들어오자마자 핏대를 올린다.

"근디 으쩌려구 왔남?"

순천댁은 기도 죽지 않고 입만 삐죽인다.

"나가 못 올 데 왔당가?"

작은벌교댁은 밖으로 나가려다 뒤를 돌아본다.

"한바탕했다니까 걱정댜서 고러지!"

"한바탕했다고라?"

작은벌교댁은 조카며느리를 슬쩍 쳐다본다.

"와 째르? 요 마당스 방귀만 살쩍 꿔두 뭔 냠샤즌 다 알고만!"

빈정대는 순천댁을 무시하며 뒤도 돌아보지 않고 나와 버린다.

"어쩌려고요?"

조카며느리는 뒤따라 나와 마루로 올라서려는 그를 걱정한다.

"극증 붙드르 매드라곰. 서방하굼 갈라슬 듯 싸우두 하룻밤 새 은제 그랬능가… 혔듯 울 자매두 고러라. 머리칼 뜯고 뜯기므 요날 요태끗 요래 살으왔당께. 평생 붙으사는 피붙이으 뗄르야 뗄 수 읍는 고운증 보담 드 끈질근 고이 바루 미운 증이랑게."

그는 빙그레 웃으며 대뜸 방문을 열고 들어간다. 그래도 며느리는 걱정이 되어 이모가 방으로 들어가는 뒷모습만 바라본다. 아낙들의 실없는 수다보다 이모의 말이 더 얄궂다는 생각이 든다.

"오날은 심통 부리지 않고 밥 묵은 고 봉께 창시가 눌어붙었나 벼라. 배고픈 데는 장사 읍스라."

안방으로 들어오자마자 작은벌교댁은 빈정대며 오장을 긁어 댄다. 웬일인지 그의 말에, 버럭대는 대꾸 한마디 없이 큰벌교댁은 조용히 젓가락질만 한다. 아무 대꾸가 없자 함께 밥을 먹고 있는 교순을 향해 한숨부터 내쉰다.

"니만 보믄 한숨이 질루 나온다이! 나 같으믄 블써 둘째 아를 손잡구 걸려 다녔을 그랑께! 집이섬 죽이 끓는지 밥이 타는지… 태평이 따로 읍당께…. 읍다는 말은 알아듣으라는 말이요라…."

"이모! 극증 말랑께라. 시집가서 넉끈이 애기 날 수 있당께."

"이논아! 물이나 처먹구 씨부렁거려라잉!"

"이모나 잘 살으랑께. 엄니티 혼나고 이모부티 혼나구… 나줌 옵빠 새언니감 무시헐깜 겁나라… 내는 남푠 휘잡고 살그랑께…."

"휘으잡을 남푠감이 있나 비?"

"내라고 읍쓸라고라? 새언니감 메니쿠 발아 줌스 나 손이 통통혀 복이 있다 했스라! 복은 남푠 복이 최구라 판슨 옵빠가 말했스라."

교순은 두 손을 요래조래 흔들어 보여 주며 웃기까지 한다. 작은벌교댁은 교순의 말에 물그릇만 들었다 그 자리에 탁 놓는다.

"갖다줄려믄 지대루 주든지… 옳은 소리 했구머니…."

며느리가 딸을 잘 챙겨 주는 것 같아서 큰벌교댁은 방문 쪽으로 고개를 돌리며 내심 흐뭇하다.

"가끔가다 옳은 말만 내뱉는디… 나가 이잔 곰탱이에게돔 한 소리

듣는 신세가 됐고만. 근디… 으째스… 기운이 읍다요?"

 그는 하던 말을 멈추고 금방 시치미를 떼고 바짝 얼굴을 들여다본다. 큰별교댁은 대답 대신 수저로 그의 얼굴을 때리려는 시늉에 잽싸게 피하며 방글방글 웃는다.

 "성! 미안하당께요. 나가 항시 요 주둥이 방증요라!"

 마음을 가다듬고 밥을 겨우 먹으려는데 바짝 다가오는 동생의 눈치를 보며 곁눈질을 한다. 자기도 모르게 서글퍼진다. 동생을 보자 가슴이 무너져 내릴 것만 같다. 다시는 안 볼 그것처럼 가 버린 동생이 속없이 아무 일도 없다는 듯 다시 앞에서 얼씬대는 것이 반갑기 그지없다. 집적대는 동생을 와락 끌어안고 엉엉 울고 싶은 심정이다. 어제의 소란은 까마득히 잊어버렸다. 바로 눈앞에서 속없이 알짱대는 것만으로 위로가 되는 것 같다. 하소연하고 싶었지만, 마음과는 달리 오히려 억지를 부린다.

 "왔으믄 고냥 고대로 있스라! 니만 보믄 오장이 뒤틀린당께!"

 "으째 안색이 허영다요? 내한티 힘 뺀 그 말곰 또 뺀 일이 있쓋다요? 그렇다요?"

 들은 체 만 체 그저 너스레를 떤다. 속을 훤히 들여다본 것처럼 말하니 속으로 몸 둘 바를 모르겠다. 아니 이렇게 얄미울 수가 없다. 그래서 마음을 들킬까! 젓가락을 내팽개쳐 던져 버린다.

 "밥이나 드셩. 머리칼돔 심이 생그야… 뜯을 게 아니오. 고 핑계롱 남증네 냄새라동 가까섬 맡아 볼 그 아니오! 그렇지 않소잉?"

 들은 척 시늉도 하지 않고 젓가락을 쥐여 주며 그저 속도 좋게 연신 방실대며 싫어하는 말만 골라 하는 동생의 얼굴을 가만히 바라본다.

왠지 애처롭고 미안한 생각만 든다. 다시 울렁거리는 감정이 솟구쳐 올라 오르려는 것을 억지로 참으며 천천히 물을 마신다.

"니 말여! 정백이 혼인 말 읍다냐?"

간신히 감정을 추스르며 물어본다. 깜짝 놀라며 벌어지는 입을 손으로 가리고 뒤로 한번 물러선다. 교순을 한번 쳐다보더니 옆구리를 꾹 찌르며 소곤거린다.

"고근 왜 뜬금읍시 알고 싶소? 조긋이 하는 짓이 곰탱 같으도 곰탱이 아뇨라. 지 오라비한티 거르지두 않구 고대롱 일르뻔지믄… 그라믄 교새기가 주증 부리는 근 아무긋도 아니랑게요."

그는 미리 겁을 먹고 허리를 젖히며 딱 잘라 말한다. 그때, 문을 살그머니 열고 며느리가 밥 먹자고 손짓을 하니 교순은 두말할 것 없이 벌떡 일어나 나간다. 그제야 동생은 목소리를 높여 말한다.

"정배기 엄니가 하두 죽는 소릴 허기에 꼬새기 앞이섬 괜히 장개 야 그 속알읍시 끄냈다가 이모랑 조카 사임 갈라슬 쁜혔소!"

"갸가 뭣 땀시?"

갑자기 앙칼스럽게 소리를 지른다.

"곰새 살아났다요? 꼬새기 꼬만 들으두 쏭깔이 난다요? 아마 전승에 약만 올렸다 죽은 부부가 아들롱 환생웃나 봅소."

입가에 얄긋한 웃음이 번진다.

"뭣 땀시이? 냉큼 말허지 못하긋어!"

딴 데로 얘기를 돌리려는 동생을 향해 눈을 부라린다. 불안한 마음에 괜한 말을 했나 싶다. 동생의 입이 어디로 튈지 모르기 때문이다. 갈팡질팡하는 자신의 마음도 어찌할 모르겠다. 가슴이 두근거린다.

"글씨기… 곰탱 시집보내라 한 긋도 아닌디 화를 벌크득 내는 바람에 오짐이 지릴 뻔했지라이. 박 스방 화내는 긋이랑 아주 딴판요라. 샌님 같은 꼬색인티 된통 당했스라."

눈에 독기를 품은 채 말이 없는 언니를 쳐다보며 두려운 마음에 엉덩이를 들어 슬쩍슬쩍 물러서며 눈치를 살핀다.

"박 쓰방에두 말을 끄냈다가 머리 끄들리는 근 아무긋두 아뇨스라. 한마디루 뒤질 뻔했스라. 나 안 들은 글로 할라요."

정색을 하는 걸 보니 어떻게 했는지 물어보지 않아도 알만하다. 동생의 말을 듣고 보니 아들이나 제부도 정백은 탐탁하게 여기지 않은 것 같다. 일단 안심이 되니 마음이 편해진다.

"오래비 그늘이 서방 그늘만 하려구!"

그래도 혼잣말로 중얼거리며 상을 앞으로 밀어내며 누울 자리를 찾는다. 동생은 돌아누워 아무 말이 없는 그를 입을 내밀며 바라보다 이상한 기운을 느꼈는지 고개를 갸우뚱한다.

"참말로 별일이다요… 잔뜩 뜸을 들이며 움적이는디 새언니가 손짓만 혀두 잽싸게 나간께라. 근디 더 별일은 지금 성이 성 같지 않다는 그여라. 언네 같은 곰탱 시집보낼 생각허는 그 같은께… 꿈속에 성부가 다느갔나…."

"또오옴! 고 쏘리!"

휙 하니 돌아눕자 동생은 잽싸게 밀어 놓은 상을 들고 마루로 내려오며 다시 뒤를 돌아 이상한 낌새를 느낀다.

"곰탱이 닌 엄니 밥을 빼앗아 묵고이 또 올케랑 먹을라고라."

밥상을 들고 사랑으로 들어가는 며느리를 뒤따라가는 교순을 향해 소리를 버럭 질러 본다.
 마당을 지나치다가 장 씨는 교순을 넌지시 바라보며 자신도 모르게 눈알이 벌게지며 재빨리 우물 쪽으로 발걸음을 옮긴다.

45. 세상은 살아 있는 자의 것

 식구들이 잠든 것을 확인하고 장 씨는 댓돌로 올라와 헛기침을 두어 번 낸다. 큰벌교댁은 말없이 문을 열어 준다. 그들은 서로 마주 바라보며 말이 없다. 부아가 치밀어 오를 만도 하겠지만 오히려 장대 같은 그의 덩치에 주눅이 든다.
 "교순이가 걸려스…."
 한참 만에 그답지 않게 조심스럽게 말을 꺼낸다.
 "자슥을 낳아 길러 보지 않아서 그 심정 다 헤이지 못하것지만두 이 선상 좋은 사램이니 당분간 믿어두 되지 않것소? 나중사 형편이 안정되믄 같이 델구 살음 되고…."
 큰벌교댁은 장 씨의 말에 온종일 억누르던 감정이 울컥하더니 숨죽여 울음을 터트린다. 장 씨는 어두운 방 안을 한번 둘러보다 달빛에 희미하게 비치는 영정 사진이 눈에 띄자 얼굴이 달아오른다. 힐끗 곁눈질했다가 다시 눈을 크게 뜨고 자세히 살펴본다. 언뜻 보아도 의젓한 풍채에서 우러나는 은은한 기품에 절로 기가 죽을 것만 같다.
 하지만 고개를 숙이려는 순간 숨을 거칠게 내뿜으며 마루를 성큼 올라온다. 누가 먼저랄 것도 없이 벽에 걸려 있는 망자가 무색하리만치 서로 부둥켜안는다. 한번 붙은 불씨는 언제라도 쉽게 다시 살아나는가 보다. 세상은 살아남는 자의 것이라고 죽은 자를 향해 거만스레 외치기라도 하듯이 쉽사리 가라앉지 않는 숨을 가다듬을 줄 모른다. 그래도 연거푸 몰아쉬는 숨을 가다듬는다. 밤은 깊어지지만, 그간 길게 느껴졌던 여름밤은 아쉬울 만큼 짧기만 하다. 정신을 차린 장 씨는 거리를 두고 앉아 있으려니 그제야 망자에게 고개를 돌린다. 돌아누운 채 꼼짝하지 않고 있는 큰벌교댁도 말없이 바라본다.

"모든 굿이 헛꿈였으믄 좋것스라."

울먹이다시피 후회스럽다는 뜻에 장 씨는 눈을 부릅뜬다. 다시 사진을 올려다보면서 소리 죽여 목이 갈라지는 헛기침을 한다.

"살면서 문제야 생기것지만 지난날 서로 다독이며 기대면서 남은 세월 살아가면 좋지 않것소! 이젠 돌이킬 수 없소!"

간신히 일어나 앉아 벽만 바라보는 큰벌교댁의 등을 향해 단호히 말하며 냅다 나가 버린다. 가시지 않은 아랫도리의 힘을 느끼며 그저 아쉬움에 이미 보이지 않는 장 씨를 찾아본다. '이런 엉뚱한…' 정신이 번쩍 들며 옷매무시를 가다듬을 생각도 하지 못하고 거의 기다시피 아니, 무의식적으로 기어가서 장롱을 연다. 차곡차곡 개어져 있는 이불들이 어두움 속에서 반짝거린다. '비단 이불이 농을 채우믄 뭐한당가? 같이 덮어 줄 사램이 읍는디라…' 동생이 빈정대던 말이 쩌릿하도록 가슴을 후벼 판다. '농만 뻔드르르하믄 뭔 소용 있당가? 농짝 속에 땀내나는 남자 옷이 버젓하게 버티고….'라고 날름거리던 목소리도 토할 만큼 우글거린다. 갑자기 동생보다 못하다는 생각이 든다. 그렇게 지청구를 먹으면서 할 말, 않을 말, 기 하나 죽지 않고 대꾸하던 말이 이제야 이해가 된다. '돌이킬 수 없소.' 단호한 장 씨의 말이 귀에 쟁쟁하게 울린다. 순간의 저질러진 일이 영원히 되돌릴 수 없단 말인가. 어쩜 이렇게 당당한지… 자신이 초라해 보인다. 그런데 어처구니없게도 눈앞에 누군가 버텨 주고 있다는 든든한 마음이 드는 것은 또 무엇이란 말인가.

"이- 이리 모다 잘난는지 몰것스. 나만 요래 기가 죽으!"

통곡을 하고도 시원찮을 텐데 마음과는 반대로 장 씨를 찾으려고 마당을 둘러보지만 횡하기 그지없다. 치마를 추켜올리며 문을 살며시 닫는다. 눈알이 지끈거리도록 머리 통증을 참으며 장롱 깊숙이 간직한 상자를 꺼내 놓고 불을 켠다. 그리고 다시 기어가서 문고리를 걸고 상자를 연다. 통장과 집문서, 패물이 웃으며 반긴다. '교순이 시집 보낼 때 떼 주거라.' 그는 떨리는 손으로 글씨를 써서 상자 속에 넣고 장롱을 힘겹게 닫는다. 식은땀이 고인 손에 쥐가 난다. 그 자리에 그대로 허리가 구부러진다. 절로 눈물이 흘러내린다. 삽시간에 변해 버린 세상, 아무도 없는 허허벌판에 속곳 하나만 걸치고 서 있는 기분이다. 장롱 깊숙이 숨겨 놓은 목숨보다 더 중하게 여긴 상자를 꺼내 유서처럼 글을 써 놓은 것은 또 무엇이란 말인가…. 금방이라도 어디론가 떠날 것처럼 말이다. 그는 등줄기에 식은땀이 흘러내리면서 한기를 느낀다. '못난 서방이라두 곁에 있으야 아랫배가 든든한 그시 고게 바롱 살맛이 아니긋소…' 동생의 말을 떠올리며 아랫배를 문질러 본다. 흥건하게 젖어 있다. 다시 가뿐해지는 기분이다.

그는 깜짝 놀라며 머리를 흔든다. 동네 여편네들이 자신을 향해 '별수 없다'고 손가락질하며 웃는 소리가 들리는 것 같아 벌떡 일어난다. 이리 갔다, 저리 갔다가 마음을 종잡을 수가 없다. 갑자기 안절부절못하다가 마음이 이끄는 대로 맡길 수밖에 도리가 없다는 식으로 포기도 하다… 아니다 싶으면 불안해하다… 누웠다 앉았다 수없이 반복하다가 새벽이 무색할 정도로 밝아 온다. 머릿속이 온통 이 생각 저 생각으로 가득한 채 밤을 지새웠어도 머리는 오히려 맑아지고 정신은 초롱초롱하다. 몸은 무겁지만, 자신도 모르게 가볍게 일어선다. 무슨 생각을 했는지 구석에 뭉쳐 놓은 빨랫감을 가지고 밖으로 나간다.

그가 빨래를 물통에 넣고 주물럭거리고 있는데 장 씨가 불쑥 빨래통에 물을 가득 부어 주고 뒤도 돌아보지 않고 물을 길러 나간다. 그는 지게를 지고 나가는 뒷모습을 바라본다. 허리를 꼿꼿하게 편 모습이 어쩐지 믿음직하다, 뒤도 돌아보지 않는 그에게 서운한 마음마저 든다. 이게 또 얼토당토않은 마음인지… 얼굴이 후끈 달아오른다. 안 그런 척 빨래를 널고 나서 어느새 잠이 들어 버렸다.

46. 작은별교댁의 호들갑

아침 일찍부터 대문을 들어선 작은별교댁은 빨랫줄 가득히 널어놓은 옷을 보고 빙긋이 웃으며 부엌으로 먼저 들어가 찌개를 끓이고 있는 조카며느리를 흐뭇하게 바라본다.

"판석이는 왜 안 보인다요?"

교식은 부엌으로 고개를 내밀며 인사를 한다.

"모른당께. 군디 간다고 들떠 있당께. 꼼틀꼼틀 뭐시가 꼴리는지… 뭐 있간디라. 것두 사내라 이고지랑!"

"아구! 이모는 고거이 빼면 할 말이 없지라?"

"고런가? 따지구 보믄 시상의 모든 짓그리가 고그서 다 나옹께! 그놈이 더위를 처먹으는지 으떨 땐 썰렁대다감 똠 주체를 못 해 흔들흔들 지랄발광 고 시크믄 속을 몰것당게라."

그저 나오는 대로 가리지 않고 생각 없이 하는 말에 며느리는, 교식을 바라보며 수줍게 웃는다. 순수하다는 생각이 든다.

"근디 이모부도 꼼짝을 않는다요?"

"골씨기… 딱! 지금 생각혀 봉께 고 사램두 딴 지집 생각이 나스 고런가 후딱 아침밥 먹구 낱낱치 신체금사 줌 하야긋스. 며츨 새 물큿들이 떼로 달그들곰 낮이 쥐 새끼두 휙 지나가곰… 괜히 맴이 심란혀 죽그당게."

교식은 혼자서 중얼거리는 이모의 말에 그저 웃음을 참고 있는 아내를 바라본다.

"참! 쟈 땀시 깜빡혔네. 자니가 시엄씨 빨래혔당가?"

"아닌데요."

며느리는 그제야 마당을 내다본다.

"나는 자니가 헌 줄 알고 잘혔구만 혔지!"

"아침에 나와 보니 빨래가 널려 있던데…."

널려 있는 빨래들을 다시 바라보며 고개를 갸우뚱거린다.

"시상이! 성이 혔당가? 참말로 요상하당께. 이젬 보니 금사할 사램은 따로 있당게."

고개를 갸우뚱거리는가 싶더니 눈을 반짝거리며 호들갑을 떤다.

"이모오- 그러지 마소."

소리를 죽여 가며 교식이 손사래를 쳐 말리기도 전에 안방문을 열어 본다. 세상모르게 깊이 잠들어 있다. 방 안을 휘- 둘레둘레 살피더니 방문을 살그머니 닫아 준다.

"왜 그러신다요?"

교식은 방문을 닫고 앞에서 한참 서 있는 그를 쳐다본다. 장 씨도 멀찍이서 그의 눈치를 살핀다.

"아무긋둠 아닌갑네!"

다시 닫힌 안방 앞에 서서 뭔가 미심쩍어 고개만을 갸웃거린다. 잠귀가 유별나게 밝은 언니가 문을 여는지도 모르고 코까지 골며 곤하게 자고 있다. 장 씨는 은근히 작은벌교댁의 일거수일투족에 신경이 쓰이는지 일을 하다 말고 힐끔힐끔 눈치를 살핀다. 며칠 겪어 보니 눈치가 남다르게 빠르다는 것을 알았기에 말이다. 눈치로 산 사람이라 누구보다 먼저 알아차리게 되면 앞뒤 생각 없이 말해 버리고 마니 긴장되지 않을 수 없다.

"상 다 차렸어요. 식사하세요!"

부엌에서 조카며느리의 소리에 그제야 부엌으로 들어간다.

"봉께 일이 얼추 돼 가는 것 같으디 은제 끝난다요?"

작은벌교댁은 숭늉 그릇을 올려 주며 물어본다. 장 씨는 대꾸를 못하고 눈만 껌뻑거린다.

"왜 고런다요? 나 얼굴이 고렇게 이쁘다요?"

교식은 이모의 너스레에 입가에 웃음이 번지며 수저를 든다. 장 씨도 말없이 숭늉 그릇에 밥을 말아 버리고 만다.

"밥을 으쯘 일롱 만다요? 입안이 꺼끌럽다요? 잠을 못 주무셨남? 괴부댁 허리를 휘감으니 그럴 만둠 하긋소!"

장 씨는 눈만 깜박이며 그를 심각하게 바라본다.

"아구메! 왜 그런다요? 오날따라 참말로 요상스럽다요. 뭔 말을 못하게 고런다요? 울 집이나 느 집이나 나가 뭐시 모른 게 있나 비. 맴이 어수슨하니 뭔 일이 일어날 그츠름 고렇당게라."

작은벌교댁은 냉랭하게 쏘아 버린다. 남편의 멱살을 잡고 흔들거리던 일이 아직도 가슴이 벌렁거린다. 그러잖아도 장 씨가 눈엣가시처럼 밉기만 한 것이다.

"내는 나 말을 가로막는 사램이 질루 밉당게."

그는 장 씨를 향해 입을 삐쭉이더니 금세 입꼬리를 올린다.

"골쎄. 바람 필 줄 모르는 늪이 유부느랑 정분나 덤탱 쓴답죠. 울 동리 고런 여핀이 있는디 곯아 트즈 불기 직즌이으라."

작은벌교댁은 입가에 장난스러운 웃음이 번진다.

"곯아 터지는 꼬락서니 고글 보고 말으야 스긋는디…."

"이모! 참말로 심술두 괴상스럽소."

"고런 말 말고라잉! 남 잘못됐다는 말을 들으믄 오장이 뚫리굼 머리 끌들리므 싸우는 그 보믄 사대삭신이 쑤시는 고이 다 가라앉는당께. 고 여핀! 으메! 입이 근질그린당께."

장 씨는 다시 그의 얼굴을 기분 나쁘게 쳐다본다.

"이모! 뭔 야기 하는가 싶어 울 잠퉁이가 펄떡 일어나굿소!"

교식은 엊그제가 생각나는지 멋쩍게 웃으며 자리에서 일어난다. 어머니에게 머리 잡힌 일을 까마득하게 잊었나 보다. 아무도 맞장구를 쳐 주지 않아 재미가 없고 그도 할 말이 없는지 교식에게 입을 삐쭉거리며 눈을 흘긴다. 그러다가 엉덩이를 흔들어 대며 빈 그릇을 챙긴다.

"오늘이믄 마무리는 되겠소! 바닥도 끝내고 화단도 정리 했소."

"아!"

교식은 가방을 들고 일어서며 장 씨에게 대꾸하기도 전에 먼저 아내의 얼굴을 보고 빙그레 웃는다. 나무로 단단히 엮어 만든 목욕탕을 잰걸음으로 걸어가 둘러본다. 우물 속도 들여다본다. 물이 가득 고인 것을 보고 교식은 장 씨를 쳐다보며 흡족한 표정을 짓는다. 여전히 무표정한 그를 무안해하며 멈칫거리다가 부엌문 앞에서 발걸음을 눈으로 따라가며 웃음을 머금은 채 바라만 보는 아내에게 허리를 돌려 손짓에, 그러잖아도 눈치만 보고 있었는데 빠르게 다가와 우물 안을 들여다보며 환히 웃는다.

"이건 그냥 시작이지… 부엌도 고치고 화장실도 고치고… 저쪽에다 담을 헐어 이 층으로 집도 새로 짓고… 엄니랑 교순이 아래층에 살게 하고 우리는 이 층에 살면 되고…."

교식은 웃음꽃이 피는 아내의 어깨를 감싸안으며 마당을 둘러본다. 그때 쪼르르 달려오는 경석을 안으며, 묵묵히 바라만 보고 있던 장 씨를 의식한다.

"아자씨! 참말로 고생하셨스라! 갔다 올 팅께 수고하셔라."

"난중에 모터를 달아 수도처럼 쉽게 물을 쓰면 될 거요!"

장 씨의 말에 만족스러워 더욱 환하게 웃는다. 경석을 안고 우물곁을 돌다가 조심스레 내려놓고 손을 흔들며 뒷걸음을 치더니 서둘러서 대문을 나선다.

"꼬새가 읍니에 사카스가 한창이라든디 일두 끝나 가구 니 샥시하구 니 엄니하구 구경 가고픈디 으쩔까잉."

"엄니 가신다믄 고렇게 하소!"

작은별교댁이 막 대문을 나서는 교식을 향해 큰 소리로 물어본다.

교식은 아내의 눈치를 잠시 살피다 한마디 쉽게 던지고 바쁘게 뛰어 간다. 입이 함박웃음을 띠며 손뼉을 '탁' 치더니 마음이 들떠 세상모 르게 자는 언니를 흔들어 깨운다.

"성! 여지끗 자요? 밤중이 찝즉대는 스방두 읍시 푹 잤을 틴디 뭔 늦 잠을 잔다요? 시끌시끌 말소리 들리지 않는다요?"

다른 때 같았으면 하다못해 팔뚝이라도 꼬집혔을 텐데 눈을 번쩍 뜨며 앉아 게슴츠레한 눈으로 그를 물끄러미 쳐다본다.

"성! 믄저뿐이 싸카스 왔다구 안 했소잉. 울 동리섬 안 가 본 여핀 네가 없다는디…."

은근슬쩍 눈치를 본다.

"니두 너벌대므 쓸려 가지 그랬다냐…."

그는 머리를 매만지며 대꾸를 한다.

"아따! 어찌 고런다요. 혼자 껍쯕껍쯕 의리 읍시 간다요."

"그랴서?"

"어쯔긴… 일두 오늘이믄 얼추 끝나구 장두 봐곰… 싸카스 구갱두 이츰저츰 가믄… 이고지라… 꼬새기두 그러라… 했꼼."

빙그레 웃으며 다시 그의 눈치를 요리조리 살핀다.

"그람 점심 먹구 가믄… 쓰긋당께."

마지못해 허락을 하였지만 오히려 동생의 눈치가 보인다.

"갈르믄 지금 가소. 난즌스 국시두 먹구! 여 즘심은 여핀들에겜 맡 기굼… 여핀들 자랑을 하는디 음층 볼만하다 합됴."

"그람 경슥은 으짜고? 교순이가 지대로나 볼랑가?"

"순츤떡하구 대츤떡이 깐난 못 보굿스라? 조카며늘- 매늘-"

대답도 듣기도 전에 허락이라도 한 것처럼 호들갑을 떨며 조카며느리를 부른다. 큰벌교댁은 나가는 동생의 뒷모습을 바라보다가 멀찍이 서서 가만히 바라만 보고 있는 장 씨를 의식하며 못 본 척 돌아앉아 이불을 정리한다. 며느리를 불러 대며 마냥 좋아하는 동생의 속없는 말소리에 눈물이 나오려고 한다. 아무리 혈육이라도 죽을 만큼 당했는데도 전혀 서운한 기색도 없이 저리도 좋아하니 애처롭기도 하다. 그는 말없이 가방을 챙기고 나갈 채비를 서두른다.

"으메! 내는 맨날 풍덩풍덩한 시크먼 바지만 걸치고 다니곰."

작은벌교댁은 방으로 들어와 옷을 갈아입은 차림새를 보고 부러운 눈빛으로 바라본다. 그러는 동생에게 말없이 서랍을 열어 청색 주름치마에 꽃무늬 블라우스를 던져 준다. 그는 눈을 동그랗게 뜨고 사양할 것 없이 주워 들고 꼭 끌어안는다.

"요고이 삼비 이블만큼이나 눈독을 들였는디… 오매오매 좋아 죽그쓰라…. 나가 간밤 꿈이 나쁘지는 안 헜나 비라."

그 자리에서 바지를 홀러덩 내리고 발로 벗어 던져 가며 치마를 입는다. 허리가 헐렁거려 내려오려고 한다. 방바닥에 놓여 있는 언니의 치마끈을 가져다가 얼른 허리에 묶으며 신이 나서 한 바퀴 돌아 본다. 큰벌교댁은 말이 나오지 않아 그저 바라보다가 방을 나온다. 장 씨는 큰벌교댁의 달라진 옷차림을 보고 눈을 크게 뜨며 내심 놀랐지만 마주칠까… 고개를 돌려 뜨거운 숨을 크게 들이켠다.

47. 만복의 달구지

"경석인 자는 그신감?"

큰벌교댁은 길을 나서며 며느리를 향해 어색하게 물어본다. 이렇게 밖으로 데리고 나간 적도 없고 마주 보고 앉아서 대화를 나눈 적이 처음인 것 같다. 지금의 솔직한 심정은 떳떳하게 볼 면목이 없어서 함께 걸어가는 것이 불편스러울 따름일 뿐이다.

"푹푹 자는 곰탱 머리밭스 꼼지륵 놀든디라. 잘 델구 놀굿지라."

작은벌교댁은 툭 나서서 대신 대답을 한다.

"잘두 델구 놀굿다!"

"아구! 매늘 불안하게 고런 말 마소! 사램이 곰탱뿐인가? 순츤떡이 왔으니 대츤떡두 있을 그고 샘쟁이두 일두 별루 읍는 그 같은디 손자 새끼 봐 주듯 어련히 봐 주지 안굿쓰라?"

큰벌교댁은 장 씨 말이 나오자 먼저 가슴부터 두근거린다. 그도 모르게 발걸음이 삐그덕 움질대며 얼굴까지 화끈거린다. 아무 대꾸도 하지 않고 고개를 돌려 먼 산을 바라본다. 작은벌교댁은 그의 속도 모르고 연신 벙글거리며 콧노래까지 흥얼거린다.

"임이 사 주슨 꽃신 으디롱 갔나- 시월 따라갔즈- 고 꽃신 요 가심에 그대롱 남아 있는디- 그 임은 오데롱 갔냐- 나만 요기에 남아 그리우 울고 있으라-"

내려오는 치마를 추켜올려 가며 요리조리 빙글빙글 훑어보며 노래 한 곡을 흥얼거린다. 그러다가 갑자기 노래를 부르다 말고 고개를 돌려 시무룩하게 다시 며느리를 쳐다본다.

"자녠 좋츠? 월급 따박따박 손바닥엠 얹즈 줄 그니께…."

"뭔 소리를 하려구! 주둥 좀 닫고 가잖게. 쉴 새가 읍쓰!"

동생의 입에서 허튼소리가 나올까 은근히 긴장하며 핀잔을 준다.

이렇게 꼴도 보기 싫은 며느리와 주책없는 동생을 데리고 나란히 나온 자신이 한심하기 그지없다는 생각이 든다. 하루아침에 자신의 위치가 땅속으로 추락한 기분이다. 같이 걸으면서도 외따로 걷는 기분은 어색하다 못해 처량하기에 그지없다.

"요 복살무리 읍는 내는 곰신 한 켤리두 못 으더 신었승께 고라지라. 맨날 닳으 빠즌 성 곰신 질질 끌고 다닌께라…."

"복살모리가 니랑 같으? 정신읍쓰 죽겠승게 고만 닥치랑게!"

큰벌교댁은 대꾸를 하면서 며느리의 신발을 슬쩍 바라본다. 까만 구두가 윤기가 흐른다. 자기 신도 내려다보니 주름치마와 어울리지 않는 고무신이다. 예전 같았으면 생각할 겨를도 없이 비위가 틀리면 휙 돌아서 집으로 돌아왔을 것이다. 차마 그러지도 못하고 오히려 며느리를 가만히 곁눈질로 쳐다본다. 며느리는 말없이 미소를 짓는다. 귀 뒤로 넘긴 단정한 머리가 눈에 띈다. 그런 며느리가 밉기는커녕 치렁거리던 머리를 짧게 만들어 버린 것에 새삼 미안스럽다. 오늘은 며느리의 하늘거리는 원피스가 왠지 예뻐 보인다. 그리고 부럽다는 말을 하는 동생이 측은한 마음이 들어 다시 본다. 하지만 그러지 않은 척 동생의 옆구리를 꾹 찌르며 앞서 걸어가는데 잠시 걸음을 멈추며 집을 향해 뒤돌아본다. 장 씨가 우물곁에서 잔일을 하는 모습이 떠오른다. 순간순간 장 씨 생각에 속으로 깜짝 놀라 어느새 앞서가는 동생과 며느리를 번갈아 쳐다본다. 그저 미어지는 가슴을 부여안는다. 금방 눈물이 쏟아질 뻔한 감정을 간신히 참으며 그들을 잠시 멈춰 지긋이 바라본다. 눈치 빠른 동생에게 들킬까… 오히려 눈치가 보인다. 자신의 별안간의 이 처지가 한없이 서글프다.

"으디 가신다요?"

만복이 소달구지를 끌고 가며 인사를 한다.

"자니는 어찌기 우리 성네 우물 파는디 꿈쩍을 안 한당가?"

금세 얼굴색이 변하며 작은벌교댁은 바짝 다가와 닦달을 한다.

"아구! 거시기!"

"거시기는 귀신두 모르는 뭔 쭈삣그?"

"거기 그 사램이 소 장수? 고 소 장수……!"

작은벌교댁은 만복의 더듬대는 변명을 알아듣고도 못 들은 척하며 달구지 위로 촐싹거리며 가볍게 올라탄다.

"속은 있다냐? 자니 땀시 나가 팔자에두 읍는 과부될 쁜했당께. 샘쟁이가 나이는 왠간히 먹으었두 뭐시든 뻔쩍뻔쩍 황우장사랑게라! 성 동상 한 동리에 살믄서 쌍과부 소리 들을 쁜했당께롱."

만복은 이미 달구지에 올라탄 작은벌교댁의 말에 대꾸도 하지 않고 멀뚱거리며 쳐다본다.

"성하구 자니! 어여 올라타지 않구 어정쩡 서 있는다요."

작은벌교댁은 손을 내밀며 잡고 올라오라 흔든다. 만복의 눈치를 보며 머뭇거리고 있는 그들을 막무가내로 재촉한다.

"자니가 어여 말하더라고! 우덜이 읍니로 싸끄스 귀경가는디 솔순 햐 모신담 햐아잖여! 고 끔찍한 소 여물돔 여그저그 꽁으로 먹임스 말임시. 요 밟굼 있는 땅바닥두 다 꼬새네 땅 아니랑게롱."

쉴 새 없이 얄밉게 말하는 작은벌교댁의 재촉에 먼저 큰벌교댁에게 공손하게 고개를 조아린다. 그리고 머뭇거리는 교식댁이 올라타도록 자리를 봐 주고 소의 머리를 돌린다.

"자니두 오날은 달구지 국밥집에 맽겨 놓구 푹 쉬랑께. 핑계가 좋잖여? 맨날 쇠똥만 치고 살믄 누가 알아주나미? 잉?"

"아구! 몰긋소! 으쩌믄 성님하구 하나두 다를 게 읍다요-"

"자닌! 자니 샥시하구 노는 물이 다르긋지만 울은 징그릴 만큼 다를 게 읍씨이 츤상연분이랑게!"

"뭔 말이 고래 많다냐? 고연히 바쁜 사램 붙잡구 난리랑게… 기냥 탁시 타구 가믄 쓸 끌…."

"괜찮으라! 항시 고맙게 생각혀구 있으라…."

얼떨결에 올라탔지만, 체면이 서지 않아 몹시 불편하다.

"갑갑하게 뭔 탁씨라요? 돈 주믄서 기다릴 필요두 읍구 파란 벼 흐뭇이 귀경하믄 좋지 않긋소? 요즘사 달구지가 흔호요? 만복네랑 순득네 달구지뿐인 글… 은제 또 타 보긋소."

소여물 줄 생각으로만 가득 찬 만복은 이 말 저 말에도 무슨 뜻으로 말하는지 아무 생각이 나지 않아서 대꾸가 없지만, 작은벌교댁은 그러거나 말거나 신이 나서 말이 많아진다.

"임 마중 간다네- 한시라도 보고자와 서둘러 간다네- 마당에 딸기 넝쿨츠른 아부지한티 들킬까 설설 기어 임 마중 간다네- 여븐 옷 차르 입고 동상 따라올까 몰래 임 마중 간다네…"

작은벌교댁은 노래까지 부른다.

"성 이 노래 부릉께 성부 만나띠 그때감 생각이 난당께요!"

"시끄러 죽그당게. 아무 때나 부르고 난리랑게."

큰벌교댁은 며느리를 힐끔 바라보며 얼굴을 붉힌다. 며느리는 살며시 고개를 돌려 미소를 머금는다. 가사보다 어머니도 과연 설레는 연애 시절이 있었나… 발그레해지는 양 볼이 믿기지 않을 정도로 신기하다. 이모에게도 정이 간다. 그렇게 어머니에게 당했으면서 언제 그랬나, 감정이 풀어진 그 마음도, 어머니 역시 행동이 어쨌든 속이 상할 만도 하건만 동생을 받아 주는 그 마음도 이해가 되지 않지만, 자매의 정이 애틋해 보인다. 이모가 말했던 미운 정이 고운 정보다 먼저인가 싶어 어느새 손을 잡은 모습이 정다워 보이기도 한다.

"아줌니 노랫가락은 만날 들어두 질리 새 읎시 구성지다요!"

만복은 교식댁의 눈치를 살피며 어느새 마음이 풀어졌는지 노랫소리에 웃음을 터트리고 만다.

48. 서커스 구경

만복은 작은별교댁의 말대로 국밥집에 소와 달구지를 맡겨 놓고 그들의 뒤를 따랐다. 마침내 서커스가 막 시작된다고 떠들어 대는 스피커 소리에 밥은 끝나는 대로 먹기로 하고 만복은 표를 넉 장을 사서 문지기한테 건네주었다.

"아구! 식구들 다리구 왔스라. 다복하니 복 많이 받긋소!"

문지기는 꾀죄죄한 만복의 행색을 훑어보며 하나, 둘… 사람 수를 세며 들여보낸다. 첫 시간이라 사람들은 그리 많지 않았다. 깔아 놓은 명석에 널찍하게 자리를 잡았다. 작은별교댁은 벙실거리며 눈을 크게 뜨고 두리번거리며 입에 침을 발라 가며 아무 말이라도 하고 싶어 달싹달싹한다. 시작할 시간이 가까워지자 잡상인이 서둘러 목청을 높여 사람들의 입맛을 자극한다.

"오증 땅-콩! 오쯤 땅-콩!"

"만복이! 성하구 울덜 아침 즌인디 자니가 인심을 쓰소."

작은벌교댁은 만복의 전대를 두드리며 어린애처럼 졸라 댄다.

"으그! 고러지 말그람. 낯짝두 읍다냐? 챙피스러 죽것당게."

큰벌교댁이 눈을 흘기며 지갑을 열려고 하자 만복은 벌떡 일어나 잡상인을 부른다.

"지가 아무리 짜드라두 주전부리 하나 못 사 드리겠스라."

작은벌교댁이 먹을 것을 주섬주섬 챙기자 만복은 돈을 건네고 자리에 떨거덕 주저앉는다.

"이그 자니도 먹소. 꿈자리가 드러 바가지 썼다곰 고래 맴묵지 말구 복 받지! 생각하소!"

"뭔 말을 고렇게 한다요! 내 돈으로 사 드리구 체하굿소!"

만복은 오징어 자른 것을 받으며 계속 조심스러워하는 교식댁의 눈치를 본다. 며느리는 그저 신기하기만 하다. 말로만 들었지 이렇게 천막을 치고 멍석을 깔아 놓은 바닥에 앉아 서커스 구경을 하는 것은 처음이다. 시어머니 바로 옆 비스듬한 뒤에 앉아 이리저리 둘러보며 이모가 건네주는 오징어 다리를 입에 문다.

시어머니의 옆모습이 바로 눈에 들어온다. 처음으로 자세하게 보는 모습이다. 시대에 어울리지 않게 쪽을 지었고 이 더운 여름에도 면 속옷에 블라우스를 입고 있다. 그동안 마주하기가 어려워서 눈을 피하기만 했었다. 머리를 자르고 파마를 하면 잘 어울릴 것 같다는 생각을 해 본다. 공사가 끝나고 한가해지면 이모도 함께 파마해 주고 싶다는 생각도 해 본다. 전문 기술자는 아니지만, 남편과 아들의 머리를 잘라 줄 정도는 되기 때문이다. 분가했을 때 동네 사람들과 학생들에게 머리를 잘라 주어 칭찬을 듣고 덕분에 남편은 학교에서 인기가 좋았다. 전근할 때마다 동네 사람들이 마중을 나와 손을 잡아 주며 아쉬워하던 생각이 나서 미소가 흘러나온다. 그나저나 통풍되지 않는 천막이라 그런지 시어머니는 목덜미에 땀이 흘러 자꾸만 손으로 문지르고 있다. 며느리는 손수건을 조심스럽게 손에 쥐여 준다. 획 던질 줄 알고 내심 불안하였지만, 흰 바탕에 꽃수가 새겨져 있는 손수건을 손바닥에 올려놓고 가만히 바라본다. 잔뜩 긴장하며 뻣뻣하게 무릎을 꿇고 있는 자신을 곁눈질로 슬쩍 바라본다. 더 긴장이 된다.

"편케 앉그라. 일으날 때 쥐가 나 꼬꾸라지믄 으짤라곰."

한마디 조용하게 말하고 손수건으로 목덜미를 지그시 눌러 연신 흐르는 땀을 닦는다. 그제야 며느리는 자세를 고쳐 다소곳이 앉아 바쁘게 움직이는 서커스 단원들을, 눈을 동그랗게 뜨고 바라본다. 시작도 하기 전에 재미있고 신기하다.

49. 들통 난 만복댁

그때 누군가 그들의 앞. 후미진 구석에서 잡상인을 큰 소리로 부른다. 부르는 사람에게 오징어 한 마리를 건네려는데 감시하는 사람이 호루라기를 불며 빨리 나가라 재촉을 한다.

"요 한 개만 팔구스 댑따 갈 끈께 눈 한번 감아 주랑게라."

잡상인이 사정하는데 막무가내로 등을 밀어내려 한다.

"요것 한 개만 사믄 쓰것는디…."

잡상인을 부른 남자가 오징어를 잡고 그 앞에 흔들어 댄다. 팔짱을 끼고 앉아 있는 여자가 반쯤 일어나 고개를 쳐들어 오징어를 손가락으로 톡톡 치며 활짝 웃는다.

"……!"

순간! 오징어 다리를 입에 문 채 만복은 거친 숨을 삼킨다. 눈이 동그랗게 커지는 눈동자가 점점 움직이지 않는다. 오징어를 사 들고 허리를 끌어안아도 당연하니 웃음을 짓는 여자가 아내인 것이다. 느닷없이 뒤통수를 얻어맞은 것 같아서 아찔하다. 그러잖아도 땀이 흘러내리는데 그 더운 땀이 식은땀이 되어 등골이 오싹하여 껌벅거리며 다시 확인해 본다. 막이 오르고 울긋불긋한 조명등이 켜지자 서로 몸을 밀착시키며 서커스를 보러 왔는지, 부둥켜안으러 왔는지 서로 좋아서 어쩔 줄 모른다. 만복은 두 눈을 껌뻑이며 거칠어지는 숨을 내뱉은 대신 오징어를 냅다 뱉어 버린다. 서커스에 정신이 없는 와중에 당장 쫓아가 멱살을 잡고 내동댕이치고 싶은 마음을 진정시키며 두 주먹을 불끈 쥐고 옆에서 눈치챌까 조용히 나간다.

"아구! 금-나게 잼나라! 한 번 또 봤으믄 을마나 좋을까잉."

"고냥 가잖께. 쪄 죽을 그 같당게."

불이 밝게 켜지고 사람들이 웅성웅성 엉덩이를 털며 일어난다. 해찰을 부리는 동생의 어깨를 쥐어박는다. 아프다고 어깨를 문지르면서도 만복을 찾느라고 고개를 휙휙 돌린다.

"음마? 좀 전에두 있었는디 오짐 싸러 간는가이?"

자리에서 웅성거리며 나가는 사람들을 이리저리 살펴본다.

"고눔이 이자는 밥 사 달라 떼쓸까비 몰래 내빼을까잉!"

화가 나서 고개를 빠르게 내두르다가 갑자기 두 눈이 반짝인다. 깜짝 놀라며 언니의 옆구리를 재빠르게 꾹 찔러 댄다.

"아구! 아프당게! 모얄 읍시 찔러 대구 난리를 치구 지랄여."

 동생의 등을 눈치 볼 것도 없이 때린다. 작은벌교댁이 등을 문지르며 남자와 손을 잡고 한 손에 오징어를 문 채 서로 바라보는 남녀를 향해 손가락을 가리킨다. 사람들 틈에 만복댁이 보인다. 서로 몸을 기댄 채 이빨을 보이며 웃는 모습이 여간 가관이 아니다. 그도 혼자 보기 아깝다는 생각에 그저 눈살만 찌푸린다.

 "으매으매! 뒈질 뇬! 헛소문이 아니욧당께! 댜명츤지 밝은 날엠 사방 츤지 눈두 무섭지 않은가 봅소!"

 한숨을 내쉬며 만복을 찾으려 둘레둘레 고개를 빠르게 움직인다.
 "만복이는 요럴 때 으디 갔다냐? 옆이스 꼼지락그렸는디라."
 그는 자기 일처럼 화가 복받쳐 거의 울먹인다.
 "조 뇬눔의 머리채를 휘감고 요서 도리질을 해 댈까 봅소!"
 "작작 하란께에! 고러고 고 주둥이 꾹 다물구 있그라잉!"

 동생의 옆구리를 꾹 찔러 대며 며느리의 눈치를 본다. 작은벌교댁은 놓칠세라 만복댁과 남자의 뒤를 따라 나왔지만 눈 깜박할 새에 사라지고 없다. 계속 찾아봤지만 온데간데없다.

 "힘 빠져 죽긋스라. 배두 고파 죽긋꼬!"
 "주전부리는 지가 다 처묵구스리…."

 못마땅해하면서도 유달리 배고픈 것을 참지 못하는 걸 알고 있는 큰벌교댁은 음식점으로 앞장서 걸어간다. 아마도 갓난이 적에 젖배를 곯았던 탓일 것이다.

 "고렇소! 부자는 안 먹으도 배가 트즐 굿 같지만 가난뱅은 먹구 먹으두 배가 고픈 글 어쪄요. 허츤 들린 굿츠름!"

멈춰 서서 언니의 등에다 대고 성질을 내며 울먹거린다. 며느리는 창피하기도 하고 우습기도 하여 말없이 바라보다가 시어머니의 뒤로 바짝 붙는다.

50. 시장에서

"성! 요런 댜서 한 가지만 묵지 말고쓸 난즌섬 요굿조굿 사 묵으며 사램 구경하믄 좋지 안댜요?"

음식점 문전에서 주인이 그들을 맞으려 웃고 있는데 말없이 뒤따라오다가 작은벌교댁은 멈추어 서서 언니의 손을 잡아끈다. 주인은 언니의 팔을 잡아당기는 작은벌교댁을 향해 눈빛이 돌변하여 침을 탁 뱉고 들어가 버린다. 며느리는 또 한 번 창피를 느끼며 거리를 두고 뒤를 천천히 걸어간다. 시장 깊숙이 들어와 국수를 파는 기다란 나무 의자에 걸터앉아 쟁반에 죽 늘어놓은 음식들을 살펴본다.

"요른 데 첨 왔슨게 니가 증해 봐라!"

큰벌교댁은 이것저것 살피다 며느리에게 말을 시킨다. 나무 의자에 쪼그리고 앉아 여러 사람 틈에 쑥스럽기는 했지만, 맛이 있건 없건 사 주는 대로 먹을 참이었는데 시어머니의 뜻밖의 말에 금방 입가에 웃음이 번진다. 잠시 어리둥절했지만 내내 긴장했던 마음이 풀어지며 호기심마저 발동하여 여기저기 다양한 음식들을 둘러본다. 입가에 웃음을 흘리며 호기심 어린 눈동자를 반짝이는 며느리를 말없이 바라본다. 그간의 행동이 미안스럽기만 하다. 살면서 순간순간 너그러울 수 없는 마음을 자책해 본다. 본래 웃음이 많고 유순하였는데… 살다보니 가탈스럽고 매사 불만만 가득하게 변했으니 어쩌랴.

"도토리묵!"

살짝 고개를 옆으로 돌리는 마음을 아는지 모르는지 손가락을 가리킨다. 순간 웃는 얼굴이 이유도 알 수 없이 미워졌지만 굳어지는 자신의 얼굴에 억지웃음을 지으며 고개만 끄떡인다.

"도토리묵 세 그릇만 주세요!"

며느리는 다정한 말투로 주문을 한다. 웃고 있어도 밉고 가만히 있어도 뒤틀어지는 마음에 '나는 우뭇가사리 주소!' 하고 억지를 부리고 싶지만, 꾹 참으며 앞에 놓인 도토리묵을 들고 후루룩 먹어 버리고 지갑을 연다.

"잔치국수 한 그릇만 더 먹으믄 안 될… 깜?"

그는 도토리묵을 먹고 나서 언니의 얼굴을 얄밉도록 빤히 본다.

"니두 더 먹으라잉!"

아직 도토리묵을 먹고 있는 며느리에게 퉁명스럽게 던진다.

"아니에요! 저는 그만 먹을래요!"

"그래라! 니만 먹…!"

큰벌교댁이 말을 끝내기도 전에 동생은 먼저 잔치국수를 그릇을 입에 대고 후루룩 입속에 가득히 넣고 있다. 그 모습에 말문이 막힌 채 며느리에게 그답지 않게 빙그레 웃는다. 속 터지는 마음을 헤아리지 못한 채 동생은 잡채를 한 그릇 더 먹고서야 일어섰다. 그들은 만복댁을 까마득히 잊어버리고 시장 안을 여기저기 다니다가 큰벌교댁은 어느 이불집으로 말없이 들어간다.

"조기 삼비 이불 좀 보여 줍소!"

작달막한 여주인은 금이빨을 드러내며 쫙 펼쳐 보인다.

"안동 삼비다요?"

"보믄 몰긋소? 톡톡하니 이그 하나믄 며느리에 그 며느리까지 대를 이으 가므 덮고도 남을 긋이랑게요."

"있음서 또 살랑가요? 나 속 불내 뿐질라 작정을 했당게."

가만히 이불을 살피며 흥정을 하는 언니를 향해 작은벌교댁은 조카며느리에게 부끄러운 줄도 모르고 눈물이 핑 돌며 결국 눈물을 흘리며 투정 아닌 투정을 부린다.

"야들 한 개씩만 따로 싸 주소!"

그는 동생의 심정을 모른 체하고 셈을 치른다. 그제야 낯빛이 환하게 바뀌며 눈물을 닦을 새도 없이 건네주는 삼베 이불을 눈치 볼 것도 없이 와락 끌어안는다.

"나가 으지밤 돼지꿈두 꾸지 않았는디 으쩔까잉."

큰벌교댁은 동생의 모습에 뒤도 돌아보지 않고 나와 버린다.

"어 나오지 못하그썸? 느 집 가스… 실컷 좋아하그라잉."

잠시 멈추고 눈총을 주어도 그저 이불 보따리를 볼에 부비며 감격에 겨워하는, 그러든지 말든지 그는 옆 시계방으로 들어간다.

"시계 좋은 걸루 두 개만 내어 보소."

"요곳이 새루 개발된 방수 시계라는 건디요."

"을마나 됩됴?"

시계방 주인이 시계를 들고 설명을 장황히 늘어놓으려는 말을 가로막으며 큰벌교댁은 계산을 하고 밖으로 나온다.

"판석이 군디 간다구 할 즉에 이모부랑 함께 주그라잉!"

"어머니가…."

"내는 구찮당께!"

그는 짜증스럽게 대꾸를 하며 따라 들어온 며느리에게 안겨 주고 여기저기 무심히 시장을 보았다. 그러다 보니 동생이 보이지 않아 동생을 찾는다. 저쪽 사람들 틈에서 눈을 동그랗게 뜨고 두리번거리며 언니와 며느리를 번갈아 부르며 찾고 있다. 언제나 장에 함께 나오면 정신을 팔다가 서로 찾느라고 볼일을 못 본 일이 한두 번이 아니다.

"니는 이모랑 장이 오지 말그라… 가서 델구 오그라잉!"

그는 뒤도 돌아보지 않고 먼저 걸어간다.

"아구! 같이 가잖께요!"

눈에 띄었는지 동생은 팔을 내두르며 급히 달려온다. 그 모습에 사람들이 힐끔거리며 소리 내어 웃는다.

"읍니에 첨 왔다냐? 챙피스러 못 살겠당께!"

"내는 괜찮은디 성이 길을 잃어버렸을까 범… 성에게 눈독 든 눔이 쥐 새두 몰게 보쌈해 뿐지믄잉?"

그는 천연덕스레 말대꾸를 하며 숨을 할딱거린다.

"할딱대지 말곰 짐이나 낭그 들으!"

"은제 요래 많이 샀다요? 요그에 고만 혼이 나가스….."

호들갑을 떨며 며느리의 손에 있는 물건들을 나누어 든다.

"성! 오날은 요상도 하당께. 집이서 기다리는 스방도 읍구마니 으째 조렇게 빨리 도망간다요."

며느리에게 민망해서 앞서 바삐 걸어가는 큰별교댁의 뒤를 숨도 쉴 새도 없이 바쁘게 따라간다. 뒤따라가는 며느리가 어느 옷 가게 앞에서 발걸음을 멈춘다.

"어머니! 잠깐 여기에…."

큰벌교댁은 뒤를 돌아보며 며느리를 바라본다.

"여기에서 몇 가지 살 게 있어요!"

그 말에 고개만 끄떡이며 따라 들어가며 가게 안을 두리번거린다. 가만히 살펴보니 속옷을 고르며 이리저리 둘러보며 주인에게 치수를 말하는 것 같다. 주문한 대로 봉지에 한가득 담아 건네받으며 빙그레 웃는다.

"뭐시냐?"

턱짓을 하며 물어본다.

"아가씨 속옷이여요. 같이 와서 직접 고르면 더 좋았을 텐데…."

빠진 것이 없나 살펴보며 딱 부러지게 계산하는 며느리를 보며 얼굴이 화끈거린다. 할 말을 잃어 가게를 나와 앞장서 걸어간다. 그간 가끔 집에 올 때마다 교순에게 필요한 속옷과 옷을 챙겨 주며 이것저것 일러 주는 것을 이제야 알 듯하다. 볼 낯이 없어 살짝 고개를 돌린 채 걸음을 빠르게 옮긴다. 그동안 너무 무관심했다는 생각만 들어 무안하기에 그지 없다.

"장이 나오셨당가요?"

운삼이 그를 보고 달구지에서 내려와 인사를 한다.

"아구! 집으루 가는 거당가요?"

작은벌교댁은 대꾸도 없는 언니 대신 대답을 하고 입을 연신 달싹인다. 무슨 말을 하고 싶어 어쩔 줄 모르는 눈치이다.

"우물 공사는 거짐 되어 가지라?"

운삼의 말에 억지로 고개만 끄덕인다. 신중한 그에게 왠지 숨기고 싶은 마음을 들킨 것처럼 불안도 하지만 옆에 서 있는 며느리에게 왠지 민망하여 마음은 갈피를 잡을 수가 없다.

"봉사 집안은 하늘이 돈다드니 울덜이 바루 고짝이랑게!"

"타시지라."

운삼은 작은벌교댁의 말귀를 알아듣고 고개를 조아린다.

"탁시 타구 가믄 되는디…."

"아니지라. 달구지라 불편스럽기두 하긋지만!"

운삼은 올려놓은 물건들을 한쪽으로 치워 앉을 자리를 마련해 준다. 그러거나 말거나 훌쩍 올라타는 작은벌교댁을 바라보며 웃음을 짓는다. 앞쪽으로 올라타면서 사 놓은 물건들을 뒤적거리더니 사탕 한 봉지를 건네준다.

"입에 넣고 가시지라."

"우리두 한 봉지 산 그 같은디 요것은 나가 가져갈라요."

언니의 불편한 마음을 알 리 없는 그는 이불 보따리에 사양도 하지 않고 사탕 봉지를 쑤셔 넣는다.

"아줌니는 요전하당게요."

운삼은 웃으며 소 엉덩이를 살살 문질러 주더니 찰싹 때려 길을 재촉한다. 모두가 바퀴가 움직이는 대로 흔들거린다.

"올 찍이는 만복이 달구지 타고 가고 갈 찍이는…."

"만복이랑 같이 왔으라?"

운삼은 작은벌교댁의 말을 가로채 불쑥 음성을 높인다.

"고렇당께요. 걸어 나오기 꿈만 같으 지가 억지를 썼지라. 고런디 싸끄스를 잘 보다가 달구지가 못 믿워서 고런지 온단 간단 말두 읍시 읍써졌당께요. 고긋두 눈앞이스 말이여라."

운삼은 말없이 고개만 끄떡거리며 심각한 표정을 짓는다.

"고런데 만복떡! 남의 남자를 옆에 끼… 아구 아프당께요!"

큰벌교댁은 동생의 옆구리를 사정없이 꼬집는다.

"왜 고라요? 나오나 드가나… 만만한 게 나란께!"

"닥치랑께! 넘의 일엠 함부로 떠벌대 그 감당 어찌할껌!"

그는 다시 한번 동생의 어깨를 소리가 날 정도로 후려친다. 아파서 몸부림을 치는 바람에 달구지가 심하게 흔들려 시어머니의 상체가 앞으로 기울려고 하자마자 며느리는 얼른 팔을 잡아 준다.

"아구! 큰일 날 뻔했스라!"

운삼도 얼른 뒤를 돌아보며 잠시 달구지를 멈춘다.

"고러잖아두 만복이가 싸전 여인숙을 기웃거렸스라. 지가 급히 볼 일이 있으 그냥 지나쳤는디 듣고 봉께 으쩐지 껄떡지근하당께요. 모다 으쩔려구 그러는지… 몰굿스요."

당황한 만복의 얼굴이 떠올라 운삼은 고개를 갸우뚱거린다.

"잼난 구경글 생그스라! 고런 우직한 눔이 승깔 나믄 엄츤 무선디! 박 스방은 고때만 넘기문 아무시랑도 괜찮으라…."

"아구! 달구가 고런 면이 있었으라? 허기사 째깐 틈이 있으야 옆에서 아줌니가 숨 쉬고 살겠지라."

작은벌교댁은 다시 대꾸를 하려다 매서운 언니의 눈과 마주치자 잽싸게 몸을 뒤로 젖힌다. 동생에게 냅다 핀잔을 주었지만, 한숨을 거푸 내쉬는 운삼이 신경이 쓰인다. 그는 속으로 잔뜩 긴장이 된다. 자신에 대해 알고 있을 것 같다는 지레짐작에 주먹을 쥔 손에 땀이 고인다.

51. 그래도 자매지간

 교순은 보이지 않고 장 씨가 경석을 업고 마당을 돌고 있다. 운삼은 물건들을 한가득 평상에 들여다 놓고 경석을 업고 있는 장 씨를 유심히 바라보더니 이내 웃음으로 인사를 한다.
 "곰탱은 으디 가고 언네를 본다요?"
 작은벌교댁은 들어서자마자 말을 건다. 그 말에 대꾸도 하지 않고 장 씨는 잠투정하는 경석을 며느리에게 안겨 주며 운삼과 서로 우물을 들여다보면서 여기저기 둘러본다.
 "어구! 고상했스라. 교식이가 우선은 한시름 놓그스라."
 운삼은 목욕탕 문까지 열어 신기하게 둘러보고 장 씨를 향해 함박웃음을 보이는데 그때 소가 울어 대자 급히 나간다.
 "즈기 있는 물건 부어케에 먼즈 갖다 놓고 가라잉!"
 큰벌교댁은 동생에게 이르고 장 씨와 눈이 마주치지 않으려고 방으로 들어가 버린다.
 "즘심은 잡쉈다요?"
 작은벌교댁은 평상에 올려놓은 물건들을 주섬주섬 안으며 우물 주변을 정리하는 장 씨에게 말을 건다. 그러나 아무 대꾸도 하지 않고 우물 안만 들여다본다.
 "이자는 먹을 수는 있지라?"
 작은벌교댁은 부엌에서 나오며 또 큰 소리로 물어본다. 여전히 대꾸도 하지 않고 우물 속으로 더 깊숙이 얼굴을 들이민다.
 "떠날뇨니 서운해서 뚜- 하구 있스라? 근디윰 참말로 요상흐라. 아자씨가 뭔지 몰겜 미우믄섬 정이 간당게라."

그는 혼잣말로 중얼거리며 아침에 빨아 놓은 빨래를 만져 가며 걷다가 다시 돌아보니 그는 이미 보이지 않는다.

"우물 속이 처박드니 빠져 뿌렸나! 별꼴이랑께. 상판이 소도둑눎츠름 뚜하니… 생즌 요자 냄사 맡구 살김 굴롯당게."

묻는 말에 대꾸도 없는 장 씨를 향해 빈정거린다. 동생이 문을 여는 틈에 큰별교댁은 장 씨가 신경이 쓰이는지 슬쩍 내다본다.

"참말로 별꿀이랑게요. 식전 댓바람이 성이 빨래를 했다요?"

그는 주저앉아 빨래를 개며 이번에는 언니를 행해 빈정댄다.

"나가 빨래를 하믄 안 된당가?"

"시엄씨 돌아기시곰 성부가 힘든 그 손 떼라 하곰 첨이라 고러라. 매늘 시키김 거시기하라? 고게 바롱 매늘 시집살이욤! 울 성! 어쩔읍 씨롱 눈치 보므 살긋당게요. 하기삼 요즘 며늘들 누가 집살 하곳소!"

"쓰잘대기 읍는 소리롱 심증 건들지 말곰 싸게 챙그 가그라! 삼비 이불, 이불 노래를 부르든 그 도루 빼스 뿌리그 전이."

"준 그 도로 빼앗는 그만킴 야속한 그 읍지라-"

동생은 빨래를 탁탁 털어 가며 얄밉게 말대꾸를 한다.

"말 못 혀 죽은 구신이 따루 읍당게. 말마담 제까닥 받아친다냐."

"이따가 교식이가 우물 턱 낸다구 사람들 불러 괴기 잔치한다고 고럽디다. 고것 푸지게 먹고 가야 쓰것당게요."

"장서서 고렇게 처먹어 대고 아직두 들어갈 때 있다냐?"

"가난뱅이는 배 속이 걸렁구신이 드글거린다 안 합죠!"

일일이 말대꾸를 하며 개어 놓은 빨래를 밀어 놓고 벌렁 눕자마자 코를 곤다. 큰별교댁은 동생의 얼굴을 가만히 들여다본다. 팽팽하던 얼굴에 잔주름이 눈에 띈다. 고달프게 살아온 것을 뻔히 아는데 새삼 지청구만 준 것이 미안한 생각마저 든다. 동생의 치마를 살그머니 걷어 올려 속바지 주머니에다 돈을 넣어 주고 손에 끼고 있던 금반지를 손에 쥐여 준다. 자는 줄 알았던 동생은 벌떡 일어난다. 벌어지는 입을 한 손으로 막고 한 손으로 주머니를 두드리며 또 한 손에 얹어져 있는 금반지를 번갈아 바라본다.

"성! 뭔 일이다요?"

그는 누가 들을까 소곤소곤 물어본다.

"주둥 나불대지 말구 고냥 챙기그라잉. 느 스방에겜 빼기지 말구 먹구 싶은 그 망설지 말곰 사 먹으란게."

"알앉스라. 이자는 내 끄 챙기믄서 살겠스라잉. 식당에스 여핀들 수군대는 그 듣구 이태끗 멍충하게 살웃다 깨츠스라."

잠시 울상을 짓다가 속주머니를 두드려 가며 금반지를 가슴에 끌어안고 입을 다물 줄을 모른다.

"아구! 성이 장이섬 나가 허츤대는 그 맴이 걸렸스라?"

"니감 언지는 허츤대지 않으나 비."

눈물을 글썽거리기까지 하는 모습을 가만히 바라보다가 대꾸도 않고 피곤하였는지 그 자리에 누워 버린다.

"지금 심증이 속을 까집꾸 울구 싶으라. 시집올 직 성부감 이불 해준 그 말곰 이자끗 구리 반즈두 안 끼구 살웃는디라."

이불과 금반지를 번갈아 만지작거리다가 속주머니 깊숙이 넣고 매만지다가 피곤할 만도 하건만 벌떡 일어나 나가는 동생의 등을 향해 누가 들을세라 가만히 한숨을 내쉰다.

"뭐시라구 흐물거린단 말임시."

한숨을 거푸 내쉬고 다시 방문 쪽으로 돌아눕는다. 밖에서 떠드는 말소리와 우왕좌왕하는 발소리에 신경이 곤두선다.

"아구메! 이 꼬락스니가 뭐란 말이여. 저눔의 시끼! 물바가지로 온몸을 찌그려두 모자랄 눔의 시끼…."

교식의 말소리가 들리자 절로 욕이 나온다. 아들이 우물을 파지 않았으면… 아니 이사만 오지 않았어도… 아들의 멱살을 잡고 흔들어 주고 싶도록 원망스럽다. 깊은 한숨을 들이켜 길게 내쉬며 다시 반대편으로 돌아눕는다.

"잉간! 즈 잉간이 뭐시간 요로콤 허망하겜 나락이 되굼시."

장 씨의 말소리가 들려오니 장 씨를 향해 멱살을 잡고 마구 흔들어도 시원하지 못할 만큼 원망을 내뱉는다.

"내를 허투루 받나 비라. 앞이 나스지두 못하곰… 요로콤시 눈치만 보게 되얐으니 오째쓰깜! 입 다물곰 뒤질 판이으라."

52. 우물 턱을 내는 교식

다른 날보다 일찍 들어온 교식은 장 씨와 화덕을 만들어 고기를 굽고 있다. 동리 사람들은 부르지 않아도 냄새를 맡고 한 사람, 두 사람 모여들더니 어느새 마당이 붐비고 있다.

"언네는 안 보구 싸질르 나돌다 이제삼 끄질러 들어온다냐?"

작은벌교댁은 얼굴을 벌겋게 달아서 아이들을 데리고 들어오는 교순을 보고 냅다 소리를 지른다. 그러나 작은벌교댁은 기분이 좋다는 것이 말소리에 묻어 나온다.

"소리 고만 지르구 상추나 싸게 가져오소!"

"먹을 그 앞섬 말문이 터 뿌릇소? 아깐 들은 측드 안 하드님요."

작은벌교댁은 장 씨의 퉁명스러운 한마디에 입을 삐쭉거리며 물이 뚝뚝 떨어지는 소쿠리를 상 위에 올려놓는다.

"오늘 장이 가 잼났제라? 오째 기분이 좋아 보인당게요."

"그람! 잼났제! 느 엄니가 삼비 이불두 사 주구. 느 샥시한테두 사 줬당게. 오날 밤 덮구 자믄 삼신이 절루 올 그여라."

"아곰! 이모오! 이모랑 있으믄 절루 웃음이 나온당게요."

교식은 슬며시 안채로 고개를 돌린다. 오늘 같은 날 마당에 나와 어울리면 얼마나 좋을까… 말은 하지 않아도 애가 탄다.

"이모! 이모부랑 판석이 줌 오라 하소!"

"야들 시크! 오날 하두 걸어서 발목아지가 뻑적지근하당께."

교식은 이모의 어리광스러운 말투에 환히 웃으며 두말할 것 없이 애들을 향해 손짓하여 이리로 오라는 시늉을 한다. 옹기종기 모여 고기 냄새에 입맛을 다시며 눈치만 보고 있는 아이들은 눈을 반짝거리며 잽싸게 교식 앞으로 달려온다. 교식은 빙그레 웃으며 미리 구워 놓은 고기를 일일이 먹여 준다.

"옥아! 느그 아부지 집으 있느냐?"

교식은 아내에게서 달구지를 태워 주었다는 말을 듣고 옥이가 아이들 틈에 끼어 있는 것을 보고 먼저 물어본다. 옥이는 모른다고 하는지 없다고 하는지 고개를 설레설레 흔든다.

"으그! 지집년! 그래둠 지 딸논인디 쫴즈즈… 새어미 티 내는 근지… 맴이 홀라당 딴 디루 가 뿐즈당게!"

"놥 두소! 팔자대루 살게시롱. 지 복이 아닌그지라."

순천댁은 고기 굽는 연기에 오만상을 찌푸리며 대꾸를 한다.

"야들아! 느들 중이 달리기를 질루 잘하남? 질루 잘하는감?"

작은벌교댁과 순천댁의 말에 신경도 쓰지 않고 교식은 아이들의 얼굴을 일일이 살피며 다정스레 다시 물어본다. 고기를 빨리 먹고 싶어 하는 아이들은 서로 눈치만 본다.

"판석이 성네 갖다 오믄 괴기 한 봉지씩 싸 줄 근디라!"

교식이 말하며 빙그레 웃자 남자아이들은 일제히 일어선다.

"그람 느 둘은 판석이 성네 아부지 뫼시구 오구 느 둘은 옥이 아부지 뫼시구… 글구 느 둘은 이장님 뫼시구 오니라잉."

아이들은 교식의 말이 끝나자마자 힘껏 달려 나간다.

"이모! 야들한티 괴기 줌 넉넉히 싸서 보내소!"

눈치를 보며 군침을 흘리는 아이들을 흐뭇하게 바라본다.

"애들 다루는 솜씨가 선상 티가 폴폴 나는 고이 뵈기 좋구마."

작은벌교댁은 그런 교식을 향해 변덕스러운 눈빛을 보내며 허리를 편다. 교식은 그런 이모를 향해 한 번 더 미소를 보이더니 묵묵히 술을 마시고 있는 장 씨 옆으로 다가간다.

"지가 넉넉히 넣스요! 서운하시믄 서슴지 않고 말씀하셔라."

미리 준비해 놓은 수고비가 들어 있는 봉투를 사람들이 오기 전에 조심스럽게 내민다.

"세어 보시랑께요."

장 씨는 그대로 주머니에 집어넣는다. 조심스레 세어 보라고 재차 손짓을 해 봤지만, 아무 표정이 없이 그저 막걸리를 손수 따라 마시는 그에게 더는 말하지 못하고 어색한 미소만 짓는다.
　묵묵히 일하고 있는 모습이 믿음직스러웠다. 물통을 지고 날듯이 물을 길어다가 항아리마다 넘치도록 채워 주고 무겁디무거운 회통을 거뜬히 들어 올리는 것을 보았을 때는 그 넘치는 힘에 감탄도 했다. 더욱이 우격다짐으로 어머니의 기를 눌러 꼼짝을 못 하게 했을 때는 가슴이 후련하기도 했고 든든하기까지 했다. 막상 떠나게 되면 왠지 서운한 것은 물론이고 울적할 것 같다. 장 씨의 발걸음 소리를 들을 수 없어 왠지 이 마당이 허전할 것만 같은 자신도 이 알 수 없는 감정에 사로잡혀 진정 떠나보내고 싶지 않다는 생각이 들었다. 말이 없는 장 씨를 그저 바라볼 뿐이다.
　"으른들은 괴기 한 첨 묵고 후딱 가든디 애들은 꿈쩍들 않남."
　작은벌교댁은 말은 지청구를 주면서도 신문지를 찢어 인심 좋게 구운 고기를 싸서 아이마다 한가득 안겨 준다.
　"근디 동상은 왜 핵교에 안 갔는지 모르겄슈?"
　여태껏 아무 말이 없다가 달려나가는 아이들을 바라보며 장 씨는 불쑥 물어본다.
　"공부엔 생각이 없스라. 입학을 시키면 운동장에서 무용하고 노래할 때는 잘 가드니만 교실만 들어가믄 중간에서…."
　그는 말을 하다 말고 허허 웃어 버린다.
　"지가 선생이어도 동생 하나 가르치지 못하고 있으니… 나가 집이 왔으니 다부지게 맘먹구 있는데 따라오려나 걱정이 앞스라."
　그는 말을 흐리며 태평하게 경석과 마루에서 놀고 있는 교순을 바라본다. 장 씨는 눈을 끔벅거리며 교식을 바라본다.

"아구! 뭔 말을 고렇게 심각스럽게 하소?"

달구는 대문을 들어서기가 무섭게 가볍게 평상에 올라와 앉자마자 번갈아 보며 웃음을 흘린다.

"나가 면맥이 읍당께. 펀펀 놀믄스 큰일을 하는디 코빼기두 지대루 내밀지두 못하구스…."

그는 연신 웃음을 흘리면서 그들을 번갈아 가며 쳐다본다.

"한 대즙 들이킬 근가?"

깐족대는 달구의 코앞에 대접을 턱 갖다 댄다.

"지한티 감증이 슬찮이 남아 있는가 봅소잉!"

달구는 얼굴을 뒤로 젖히며 억지웃음으로 얼버무린다. 뭔가 좋은 일이 있는지 코 먹은 목소리가 기분 좋게 들린다.

"참말루 형씨는 술이 맞아서 좋거스라. 우덜은 술 냄새만 맡아동 앰병 지랄을 떤께롱. 것두 몹쓸 병이지라잉."

"술까지 마셔 보더라구! 읍니가 뜨르르 할 거랑게. 천지신명이 도왔지 안남! 근디 연길 늠은 꿈쩍도 읍당게라."

언제 왔는지 운삼은 이장을 향해 큰 소리로 웃는다.

"그눔이 내 꽁무니만 쫄랑대는디… 요즘 뭔 소갈백인지…."

이장은 모른다는 눈치로 혹시나 하며 두리번거린다.

"그나저나 마당이 우물이 있으니 나가 내 일츠름 더 좋당게. 맨날 오가며 껄떡지근했는다라."

그 누구도 대답이 없자 이장은 우물을 바라보며 흡족하게 막걸리 한 대접을 마시며 장 씨에게 한 잔을 권한다.

"그람 곧 떠나실라요?"

"······."

달구는 돌아앉아 이장과 운삼하고 술을 마시고 있는 장 씨의 옆구리를 꾹 찔러 대며 말을 건넨다. 그의 말에 차마 대답을 쉽게 못 하고 교식의 눈치를 보며 장 씨는 여전히 눈만 끔벅거린다.

"며츨 안 되었지만스두 오래된 기분이여라. 볼끌 안 볼끌 별 꼴깝을 다 보았으니 말이으라."

달구는 교식의 어깨를 툭 치며 허리를 잡고 웃는다. 그러다가 순식간에 표정이 심각해진다.

"들어오는 사램이 있으믄 떠나는 사램두 있지 않긋소?"

"뭔 말씀이다요?"

교식은 달구의 말에 되묻는다. 달구는 기가 차서 혀만 내두른다.

"판새기 그눔이 군디 갈 날짜가 다가옹께로 완전 미츠 뿌-당께. 미친눔이 따로 읍스라. 이 츤하에 하나밖에 읍는 아부지한티 말대꾸 따박따박… 여핀들한티 시비나 글고… 이모 무선 줄 몰고 물둥 차 쌌댔꾸… 대갈통이 크진께 이잔 어쩌지 못하그 쓰라."

"언듯 이모한티 들었어도 설피 여긋는디… 심각하다요?"

교식은 걱정이 되어 다시 물어본다.

"고눔이 물건 하나 잘못 돌려스리 깐엔 양심이렁게 째깐 붙어 있으 눈깔이 뒤집흐 지랄 환장… 고른 환장이 읍쓰라…."

"······."

그들은 이해가 가지 않아 바라만 보고 있다.

"순응을 건드려서 애를 배게 한 눔이 바루 그눔이랑께. 지 밥벌이두 못 하는 눔이 같잖케룽."

달구의 그 말에 큰벌교댁은 자기도 모르게 문을 활짝 열어젖히고 놀란 눈으로 바라보다가 장 씨와 눈이 마주치자 얼른 문을 닫아 버린다. 더 놀란 것은 작은벌교댁이다. 부엌 정리를 하다가 부리나케 쫓아 나와 달구 앞에 눈알을 동그랗게 뜨더니 감격에 겨운 눈물만 뚝뚝 떨어트린다.

"난 것두 몰곰 여핀들 하구 대판 하였지라."

"꼬 주둥! 후딱 설고지나 허드라꼼. 남자들 야그하는 데쓸!"

달구가 눈을 부라리며 내뱉는 날카로운 단 한 마디에 작은벌교댁은 그 자리에서 엉덩방아를 찧는다. 허리 아프다고 비명도 지르지 못하고 달구의 입만 바라보고 있다. 교식은 부여안아 평상에 앉히고 허리를 문질러 준다. 작은벌교댁은 모서리로 엉덩이를 조금 조금씩 밀면서 옮겨 앉는다. 달구는 그러는 아내를 째려보고는 금세 표정을 바꾸어 그들을 번갈아 보며 웃음을 흘린다.

"고것이 시집은 한 브 갔으도… 스방두 읍는디 청춘을 속히기엔 아깝우스라. 고 순흐 빠진 조곳이 며늘만 되믄 좋으라 혔는디 삼신줄을 타곰 일을 벌릴 줄 뉘가 알았겠스라…."

"그동안 판석이 말두 못 하고 속앓이를 엄청 했것스라."

교식은 고개를 끄떡이며 달구를 바라본다.

"근디 나가 누권가. 결론즉으로 나가 쫓끄나는 순응일 잽싸게 낚꿔채 보살펴 주었당께로…."

교식은 놀라더니 환한 미소를 머금으며 달구의 손을 잡고 좋아한다. 큰벌교댁 역시 밖에서 들려오는 말소리를 듣고는 안도의 한숨을 내쉰다. 장 씨 역시 달구의 어깨를 지긋이 잡아 준다. 작은벌교댁은 허리 아픈 것도 잊은 채 벌떡 일어나 눈을 부라린다.

"뭐? 뭐시라고라? 뭔 말이다요?"

"지금 집에 가 보더라고! 간난 짱짱대는 소리가 마당에 그득할 그 시랑께. 이자 막 삼칠일 된 사내 자슥잉께. 나가 판슥이 그놈 단번에 무릎 꿇리고 말았다- 이 말이랑께라."

"사내라고라?"

작은벌교댁은 달구의 무릎을 '탁' 치며 입가에 웃음이 만개하더니 잠시일 뿐, 그렁그렁 눈물방울이 무릎 위에 얹은 손을 뿌리치려는 달구의 손등에 떨어진다.

"근디 으쩔려구 그랬다요? 저 늙은 과부가 쌍불을 키고 집에 와스 쌩난리를 칠 텐디라!"

한편으로 걱정되어 자리에서 빙빙 돈다.

"날 언네 델구 여 와서 처행한티 인사하곰 죽은 서방 묘에 가스 인사하곰 전 시엄씨한티 인사하곰… 두루두루 동리 잔치 하곰서 판새기 맘 편케 군디 보낼 참이랑께."

이장과 운삼은 달구를 말없이 바라본다. 왠지 달라 보인다는 느낌이 든다. 큰벌교댁은 살며시 손짓으로 동생을 부른다.

그는 정백이 순영에게 수작을 부렸던 일들을 들려주었던 순영의 말이 줄줄이 떠오른다.

"우물감서 자꾸만 찝쩍대기에 물 한 바가지 퍼서 얼굴에 찌끄려 뿌렸으요. 근데 말이지라. 판새기 오래비가 으떻게 봤는지 맥살을 잡그 내팽그쳤스요."

순하디순한 순영이 성질을 내는 것을 말이다.

"근디 고땜 오래비 아부지꼐섬 급작이 번개같이 발길질을 하셨는디 그 자리섬 꼬꾸라지드니 떼구르 굴렀지 뭐지라."

어디를 급습했는지 모르고 자신을 바라보며 해맑게 웃기도 했다.

"그러그 뭐라 혔는지 몰지라? 순응이 그림자라만 봐두 니 거시기흐구 눈깔마정 성치 못할 그라 하믄서 한 번 더 발길로 음층 씨게 차뿌렸스라. 아즈 모락스리… 또…."

눈망울을 굴리며 이해가 가지 않아 갸우뚱하다 말을 이었다.

"그러믄서 저런 늠은 애초에 단 한 방에 겁을 줘 뻔져야 다스 껄떡대지 않는다믄서 오래비를 바라보는 눈이 독사 같았스라. 지는 말이지라… 그 눈이 더 무서 인사두 지대로 못 했당게요."

눈을 동그랗게 뜨고 일러바치는 순영이가 귀엽기까지 했다.

"근디요! 뭔 일만 있으믄 은제 봤는지 판새기 오래비가 막아 주고 또 어찌 알았는지 아부지꼐섬 뒤따라 도와주신당께라."

한두 번도 아닌 듯 고개를 갸우뚱거리기도 했다. 판석은 물론 달구도 일찌감치 순영을 마음에 둔 것 같다. 달구의 으스대듯 콧물이 가득하게 고인 듯한 말소리가 밉지 않게 들려온다.

"츠형한티 쑨응이가 달게 했지라. 맨날 들릴 때마다 잘 기시냐고 물어보드라곰시. 츠형두 보고 싶을 끄랑께."

달구는 처형이 아내를 부르는 손짓에 그저 가슴이 가뿐하게 비워지는 짜릿한 느낌에 뿌듯하다. 서로 간의 알게 모르게 응어리진 응어리가 녹아내리는 것 같다. 진정 화해이리라. 말이 필요 없을 것이다. 눈으로 진심이 통한 것으로 충분하다. 서로 삶이 다를지라도, 또다시 부딪치어 또 다른 문제가 발생할 수 있을지라도… 그때는 그때대로 다시 억척같이 살아가면 되니 말이다.
 "맨날 가믄서 어찌 나헌티는 눈치두 주지 않구….”
 "말하믄? 고 주둥알 초두 넘기기 전으 동리방리 사방츤지… 롱? 나가 쏜응이 보살핀 그보담 고 주둥알 막음질에 엄층 애를 쓰당게랑.”
 달구는 이빨을 깨물어 가며 쥐어박을 듯 손을 내두른다.
 "이자는 고 주둥 꽉 다물곰! 시엄씨 노릇 지대루 하곰 살라믄- 시엄씨 대즙! 지대루 받을라믄 단단히 맴 먹드라공.”
 "자니가 한 일 중에 질루 큰일을 했구머니.”
 "그보담 판새기가 질루 장한 일 했당게라.”
 "판색 그눔이 한번 내둘린 긋이 단 한 방에 땡잡은 그지라.”
 이장과 운삼도 달구 칭찬을 한다.
 "칭찬을 다 하시공 쁜쁜한 나가 숙스럽고마요.”
 달구는 이장과 운삼의 말에 인사를 하면서도 머리를 긁적긁적 다리를 탈탈 턴다. 그 모습에 칭찬을 했다가 인상을 찌푸린다. 그때 만복과 연길이 함께 들어와 인사를 하고 우물부터 둘러본다.
 "죄송하하여라.”
 그들은 먼저 큰벌교댁에게 인사를 하고 자리에 앉는다. 달구는 사실을 다 알고 있는 만복에게 옆구리를 찌르며 찡끗거린다.
 "여그 대접 드 가즈오랑께!”
 달구의 말이 떨어지기가 무섭게 작은벌교댁은 발딱 일어선다.
 "아뇨라. 얼굴만 디밀고 기냥 가려고 들료승게라.”
 연길은 달구의 눈치를 보며 교식에게 시큰둥히 눈인사를 하고 오자마자 일어선다. 만복 역시, 장 씨의 눈치를 보며 몸을 일으킨다. 이장과 운삼도 슬그머니 일어나 뒤따라 나간다. 아내가 안방으로 들어가는 것을 바라보면서 달구 역시 대문을 나선다. 동생이 들어오자 잠시 말이 없다가 미리 꺼내 놓은 보따리를 내민다.

"이게 뭐시다요?"

"풀지 말구 순응이한티 주그라잉. 언네 이불감이란께."

순영이가 판석이의 아기를 낳았다는 말에 아직까지 정신이 없는 작은벌교댁은 발발 떨며 보따리를 쓰다듬는다.

"겁낼 그 읍당께. 순응이 매늘된 고이 복인 줄 알곰 건느집 여핀 날 구뛰두 한 귀루 흘르구 뒷보담 지발 맞스지 말그라잉. 중간이셤 순응이 아니 니 며늘이 곤란해 징께!"

"알갔스라. 근디 낼 여 와서 인사하믄 주지라."

큰벌교댁은 대꾸도 않고 슬며시 옆으로 얼굴을 돌린다.

"근디…."

"뭐가 근디? 잔말 말고 어여 가랑께. 매늘 손자 한시라두 보고 자울 거 아닌가 비."

"증작 장손은 이불 쪼갈는크녕 귀저귀감두 해 주지 않았씀서 이래 주니… 과부 심정은 과부가 안다는 말만 생각나요라."

"어여 집어 던지기 전이 들구 가 뿌리라잉. 니 순응이한티 과부라는 말 꿈에스두 씨부릉대믄 뒷보담 박 스방한티 당장 쫓겨날 긋이라는 그 새그 명슴하랑께. 넘들한티 벌그지 취급받음서 손자 품을라곰 지극정승였든 그 같은디…."

"그러게 말여라. 참말로 신기혀서 말문이 막혀라."

얌전한 고양이처럼 손을 무릎에 얹고 대답도 다소곳하다.

"며늘한티 책잡히지 말구 살그라이."

"책잡혀두 좋으라. 며늘 생그 좋은디 손자까지 으더쓸께라."

"그근 아니랑께! 시미는 어디까짐 시미랑게."

"그나저나 이그 받으믄 조카매늘 볼 낯이 읎으 으쪄라? 서운할 그 같아 나불대는 그지라… 지두 낯짝이 있쓩께."

"어여 가 보더라고!"

큰벌교댁은 딱 잘라 냉정히 말하면서 밖을 기웃거리며 평상에 앉아 말 없는 교식의 눈치를 살핀다.

"요주둥 조심할랑께 염려 붙들어 매쑈. 박 스방이 핏줄을 끔찍 여기는 그 이제얌 알았스라. 내도 마냥 좋우라…."

이불 보따리를 끌어안고 나오려다가 다시 들어와서 구석에 삼베 이불과 이것저것 한 보따리를 들고나온다.

"어여 가셔서 판석이 입이 귀에 걸린 거 보시지라."

교식은 이모가 대문을 나서는 것을 보더니 부엌에서 아직 정리하는 아내를 불러내어 씁쓰레 웃으며 방으로 들어간다.

"순영이가 엄니한티 말동무해 주었다는 거 알고 있지? 착하고… 얌전하고… 거기에다 싹싹하고… 이제 말 잘 통하는 말동무가 당신에게도 생긴 거야. 이불이 뭐 대수인가. 이불은 또 사면 되지만 맘 부칠 수 있는 사람의 마음은 얻기가 쉽지 않으니… 말 많고 탈 많은 이 동네에서 살맛이 날 것 같아 안심이 되는군!"

교식은 안방에서 하는 말을 들었을 아내의 서운한 마음을 알아채고 어깨를 다독다독 다독여 준다.

53. 마당 정리하는 장 씨

　시끄러웠던 마당이 어느새 조용해졌다. 화덕의 불도 다 꺼지고 평상 위 그릇들도 치우지 않은 채 제멋대로 흐트러져 있다. 다 돌아간 마당에 장 씨의 긴 그림자만 분주히 서성인다. 양동이에 먹다 남은 음식을 담아서 새벽에 만복이 가지고 가도록 대문 옆에 갖다 놓고, 함지박에다 설거짓거리를 담아 우물곁으로 번쩍 들어다 물을 들이부어 설거지까지 한다. 소쿠리에 그릇들을 엎어 놓고 물을 끼얹고 함지박을 가시어 그 위에 씌워 놓는다. 한두 번 한 솜씨가 아닌 듯하다. 그리고 말없이 우물 속을 들여다본다. 맑은 물이 달빛을 받으며 찰랑거리고 있다. 장 씨는 눈이 붉어지며 한숨을 길게 내쉰다.

　아이 어른 할 것 없이 시끌벅적 북적거려도 꼼짝하지 않고 굳게 닫힌 안방 문을 누가 볼세라 바라보곤 했다. 그는 온종일 마음이 큰벌교댁으로 향해 있었다. 은근슬쩍 자신도 모르게 눈길이 갔지만, 미동조차 없는 점점 무거운 침묵을 느껴 가며 목덜미가 뻐근했다. 목덜미가 뻐근한 것을 느끼면서도 왠지 두루두루 모든 사람에게 미안한 생각마저 들었다. 하지만 이제 마음잡고 고향으로 돌아가야겠다는 결심을 하니 홀가분하다. 그렇지만 큰벌교댁이 가지 않는다고 하면 고향으로 돌아간다 해도 살아가는 동안 가슴 한쪽에 큰 바위를 끌어안고 살아갈 것 같아 벌써 가슴이 뻑적지근하다. 싫다는 사람 억지로 데리고 갈 수는 없고 그렇다고 혼자 가자니 죄인처럼 살아가야 한다는 생각에 목까지 숨이 막혀 온다. 여전히 미동조차도 없는 안방 마루 앞에 서 우두커니 서 있다. 막차를 타고 떠날 생각에 거친 숨을 내리 쉰다.

54. 큰벌교댁의 처절한 몸부림

읍내에 다녀온 이후로 큰벌교댁은 내색도 못 하고 점점 기분이 가라앉아 마당이 떠들썩해도 아무 소리도 들리지 않는다. 동생이 갖다 주는 저녁도 먹는 둥 마는 둥 밥맛이 없다. 점점 맥이 풀려 등에서 진땀이 난다. 속도 모르는 동생을 밖에 나가 보라고 다그치지만, 눈치라도 챌까, 깐족댈 것만 같아 두려운 마음에 그럴 때마다 더 모지락스럽게 성질만 부렸다. 동네 사람들이 자신들의 일처럼 즐거워하는… 저마다 목소리를 내며 크게 들려올수록 고개가 바닥에 닿도록 수그러지는 것은 당연할지 모르겠다. 더 시끄러울수록, 웃음소리가 크게 들려올수록 아주 먼 거리에서 들려오는 것만 같다. 선뜻, 나설 수 없는 민망함이 밑물처럼 거세게 가슴을 파고든다. 아들이 우물을 파기 전에 주도적으로 못 했던 것에 이제 와서 깨친들 소용이 있을까.

어린 조카가 물을 길어 올 때 마음이 편했겠는가. 하고자 마음먹을 때마다 온몸을 쇠사슬로 칭칭 감아 오는 것처럼 조여 왔다. 시어머니의 억지 가득한 환청에 사로잡혀 아니 남편에 대한 원망만 품고 오늘날까지 엄두도 못 낸 것이다. 우물을 파고 나니 핑계일지 모르겠다는 생각에 며느리에게 밀려났다는 패배감마저 든다. 지나간 간 것은 그대로 거기에 그대로 남아 돌이킬 수 없는, 그저 지나간 것이니 말이다.

"배가 불러쓰! 한참 배가 불르스… 이짜끗 언 년 좋라 헛지랄했당께. 한 푼이 새 갈끄나 벌벌… 츨츤지 한이 될꼬라."

남편이 친정에 갔다 왔다는 눈치가 보이면 밥상머리에서 수저를 '탁탁' 치는 시어머니의 눈초리가 이 순간에도 가슴에 죄어 얼어붙는다. 멍하니 방안을 둘러보았다. 그 누구도 차지할 수 없는 나만의 것이 된, 자연스럽게 물려받은 이 반짝이는 자개농! 시어머니의 얼굴이 튀어나올 것만 같아 이불을 뒤집어쓴다.

"으디라고 여서 고 짓끌을 서슴지 않구 지랄을… 개-만두 못한."

혼령이라도 분통이 터져 머리를 잡고 바닥에 내리칠 것 같다. 아니, 사람이 모인 자리에서 침을 튀겨 가며 멍석말이할 것만 같다. 진땀에 한기가 든다. 이불을 몸에 둘둘 감아도 이가 부딪치는 소리가 밖으로 새어 나갈까… 얼굴을 다리에 묻고 진정하려 애를 쓴다. 이 와중에도 묵은 세월이 누적되어 견뎌 온 인내가 물거품이 되어 사라질지 모른다는 허무함이 밀려온다. 밖에서 야속하게도 웃음소리가 크게 들려온다. 시어머니가 살아 계실 적에도 마당에서는 웃음소리가 그치지 않았다. 그럴 때마다 아궁이 앞에 쪼그리고 앉아 부지깽이로 나무만 톡톡 치며 혼자 놀고 있었다. 왜 그렇게 사람들과 어울리지도 못하게 하고 사사건건 트집을 잡았는지 모르겠다.

"참말로 그때는 야속하기만 했당께."

중얼거리다 보니 깜짝 놀란다. 그 시집살이를 '며느리에게 그대로 하고 있다니….' 하고! 더하면 더했지 못하지는 않았던 것 같으니 말이다. 오늘 그래도 며느리에게 이불을 사 준 것이 너무나 잘했다고 밖으로 고개를 슬그머니 돌려 본다. 교순에게 줄 속옷을 이것저것 사고 나서 지갑을 여는 것을 보면서 선뜻 나서서 계산도 못 하고 보고만 있는 자신이 초라하다 못해 처량하기만 했다. 당당하게만 보였던 며느리의 미소에 몸 둘 바를 모르던 자기 모습을 두고두고 못 잊을 것만 같다. 고마운 것은 고마운 것이고 아무 소리도 못 하고 바라만 보아야 하는 신세가 되고 만 것이다. 자존심이 보기 좋게 무너졌으니 말이다.

아무것도 아닌, 따지고 보면 별일도 아닌 것으로 감정에 휩싸여 살아가는, 고부간 자리다툼일지도 모르겠다. 한 집안을 이끌어 가야 하는 것은 남자일 것 같지만 따지고 보면 안사람의 손에 달려 있을 것이다. 당차지 않으면 집안의 기둥이 흔들리는 것은 순간이라는 것을 말로 하면 될 것을 그렇게 마음이며 몸이며 단근질을 한 것은 무엇이란 말인가. 몸에 배고 마음에 꼭꼭 담아 두어야 하기 때문이라는 것을, 벼랑 끝에 서 있는, 천 길 낭떠러지에서 떨어질 것 같은, 바로 이 순간에 깨달았으니, 기가 막힐 노릇이다. 다시 마음을 잡고 눈물을 닦으려니 며느리가 다시 눈에 들어온다. 같은 집안에 시집와서 친정에서 살았던 세월보다 더 긴 세월을… 어찌 보면 같은 세월을 동고동락하는 운명일진대, 그 인연이 대를 이어 며느리라는 이름으로 함께 살아야 하는데 왜 모진 시집살이를 시켰을까. 뒤로도 앞으로도 옴짝달싹할 수 없는 곤란하기 그지없는 지경이 된 지금, 이 순간 자식들보다 며느리가 제일 먼저 떠오른다. 며느리라는 존재는 한없이 주면서도 주고 싶지 않은, 내치고 싶지만, 결코 내쳐서는 안 되는 참으로 이해할 수 없는 존재라는 생각이 든다. 묘한 감정에 사로잡힌 세월 속에서 빠져나오지 못해서 맴맴 돌아 여기까지 온 것 같다. 다정하게 다가오는 며느리 앞에서 떠나야겠다고 마음을 비운다.

"으메! 으째쓰까이-"

다시 시어머니의 등골 오싹하면서도 오금이 저리는 목소리가 귓전을 사정없이 때린다. 한숨이 절로 터져 나온다. 자개농이 또다시 눈에 들어온다. 자개농에 흠이라도 생길까 조심스럽게 반짝이도록 닦으며 살아왔던 세월이 무심하다.

"기어이 집안을 말아 츠먹을 논! 을마나 꼬리를 흔들어 싸댔기에 쥐 뿔두 읍는 집구석스 끄질러 델구 왔냐 말이랑께!"

시어머니의 다시 듣고 싶지 않은 서리보다도 더 서늘한 말이 철썩철썩 가슴을 때린다. 말끝마다 이를 갈며 버럭버럭 지르는 말소리가 마당에 한가득 웃음소리를 타고 환청이 들려온다. '나는 지금 누구를 원망하고 있는가?' '아니! 아니요.' 하며 부정하고 싶은 현실 앞에서 자신도 모르는 새에 시어머니에게 길들어 아니 얽매인 채 원망에 사로잡혀 살아왔던 나날이 부질없고 어리석었다. 돌아가셨어도 무엇 하나 주도적으로 결정도 하지 못하고 주저주저하다가 아무것도 못 하고 말았으니 말이다. 묵은 세월이 누적되어 견뎌 온 인내가 물거품이 되고야 말았다. 시어머니의 굴레에서 벗어나야겠다고 다시 마음을 먹는다.

이럴 때, 또 한 번 누군가의 웃음소리가 들려온다. 귀를 막으며 돌아앉는다. 누가 웃을 줄 몰라 웃지 못하는가 말이다. 조금이라도 얼굴에 웃음기가 보이기라도 하면 두 팔을 흔들며 '그 웃음으로 꾀어 댔냐.' 하고 먹은 밥이 토할 정도의 역정에 살아가는 동안 자연스럽게 웃음이 사라진 것을 어찌하랴! 누웠다가 벌떡증이 나서 일어나기를 내내 반복하면서 한숨만 거푸거푸 내리쉰다.

"기어콤 이 집안을 망신시큼 뿌리콤 말았스. 기어콤!"

막다른 이 순간에 남편보다 자꾸만 시어머니 생각만 난다. 시퍼렇게 눈을 부릅뜨고 자신을 책망하는 환청에 바들바들 온몸이 떨린다. 그 목소리가 죽어도 면하지 못할 죄인이 되었다는 생각에 한기가 들기 시작한다. 입술이 떨리며 신음이 절로 나온다. 몸을 움츠리며 무심하게 웃고 있는 남편의 사진을 올려다본다. '왜 그랬어? 조심하지.'

하며 태평하게 나무라는 것 같다. 때로 미웠던 사진을 바라보면서 굵은 눈물이 흘러내린다.

"점쟁이가 따로 읍썼당께! 껀뜩하믄 집안 망해 츠묵을 논! 논! 하드만 이 꼬락서니 상판떼기를 보믄 므라 헐끄나!"

시어머니가 일으켜 달라고 해서 벽에 기대어 드렸더니 눈물이 그렁그렁하던 모습이 떠오른다. 그렇게 찬바람을 휘어 감으며 천년만년 살 것만 같으셨던 분이 한없이 작게 보였다.

"그간 욕봤다!"

딱 한 마디 하고 나서 결국은 자신의 팔에 안겨 갓난이보다 더 순한 모습으로 자는 듯이 오밤중에 돌아가셨다. 진즉에 다정하게 대해 주었으면 얼마나 좋았을까 말이다.

"죽을려믄 변한다는 말이 맞단께. 꼭 그 짝이랑게…."

교식 아버지는 어디서 무엇을 하고 있었는지 통 알 길이 없었다. 서둘러 교식을 깨워 운삼에게 알리고 어떻게 찾아냈는지 새벽녘에 부랴부랴 온 것이다. 임종을 못 해 차마 고개를 들 수 없어 안방에 들어오지도 못하고 대청마루에서 상주 노릇을 하였다. 밖에서 어떤 일을 했든 간에 살아 계셨을 적에는 만나기만 하면 심통을 부리는 바람에 밖으로 돌아다니고, 돌아가셨을 적에는 죄책감에 사로잡혀 밖으로 돌아다녔던 그 마음을 이제야 헤아리게 되니 웃는 얼굴을 바라볼 면목이 없다.

"아구! 나두 어지간했스라!"

연민의 정이 한없이 느껴진다. 그러나 그 마음은 잠시뿐이다.

사람들이 과부라서 며느리에게 더 까다롭게 한다고 말들이 많았다. 남편만 살아 있어도 뜨내기 장 씨가 함부로 대하지는 않았을 것이 아닌가 하는 생각이 들자, 화가 치밀어 올라 베개를 벽에다 몇 번을 내리쳤지만, 기운이 빠져 베개를 끌어안고 신음만 낸다. 동생도 몇 번을 안방으로 들락거렸을 텐데 며느리와 손자 얘기에 정신이 쏠려 있다. 동네 사람들도 그렇다. 으레 나와 보려 하지 않겠거니… 하며 먹기에 바쁘고 아무도 관심을 두지 않는다. 아들도 그렇다. 억지라도 마당으로 데리고 나오면 못 이기는 척 나왔을 텐데… 이런저런 생각이 드니 그간 잘못 살았다는 생각에 눈가가 짓무른다. 밖에서 들려오는 웃음이 잔악하게 들려온다. 철저히 혼자라는 생각에 사로잡힌다.

"그간 못 할 짓그리 많이 했당께. 젯밥두 못 으더먹을 복살무리두읍 구만이… 봉께 동상만두 못한 복살 무리여라. 나 복이 요까짐감! 긍께 사람 일은 으떻게 될지 몰러라."

밖으로 고개를 돌려 본다. 동생은 보따리만 들고 나가 언제 갔는지 기척이 없다. 그나저나 불안하게 시간은 자꾸만 흘러가고 난감하기에 그지없다. "어쩌나 어찌해야 하나…." 자꾸만 같은 말만 되풀이하며 궁둥이만 이리저리 옮겨 앉는다. 침이 바짝바짝 마른다. 등줄기에서 굵은 땀방울이 줄줄 흘러내린다. 그러다가 한기가 들더니 걷잡을 수 없이 이빨이 부딪친다. 기어가다시피 농을 열어 솜이불을 꺼내다가 뒤집어쓰고 몸부림을 치면서도 앓는 소리가 새어 나올지… 입을 가리며 몸을 옴츠린다.

시끌벅적거리던 사람들의 소리가 조금씩 조용해진다. 몸을 무겁게 뒤척거리고 있는데 장승 같은 그림자가 창호지에 비친다. 순간 등골이 더 오싹해지면서 식은땀이 줄줄 흐르고 다시 이빨이 깨질 정도로 부딪친다. 한기가 심해지니 열이 오르고 가슴까지 벌렁벌렁 뛰는 것을 움켜잡아도 소용이 없다. 떠나야겠다는 마음을 먹었으면서도 쉽게 마음을 내려놓을 수가 없다. 가슴을 치다가 이불을 움켜쥐고 있는 얼굴에 땀이 거침없이 물처럼 이불을 적시는데 한기가 가라앉지 않아 급기야 앞으로 꼬꾸라지고 만다. 마음은 걷잡을 수 없이 혼란에 빠지며 정신을 가다듬을 수 없다. 장 씨는 큰별교댁의 마음을 아는지 모르는지 뻣뻣하게 서서 아무 말이 없다. 시간은 점점 흘러가고 서로가 복잡하게 침묵만 흐르고 있다.

"어쩌시것소."

한참 만에야 장 씨는 무뚝뚝하게 한마디 던진다. 그의 목소리에 대답도 못 하고 가슴이 걷잡을 수 없도록 요동을 친다.

"나 막차로 떠날 것이오."

장 씨는 여전히 아무 대꾸가 없는 안방을 향해 또 한참 만에 딱 부러지게 한마디 던진다.

"교새기 아부지 나 으쩌요?"

말조차 나오지 못해 정신이 혼미해진다. 무심하게 웃고 있는 남편을 바라보며 애간장이 타는 울음 섞인 말을 간신히 내뱉는다. 장 씨의 헛기침 소리가 '어여 대답하라.' 다그치는 것만 같다. 숨길 수 없도록 벌렁대는 가슴을 부여안는다.

"으쩌란 말인가! 으쩌란…."

마음만 다급해져, 얼굴을 파묻는 이불 속으로 신음이 스며든다. 꼭 여민 가슴이 한순간에 무참하게도 무너져야 하는가. 아무리 생각해도 받아들이기가 버겁기만 하다.

"지금 가야 막차를 탈 수 있소. 정 안 되면 혼자 가것소."

장 씨는 조용히 한마디 하고 헛기침을 두어 번 한다.

"나 가것소. 편히 사시오."

장 씨는 이내 대꾸가 없자 마지막 말인 듯 인사까지 하며 더 지체할 수 없다는 듯 헛기침마저 없다. 그제야 불안한 마음을 가다듬으며 문고리를 잡은 채 그 자리에 기진맥진하여 쓰러지고 만다. 장 씨는 눈을 붉히며 문을 박차고 방 안으로 뛰어 들어온다. 솜이불을 끌어안은 채 쓰러진 큰벌교댁을 일으키며 이불을 바라보았다. 한여름인데도 솜이불을 덮고 땀에 흠뻑 밴 채 이불이 구겨지고 후줄근해 비비 꼬여져 있다. 그 모습을 보고 혼자서 몸부림을 얼마나 쳤는지 말을 하지 않아도 짐작이 된다. 혼이 나가 쪼그리고 이빨을 부딪치며 떨고 있다. 겁먹은 눈빛을 보내는 큰벌교댁을 바라보며 '내가 또다시 못할 짓을 했구먼.' 하면서 입술을 깨물며 꾹 다문다.

장 씨는 아무 말 없이 이불을 가지런히 개어 놓고 큰벌교댁을 일으켜 세운다. 장 씨의 팔에 기대어 몸을 오들오들 떨면서 장 씨의 체온에 마음이 편해진다. 과거에 매이지 않고 벗어나야겠다고 또다시 마음을 비운다. 정신을 차리고 미리 싸 놓은 보따리를 가리킨다. 장 씨는 두리번거리다 벽에 걸려 있는 영정 사진과 눈이 마주치자 얼굴을 붉히며 고개를 공손하게 조아리더니 보따리를 들고 큰벌교댁의 허리를 굳세게 감싸 안고 방을 나온다. 잠시 멈추더니 교식이 준 품삯 봉투를 살그머니 대청마루 끝에 올려놓고 한기가 쉽게 가시지 않아 몸을 떨고 있는 큰벌교댁을 부둥켜 어깨를 끌어안는다.

대문을 나서려는 이 순간! 그동안의 이 집 안 구석구석 발자취와 누렸던 삶의 의미가 지나간 일들이 되어 버렸다는 듯이 큰벌교댁은 마음 한구석 남아 있는 갈등에 떨리는 손으로 가슴을 부여잡고 얼굴을 돌려 마당을 둘러본다. 대문을 넘어서려 하니 걸음이 떨어지지 않아 몸은 휘청거린다. 장 씨는 두 손으로 감싸 안고 빠르게 대문을 넘는다. 대문을 넘는 순간! 그의 이름과 함께 죽은 남편과 자식들이 발걸음! 한 발, 한 발 뗄 때마다 등 뒤로 사라져 간다는 눈물겨운 아쉬움에 장 씨의 팔 안에 파고들면서도 자꾸만 고개가 옆으로 돌아가려 한다.
"떠날 때는 뒤돌아보믄 안 되오. 어렵게 맘먹었으니 남은 인생! 다 부지게 살아가야 하지 않겠소."
장 씨는 단호하게 말하며 그의 팔과 허리를 힘주어 끌어안는다. 큰벌교댁은 쉽게 가라앉지 않는 한기를 장 씨의 온기에 의지하며 힘겹게 발걸음을 옮긴다.

55. 떠나는 뒷모습

뒤도 돌아보지 않고 떠나는 그들을 쌍과부댁의 지붕 위에서 활짝 핀 하얀 박꽃이 넓적한 이파리로 허물을 가려 주는 듯, 바람에 흔들리며 배웅해 준다. 서로 지탱하며 살아갈 수 있는 애틋한 사람이 있다면, 하얀 치아를 드러내 놓고 마음껏 웃을 수 있다고 비웃음을 당할지라도, 가는 길이 험하다 할지라도, 능히 헤쳐 나갈 수 있다고 말이다. 이 순간에 모든 문제와 그 빌미로 표출된 말들은 결국 외로움이었던 것도 말이다. 그 마음이 통했는지 굵은 통나무 같은 단단한 장씨의 허리를 부여잡는다. 장 씨는 매미처럼 바짝 달라붙어 질질 끌려가다시피 걸어가는 그의 허리를 더욱 힘차게 감싸안으며 뭉클해지는 감정을 누른다. 잠시 걸음을 멈추며 업히라 한다. 멈칫하는 것 같더니 더 걸을 힘이 없는지 못 이기는 척 업힌다. 보기보다는 가벼운지 업자마자 뛰다시피 빠르게 걸음을 옮기는 장 씨의 넓은 등이 참으로 든든하고 편하게 느껴진다. 업혀 가다 보니 어느새 한기가 가라앉는다. 그래도 가늘게 떨고 있는 몸을 느끼면서 장 씨도 더욱 세게 끌어안는다. 왠지 모를 두려움을 숨기지 못하고 열기를 내뿜던 그들은 동네에서 멀어질수록 거칠던 숨도 편안해졌는지 걸음이 느긋해진다.

　인간은 어쩌면 서로 만나 함께 살아갈지언정 혼자일지 모른다. 아니 혼자일 것이다. 부모가 자식을 낳았지만, 그 또한 결국 혼자 남게 되니 말이다. 그 인생을 고스란히 이해하고 대신에 해 줄 수도 없는 것이다. 그래서 지금이 바로 떠나야 할 때라는 것을 은연중 깨닫고 소중했던 모든 것을 그대로 놓아둔 채 떠나는지도 모른다. 한여름 밤에 부는 더운 바람은 아무도 모르게 혼자만의 슬픈 고독을 풀기 위해 떠나는 그들에게 뒤돌아보지 말라고 되려 냉랭하게 스쳐 지나가는지도 모르겠다. 또한, 그래서 어떤 사람은 현명하다며 갈채를 보낼지도 모른다. 하늘에 별들도 모르는 척해 주는 듯 덩달아 구름 속으로 숨어 버렸고 달도 밝은 빛으로 움츠러드는 가슴을 비춰 주려다가 그만 구름으로 들어가 눈감아 주었다.

　울컥거리는 가슴을 한없이 쓸어내리며 어찌 될지 모를 길을 소리쳐 울 겨를도 없이 한 발 한 발 옮길 때마다 마음이 비워진다. 장 씨의 등에서 겨우 내린 큰벌교댁은 수렁에 빠진 것처럼 걸음걸이가 힘겹다고 하겠지만 이제는 멈출 수가 없다. 바랄 것도, 해 줄 것도, 서로 묻지 않고, 더욱이 다짐도 없다. 다만 흠뻑 적신 땀이 대신 대답을 해 주는 듯 서로 꼭 잡은 손에 힘이 느껴진다. 말이 없는 장 씨는 비실거리는 어깨를 안아 부축해 주며 다른 손으로 가늘게 떠는 손을 꼭 잡는다. 큰벌교댁 역시 말없이 온몸과 마음을 맡기며 그의 가슴에 얼굴을 깊숙이 파묻으며 한기를 진정시킨다.

56. 판석과 순영이

 손자를 가운데 놓고 만지기도 아까워하는 아내와 좋아하는 아들을 달구는 마루에 걸터앉아 넋 놓고 바라본다. 지나온 세월이 손자의 얼굴에 씻을 수 없는 먹칠이 되지 않을지 내심 염려스럽다. 세상에 둘도 없는 보물을 집안에 들일 줄 누가 알았단 말인가. 무어라 표현할 수 없을 만큼 기분이 알알하니 묘해진다. 미소만 짓는 순영이 옆에 판석은 바짝 앉아 아기와 순영을 번갈아 보며 웃음을 감추지 못한다.
 "판슥아! 좋냐? 순응아이! 니두 좋냐?"
 달구는 눈을 가늘게 뜨고 할 말을 잃은 채 고개만 끄떡이는 판석을 바라본다. 순영도 판석의 팔을 슬쩍 잡아당긴다.
 "느들! 단단히 듣그랑! 느 엄니에게 째깐이라두 대드는 눈치라두 보이믄 냉증히 내쫓을 그랑게! 믄 말을 씨부렁그리는 알쥐?"
 판석과 순영은 서로만 바라보며 웃음이 가시지 않는다.
 "요론! 주둥 뭣할라 웃음만 흘리나미? 좋아 죽으… 죽긋쓰….”
 날카로운 달구의 말도 들은 척도 않고 판석과 순영이는 오래된 부부처럼 눈치도 볼 것 없이 손을 꽉 붙잡고 얼굴을 마주 보며 웃고만 있다. 작은벌교댁은 그저 손자의 손도 만지기가 아까워 연신 오물거리는 입만 바라본다. 감격에 겨워 이내 눈시울을 적시고 만다. 달구는 식당에서 주인에게 허리춤에 숨긴 고기 한 점 때문에 망신을 당하던 아내의 모습이 다시 떠오른다. 쩔쩔매던 그 모습에 자신이 귀싸대기를 호되게 얻어맞은 것처럼 알 수 없는 감정을 눌러 참으며 가슴이 뭉클거린다.

"참말로 사램 사는 맛이 난당게로."

아내는 손자에게서 눈을 떼지 못하고 '손을 오므렸다 폈다' '깍꽁깍꽁' 되풀이만 하는 모습에 멍하니 바라만 보다가 달구는 슬그머니 밖으로 나온다. 여느 때처럼 할 일 없이 밤길을 이리저리 헤매다 잠시 멈추고 가슴을 문질러 본다. 늘 허전했던 가슴에 뭔가 차오른다. 여름의 한가운데에서도 따스함이 감돈다.

"오늘 밤으삼 날밤을 새도 날으다닐 굿만 같당게롱."

하늘을 이리저리 바라보며 자꾸만 같은 말만 중얼거린다. 그는 가슴을 문지르며 진심 어린 웃음이 가득하게 번진다.

57. 달구의 눈물

우물가를 지나 읍내로 내려가는 길모퉁이에서 누군가 거친 숨소리를 내며 걸어가는 소리가 난다. 살짝 비켜 심상치 않은 숨소리에 본능적으로 귀를 기울인다. 축 늘어진 누군가를 업고 가는 사람이 장씨인 것을 알아차린다. 업고 가는 사람이 누군가 싶어 눈을 반짝이며 살금살금 뒤따라가다 말고 달구는 깜짝 놀라 그 자리에 그대로 멈춰 그만 주저앉아 버린다. 처형인 것이다. 천하에 둘도 없는 눈치 빠른 그는 보통 일이 아니라는 것을 직감하자 온몸에 힘이 빠진다. 고양이처럼 냉정하기 그지없던 처형의 축 늘어진 뒷모습에서 한낱 나약한 여자로 보이는 자신의 눈이 참으로 기가 막힌다. 그 자리에서 일어나지도 못하고 머릿속이 새하얗게 비워진다. 순간순간 머리가 잘 돌아가는 그도 판단력을 잃고야 만다. 인정사정 볼 것도 없이 야반도주하는 그들을 붙잡고 끈덕지게 가로막겠지만, 큰 죄를 지은 사람들처럼 고개를 들지 못하고 서로를 부여안고 걸어가는 모습에 넋을 놓아 버린다. 달구는 그간 억눌려 살아왔던 세월에 누적된 우울함이 한꺼번에 쏟아져 나온다.

"이글 으쩌람 말이요! 하필이면 내 눈에 들어왔스 골치 아프게 됐당게롱… 시상 태나서 요렇게 심각한 맴은 첨이랑게라. 자슥 눔이 일을 저질르쓰드 좋기만 했승게라."

침착하게 마음을 가다듬고 슬그머니 일어서 먼발치에서 곧 죽을 듯이 매달려 가다시피 하는 처형의 뒷모습을 바라보다가 힘이 넘칠 만큼 끄떡없이 부축해 가는 장 씨의 등등한 기세가 느껴지자 달구의 창백한 얼굴에 점점 미소가 흐른다.

"별 수 읍씨 단 한 방에 가셨구만이여라."

비웃기는 했지만, 한편으로는 그 모습이 처량하기가 그지없어 보인다. 손톱을 물어뜯으며 교식의 새하얗게 질리는 얼굴을 떠올린다. 그저 바라만 보다가 이내 미소를 머금으며 눈치를 못 채도록 살금살금 뒤따라간다. 기차를 타는 그들을 향해 자신도 모르게 손을 흔들어 준다. 기차가 보이지 않을 때까지 손이 쥐가 나도록 움켜쥐고 있다가 아직도 흔들리고 있는 철길로 다가와 걸터앉아 막막하게 하늘을 올려다본다.

"참말로 요상도 하구마? 아까쯤 무수하겜 별들이 쏟아질 만킴 많드니만스두 으디로 숨어 버렸는가미."

그는 하늘을 향해 아직도 가라앉지 않은 충격으로 울먹거린다.

"성님이 허락했구먼이어라! 성님이 한 일 중 질루 잘했당게요. 츠형 두 여자가 되어 남은 생 살으야 안 되긋스라."

하늘을 바라보며 동서의 얼굴을 떠올린다. 웃는 모습이 눈에 아른거린다. 인자한 눈빛으로 사람 같지 않은 자신을 내려다보고 있는 것 같다. 못난 자신 대신 노름꾼들에게 죽지 않을 만큼 맞고도 끌어안고 울부짖는 그를 향해 '쉿!' 하며 입가에 미소를 지으며 안아 주던 일이 떠오른다. 얼음장 같은 가슴이 뜨겁게 뭉클거린다. 세상에 마누라 말고 사람대접해 준 유일한 사람인데… 하는 생각이 드니 장 씨가 죽이고 싶도록 미워지다가… 비틀거리는 처형을 힘차게 끌어안고 가는 모습이 크게 다가온다. 삼복더위에도 아랑곳하지 않으리만큼 서릿발 같은 처형을 녹인 것을 생각하니 그 또한 존경스럽다는 생각이 든다. 왠지 모르게 가슴이 뜨거워지면서 등줄기를 타고 내리는 땀이 오싹해진다. 몸을 옴츠리며 하늘을 바라보며 동서의 얼굴을 다시 떠올린다.

"쓩님! 나 참말로 잘했지라? 순응은 둘째 치곰 츠형 눈 딱 감꼬 손 흔들어 준 고이 말이지라. 그래두 간만에 사램 노릇 했지라?"

사람들이 벌레라도 보듯 멀리 피하고 손가락질하는 것이 싫었다. 초저녁에 잠시 눈을 붙였다가 슬그머니 다 잠든 골목을 헤매었다. 어쩌다 동서를 만나게 되면 조금의 망설임 없이 팔짱을 끼고 함께 있던 사람들에게 막내동서라 당당하게 소개해 주었다. 동서가 일찍이 이승을 등진 것이 야속하다는 생각에 울컥해진다.

"우야튼 나가 쥑일 눔이랑게요. 돌아가시지 않았으믄 남들보다 먼즈 샘도 팠을 그이고 저 샘쟁이도 만나지 않았을 그 아니다요! 이자는 엎지러진 물이 되야스니 으쯔라!"

달구는 기차가 떠난 열기가 남은 기찻길에 앉아서 울부짖는다.

"승님… 어찌 맴이 짠허요… 이 풍경을 어찌 해석허믄 쓰긋소? 꼬새기한티 으찌 말할랑가 대갈박이 오그라든다요."

능변인 그가 말문이 막힌다. 자신이 오히려 큰 죄를 지은 것 같아 눈앞이 깜깜하여 계속 동서를 향해 몸부림을 친다.

"참말로! 맴이 거시기하요! 가심이 쩌릿쩌릿하여라…."

달구는 고개를 둘레둘레 흔든다. 주저할 것 없이 이 오밤중에 고래고래 소리를 지를 것을 그랬나 후회가 된다. 떠나 버린 기차를 이제와 잡을 수 없다는 생각이 드니 웃음밖에 나오지 않는다.

"느 엄니 일꾼 따라 야반도주했다고 모락스리 말하믄 될랑가요? 으쩜 좋소? 내는 모릉께 속 시원 말혀 보셔라."

몸부림치는 자신에게 '잘했어. 아주 잘했어!' 하며 등을 쓰다듬어 주는 동서의 너그러운 미소를 떠올리며 스스로 위로도 해 본다.

"승님요! 요래 감당하기 힘든 풍경을 눈에 뜨게 흐 요로콤 고민혀 게 혀요! 복잡한 그 싫으허는 그 뉘보담 잘 암시요."

허공을 바라보며 줄줄 눈물이 흘러내린다.

"나가 울 엄니 보냄시롱 인생이 기막히구 지겨웜 눈물 한 방울 안 흘렸구마니… 근디 말이라… 울 엄니는 떼끄리 땀시 개가를 밥 먹듯 했지만… 츠형은 느낌이 달랐스라. 얼음덩 같은 요 가심이 짠했스라. 진심이 느껴졌당게라…."

눈물을 닦아 내며 벌떡 일어나 집으로 잔뜩 긴장을 하며 잽싸게 걸음을 옮긴다. 평소에는 달달대며 걷던 걸음걸이가 방정맞아 보였지만 오늘은 같은 걸음걸이임에도 오히려 달달 떠는 것 같다. 뒷모습이 너무나 심각하다.

58. 달구와 판석

달구는 밤새 마루 끝에 쪼그리고 있다. 생각에 잠겨 밤을 새웠어도 마땅한 곳만 뚫어져라 바라보는 눈빛이 초롱초롱하다. 머리도 맑다. 판석이 늘어지게 하품을 하며 나온다. 그림자만 봐도 눈에 쌍불을 켜고 욕부터 하는 아버지가 자신을 보고도 반응이 없다. 왠지 이상하게만 느껴진다.

"뭔 일 있으라? 뉘 잡을려 껀수 꾸밀 일이 있는 갑제요?"

"물지게 질 일도 없을 틴디 뭣 땀시 일찌김 일났다냐? 군디 갈 띠까지라도 샥시 끌안구 실큰 자빠 있구슬…."

빈정거리며 요리조리 살펴보는 판석에게 평소 같으면 뭐라도 하나 집어 던졌을 텐데 고개를 떨군다.

"가만히 자빠져 있으믄 울 샥시랑 세끼 맥여 살려 줄 수 있당가요? 품팔이도 해서 쨈이라돔 쥐으 주곰 갈라요. 떳떳하겜스리!"

"군디 지대할 때까짐 맥여 주고 재워 줄낑게 편히 쉬그라."

조용하게 대답만 하는 아버지를 판석은 요리조리 살펴본다.

"아부지! 참말루 고맙당께라. 지가 어지는 좋아 죽을 뻔혀서 지대루 인사를 못 했스요."

입언저리에서 웃음이 뚝뚝 떨어지는 판석을 보면서 넋을 놓고 바라만 본다.

"고 주둥 얌즌하게 있그라! 윤치리한티 우쭐대지 말곰시! 지금 눈 앞이 닥츤 일만두 깜깜하당께?"

"낸 죽은 사램보담 산 사램이 더 무섭소."

판석은 도리어 기가 살아 당당하게 말한다.

"근디 으디가 아프요?"

"공순하라- 이 말임시."

타이르는 말투가 왠지 석연치 않다. 아버지답지 않은 것이다. 이런 행동에 여지없이 뺨따귀라도 후려갈겼을 텐데 말이다. 눈빛마저 걱정이 가득하고 온몸이 기운이 없어 보인다. 아들의 버릇없는 행동에 아랑곳하지 않고 달구는 깊은 생각에 잠겨 내내 한 곳만 뚫어지게 바라만 보고 있다.

"엄니요! 요태 뭐 허요? 마루 끝서 끙끙대곰… 아무튼 이상허요? 사기는 당흔근 만무그 아무래두 못 볼 글 본 그 같소잉."

판석은 고개를 갸우뚱거리다 소리를 버럭 지른다.

"조용하그라! 느 마늘! 느 새끼! 편케 곤흐 자는디 깰라."

'쉬-' 하며 생전의 동서를 다시 떠올리며 흉내를 내 본다. 결코 어울리지 않는 것 같아 '피시시' 웃는다. 하루아침에 낼 수 없는 흉내라는 생각에 지난 세월에 대한 후회가 밀려온다.

"니는 이 아부지츰 되지 말그라잉. 그럴르믄 고 대갈박 오물부텀 싸그리 몽땅 개츤 물엠 씻스 버르- 말이랑게."

달구의 타이르는 말투가 싸늘하다.

"진짜롱 으디 아프시다요?"

판석은 가까이 다가와서 아버지의 얼굴을 요리조리 살핀다.
 "한물간 그같이 보이…."
 달구는 말을 끝내기 전에 판석의 뺨을 후려친다.
 "꼬럼 글치! 그래두 글치요? 내두 이자는 아 아비랑게라."
 판석은 화를 벌컥 내며 벌게진 뺨을 매만진다.
 "닥치곰! 이장허고 윤삼! 퍼뜩 꼬새기네로 오라 해라."
 달구는 계속 생각에 잠긴 채 조용히 이른다.
 "엄니! 뭐 허고 있다요?"
 방문을 활짝 열어젖히며 소리를 버럭 지른다. 소리를 지르는 바람에 순영은 아기를 안고 나온다. 그 와중에도 판석은 환하게 웃으며 아기를 받아 안고 좋아서 어쩔 줄을 모른다.
 "판슥아! 아그 니 샥시한티 앵겨 주고 이장허그 윤삼 아자씨 좀 꼬새기 집으로 부리나케 오라 하그라."
 달구는 재차 말하며 무슨 생각을 했는지 말없이 밖으로 나간다. 판석은 정말 이상한 생각이 들어 어깨가 축 처져 나가는 아버지를 바라본다. 슬그머니 아기를 순영에게 건네주고 세상모르게 자는 어머니를 마구 흔들어 깨운다.
 "엄니요! 요태끗 뭐 허고 있다요? 아부자가 마루 끝서서… 끙끙대고 있다가 나가는디… 어찌 이상허요?"
 "빌어 츠머글 늄의 쉐끼! 한참 달게 자구 있는디…."
 방문을 활짝 열어젖혀 허리를 굽혀 어머니를 재차 급하게 깨운다. 안 떨어지는 눈을 한 손으로 비비며 벗어 놓은 치마를 더듬더듬 허리에 감으며 짜증스럽게 욕을 해 댄다.

"아덜이 빌으먹으믄 좋긋소? 아무튼 후딱 나와 보랑게요!"

소리를 버럭 지르는 판석을 무시하고 아기를 안고 있는 순영을 향해 환하게 웃으며 아기를 달라고 팔을 내민다.

"낸 성츰 며늘 미우라 안 할껌! 손자두 끔찜 여길 그랑께."

"욕할 증신 있소? 이모 흉볼 증신 있소? 엄니 서방님! 이상허요! 날 받아 논 사램 같소! 어여 이모집으루 가 봅쇼?"

"무! 뭐라야?"

작은벌교댁은 그 말에 정신이 들며 치마를 너펄거리며 한걸음에 뛰쳐나온다.

"순응아이! 매늘아이! 니는 언네 꼭 끌어안고 방문 걸어 잠그구 누가 와두 즐대루 쫄때루- 문 열어 주지 말그라잉."

작은벌교댁은 급히 이르며 치마를 추켜올려 대며 뛰어나간다. 판석도 방에 들어가라 손짓을 하며 급하게 뒤따라 나간다. 나가다 말고 다시 와 사립문을 아예 잠가 버린다. 가는 길을 멈추고 앞질러 가는 어머니를 넌지시 바라본다. 아버지라는 말만 듣고도 이유도 묻지 않고 정신없이 가고 있는 모습이 말문이 막힌다. 아니, 아버지에게 온전히 매여 사는 어머니의 인생에 자식이라도 딱 부러지게 해 줄 수 없는 복잡함이 밀려온다. 정신없이 뛰다시피 걸어가는 뒷모습을 바라보면서 머리를 내두르더니 판석은 이장댁으로 급히 달려간다.

59. 교식의 집

달구는 교식의 집 대문을 살그머니 열고 들어가 마당을 휘둘러본다. 마당은 말끔히 정리되어 있다. 아직 교식은 일어나지 않았나 보다. 안방 쪽으로 눈길이 먼저 간다. 주인이 없다고 생각하니 훈기가 느껴지지 않는다. 아침부터 땀이 나는 한여름인데도 마음조차 서늘하다. 안방 문지방에 손을 얹고 오만상을 찌푸리던 모습이 아른거린다. 우물을 슬쩍 들여다보고 교식의 방문을 서너 번 흔들고는 다시 우물 쪽으로 걸음을 옮긴다. 교식은 부스스한 얼굴로 나오니 뜻밖에 달구가 우물곁에서 서성이고 있다.

"이모부! 으쩐 일이요? 식전 댓바람에…? 이모부가 흔들었다요? 지는 엄니가 또 뭔 일로 흔드나 후다닥 나왔스라…."

뒤따라 나온 조카며느리가 목인사를 하며 부엌으로 들어간다.

"니는 어젯밤에 뭐 했다냐…?"

달구는 아무것도 모르는 교식의 환한 얼굴을 한참 바라보더니 감정이 북받쳐 대뜸 나무라는 말투로 물어본다.

"뭐 했냐고라? 이모부가 가고 장 씨 아자씨가 마루에 말없이 앉아 있기에 멋쩍어서 슬그머니 들어갔지라?"

"마당 어지러진 그 기냥 냅두고?"

"그냥 무심히 들어갔지라…."

교식은 머리를 문지르며 머쓱하게 웃는다. 달구는 장 씨가 이리저리 돌아다니며 마당을 치우면서 안방의 눈치를 살피는 그 애타는 심정이 그려진다. '감정이 끌리는 것을 보면 자신이 달라지긴 달라졌나 보다….' 하며 고개를 내저으려는데 사람의 소리가 듣고, 경석이 양손에 돈을 쥔 채 교순의 방에서 나온다. 눈치 빠른 달구는 '아차' 하는 마음에 교식을 빤히 쳐다본다. 차마 받아 갈 수 없어 마루 끝에 품삯을 놓고 갔다는 생각이 재빠르게 스친다.

"고! 꼬새가!"

 교식은 우물 안을 들여다보다 흐뭇한 미소를 머금으며 고개를 쳐든다. 달구의 평소 목소리가 아니었다. 이미 넋이 나간 얼굴이 창백하다. 그런 모습에 기분이 싸해진다.

"고색아! 느그 엄니 방에 기신가 보그라!"

 교식은 반쯤 넋이 나간 달구의 차분하고 젖어 있는 말투에 수상쩍다 여기며 안방으로 무심히 고개를 돌리자마자 경석의 손에 들린 돈뭉치를 보고 먼저 깜짝 놀란다.

"엄니 기신가 보랑께! 느 새끼 으디 갈 끄 아닌께 넙두꼼!"

 교식이 경석을 보듬으려 하자 달구는 그의 특유의 소름이 끼칠 만큼 차분한 목소리를 높인다. 교식은 마당 한복판에 서서 조용히 말을 하다 끄트머리에서 소리를 냅다 지르는 달구의 목소리에 어리둥절해 쳐다보더니 경석을 옆으로 비켜 세우며 허리를 굽혀 안방 문을 열어본다. 경석 엄마는 부엌에서 무슨 일인가 얼굴을 내밀더니 깜짝 놀라 여기저기 떨어진 돈을 주워 모은다.

"……."

 방 한쪽에 솜이불이 가지런히 개어 있고 그 옆에 개어진 삼베 이불도 한눈에 보아도 후줄근해 보인다. 그런데 누워 있어야 할 어머니가 보이지 않는다. 교식은 본능적으로 머리끝에 찌릿한 전율흐르면서 다리가 후들거린다. 달구를 바라보는 눈빛이 흐려진다.

"가셨당께! 어지밤이 샘쟁이랑… 냉증히… 가 뿐쯔당께롱!"

 달구는 날카롭게 교식을 향해 남의 말인 듯 쉽게 말해 버리고 그제야 평상에 털썩 주저앉는다. 교식은 얼굴이 새파래지며 그 자리에서 온몸을 부르르 떤다.

"떨 끄 웁땅꿰!"

 가슴을 후비는 고양이보다 더 날카롭고 냉정한 목소리에 통증도 느낄 수 없는 것 같다. 그저 귀가 먹먹하다. 마루 끄트머리를 잡고 그대로 무릎을 꿇는다. 며느리는 무슨 뜻인지 몰라 안방으로 들어가 본다. 시어머니는 보이지 않고 이불만 구석에 가지런히 개어져 있다. 그런데 소름이 돋을 정도로 무서움이 느껴진다. 숨도 쉴 수 없어 경석을 꼭 안고 마루를 내려온다.

"나가 괭이츠름 밤이 돌아다니 그 알줴? 근디 저쪽 우물 언덕백을 돌아올 저그 둘서 가는 글 봐 뿌렸당께…. 뒤밟아 봉께롱… 기차타고 뒤도 안 돌아보곰 가더라꼼씨이!"

 달구는 벽에 걸린 동서의 사진 밑 부분이 얼핏 눈에 들어오자 울컥거리는 감정을 숨기려고 화를 벌컥 내 버린다.

"뭔 일이다요…? 판새기 아부지….'"

 작은벌교댁은 대문에 들어서자마자 시무룩이 성질을 죽이고 있는 달구 앞으로 무작정 달려온다.

"바퀴가 달렸스! 달려 뿌럿당께. 고 걸음 밤시 뭐 했당가?"

 달구는 부랴부랴 달려오는 아내를 향해 빈정거린다.

"뭔 일로 혼이 나갔다요? 며늘 손즈 델다 놓곰스요! 증신줄만 단단히 붙들으 매소!"

 그는 핀잔을 주어도 달구 앞으로 거의 울먹이며 다가온다.

"이모님!"

 조카며느리는 경석을 안은 채 댓돌 아래에서 꼼짝 못 하고 있다. 겁에 질려 울먹이다시피 아무것도 모르는 이모를 부른다.

"자니가 싸게 말해 봄시? 이모부한티 뭔 일 있는겸? 조기 늙은 과부가 심통을 부린겨? 그랬다문 가만 안 둘그랑게!"

그는 두리번거리다가 내내 한마디 대꾸도 못 하고 서 있는 조카며느리를 다그친다. 댓돌에 무릎을 꿇고 마루 끄트머리에 얼굴을 대고 엎드린 채 말 없는 교식이 눈에 들어온다.

"뭔 일 있다냐? 성이 억지를 부렸나미? 아구! 작작 쫌 허짐. 우물 파 놓구 시끌그려두 꿈쩍두 안 했꾸머님."

아무 일도 아닌 것 갖고 트집을 잡나 싶어 열린 문 쪽으로 고개를 돌려 인상을 찌푸린다.

"은제까즈나 과부 심통으로 살라요. 식즌 댓바람부텀!"

또 머리채를 잡힐까 들어가지는 못하고 소리만 지른다.

"어머니가 안 계셔요."

등 뒤에 대고 조카며느리는 간신히 말을 꺼낸다.

"뭐라고라? 뭔 말이다냐? 갈 데가 으딨다곰?"

그는 갑자기 이상한 생각이 들어 댓돌에 올라 한걸음에 신발을 급히 내팽개치며 마루를 생각할 겨를도 없이 곧장 펄쩍 올라 눈을 반짝이며 방 안을 이리저리 들여다본다.

"울 집둠 이 날 요태 헐 일 읍씨 안 왔는디 으딜 갔다냐."

급히 덤벙거리며 둘레둘레 안방을 휘둘러본다. 고양이처럼 한쪽 무릎을 세우고 눈살을 찌푸리던 그 모습이 보이지 않는다. 가지런히 그것도 한여름에 솜이불까지 개어 놓은 것을 보고 기분이 싸하다. 삽 시간에 불안이 밀려온다. 머리가 찌릿하고 등골이 오싹해진다. 그는 뒤돌아 여전히 기운이 빠져 말문이 막혀 있는 교식을 향해 입을 씰룩쌜룩 비틀어 가며 눈꼬리를 치켜세운다.

"둘이 밤이 껴안구 뒹글믄서 과부 심퉁 이해 못 해 주남?"

그 말에 경석 엄마는 얼굴을 붉히며 고개를 숙인다.

"이모! 아저씨랑 어젯밤에… 이… 이모부가…."

눈치 빠른 작은별교댁은 말문이 막힌다. 교식의 힘 빠진 대꾸에 눈이 벌게지며 얼굴이 달아오른다. 여전히 댓돌에서 일어날 줄 모르는 교식을 한 번 더 바라보고 다시 안방으로 들어가서 솜이불을 훌러덩 펼쳐 본다. 쉰내가 진동한다. 이불을 밀쳐 내며 몸부림을 치더니 울음을 터트린다.

"아고! 성! 그런 고였당께! 그런 거였스라! 난 것두 몰곰 요 방정맞은 주둥으로 과부 타령을 지금도 했스라."

방 안을 휘- 둘러보며 방바닥에 철썩 주저앉는다.

"아구메! 그랑께- 근본두 모르는 뜨내을 냉큼 따라갔스라!"

"닥치지 못허끗! 알고 봉게 눈치가 코치랑게. 쥐세뀌마냥 뜰락딸락 하믄스리… 주으 날을 줄만 알았줴 눈치둥 몰꼼!"

달구는 벌떡 일어서며 일말의 여지도 없이 야멸차게 쏴붙이고 다시 앉으며 생각에 젖어 든다. 며느리는 달구의 눈빛에 그 자리에서 온몸이 얼어붙은 느낌이 들어 옆으로 얼굴을 돌린다.

"성! 미안혀스 으쩐다요! 이 방정맞은 요주둥 땀시 을마나 부글거렸을까이… 나가 성한티 내세울 그 서방허곰 사는 그… 고것밖이 읍써서… 아구 미안스러 으쩐다요-"

눈물을 뚝뚝 떨어뜨리며 농을 매만져 보고 열어도 본다.

"맨드르한 농이며 비단 이불이 뭐시요. 거즉떽두 둘이 덮으야 잠잔 맛이 나지라! 다 쓸잘땍 읍지라! 고걸 깨친 그시오! 이제삼!"

다시 방바닥에 철썩 주저앉아 청승맞은 곡소리를 내며 늘어놓는 넋두리에 교식은 고개를 들어 방 안을 멍하니 바라본다.

"니는 모르지라? 민망혀서 고개를 못 들그지라?"

교식 내외를 번갈아 쳐다보며 곱지 않은 시선을 보낸다. 교식은 마루 위로 허리를 길게 굽힌다. 목에서 터져 나오지 못하고 목을 조일 것 같은 끓어오르는 신음을 내며 몸부림을 치기 시작한다. 달구는 벌떡 일어나 끌어안고 등을 다독인다.

"물 좀 떠 오랑게. 이러다 숨 넘어 가긋씀."

달구는 다급하게 소리를 지른다. 작은벌교댁은 달구의 말이 끝나기도 전에 잽싸게 물 한 대접을 마루에 가져다 놓고 손으로 이마에 물을 축여 주고 입술에도 물을 축여 준다. 교식은 정신을 차리고 울부짖는 짐승의 소리를 냅다 지르며 달구의 품에 안긴다. 달구는 등을 토닥이며 열린 교순의 방 안을 들여다본다. 밖에서 떠드는지 마는지 이불을 말아 끌어안고 입을 딱 벌려 침을 흘리며 자고 있다. 방 안에는 경석이 제일 먼저 일어났나 보다. 마루에 놓인 봉투를 보고 가져다가 잠자는 교순의 옆에 앉아 꺼내서 놀았는지 돈봉투가 찢어져 있고 돈이 방 안에 가득히 널려 있다.

"조카매늘은 얼릉 드가 돈 좀 챙그!"

달구도 침이 말라 기어들어 가는 소리로 간신히 말하고 나서 교식을 마루에 눕혀 놓고 아직도 혼란스러워하는 교식을 바라본다. 눈에는 눈물이 글썽글썽 고이더니 주르르 흘러내린다. 그러면서 누운 채 교식은 달구를 바라보며 멋쩍게 웃는다.

"나가 으제밤이 벼락을 맞으 미친눔츠름 그리를 헤맸당께."

그제야 달구가 한마디 한다.

"바루 와서 이르지 그랬스라!"

"그람 해골되는감? 나 발이 천 근이였당게롱."

달구의 말투가 가라앉고 부드럽다.

"기차는 이미 뜨 뿌렸는디… 어찌 잡을 그랑께… 밤시 니게 어찌 말할까 궁리혀도 대갈박이 굳어 뿌려 아무 생각도 안았당께… 요래 고민으 빠진 근 첨이란께."

"엄니는 끝까지 나를 가만두지 않는다요. 가슴을 갈기갈기 찢는다요! 편케를 못 혀요! 으찌기-"

달구는 다시 몸을 이리 둥글 저리 둥글 몸부림을 치는 교식을 손을 잡고 등을 쓰다듬어 준다. 진정하려 애를 쓰며 고개를 돌려 안방을 휘둘러본다. 텅 비어 허전해 보이는 방 안이 눈에 가득하게 들어오자 교식은 소리 없이 눈물을 뚝뚝 떨어트린다.

"자니가 식전 댓바람에 잠두 안 자구 사람을 불러들였당가? 이 시간이믄 오밤중인 그 알 사램은 다 아는디."

이장은 운삼의 뒤를 나란히 따라 들어온다. 마루 끄트머리에 교식의 손을 잡은 채 병든 닭처럼 앉아 있는 달구를 향해 한마디 던지며 들어온다. 판석은 먼저 우물 안을 들여다본다. 물이 찰랑찰랑 고여 있는 것을 보고 흐뭇해한다.

"엄니는 블써 왔다요? 그런디 아부지 옆이 달싸기 붙어 기시지 안방서 기신다요? 오매? 엄니두 혼이 나갔다요?"

판석은 얼굴을 돌려 빈정댄다. 이장도 아무 대꾸도 없자 우물곁을 둘러본다.

"뭔 일 있당가?"

심상치 않게 시무룩해 있는 그들을 둘러보더니 다시 물어본다. 운삼은 안방만 바라보는 교식에게 말없이 다가온다.

"아자씨!"

교식은 다시 넋 나간 눈빛으로 말을 잇지 못한다.

"참말로 뭔 일 있는가 베! 있자?"

달구의 옆구리를 건드리며 대답을 재촉한다.

"츠형이 갔스라. 어지밤 샘쟁이랑 기차 타고 휘릭 내빼쓰라…."

달구의 말에 믿어지지 않는 건 운삼뿐이 아니고 이장도 마찬가지다. 운삼은 눈을 부릅뜨며 달구의 등을 후려치려다 그만 팔을 내린다. 교식은 반은 정신이 나가 마루에 엎드린 채 안방만 넋 놓고 바라보고 있다.

"아줌니! 참말이다요?"

이장은 우물 구경을 하다 말고 급하게 발길을 옮기며 버럭 소리를 지른다.

"나가욤시 밤길 어정그리다 당황스럽게두 눈에 띄었스라."

이장과 운삼은 말문이 막혀 서로 얼굴을 바라본다. 안방을 기웃거리며 비록 주인이 겨울 동지섣달 찬 바람 같았지만 횅하니 주인이 없다 해서인지 싸늘한 기운이 감돈다.

"이모두 별수 읍당게! 땍땍 사납게 폼만 잔뜩 잡았지 결곡은 꼴까닥 쓰르지고 마는 요자였당께! 나가 진즉에 알아봤스라."

판석은 옆에 풀이 죽어 서 있는 형수를 쳐다보더니 얄궂은 웃음을 흘린다.

"나가 물동 지고 식즌에 들어올 때 성 방 앞서 귀 기울임스 서승이는 고이 봤지라. 글고 그 샘쟁이 아자씨랑 마당서 어설프게 서 있는 곳두… 고게 바로 고거였구만요잉!"

경석 엄마는 판석이 말이 다 끝나기도 전에 부리나케 경석을 안고 방으로 들어가 버린다.

"조! 빌어 츠머글! 주둥을 대놓곰 나불거렴!"

작은벌교댁은 침을 튀겨 가며 소리를 지른다.

"엄니는 아들한티 악담을 혀요."

"그럿! 늄아! 온 동리방리 꽹과리 두둘기며 다닐 끄랑게."

"근디? 어쩌라. 이쁜 샥시랑 손자가 쫄쫄 굶고 있으믄?"

"둘 다 고 주둥알 꾹 다물지 못하근남?"

달구는 작은북이 단번에 찢어지는 소리를 내며 눈을 번뜩인다. 그들을 번갈아 째려보더니 다시 자리에 앉는다. 두 모자는 금세 얼음처럼 얼어 버린다. 뭐라 대꾸할 엄두도 내지 못하는 마누라와 덩치가 산 같은 아들이 단 한 마디에 꼼짝 못 하는 것을 보며 이장과 운삼은 그 모습에 말문이 막힌다.

"에이!"

판석은 잠시 주춤해 있다가 밖으로 몸을 돌리고 짜증스레 팔을 획 저으며 허리를 비틀어 댄다.

"저누므으 시끼! 으디라구 아부지 앞섬!"

작은벌교댁은 판석을 향해 허공에 주먹질을 해 댄다.

"판석아! 가려고?"

교식은 그래도 판석에게 고개를 돌린다.

"가야지라! 내한티 불똥이 튀그 전이 샥시한티 가 볼라요."

"핵교 가스 집이 일이 있다곰 한마디만 둘러대곰 오그라."

판석을 향해 달구는 교식이 대신 심부름을 시킨다.

"핵교 근츠엔 가기 싫은-디요. 오날은 특별히 갔다 오굿소! 핵교 구경두 하곰 학상들 공비하는 모습돔 보곰!"

판석이 눈을 찡긋거리며 대문을 나서는 모습을 수줍게 바라보면서 아내는 교식 앞으로 다가와 조심스럽게 손을 내민다.

"이거…."

"뭐시랑가?"

이모가 가까이 다가오자 건네주며 눈물을 보인다.

"이그 시계 아니당가?"

"어머니가 장에 가셨을 때 군대 가면 이모부님이랑 도련님께 드리라고 저에게 주셨어요."

며느리도 눈물을 닦으며 방으로 들어간다. 아내가 무슨 말을 하는지도 모르고 아직도 정신을 못 차리고 있던 교식은 몸을 돌리며 뒤를 돌아본다. 놀란 달구가 옆에 앉자마자 다시 끌어안고 소리내 울지도 못하고 등을 들썩인다.

"참말롱! 맴은 미리섬 준비혔스… 혔당게…."

달구는 한숨 섞인 채 중얼거린다.

"이 싯쯤에사 잉간이 말임시… 돈으롱도 치면으롱도 안 되는 긋이 있다는 글 깊게 새기믄 되야."

교식의 들썩이는 등을 나긋나긋한 목소리로 다독여 준다.

"저눔이 또 뭔 꿍꿍이를 꾸밀려구 저러는지…."

서로 눈빛을 맞추며 여전히 미덥지 못해 고개를 흔든다.

"아자씨! 이왕지사 일이 벌어쟜는디 으쩌것쇼?"

달구는 어정쩡하게 의심스러운 모습으로 서 있는 그들을 올려다보며 냉정하게 말문을 연다.

"글씨기 나도 놀래 뻔져서 뭐라 통 감이 집히지 않아스…."

"나도 가슴속까지 서늘흘 만치 놀래서 뒷골이 띵하당께라. 장 씨는 뭐시고 또 어지 대충 들옷지만 판새기 샥시는 뭐시다냐? 별안간 일이 벌어진께 통 증신이 없구머니."

그들은 차례로 한마디씩 던지며 눈치를 살핀다. 달구의 속을 떠보는 것 같다.

"말임사… 딴 사람들한티는 맞아 뒈져둠 할 말이 읍는 싹뚝므리 눈꿉짜가리 요맨코롬 읍는 눔이요라. 내만 보므스리 옴이라두 옮길까 피해 다니는 그 내라곰 모르겠스라? 허지만요잉… 꼬새기티는 진심이어라. 고론 눈빛은 확 기분잡츤당게요. 눈치밥 츠묵고 살으 눈빛만 봐두 측이믄 측이요라."

"뭐 어쩌라 했는가? 자니가 오날은 째금 거시기햐 고론구머니."

계속 교식의 등을 쓰다듬어 주며 안정을 시키는 달구를 향해 비윗살이 나은 이장이 대꾸를 하며 평상에 걸터앉는다.

"나 말이여라. 기운 읍으 한 마디두 하기 싫으 뒈질 판인디. 고래두 사태가 하 심각혀서 뒈질 힘으루 말하는 근께롱…. 오날만킴은 너고 롭겜 신긍 줌 써 주심 좋꺼스라."

달구답지 않게 말투는 거칠어도 차분하여 오히려 긴장을 시킨다. 이장과 운삼은 말없이 서로 바라만 본다.

"판색 저눔의 문제는 곰새 알게 될 그라 싹 제껴 놓구… 노굴즉으로 말흐 샘쟁이랑 매칠 새 눈이 맞아 야반도주했다- 동리방리 소문낼 수는 읍는 그 아니겠스라."

달구는 다시 빠르고 날카로운 말투로 사실을 말해 버리고 한 사람, 한 사람 번뜩이며 눈치를 살핀다. 교식은 그 말에 벌떡 일어나 정신을 가다듬는다.

"그람 머리 잘 굴리는 자니 말 즘 믄저 들어 보더라고?"

운삼은 거침없이 말하는 달구를 향해 단호하게 물어본다.

"이왕사 별으진 일잉께 증신 바짝 차리곰 이잔 부끄러 말곰… 빤빤스리… 능청스리 살으란 말임시. 요래 된 글… 오쪄! 뉘가 뭐람시 휘둘리짐 말곰! 휘말리지 말곰!"

달구는 먼저 교식에게 딱 부러지게 말을 한다.

"아구… 성이 참말로 딱혀요! 뜨낵 떠돌을 따라갔다요!"

"고 방증! 주댕무림! 딱 다물더랑꼼잉! 심각흐게 하는 말쌈으 뚝 짤람? 츠형 깊디깊은 속을? 알구 얄파닥흔 쌔를 나불곰… 엉?"

달구는 옆에 앉아 있는 사람들도 무색할 정도로 눈에 서늘한 광채를 번뜩이며 아내의 울음을 삽시간에 그치게 한다.

"방정 고 반은 태생이라 어찌할 수 읍다 혀두 고 반은 자니 눈초리가 막으 놨구머니라…."

"마눌라미… 지가 욕을 혀두 허구 패대기를 츠두 지가 패대기를 치지 당숙이 뭐라 할 번지수는 아니지라… 워따메-"

달구는 이장을 향해 눈을 번뜩인다.

"눈초리가 회초리보다 더 무섭고 소름이 끼치는구마니! 자니나 잘 허랑께. 뉘가 있으나 읎그나 면박 주고 지층구 주는그이…."

"핵교에스 말 안 듣고 니밀거리는 학상들한티두 고대루 써묵으믄 쓰것당게… 오금이 즈려 설설 길 거 아닌가 비?"

이장과 운삼은 달구를 바라보며 웃음을 터트린다. 달구가 퉤! 하며 침을 혀끝에 모아 발밑으로 공격적으로 뱉으니 그제야 두 사람은 웃음을 그치고 무안해한다.

"아구! 기가 죽어 나까짐 오짐을 지리긋넴."

"나두 그랴! 글타 치구. 밤샤 생각혔을… 머리가 획획 잘 돌아 뻔징께 말해 보더라고? 자네말루 전문 아닌감."

운삼은 달구의 얼굴을 살펴 가며 말을 하면서도 도대체 속을 알 수 없는 달구를 향해 고개를 갸우뚱거린다.

"뭘 골똘 끙끙댄당가? 뜸 들지 말구 싸게 말해 보드라고?"

이장은 궁금하기도 하고 답답하여 대답을 재촉한다.

"말이지라… 한 가지는… 생각혔지만 츠형이 고래 갔는디 꼬리가 길믄 탄로가 나기두 혀지만 고땜 고땜대롱 알아스 헐 일이구…."

다시 순해진 달구는 혀를 죽 내밀다 도로 집어넣는다.

"뭐신디? 고래 뜸을 드리남?"

이장은 잔뜩 뜸을 들이는 달구를 향해 짜증까지 낸다.

"나가 알 긋도…."

달구는 아내의 말이 끝나기도 전에 달싹거리는 입술을 향해 물그릇을 던질 기세를 취하니 입을 가리고 목을 움츠린다. 달구는 아무 일도 아닌 것처럼 눈빛을 바꾸며 말을 한다.

"죽었다공… 그만 밤샤! 일으나 봉께 자듯이 심장이 멈추?"

달구는 약간 더듬거리더니 잽싸게 한마디 던지고는 한 사람, 한 사람 번갈아 바라본다. 이장은 놀라 차마 대답도 못 하고 속으로 '역시 기분 나쁜 놈이다!' 속으로 중얼거리며 할 말을 잃은 채 역시 놀라는 운삼의 얼굴만 쳐다본다. 그래도 제일 놀란 사람은 교식이다. 세상 다 산 사람처럼 늘어져 있던 그가 고개를 번쩍 들며 달구를 똑바로 바라본다.

"놀랄 줄 알았당께! 그라믄 사람들한티 뭐라 말할 끈가?"

달구가 고개를 앞으로 내미는데 교식은 대답을 못 하고 이내 눈물을 글썽거리며 대신 이장과 운삼만 애타게 바라볼 뿐이다. 그들도 딱 부러진 대책도 없고 또 생각도 나지 않아 머리카락을 득득 긁을 뿐 말이 없다.

"그라믄 그 다음도 생각혔당가?"

운삼은 달구 앞으로 걸어가 댓돌에 오르며 어깨와 허리를 굽혀 툭 치고는 넌지시 물어본다.

"거짓부렁 초상을 치름 되는 그 아니긋소. 저녁밥 잘 들구 아침 들라 하니 대답이 읍써 방문을 열어 봉께라곰…."

"허기사 밤샤 안녕이란 말이 있기는 있쟈?"

이장은 끄떡이며 운삼을 오라고 손짓을 한다. 그다음 말을 기대하며 달구의 입술을 주시한다.

"바로 고그지라. 다음은 알아스 허야지 않긋스라… 고래스 지가 식전 댓바람에 부른 이유여라… 뭐 좋은 일이라구 오라 불러겠스라? 내는 앞이 나서는 그 죽기보다 싫응께라."

"잠시 생각해 봐야 되겠당께. 지당한 말인 그두 같구 아닌 그두 같구… 허지만스두 대원… 죽은 사램은 죽은 사램이구 선상질하는 교새기 치면은 생각혀야 하니께… 말여."

신중한 운삼은 더듬거리며 확실한 대답을 망설인다.

"바루 고-그-지라…."

운삼의 망설이는 말에 달구는 맞장구를 친다. 엄지손가락을 치켜세우다가 눈을 반짝이며 눈치만 보고 있는 아내를 바라본다. 갑자기 인상이 변하며 눈이 가늘어진다.

"쓰잘떽읍는 주둥! 딱 부쳐 뿐지? 나불대 말라- 말이줴-"

달구가 검지를 일자로 펴서 가슴을 향하다가 갈고리처럼 천천히 오므리는 순간 칼날처럼 새파래지는 눈초리가 작은별교댁의 가슴을 여지없이 관통한다. 겁에 질려 입을 꽉 다문다. 저절로 다리에 힘이 풀려 그 자리에 주저앉을 만큼 한마디만 하면 달구의 손가락이 곧바로 눈을 찌를 것만 같다. 이마에 식은땀이 흘러내리는 것을 닦아 내며 입가에 억지웃음을 머금는다.

"근디… 아침밥은 잡숴야 되지 않그스라?"

그는 기어들어 가는 목소리로 울상을 지으며 말을 꺼낸다.

"뒙 두슈! 엊즈녁 괴기가 푸지게 들어가 더부룩하요."

이장은 달구의 한 마디, 한 마디에 오금을 못 펴면서도 그 와중에 밥걱정하는 작은별교댁이 안 돼 보여 대꾸를 해 준다.

"걱정 말고 앉아 쉬시랑께요! 교새기 맴두 맴이지만 아줌니가 더 놀라셨긋소! 미나고나 상시 붙어살다시피 해쓴께라."

운삼도 작은별교댁을 위로해 준다. 기운이 빠질 대로 빠져 저절로 눈물이 덤벙덤벙 흘러내린다. 두어 발짝 옮겨 마루에 걸터앉아 서늘한 안방을 둘러본다. 그때 턱굴댁이 부랴부랴 들어선다. 모두 그의 방문에 당황한 눈빛이다. 그가 다가와 달구를 젖히고 교식이 옆에 비집고 마루 위로 올라앉아 한숨부터 내쉰다. 인사할 엄두도 내지 못하고 일어선다. 모두 당황한 눈치이다.

"아따 아줌니 힘 좋구만이여라잉. 할배 한 분은 넉근히 잡곳소."

"또 밥흐다 받치곰 송장칠일 있쓰?"

달구의 농담을 자연스레 받아 넘기며 먼저 치마를 걷어 붙이려 들썩이는 것을 보고 운삼은 셔츠 주머니에서 담배를 건네준다. 그제야 옆에서 이장도 인사 대신 라이터 불을 대어 준다. 그는 한 모금 길게 내뿜는 눈에서 눈물이 주르르 흘러내린다.

"나가 으지밤 염주따라 비리비리 해 주루 갔다가 밤차를 타고 나렸는디 샴쟁이랑 타고 가는 글 봤지라. 염주는 몸살이 나스 나 혼자 요래 왔당게라."

모두 얼굴빛이 파래지며 마주 보다가 다시 그를 바라본다.

"비실비실 언네츠름 기대구 있는디 어메 뜨그 놀라스 주딩 틀으막구 죽을 똥 살 똥 기차에 올라타는 글 보구만 있스당게. 염주가 내내 경문을 외는 목청이 어찌나 구슬픈지 내 설움에 겨워 츨츨 눈물을 흘리믄서 집으 왔당께."

담배를 한 모금 빨아 내뿜으며 교식의 손을 잡는다.

"느 어매! 욕하지 말그라! 샴 파기를 을마나 바랬는지 니는 몰껴! 만 슥지기 땅은 둘째 치곰 이 고래 등 같은 이 집을 다 물리치구 어찌 살지 모를 길을 따라가는 심정을 바라봐야 헐 그이랑게."

어안이 벙벙해 혼란스럽던 교식은 턱굴댁을 끌어안고 흐느끼는가 싶더니 이내 소리를 내어 울기 시작한다. 이장과 운삼도 얼굴을 붉히며 하늘만 바라본다.

"엄니는 끝내 내 속을 긁는다요. 나 속 썩으 문드러지는 그 그렇게 몰러준다요… 뻔히 알믄서…."

"으쩌긋냐? 암창난 살꽹이츠름 사난 느 어미두 을마나 힘들었스믄 그 먼 데쯤스두 이빨이 부딪츠곰 오돌거리는 글… 고 쏭질에 어디담 말두 못 혀 뒹글고리며 몸부림츠긋냐? 내두 그랬승게…."

턱굴댁은 한숨 대신 고개를 돌려 안방을 들여다본다.

"이 염츤에 솜이불까징 더퍼쓰고 뉘 들을감 끙끙! 을마나 애간장을 녹여쓰믄 느 아비가 눈감아 줬긋냐?"

텃골댁은 교식의 손을 잡고 한숨을 내뱉듯 담배를 내뿜는다.

"새끼 낳으 봐쏭게 알 그이 아닌가 비?"

그 말에 차마 고개를 들지 못하고 있는 교식댁을 넌지시 바라보다가 작은벌교댁에게 눈길을 돌리더니 빙그레 웃는다.

"이자 정신이 둔감? 그렇게 듣기 싫은 말 해 싸스 머리 끄들리므 욕묵으 쌌드니 이자는 그럴 일이 읍써진게 좋을 꼬잉! 요자에겐 스방이 질루 우센 그랑께."

그 말에 쉰내 나는 이불을 끌어안고 소리를 죽여 울기 시작한다.

"염뇨 말웃! 자갈밭에 내던져두 여봐라그 일구고 잘 살 틴게라. 그맨 시집살 견드 냈승게… 가스 맴 편케 살믄 된 그잼!"

"아구! 아줌니두 염주할매 비리비리 따라다니드만 머리꼭댁겜 허연 할배가 똬리를 틀구 앉아 기신 그 갑소!"

"시끄럽! 지금사 어느 때라구 으른 말쌈엠 빈증질이람 말임씸!"

단 한 마디로 입을 꾹 다물게 한 달구의 서늘한 핀잔에 얹히어 갑자기 담 밖에서 만복댁의 다 죽어 가는 비명이 들려온다.

60. 분노하는 만복

"으메! 으메! 나 죽소!"

"곯던 고이 터져 뿌렸꾸머니- 그날이 오날이였당게라."

턱굴댁은 인상을 잔뜩 찌푸리며 인사도 없이 대문을 나간다.

"아고! 사램 죽소! 이 사램 죽소!"

"니년이 사램-이다냐? 개-논이제에!"

만복의 성난 목소리가 담을 넘어 마루에 앉아 있는 사람들의 가슴에 비수를 꽂듯 얼어붙게 한다. 누구든 서로 굳은 얼굴로 바라볼 뿐이다. 진정으로 할 말이 없다. 간섭하고도 남을 작은벌교댁까지도 눈물을 글썽이며 말문이 닫혀 고개를 떨굴 뿐이다.

"아고! 동리 사람들! 이 무지렁 소만 아는 잉간이 내를 죽이요… 밤낮으로 소똥만 치구 사는 뭣도 모르는 잉간!"

만복댁의 죽어 가는 소리가 점점 가까이 다가온다. 동네 사람이 밖으로 나와 담 밖은 벌써 시끌시끌하다.

"맞으 가믄스도 술술 잘두 지꼴인당게."

"뭣두 모르믄 옥이는 어찌 맹그르 그이람?"

"지논만 꼴릴 줄 아나 비…."

순천댁과 대천댁이 화를 버럭 내며 만복의 편을 들어 준다.

"옥아! 옥아!"

그제야 사방을 둘러보며 옥이 이름을 불러 댄다.

"옥이! 고 주둥엠올리지두 말그라이."

"다급하니께라."

"차라리 갑똘을 부르젬-"

"정즉 아슬땐 고른 긋들은 꼬랑질 감추곤 십 리 밖으롱 내뺑께."

여기저기서 자신들 일처럼 화를 내며 손가락질을 해 댄다.

"니가 애미라믄 땟국물이 줄줄 흘도록 내버려둬긋냐?"

만복은 동네 사람들의 수군덕대는 소리는 이미 들리지 않는다. 뜨거운 숨을 내뿜으며 머리채를 바닥에 내팽개친다.

"터진 주둥! 나불거리그 화냥년이 따루 읍당께라."

"무덤덤한 사람이 화가 치솟으믄 무선 긋이 읍쓰라."

뒤에서 수군거리면서도 아무도 나무라거나 만복을 말리려는 사람이 없다. 그럴 줄 알았다며 고개만 끄떡이는 것이 만복만 몰랐다는 뜻일 것이다. 등잔 밑이 어둡다는 말이 이럴 때 쓰는가 보다.

"요 싯쯤스 터져 버린 글 보믄 츠형 운빨이 기가 막혀라. 잉간의 관심이 코앞이 닥츤 긋브터 몰리는 긋이 순스인께라."

의미심장한 미소만 흘리는 달구마저도 고이지도 않은 침을 억지로 뱉어 내면서 기가 막힌다. 지금 만복댁의 비명에, 코앞에 닥친 일이 기막힐 새도 없다. 하려던 말을 어떻게 이어 갈지 서로 마주 보고 눈만 끔벅거리고만 있다.

"으메! 사램 살리소! 쇠뭉치 같은 손이 내를 죽이오-"

만복댁의 비명이 마당을 울린다. 다시 내팽개치나 보다.

61. 역시, 달구

"캬! 츠형! 운빨이 기가 막히다요잉. 판승엠? 만북떡엠?"

달구는 손뼉을 위아래로 냅다 치며 그 자리에서 빙빙 돈다.

"만득 여핀이 요로코롬 길일을 잡아 줄 쭐 뉘 알아당가요?"

달구는 혓바닥을 날름거리다가 눈을 치켜세우더니 아내를 향해 팔을 쭉 뻗으며 검지로 입을 가리킨다.

"자니만 입조심험 됀다께롱. 한 열흘 영츤에 가 있드라공."

달구는 무슨 생각을 했는지 교식을 향해 웃음을 흘린다. 교식은 그런 달구를 멍하니 바라볼 뿐이다.

"둘째 성은 둑살시려 싫소! 나가 지레 죽긋소. 당신 지층구에 질려 죽는 고시 더 낫것스라… 머리를 잡혀두 큰성이 좋으라…."

잔뜩 울상을 짓는 목소리에 힘이 돋는다.

"어매? 아들 매늘 앞이 기 살려 주뜨니 서방 앞이섬 대들려곰? 식당일 배운다… 하공 갔다 오드라곰시! 남푠의 심오한 뜻을 긋이다… 고분흐 따를 긋이지… 독한 긋도 배우는고라 여김섬!"

조금의 인정도 없이 소리를 지르다가 다시 타이른다.

"알긴 알았스라."

금방 다소곳이 대답을 한다.

"근디 여그서 고 말이 왜 나온당가?"

이장도 소름이 끼치는 말투에 눈치를 보며 조심스럽게 묻는다. 별안간 뜻밖의 행동에 어리둥절하기도 한 것이다.

"만북이 푸닥그리에 휘리릭 바꿔스라. 중병이 갑작으 걸르 오밤중이 설병운으로 실르 가 고서 손 쓸 새 읍씨 죽었다구라… 뉘가 안부를 물어오면 고래 말허굼… 안물어보믄 말구라…."

말을 멈추고 휘- 둘러본다. 거침없는 말에 모두 할 말을 잃는다.

"마참 방학헐 끙께 식구들 다리고 설 처가롬 가공 그참에 교순두 델구 설 귀경도 시크구… 내는 이모랑 영츤으로 가곰… 판슥눕 군대 가 그 전 지 식구들 허구 오붓하게 보내겜 하구…."

운삼이 달구 옆으로 바짝 다가와 묻는다.

"판새기! 소문이 바루 그 소문이? 어제 자니가 말한 그?"

"고러라! 순응이 건든 눕이 바루 판새기으라."

운삼이 다시 묻는다.

"그람 슨응이 몰래 거둬 준 그 자니란 말인가?"

달구의 말에 운삼은 신기하여 눈을 동그랗게 뜬다. 아무리 아들 일이라 할지라도 인정을 베풀 리는 없기에 말이다.

"믿기지 않으라? 참말룽 나가 똥물로 목간을 한 인상으로 살아왔당게-게여. 참말롱 비관스럽스라."

달구는 머리를 득득 긁다가 덩달아 한숨을 내쉰다.

"고를 땐 딴판으로 보이는구머니라."

"맨발루 쫓끄나는 순응이 우물감서 발을 씻구 물루 배 채우는 그 보구 고 배 속스 내 핏줄이 배를 곯구 있다는 긋이 기가 막혔스라. 나 츠랑 닮은 그 같으… 정슨이 뻔쩍했으라… 곰보할매겜 몸 풀 때까짐 살펴달라 했지라. 엄니랑 끔찍했슨게라!"

"판새기 눕! 물지게로 단론되야 단방에 들어숫나 보다요."

작은벌교댁의 기어이 하는 말에 이장은 소리 내어 껄껄 웃는다.

"고때 고시에 삼신할매가 오셨나 봅시."

염주할매가 언제 들어왔는지 큰 소리로 웃는다. 모두 일어나 고개를 숙이며 인사를 한다.

 "말 들어 봉께. 달구 자니가 거간꾼은 거간꾼이당게."

 "그러게 말이어라. 감탄하구 있었스라."

 이장은 염주할매의 말에 대꾸를 하며 달구를 바라본다.

 "지가요. 원램 옴 뿌튼 늠이 아뇨라. 침이 말두롱 나불대 승사시킴 정즉 가장 중헌 셈을 할 띤 똥수간 갔다 나온 근 지들인디 주둥 싹 닦으럼 함께 눈깔이 확 뒤집흔 그지라. 그럼서 또 불르는… 고 심보는 뭐시라! 울크묵을 때로 울크묵구선…."

 염주할매는 끄떡이며 크게 웃는 것으로 인정을 한다.

 "고래 말 듣고 봉께 그럴 듯 하당께. 고건 그렇고! 고 문제는 뒤로 묻어 두고 코앞으 일부텀 상의허 보드라구."

 운삼은 침착하게 사람들을 둘러본다. 교식은 그 말에 또 넋이 나간 사람이 되어 운삼을 바라본다. 그런 교식을 운삼은 어깨를 감싸안으며 마루에 앉혀 준다.

 "고니끄 말여라. 말 많그 탈 많은 주둥알들이 문제여라. 지그 입두 지대루 해굴두 못 하믐스."

 "고렁께 으찌했습 좋겠스라."

 교식은 울먹이면서 몸부림을 친다.

 "병원스 손두 못 써 보구 가셨다 허구 시신은 객사라 집에 올 수 읍써 근츠 화장트섬 꼬실러 강에 찌쁘르 뻔졌다 하믄 되지 믈 극쩡이당가? 여서 번잡하겜 거즛 초상치는 근보담 훨 낫줴!"

 막힘없이 말하는 달구를 향해 어이없다는 눈빛으로 바라보면서도 사람들은 말솜씨에 말문이 닫히고야 만다.

"잘못했다간 여편들 입방아에 잘못 오름 대책이 읍땅께! 딴 디루 홀라당 뒤집히 뿌리는 근 삽시간이랑궤!"

맞는 말이라며 그들은 더 할 말이 없어 고개만 끄떡인다. 솔직하게 말하면 말한 대로, 거짓으로 말하면 말한 대로 동네 사람들의 입에 오르면 막을 수가 거의 아니, 불가피한 것이다. 사람들이 한번 그렇다고 인정하면 진실이 거짓으로, 거짓이 진실로 탈바꿈되는 것은 순식간이기 때문이다.

"고러다가 들통나믄?"

이장과 운삼은 잠시 뜸을 들이다가 겨우 묻는다.

"시상에 숨긴다 숨겨진다요! 은젠간 들통이 나긋지라. 고때는 사슬 대루 말흐믄 되지라. 샘쟁이랑 야밤도즈했다구! 지난 그니 으쩌겠스라. 뻔뻔하겜 인증혀야쥐. 아니라 하믄 대측읍시 크진께."

교식은 깜짝 놀라며 자동적으로 벌떡 일어난다.

"놀랄 일인감? 고사땜 샘쟁이가 쁜쪽 안아 우물 앞이다 뜩허니 델다 놨다구… 채랑이 입살으 오른 그 보믄 안 봐둥 뻔이지. 지금 여그썸 빼두 박두 못함스 안즐부즐 꼬새기 니가 문제쥐. 니 엄니가 안뇨라. 일단 요기 읍씅께… 여튼 갈 땐 쪼매 껄뜩찌끈혔스도 쌤쟁이랑 잼나겜 잘 살고라잉. 츰이 문제징 긍께 나중은 나중대루 고때 가섬 니가 확슬하게 뻔뻔혀문 된당께. 동리 인간들이 아슨 소리 허야 될 츠진께 슬그먼 꼬랑지 내릴 그 아님씨…"

교식은 털썩 주저앉으며 등이 휘도록 고개를 숙인다.

"뒤에스 수근득대든 말든 못 들을 측 하믄 그만이렁께."

막힘없이 말을 이어 가는 달구가 그저 감탄스러울 뿐이다. 거간은 아무나 하는 것이 아니라는 것을 새삼 깨닫는다.

 "나는 으쩌러고라."

 "후딱 가스 미리섬 싸 놓으. 글구 동리 여핀들 말에 일일으 대꾸동 말곰. 고 주중만 나불되지 않음 만스형통된다께롱."

 "알긋스라."

 그들은 순순히 대답만 하는 모습이 그저 신기할 따름이다.

 "손님 어찌 대하곰 음식 종류, 말솜씸, 옷차름새까짐 잘 배우랑게. 갔땀 오믄 장사두 안 되는 국밥집 확 인수혀스 고 앞이 음식즘 기가 죽을 만치 폼나겜 차려 줄 탱께."

 "그람 채랑이 끼고스리 장사하라고라?"

 "미춋? 바지른 돈 벌으 창아 입에 맛난 그 맥으야 줴."

 대문 쪽으로 뒤도 돌아보지 않고 발길을 돌린다.

 "지가 국밥집두 차려 드리고 이모네 갈 여비두 드리지라."

 교식의 말에 달구는 잽싸게 돌아 코앞으로 바짝 다가온다.

 "한 푼도 보텔 생각 말웃. 창아섬 신세 지는 근 끝이랑께."

 달구는 눈을 희번덕인다.

 "붜썸 쥐방울츠름 무시기 항개라돔 주워 나름 함지박을 내동댕이 츨끄니깐! 내는 두말 않는 그 알지라잉?"

 좋아서 웃음을 지으려다 마는 아내에게 손가락을 가리키더니 주먹을 쥐고 허공에 휘두른다.

 "나가 니니께 말혀 주는댕… 물려받은 땅댕 지킬르믄 싹수가 노래 즈야 된당께롱, 물로트지믄 하루아침 끄리요라. 승님는 서골서골 다

줄 듯 하문스 그즐할 띤 아주 냉증혔당궤."

 가다 말고 도로 교식의 옆에 달싹 붙어 앉으며 눈을 반짝인다.

 "왔따메! 무습다 못해 질리구마니."

 "고러게. 등골이 오싹혀요. 그래두 난 한술 뜨구 갈랑께. 남은 괴기 있그들랑 가져오소! 김츠랑 상츠랑 묵을랑게."

 "내두 여그섬 한술 뜰 참이랑께."

 운삼은 평상에 자리를 마련하고 교식의 팔을 잡아 염주할매의 옆에 앉힌다. 그들의 인정 어린 배려가 참으로 보기 좋다. 이대로 모두 집으로 돌아간다면 교식은 지금 이 벌어진 사태에 대해 감당하지 못하고 한참 동안 괴로워하며 기운이 빠져 있을 것이다.

 "작은벌구떡은 서방 무서 교새기한티 손두 못 벌르 으쪄?"

 "손 벌리느니 지 손으롱 벌으 쓰야 편할 그 같으라…."

 "아구! 나가 비리비리… 되렴 손 벌리야겄당께. 사람 앞날은 끝끼지 가봐야 안당께. 고로니 겸손혀야 된당께."

 염주할매는 상추를 입에 넣으며 큰 소리로 웃는다. 교식은 따라 웃으면서도 가슴에 응어리가 뭉쳐 뻑적지근하다.

 "교식두 못지않으! 학상들에게 들어 본께 선상 중 질루 무섭다고 허드랑게. 교실서두 떠들다가 금방 조용해지고 운동장서두 눈빛만 봐둠 싸우다가두 뻣뻣이 차렷 자세를 한다고라. 집 안에서 내색을 안 할 뿐이쥐… 달구! 자네나 걱정하게-"

 운삼은 달구가 갑자기 밉살스러워 넉살 좋게 한마디 하며 염주할매에게 막걸리를 따라 준다.

62. 아! 교순!

"……."

교순은 잠결에 비명을 듣고 잠이 덜 깬 눈으로 마루에 철썩 걸터앉더니 사람들이 있는지 없는지 눈길은 고사하고 인사도 없이 입이 찢어지도록 하품을 한다. 사람들은 아무것도 모르는 교순을 보더니 더 기가 막혀 말을 잇지 못한다.

"오쩌! 울 성! 저그 눈에 밟혀 남은 인승살- 으쪄라-"

작은벌교댁은 한숨을 크게 내쉬며 우물가로 가서 우물을 한참이나 들여다보다가 두레박으로 재빠르게 두레박질을 한다. 물을 마시려다 그 자리에 그만 주저앉아 버린다.

"이 물! 한 모금이라도 먼즈 개시를 했스야 혔는디…."

"엄니 대신 이모가 먼즈 마셔 봅소!"

교식은 우물 쪽으로 다가와 두레박 째로 이모의 입에 대어 준다. 교식은 기운이 다 빠진 것 같은 눈빛을 반짝이며 미소를 짓는다.

"아고! 나 죽소! 사램 살리소…."

비명이 한 번 더 크게 들리더니 점점 멀어져 간다. 교순은 두 눈을 비벼 대며 댓돌을 덤벙 뛰어 내려온다. 모여 있는 사람들을 본체만체 잠잘 때 그대로 입은 치마가 구겨져 말려 올라간 줄도 모르고 곧장 비명을 따라서 대문 밖으로 나간다.